MERLIN₆

아발론의 용

THE DRAGON OF AVALON

MERLIN 6

아발론의 용

THE DRAGON OF AVALON

토머스 A. 배런 지음 | 김선희 옮김

T. A. BARRON

arte

내 아이들 벤과 라킨,
그리고 아이들의 친구 루실에게 이 책을 바칩니다.
아이들은 단순한 질문 두 개를 던졌어요.
"〈멀린의 잃어버린 시간〉과 〈아발론의 위대한 나무〉 사이에서
어떤 일이 있었던 거예요?"
그리고
"멀린의 가장 유별나고 엉뚱한 친구는 누구예요?"

차 례

프롤로그

조약돌

보라, 이처럼 웅장한 이야기가 이렇게 평범하게 시작하는 게 가당치도 않다는 사실을 나도 잘 안다. 원한다면 나를 거짓말쟁이라고 불러도 좋다.

하지만 정말 그렇게 시작되었다. 진정한 사실이다. 시작의 예기치 않은 본질에 대해 나는 무척이나 잘 알고 있다. 왜냐하면 내가 처음부터 그곳에 있었으니까.

아발론이 탄생하기 3년 전

다른 조약돌에 반쯤 파묻힌 조약돌 하나가 강가에 놓여 있었다. 이 조약돌은 별다를 것 없는 그저 그런 조약돌 수천 개에 둘러싸여 있었다. 이 조약돌에 특별한 구석이라고는 조금도 없었다.

전혀 없었다.

단, 이 조약돌에는 수많은 학대의 흔적이 있었다. 자신이 감당할 몫보다 훨씬 많이 있었다. '불운한 갈매기 사건' 이전에도, 이 조약돌은 마치 온갖 경멸과 모욕을 끌어당기는 힘이 있는 듯했다.

이 조약돌을 알로 착각한 굶주린 동물들이 발톱으로 긁고, 부리로 쪼고, 입으로 뜯어댔다. 그러고 나서 진저리치며 뱉어냈다. 자그마한 딱정벌레 한 마리는, 이 조약돌의 얼룩덜룩한 초록색 반점에 이끌려 그 위에 곧장 알을 낳으려 했다. 하지만 딱정벌레의 몸이 조약돌의 부드러운 표면에서 연신 미끄러져 내렸다. 마침내, 딱정벌레는 마구 성질을 부리며 조약돌에 발길질을 했다. 그러고는 휑하니 자리를 떴다.

이 특별한 아침, 살짝 토실토실 살이 오른 갈매기 한 마리가 보기 흉한 날개 깃털을 휘날리면서 '마르지 않는 강'의 강둑을 따라 어기적어기적 걸어가며 뭔가를 찾고 있었다. 빛나는 검은색 작은 눈동자를 깜빡이며 강가를 따라 죽 늘어선 조약돌을 훑었다. 강과 강둑에 안개가 짙게 끼어 앞이 잘 보이지 않았다. 그런데도 이 특별한 조약돌 하나가 갈매기의 눈길을 사로잡았다. 얼룩덜룩 초록색 반점이 있는 조약돌.

갈매기는 부리를 탁탁거리며 뒤뚱뒤뚱 걸어갔다. 그러고는 둥그스름한 조약돌의 푸르스름한 빛을 유심히 살펴보았다. 갈매기는 맞다는 듯 깍깍 소리를 내며 더 가까이 다가가 포동포동한 엉덩이로 조약돌을 깔고 앉았다. …… 그러고는 끈적끈적한 배설물 한 바가지를 큼지막하게 쌌다.

뒤도 돌아보지 않고, 갈매기는 날개를 퍼덕거려 그 자리를 떠났다. 그 사이, 고약한 내가 진동하는 잿빛 배설물이 조약돌을 타고 줄줄 흘러내렸다.

강을 휘감은 짙은 안개보다 더 짙은 그림자 하나가 맞은편 강둑에 나타났다. 흐릿한 모습 하나가 서늘한 강물을 무거운 발걸음으로 천천히 건너왔다. 그 그림자가 조약돌 옆에 바짝 다가왔다. 두 발 달린 호리호리한 모습이 드러났다. 노인의 모습이었다. 나이가 들어 허리가 구부정했지만 전혀 위협적이지는 않았다. 노인이 차고 있는 끝이 굽은 커다란 칼날을 제외하고는……. 그리고 세상을 다 바꾸려는 듯 단호한 얼굴 표정을 제외하고는…….

노인은 물에 씻긴 돌을 밟으며 강둑으로 다가왔다. 잠시 멈추어 돌의 반짝이는 색이나 다채로운 모습에 눈길조차 주지 않았다. 노인은 돌을 자박자박 밟았다. 신발이 초록색 조약돌 옆구리를 가볍게 스쳤다.

노인은 자신의 치명적인 무기를 두 손으로 움켜쥐었다. 소용돌이치는 안개 속에서도, 칼날은 유난히 반짝거렸다. 노인은 은밀하게, 아무 소리도 내지 않고, 칼을 머리 위로 높이 들어 올려…….

휘둘렀다.

칼날은 둥근 바위만큼이나 커다란 알을 깊이 베었다. 그 알은 조약돌에서 몇 발짝 떨어진 곳에 있었다. 알은 이제 막 부화하려던 참이었다. 칼날이 닿는 순간, 어마어마하게 큰 소리가 났다! 알 껍데기 조각과 끈적끈적한 은빛 액체가 강가로 흩어졌다. 알 안에서 고통스러운 신음이 흘러나왔다. 울음이라기보다는 속삭임 같았다. 이리저리 들쭉날쭉 갈라진 틈 사이로 새어 나오던 기이한 오렌지색 빛이 갑자기 짙어졌다.

알 안에 있던 아기 용이 또 한 번 울음소리를 내고는 즉사해 버렸다.

노인은 만족스럽다는 듯이 낄낄거리며 칼날을 알에서 빼냈다. 칼날

에서 갓 태어난 용의 은빛 피가 뚝뚝 떨어져 내렸다. 노인은 눈을 가늘
게 뜨고 강가를 살폈다. 강가에는 커다란 알이 아홉 개 있었다. 핀카이
라의 마지막 용이 낳은 유일한 후손들…….

"이제 여덟 개 남았군. 사악한 존재들. 빌어먹을 아비보다 더 사악한
존재들."

노인은 낄낄 웃으며 조용히 읊조렸다. 그러고는 발 옆에 있는 부서진
껍데기에 대고 침을 퉤 뱉었다.

"네 비참한 얼굴에 대고 말하는 거다, 불의 날개야!"

노인은 잘려 나간 알을 잠시 노려보았다. 그곳에는 생명을 잃은 발톱
하나가 깨진 틈으로 삐죽 튀어나와 있었다. 노인은 이 알이 다른 알과
마찬가지로, 수 세기 동안 아무런 방해도 받지 않고 강가에 놓여 있었
다는 사실을 알고 있었다. 마법의 존재에 대해 아는 게 별로 없었지만,
이것만큼은 잘 알고 있었다. 즉, 마법이 강하면 강할수록, 태어나기 위
해 더 많은 시간이 걸린다는 것을. 그리고 핀카이라 섬에서 용보다 마법
이 더 강한 존재는 없다는 것을…….

하지만 이런 어리석음, 그러니까 아주 오랫동안 조용히 부화를, 생명
의 탄생을 준비하고 있던 무언가를 자신이 방금 죽였다는 사실에 노인
은 아무렇지도 않았다. 오히려 그 반대였다.

"너한테는 이제 아무런 희망도 없어, 이 사악한 짐승 새끼야. 비늘에
덮인 네 몸뚱이가 죽을 때, 네 사악한 마법 또한 죽는 거야! 그리고 곧,
이 섬에서 너희 종족은 영원히 사라질 거다."

노인은 으르렁거렸다.

칼날을 다시 높이 들어 올리며, 노인은 다음 알을 향해 성큼성큼 걸
어갔다. 노인이 가까이 다가가기도 전에, 껍데기에서 구멍 하나가 뚫렸

다. 그 사이로 비틀어지고 호리호리한 팔 하나가 불쑥 튀어나왔다. 팔은 무지갯빛의 자주색 비늘로 덮여 있었다. 이윽고 깡마른 어깨가 나오며, 연보라색 분비물이 뚝뚝 떨어졌다. 뒤이어 날개를 닮은 쭈글쭈글 주름 잡힌 살갗이 나왔다. 마지막으로, 머리 하나가 툭 튀어나왔다. 진홍색 비늘이 얼룩얼룩 나 있는 가느다란 목이 머리를 받치고 있었다.

새로 태어난 용은 세모난 눈 두 개를 깜빡이며, 안개 자욱한 밝은 빛에 초점을 모았다. 오렌지색 빛이 눈에서 쏟아져 나왔다. 마치 석탄보다 더 뜨겁게 이글거리는 것 같았다. 그러고 나서, 발톱 하나를 들어 올려, 이마 위의 연노란 혹을 긁적이려 했다. 하지만 용은 목표물을 비켜나가 부드러운 주둥이를 찌르고 말았다. 용은 낑낑거리며 고개를 흔들었다. 그러자 기다란 푸른색 귀 두 개가 펄럭이며 얼굴에 닿았다. 이상하게도, 용이 동작을 멈추었을 때, 오른쪽 귀는 다시 아래로 내려가지 않았다. 대신, 오른쪽 귀는 옆으로 툭 튀어나왔다. 귀라기보다는 차라리 뿔에 가까웠다.

갑작스레, 용은 위험을 느끼고 숨을 죽였다. 바로 옆에 누군가가 있기 때문이었다. 그 눈이 무시무시하게 반짝였다. 머리 위에는 뭔가 날카로운 것이 반짝였다.

칼날이 척 가르며 내려왔다. 또다시 고통스러운 흐느낌이, 비명에 가까운 소리가, 강둑을 따라 울려 퍼졌다. 강물은 계속 흘러가며, 그 수면은 이제 가느다란 은빛 강줄기로 물들었다.

멀지 않은 곳, 강의 끄트머리 아래에, 자그마한 초록색 조약돌이 살짝 꿈틀거렸다. 마치 아기 용의 고통을 알아차리기라도 한 것 같았다. 딱딱한 표면 깊은 곳에서부터 구슬픈 외침이 가느다랗게 튀어나왔다.

왜냐하면 그것 또한 알이었으니까.

1

살아 있는 다리

기억은 용암만큼이나 뜨거울 수 있다. 또는 빙하처럼 차가울 수 있다. 하지만 기억은 거의 믿을 수 없다. 아무리 분명하고 또렷하게 되살아났다 할지라도, 기억은 이내 바람처럼 사라지기도 한다.

때때로, 기억이라 생각한 것이 기억이 아닐 수도 있다. 그저 하나의 암시, 희미한 빛, 신기루일지도 모른다. 이상하게 들릴지는 몰라도, 그런 기억이 가장 진실에 가까울 수도 있다.

아발론이 탄생하기 1년 전

봄비가 핀카이라의 서쪽 언덕을 흠뻑 적셨다. 소나기가 몇 주 동안 끊임없이 쏟아져 내렸다. 하늘에서 사정없이 비를 뿌려대며, 들판과 숲, 절벽과 계곡을 흠뻑 적셨다. 마침내 섬 전체가 물에 잠길 듯했다.

물이 협곡, 시내, 개울에 출렁거렸다. 한때 초록으로 뒤덮였던 계곡이 이제 진흙 호수를 닮아가기 시작했다. 새들은 폭우 속에서 속절없이 날갯짓을 하며, 물에 흠뻑 젖은 둥지를 지을 안전한 장소를 찾아 나섰다.

연약한 안개 요정, 연보라색 날개의 나비, 신비하게 빛을 내는 경쾌한 비행사를 포함해 자그마하고 미약한 생명체들은 어떻게 되었는지, 누구도 추측할 수 없었다.

폭우가 어찌나 끊임없이 이어지는지 언덕 위 높은 곳에 자리 잡은 거인의 오래된 도시 바리갈도 완전히 물에 잠겨 버렸다. 집을 잃은 거인들의 쿵쿵대는 발걸음 때문에 땅이 마구 흔들렸다. 야생 유니콘 떼는 이제 자신의 소중한 숲속 빈터를 가득 채운 물에서 멀찍이 도망쳐 달아났다. 스탕마르 왕의 잔인한 통치가 끝난 후 최근 새로 지은 음유시인의 마을에 살던 씩씩한 남자와 여자들은 물을 주제로 한 오페라를 지으려 했다. 하지만, 무대 전체가 마을의 대부분과 함께 물에 쓸려가자, 아무리 열정 넘치던 배우조차 마침내 포기하고 말았다. 그랜드 엘루사로 알려진 거대한 흰 거미조차 마법과도 같은 수정으로 빛나는 자신의 땅 밑 동굴을 속절없이 포기하고 말았다.

마르지 않는 강이 부풀어 오르며, 그 어느 때보다 높이 차올랐다. 강물이 수로를 따라 사납게 흘러내리며, 나무를 뿌리째 뽑아 버리고, 커다란 바위를 굴리고, 다리의 파편과 어부의 오두막을 휩쓸어 갔다. 몇몇 어린 거인들도 함께 휩쓸려 갔는데, 이 신나는 탈것에 즐거워 환호를 질러댔다. 진흙투성이 강물이 바다 쪽, 말하는 조개의 해변을 향해 흘러갔다. 그곳은 얼마 전에 멀린이라 불리는 사람이 해안으로 떠밀려온 곳이었다.

자그마한 초록색 알 또한 홍수에 휩쓸려 강 아래쪽으로 멀리 휩쓸려 갔다. 홍수가 마침내 줄어들었을 때, 알은 아기 용들이 무참하게 살해당한 곳에서 아주 멀리까지 둥둥 떠내려갔다. 드디어, 알은 마가목 아래 뒤엉킨 풀 속에 멈추었다. 사납게 내린 비로 풀 속은 우아한 나뭇가지들이 여전히 축축 늘어져 있었다.

알이 멈추자, 회색 줄무늬 수달이 그 알을 눈여겨보았다. 늙은 수달은 그것이 알이라는 걸 알아차리고 허둥지둥 달려왔다. 작지만 맛있는 먹을거리라 기대에 차서, 수달의 기다란 수염이 흥분으로 파르르 떨렸다. 정령의 왕국에서 온 사악한 장군 리타 고르의 침략으로 인해 도둑질, 살인, 그리고 군대의 소집이 한창인 시절이라, 음식 한입도 매우 귀했다.

수달이 털북숭이 발로 알을 움켜잡았을 때, 매 한 마리가 날카롭게 울어대며 하늘에서 쏜살같이 달려들었다. 수달은 몸을 휙 돌리다, 균형을 잃고 알을 떨어트리고 말았다. 몸이 미끄러운 강둑 아래로 굴러, 물속에 풍덩 빠졌다. 잠시 뒤, 수달은 수면 위로 얼굴을 들어 올렸다. 바로 그때, 매가 발톱으로 그 귀한 알을 꽉 움켜잡은 채 하늘로 재빨리 솟아올랐다.

매는 서쪽으로, 드루마 숲의 매혹적인 나무 위로 날아갔다. 매는 숲에서 가장 크고 오래된 참나무, 아바사의 나뭇가지 위를 날았다. 리아라는 젊은 여인이 오랫동안 집으로 삼은 나무였다. 리아는 나무, 강, 심지어 살아 있는 바위와도 대화를 나눌 수 있는 능력으로 유명했다. 불현듯, 울퉁불퉁한 나뭇가지 하나가 매의 날개를 잽싸게 낚아챘다. 매는 사납게 울어대며, 알을 떨어트릴 뻔했다. 하지만 알을 놓치지 않고, 맹렬하게 날갯짓을 하며 고도를 유지했다. 매가 날아가 버리자, 참나무 나뭇가지는 허공에서 딱딱 소리를 내며 실망감을 드러냈다.

매는 숲을 피해 남쪽으로 선회하며, 핀카이라의 해안을 따라 일주했다. 그러고는 이제 오직 전설로만 전해오는 트릴링 종족의 잃어버린 고향 위를 날았다. 저 앞바다 너머, 울퉁불퉁 기다란 반도가 보였다. 그곳

절벽에 매의 둥지가 있었다. 매는 기쁜 듯 꽉꽉 울어댔다. 이제 집에 거의 다 왔다. 이제 곧 이 알을 굶주린 새끼들에게 먹일 수 있으리라. 정확히 말하면 다섯 마리. 절벽의 툭 튀어나온 바위 위, 둥지 안은 항상 북적인다. 배고픈 새끼들은 서로를 향해 깩깩 소리를 질러댔다.

이제 핀카이라의 본섬과 자신의 둥지가 있는 반도를 나누고 있는 해협만 건너면 된다. 매는 전에도 수백 번 이 해협을 쉽게 건너다녔다. 이제 그 어떤 것도 비행을 방해할 수 없었다. 파도가 아무리 매섭게 쳐도, 그 저주받은 나뭇가지만큼의 높이까지는 이를 수 없었다.

해협을 흘끗 내려다보며, 매는 뭔가 이상한 점을 알아차렸다. 거꾸로 뒤집힌 커다란 모자처럼 기이하게 생긴 배 한 척이 바다 위에서 까딱까딱 움직였다. 저 배는 어쩌다 저렇게 둥둥 떠다니게 되었을까? 거인이 커다란 모자를 바다에 툭 던졌을까? 하지만 거인은 지금 어디에도 보이지 않았다.

매는 커다란 배가 파도의 거대한 벽 쪽으로 표류하고 있다는 걸 알아차렸다. 해협과 섬을 가르고 있는 벽 쪽으로. 이 섬은 멀찌감치 동떨어져 있는데다 위협적이라 '잊힌 섬'이라 불렸다. 이곳은, 바닷새들은 누구나 알고 있듯이, 수 세기 동안 인간이 발을 디디지 못했다. 섬의 깎아지른 절벽은 이루 말할 수 없는 위험과 수많은 신비를 품고 있었기 때문이다. 핀카이라에 사는 남자와 여자들이 오래전에 자신들의 날개를 잃어버리게 된 진짜 이유도 포함해서 말이다.

둥둥 떠다니는 모자가 소용돌이치는 파도의 벽에 부딪쳐 산산조각이 났다. 나뭇가지를 엮어 만든 모자 옆구리가 푹 뜯어졌다. 선체가 삐걱거리며 갈라졌다. 배는 물속으로 깊이 더 깊이 가라앉았다.

갑자기 끔찍한 비명이 터져 나왔다. 매는 먹잇감을 찾는 또 다른 새가 공격하는 게 아닐까 겁을 집어먹고, 옆으로 급히 방향을 틀어 아래로 곤두박질치며 추적자를 따돌리려 했다. 하지만 이내 자신의 실수를 알아차렸다. 그 비명은 위가 아니라 아래에서 들려왔다. 게다가 새의 소리가 아니었다. 그것은 아이들이 내는 소리였다. 인간 아이들!

나무가 산산이 부서지는 소음 위로, 수많은 아이들이 두려움에 울부짖었다. 아이들은 움푹 파인 모자 속에서 기어 나와 모자챙으로 올라가, 나무, 밧줄, 그리고 서로를 필사적으로 붙잡으려 했다. 바다에 빠진 아이들은 겁에 질려 울부짖으며 물 밖으로 머리를 계속 내놓으려 버둥거렸다.

매는, 자신도 어미였기에, 이 무시무시한 광경을 보고 몸서리쳤다. 하지만 어떠한 도움도 줄 수 없었다. 고작 해협을 가로질러 계속 날아갈 수밖에 없었다. 매는 발톱으로 초록색 알을 꽉 움켜쥐고 힘차게 날개를 펄럭였다.

바로 그때, 또 하나의 기이한 광경이 매의 눈길을 사로잡았다. 이번에는 어찌나 놀랐는지 하마터면 알을 떨어트릴 뻔했다. 매는 저 아래 바다를 뚫어지게 내려다보며, 자신의 눈을 믿을 수가 없었다. 하지만 확실했다. 이것은 진짜였다.

인어 종족! 파도 아래에서부터, 매끈매끈하고 반짝반짝 빛나는 인어 종족이 수면 위로 모습을 드러냈다. 매는 하늘 높이 둥글게 돌며, 경이롭게 인어 종족을 내려다보았다. 인어 종족은 너무나 희귀하고 비밀스러운 존재였기에, 예리한 눈의 매도 평생 동안 고작 무지갯빛의 꼬리지느러미, 아니면 어깨만 어렴풋이 볼 기회가 있을 뿐이었다. 그런데 지금 인어 종족이 점점 더 많이 모습을 드러내고 있었다. 한 명, 두 명, 아니 수십 명이 깊은 바다에서 솟아올랐다. 여기, 진홍색 비늘의 몸통 하나가 빙글빙글 돌며 밝게 빛났다. 저기, 우아한 꼬리가 파도를 찰싹 때리며, 반짝반짝 빛나는 물보라를 일으켰다. 그리고 그 옆에, 근육이 탄탄하게 발달한 한 쌍이 높이 도약해 뛰어올랐다. 그러고는 함께 바다 속으로 텀벙 다시 들어갔다.

인어 종족은 모두 한곳을 향해 헤엄쳤는데, 그곳에는 거대한 파도가 끊임없이 바다에서 솟아올랐다. 파도가 더 높이 솟아오르며, 다채로운 물마루에서 물이 줄줄 흘러내렸다. 매는 위에서 내려다보며, 파도가 아니라 다리라는 걸 알아차리고 놀라움에 부리를 딸그락거렸다. 반짝반짝 빛나는, 살아 있는 다리……

인어 종족은 서로서로 한 몸이 되었다! 꼬리와 지느러미와 팔을 서로 연결해, 빛나는 커다란 아치 길을 만들어냈다. 재빨리 위로 솟아오르며, 촉촉한 빛으로 밝게 빛났다. 아치 길은 살짝 단단하게도, 살짝 유연하게도, 저 깊은 곳에서부터 둥글게 휘었다.

머지않아, 살아 있는 다리가 가라앉는 배에서부터 깎아지른 파도 벽위를 지나, 잊힌 섬의 해안까지 쭉 이어졌다. 아치 길은 바다의 무지개처럼, 하늘이 아니라 바다의 색으로 반짝였다. 각양각색의 갈매기와 바다오리 등 자그마한 바닷새들이 화려하고 웅장한 다리 주변을 날며 짹짹 깍깍 꽥꽥 요란스레 울어댔다.

그 모습을 경이로운 표정으로 지켜보던 매는 바다 속에서 허우적대는 아이들에게로 생각을 돌렸다. 아이들이 제때 다리를 보았을까? 다리가 아이들을 잊힌 섬의 더 큰 위험 속으로 데려갈까? 호기심에, 매는 섬의 해안 쪽으로 살짝 시선을 돌렸다.

매가 섬의 끄트머리에 있는 깎아지른 절벽의 울퉁불퉁한 해안선을 가로질러 날아갈 때, 엄청난 돌풍이 갑자기 불어댔다. 바람은 눈에 보이지 않는 힘세고 큰 날개로 매의 몸통을 내동댕이쳤다. 매는 깜짝 놀라 비명을 지르며, 알을 떨어트리고 말았다. 알은 저 아래 바위투성이 절벽을 향해 떨어졌다.

매가 자세를 바로 잡기도 전, 또 다른 돌풍이 세차게 불어와 매를 완전히 거꾸로 내동댕이쳤다. 꼬리 깃털 두 개가 찢어져 나갔다. 매는 공포에 울부짖으며, 허공에서 무기력하게 빙빙 몸을 돌릴 뿐이었다. 그러다 마침내 가까스로 두 날개를 힘차게 퍼덕여 자세를 바로 잡았다. 드디어 다시 날 수 있게 되었을 때, 매는 사악한 섬으로부터 전속력으로 달아났다.

텅 빈 발톱으로 자신의 둥지를 향해 날아가며, 매는 두 번 다시 그 저주받은 곳으로 돌아갈 엄두조차 내지 않았다. 매는 자기가 잃어버린 알을 찾고 싶은 마음조차 없었다. 알이 절벽에서 깨졌는지 확인하고 싶지도 않았다. 마찬가지로, 매는 왜 그 끔찍한 돌풍에서 계피 향이 희미하게 났는지 확인해보고 싶지도 없었다.

2

기적

알. 씨앗. 새로 태어난 아이. 이 모든 것은 비밀을 품고 있다. 이 모든 것은 마법을 지니고 있다.

알이 부화하는 순간, 그 마법이 마침내 만천하에 드러난다. 아니, 그 반대인가? 마침내 세상이 알 속으로 초대를 받는 것일까?

아발론이 태어난 해

초록색 알은 울퉁불퉁한 바위투성이 절벽을 향해 일직선으로 곧장 떨어져 내렸다. 초록색 알 껍데기가 흐릿하게 빛났다. 깡그리 부서지기 전, 살아날 가능성을 마지막으로 보여주었다.

저 아래, 잊힌 섬이 바다에서 우뚝 솟아 있었다. 부서진 왕관처럼 무시무시하게 생겼다. 깎아지른 절벽이 섬의 해안을 빙 둘러싸고, 모래사장이 드문드문 퍼져 있었다. 인어 종족의 기적과도 같은 다리가 해안가 근처의 모래톱에 이르렀다. 몇몇 아이들은 이미 다리에서 기어 내려와 모래밭에 털썩 주저앉았다. 몇몇 아이들은 모래톱 안에서 신나게 뛰어놀았다. 방금 전 물에 빠져 죽다 살아났다는 사실은 더 이상 생각하지 않는 것 같았다. 다 헤진 갈색 옷을 입은 젊은 남자 하나가 두 팔에 어린아이 둘을 안고 내려섰다. 젊은이는 마법에 대한 확신으로 가득 차 있었다. …… 자신의 세상을 구하기 위해서는 단순한 기적 이상이 필요하다고 생각하고 있었다.

절벽 위로 거대한 고분의 잔해가 보였다. 부러진 나무, 화강암 덩어리, 무쇠 가마솥, 그리고 큼지막한 사르센석이 풀 한 포기 나지 않은 산비탈에 흩어져 있었다. 그 사이사이, 각양각색의 보물이 흩뿌려져 있었다. 보석 박힌 칼, 줄 끊어진 하프, 나팔, 은 술잔, 장식 가면, 묵직한 방패, 거꾸로 처박힌 마차……. 온갖 뼈다귀도 사방에 나뒹굴었다. 금이 간 해골, 갈비뼈, 다리뼈, 그리고 몇몇 온전한 꼴을 갖춘 해골은 한때 이곳에 살던 사람들의 흔적이었다. 그 사람들이 누구였는지, 그 사람들에게 무슨 일이 있었는지, 아무도 몰랐다. 이 고분의 진실을 아무도 모르는 것처럼……. 원래, 이 고분은 분명 아주 거대했으리라. 한 사람 또는 한 가족이 아니라 전체 도시의 무덤이었다. 하지만 이제 완전히 파괴되어, 파헤쳐진 거대한 무덤 그 이상으로 보이지 않았다.

땅에 떨어진 알에 바람이 휙 스치고 지나갔다. 알은 오후의 빛을 받으며 빙그르르 서서히 돌았다. 짧지만 우아한 춤. 알은 곧 갑작스럽게 종말을 맞이하게 될 것이다. 빙빙 돌며, 날카로운 바위의 뾰족한 부분을 향해 곧장 돌진했다. 가깝게, 더 가깝게 다가갔다. 박살나기 바로 직전까지…….

바로 그 순간, 새로운 돌풍이 절벽을 가로질러 불어와, 폐허가 된 무덤 사이로 흙을 마구 날렸다. 매의 발톱에서 알을 떨어트리게 했던 그 바람처럼, 이 바람 또한 아주 갑작스럽게 불어왔다. 하지만 그 바람과는 달리, 이 바람은 이번에 훨씬 더 부드럽게 다가와, 알을 쿠션 같은 공기로 감쌌다. 이 바람이 알의 추락을 막고, 알을 옆으로 옮겼다. 그래서 알은 그 뾰족한 부분을 가까스로 피해, 산비탈의 흙을 가로질러 미끄러져갔다.

마침내, 알은 자그마한 골짜기 아래로, 시간이 지나 새하얗게 변한 뼈 무더기 쪽으로 데구루루 굴러갔다.

드디어, 알은 해골의 쭉 뻗은 손가락 안에서 꾹 멈추었다. 산들바람에 움직이며, 손가락뼈가 새로운 보물을 감싸는 것처럼 보였다. 이윽고 생명 없는 손가락들이 다시 스르르 풀렸다. 초록색 알은 손가락 하나에 귀중한 반지처럼 자리 잡았다.

이윽고, 신비한 바람은 임무를 완수했다는 듯, 순식간에 사라져 버렸다. 바람은 살아 있는 알 하나를 남겨두었다. 알은 이제 죽은 기다란 손을 장식하고 있었다. 바람은 허공에 계피 향을 은은하게 남겨놓았다.

시간이 흘렀다. 다 헤진 옷을 입은 젊은이는 절벽을 기어올라 폐허가 된 무덤을 살펴보았다. 보이지 않는 마법과도 같은 눈으로 주변을 샅샅이 훑었다. 젊은이는 하나하나 살펴보며, 다른 사람들은 이해할 수 없는 무언가를 찾았다. 자신이 사랑하는 세상을 구하는데 도움이 될 만한 무언가를. 오직 마법사의 눈에만 보이는 무언가를……

하지만 젊은이는 찾을 수 없었다. 좌절감에 입술을 깨물고는 주변을 서성거리며, 울퉁불퉁한 나무 지팡이로 부서진 방패와 깨진 항아리를 툭툭 건드렸다. 어느 지점에서, 젊은이는 자그마한 골짜기의 윤곽을 따라가며, 주변의 파편들을 살펴보았다. 뭔가가 발밑에서 부서졌다. 하얗게 변한 앙상한 손이었다. 손가락 하나에 초록색 뭔가가 놓여 있었다. 어쩌면 돌 반지일지도 몰랐다.

젊은이는 허리를 굽혀 좀 더 자세히 살펴보았다. 돌일까? 아니면 알일까?

갑자기, 젊은이가 동작을 멈추었다. 멀지 않은 곳에 훨씬 더 비범해 보이는 물건 하나가 놓여 있었다. 반짝반짝 빛나는 겨우살이의 화관. 그 황금빛 잎사귀들이 산들바람에 흔들렸다. 겨우살이는 쓰러진 흑요석 조각상에 붙어 있었다. 젊은이는 호기심이 일어, 초록색 알을 내려놓고 조각상을 향해 발길을 옮겼다.

잠시 뒤, 젊은이가 소리쳤다.

"이거야! 드디어 찾았어!"

그 소리에 분노에 찬 굵은 목소리가 대답했다.

"네 죽음을 찾았겠지."

젊은 마법사는 휙 돌아보며, 자신의 도전자를 마주했다. 너무나 잔인해서 도살자라는 이름으로 알려진 인물이었다.

"네가! 네가 이곳까지 날 따라왔구나."

"그래, 멀린. 이제 완전히 끝장내 버리겠어."

격렬한 싸움이 이어졌다. 너무나 맹렬해서 땅이 흔들릴 지경이었다. 생명 없는 손가락에 자리 잡은 초록색 알은 땅의 진동에 이리저리 흔들리며, 뼈에 부딪쳐 덜거덕덜거덕 소리를 냈다.

그날 오후 내내, 그리고 뒤 이은 기나긴 밤 동안, 두 사람은 싸우고 또 싸웠다. 칼과 지팡이, 주먹과 칼, 주문과 반대 주문, 이것이 이들의 무기였다. 은빛 달 아래 이들은 계속 싸움을 이어갔다. 동틀 녘까지 싸웠다.

마침내, 젊은 멀린이 이겼다. 멀린은 몸을 떨며, 상대의 가슴에 칼을 겨눈 채, 이 잔혹한 시련을 끝낼 준비를 했다. 세찬 파도가 섬의 해안을 때리며, 절벽에 물보라를 일으켰다. 멀린은 숨을 들이키며, 자신의 땀과 피와 뒤섞인 짭짤한 바닷물을 맛보았다. 그리고 또 다른 맛도 있었다. 피에 강하게 스며들어 있는 맛. 복수. 멀린은 힘껏 버티고 서서 검을 들어 올렸다. 바닷물 한 방울이 뺨을 타고 흘러내리자 눈 아래 흉터가 따끔거렸다.

멀린은 칼자루를 움켜쥐었다. 도살자는 멀린을 노려보며 말없이 비웃었다. 하지만 …… 멀린의 뺨에 난 흉터는 아주 오래전 끔찍했던 불꽃을 상기시켰다. 과거의 끔찍한 고통을 떠올렸다. 자신의 적도 함께 느꼈던 그 고통을…….

"난 널 죽일 수도 있어."

멀린이 단호하게 말했다.

"어서 해보시지, 애송이, 할 수 있으면 죽여보라고."

"아 그래, 할 수 있어, 당연히 할 수 있지."

멀린이 반복해 말했다. 멀린은 거칠게 헉헉 숨을 몰아쉬었다.

"하지만 안 하겠어."

적이 깜짝 놀랍게도, 멀린은 검을 내려 천천히 칼집에 넣었다.

"아니, 널 죽이지 않을 거야. 이 땅에는 이미 너무 많은 피가 뿌려져 있어."

불현듯, 저 멀리서 천둥소리가 들려왔다. 그 소리는 점점 더 커져, 귀를 먹먹하게 할 만큼 우르릉 쾅쾅 울어댔다. 섬 전체가 흔들렸다. 멀린은 모래 위에 털썩 주저앉았다. 초록색 알은 그 뼈다귀 보금자리 안에서 이리저리 흔들렸다. 마침내 손가락 하나가 깨져 나갔다. 알은 다시 자유의 몸이 되어, 골짜기 아래로 구르다 멀린의 신발에 부딪혀서야 결국 멈추었다. 하지만 마법사는 그걸 알아차리지 못했다. 다른 무언가가 멀린의 마음을 경이로움으로 가득 채우고 있었으니까.

진동이 점점 더 심해졌지만, 섬을 둘러싼 바다는 기이할 정도로 차분해졌다. 해협을 가로질러, 일렁이는 파도도 솟구치는 물보라도 없었다. 바다가 숨죽인 듯했다.

상쾌한 바람이 불어와, 멀린의 찢어진 옷자락이 살랑살랑 나부꼈다. 멀린은 지팡이에 기대 가까스로 몸의 균형을 유지했다. 하지만 눈앞에 펼쳐진 광경에 멀린은 다시 쓰러질 뻔했다.

움직이고 있었다. 섬이 움직이고 있었다! 마치 잎사귀 하나가 작은 호수 위를 날아가는 것처럼, 자그마한 섬이 핀카이라의 서쪽 해안선을 향해 미끄러지듯 움직이고 있었다. 시커먼 절벽이 나란히 늘어선 핀카이라의 서쪽 해안이 점점 가까워졌다. 시간이 지날수록 해협은 빠른 속도로 더욱 좁아지고 있었다. 끝없이 이어질 것 같은 시간, 멀린은 그 광경을 멍하니 바라보았다. 산들바람이 멀린의 짙은 머리카락을 헝클어트렸다.

갑작스레, 뭔가 부딪히며 소리가 터져 나왔다. 멀린의 발 옆에 있던 알이 내동댕이쳐져, 모래톱에 빠졌다. 알은 멀린의 팔에 튀어 올라, 옷 주머니 속으로 들어갈 뻔했다. 하지만 마지막 순간, 알이 데굴데굴 굴러 땅에 톡 떨어졌다. 멀린은 알을 흘끗 바라보았다. 그 색을 알아보았다. 하지만 멈추어서 살펴보지는 않았다. 왜냐하면 멀린의 마음에는 기적과도 같은 생각이 가득 차 있었으니까.

마침내, 잊힌 섬이 본섬에 다시 붙었다! 예언과 마찬가지로, *오랫동안 잊힌 땅*이 그 해안으로 돌아왔다. 저 깊은 바다에서 솟구쳐 올라 빛나는 아치 길을 만들어준 인어 종족의 경이로운 장관만큼이나, 이 광경은 도저히 생각하지 못한 장면이었다. 자신의 오랜 적의 웅크린 모습을 흘꿋 바라보면서, 누군가의 목숨을 구한 예상치 못한 자비의 행동만큼이나 이 광경은 생각하지 못한 장면이라고 멀린은 생각했다.

멀린은 고개를 끄덕이며, 이 모든 걸 곰곰 생각하고 있었다. 또 다른 기적이 아직 모습을 드러내지 않았을 수도 있었다. 불사의 리타 고르와 싸워 이길 수 있는 기적. 이 마법의 영토를 정복하기 위한 리타 고르의 갈망은 식을 줄 몰랐다. 곧 다가올 전투에서 이 세계가, 또는 새로운 세계가 살아남을 수 있을까?

멀린의 시선이 발 옆에 있는 초록색 알로 향했다. 자신의 운명이 저 알의 내용물처럼 신비롭게 숨겨져 있을까? 자신이 그토록 바라는 승리의 기적이 찾아올까? 아이들의 용기, 친구들의 충성, 그리고 마법의 깊이에서 솟구치는 기적. 알에서 새로운 생명이 나오는 것처럼, 이 세계를 위해 새로운 미래를 열 수 있을까?

멀린에게 어떤 생각이 문득 떠올랐다. 바로 그 자리에서, 멀린은 무릎을 꿇었다. 물보라로 여전히 축축한 땅에 손바닥을 대고, 부활과 재건을 위한 땅의 선물을 느꼈다. 멀린은 마침내 핀카이라의 해안으로 돌아온, 자신의 발밑에 놓인 땅을 온몸으로 느꼈다. 이윽고, 멀린은 가죽 가방에 손을 넣어, 뭔가 귀중한 것을 조심스레 꺼냈다.

씨앗. 마법의 씨앗. 손바닥 안에서, 씨앗은 천천히 고동쳤다. 마치 살아 있는 심장처럼……

젊은 마법사는 씨앗을 유심히 살펴보며, 그 씨앗을 자신에게 준 신비에 싸인 사람을 다시 떠올렸다. 그 사람은 그 씨앗이 정확히 무엇이 될지 알려주지는 않았지만, 기적과도 같은 불가사의한 무언가로 자랄 거라고 멀린에게 말했었다.

본능적으로, 멀린은 지금이 바로 이 씨앗을 심을 적당한 시간과 장소라는 것을 알았다. 그래서 초록색 알에서 한 뼘 정도 떨어진 곳에 자그마한 구덩이를 팠다. 그러고는 바닷물을 흠뻑 머금은 땅에 씨앗을 조심스럽게 내려놓고, 흙을 덮은 다음 톡톡 두드렸다. 마침내 자리에서 일어섰다.

잠시 뒤, 멀린은 자리를 떴다. 멀린은 온 정신을 집중해 도약의 경이로운 힘을 소환했다. 도약의 마법은 위대한 정령, 사후 세계의 왕 다그다가 *별의 위대하고 영광스러운 노래*라고 부르는 곳에서부터 왔다. 한순간, 멀린은 자신이 씨앗을 심은 땅 위에 서 있었다. 다음 순간, 사라졌다. 곧, 핀카이라의 저 멀리에서, 멀린은 자신의 적 리타 고르를 마주할 것이다. 마법사로서의 자신의 운명을 마주할 것이다.

몇 초 동안, 그곳은 마치 시간 속에 얼어붙기라도 한 것처럼 고요했다. 그 어떤 바람도 땅을 흔들지 못했다. 그 어떤 속삭임도 침묵을 깨지 못했다. 모래 알갱이가 근처 절벽, 툭 튀어나온 바위에서 떨어졌는데, 흩어지는 모래알 모두가 석양빛을 받아 다이아몬드처럼 반짝였다. 하지만 그 밖에 어떤 것도 움직이거나 숨을 쉬지 않았다. 땅 그 자체는 무언가를 기다리고 있는 것 같았다. 그저 기다리고 있었다.

핀카이라에 살고 있는 모든 생명체 중에서, 그리고 아발론이라는 새로운 세상에서 언젠가 살게 될 그 모든 생명체 중에서, 오직 하나의 생명체만이 변화의 첫 번째 징조를 목격했다. 아무나 분명하게 볼 수 있는 게 아니었다. 또는 전혀 볼 수 있는 것도 아니었다.

그것은 알 안에 숨어 있던 생명체였다. 껍데기 밖을 볼 수도, 새로운 생명의 징조를 냄새 맡을 수도, 공기 속 전류의 딱딱 소리를 들을 수도 없었지만, 그 생명체는 땅이 처음으로 비밀스럽게 떨리는 것을 느낄 수 있었다.

왜냐하면 멀린이 파놓은 땅속 움푹 들어간 곳에서부터, 자그마하고 연약한 초록색 깃대가 나타났기 때문이다. 불꽃이 사방에 딱딱거리며, 허공에서 반짝이며, 새싹이 움트기 시작했다. 점점 더 커졌다. 무럭무럭 자랐다. 땅이 갈라지며, 식물의 아래쪽에서 빛이 뿜어져 나왔다.

땅이 흔들리기 시작했다. 자그마한 초록색 알이 다시 한번 구르며, 땅 위를 통통 튀어 무럭무럭 자라는 새싹 쪽으로 기울었다. 그 싹은 멀린의 마법의 씨앗에서 솟아났던 것이다.

새싹이 점점 더 커지며 묘목으로 자라나자, 알은 첫 번째 나뭇가지에 걸렸다. 묘목은 계속 자라며, 알을 위로 실어 날랐다. 곧 사방에서 뻗어 나오는 푸른 잎 속으로 알이 사라져 버렸다. 어린 나무는 사정없이 계속 자라, 알을 더 높이 데리고 갔다.

이것은 평범한 나무가 아니었다. 비범한 씨앗에서 태어났다. 핀카이라의 오래된 땅속에 뿌리를 박고, 이 나무는 끊임없이 자랄 것이다. 곧, 정령의 왕국에 있는 불사의 안개와 합쳐질 것이다. 이 나무는 위로, 밖으로, 안으로 자랄 것이다. 이 나무는 말로 형언할 수 없는 장엄함, 신비로움, 그리고 복잡성을 품고 커질 것이다. 이 나무는, 언젠가, 너무나 광대하게 자라 그 자체로 하나의 세상이 될 것이다. 유한한 생명과 무한한 생명 모두를 포용하는 세상, 정령의 왕국과 우주의 다른 모든 영토들 사이에 존재하게 될 세상.

이것은 아발론의 위대한 나무였다.

3

꼬마 방랑자

물론, 나는 냄새를 특별히 좋아한다. 온갖 종류의 냄새, 색다르면 색
다를수록 좋다. 하지만 계피 향보다 더 좋아하는 냄새는 결코 없다. 앞
으로도 결코 없을 것이다.

아발론 1년

이제 세상들 사이에서 하나의 세상으로 완전히 자란 나무, '아발론
의 위대한 나무' 꼭대기를 스치는 매서운 바람이 부는 날이 왔다. 거
대한 나뭇가지, 별에 이르는 통로가 세찬 바람에 마구 흔들렸다. 언젠
가 '황금 가지'(Golden Bough)라고 불릴 별자리가 하늘에서 자리를 잡
은 것처럼 보였다. 이 범상치 않은 바람은 전설적인 '시간의 강'(River of
Time)에서부터 큰 소리로 울부짖으며, 언젠가 마법사 멀린이 가장 좋아
하는 별을 바라보는 장소가 될 우아하게 굽은 나뭇가지 위를 지나, '별
빛 팔레트'(Starlight's Palette)의 오염되지 않은 호수를 가로질러 마침
내, 얼룩덜룩한 반점의 초록색 알이 놓여 있는 좁은 협곡, 고사리 군락

까지 불어왔다.

　바람은 은은한 계피 향을 풍기며 알 주변을 세 번 맴돌았다. 마치 알을 자세하게 살피며 이것이 자신이 찾던 바로 그것인지 확인하려는 것 같았다. 이윽고, 또다시 맹렬하고 세차게 바람을 불어, 그 자그마한 알을 허공으로 들어 올렸다. 바람은 멀리, 아주 멀리 자신의 귀중한 물건을 실어 날랐다. 알은 별빛 속에서 천천히 빙그르르 돌았다. 마침내, 바람이 선택한 장소에서, 갑작스레 우뚝 멈추어 섰다.

　알이 떨어졌다.

　알은 수직으로 곧장 엄청나게 빨리 떨어져 내렸다. 그 위대한 나무의 나뭇가지를 지나, 미래의 탐험가들이 '멀린의 옹이구멍'(Merlin's Knothole)이라 부를 곳을 지나, 수많은 경이로움을 지닌 나무둥치를 지나, 가장 서쪽의 뿌리까지 뚝 떨어져 내렸다. 그곳은 수목으로 뒤덮인 엘 우리엔(El Urien)의 영토로, 언젠가 우드루트(Woodroot)라고 널리 알려질 곳이었다.

　만약 알 속의 생명체가 알았더라면, 자신이 아발론의 수많은 영토 중에서 가장 경이로운 곳을 향하고 있다는 사실에 진정으로 기뻐했을 것이다. 왜냐하면 알은 우드루트의 가장 깊은 숲속으로 곧장 떨어지고 있었으니까. 그곳은 마법이 넘쳐나는 나무들의 고향으로, 산들바람이 살짝만 불어 나뭇가지를 흔들어도 무척이나 아름다운 멜로디를 자아냈다. 그런데 불행하게도, 알이 너무 빠르게 떨어져 내리고 있었기에, 생명체의 기쁨은 다소 누그러졌을 것이다. 이제 알은 곧 깨져 버릴 것이다. 그 충격 때문에 흔적조차 남지 않을 것이다.

　떨어져 내리는 알 주변은 숲에서 피어오른 짙은 안개로 가득 차 있었다. 달콤하면서도 코를 찌를 것 같은 송진 가루가 숲 위를 맴돌았다. 우드루트의 폭포에서 나온 물보라가 공기를 더욱 더 짙게 만들어, 알껍데기에 자그마한 물방울이 송골송골 맺혔다.

알은 이제 곧 땅에 부딪쳐 마침내 박살이 나고 말 것이다. 알 안에 있는 생명체가 자신의 자유 낙하가, 그리고 자신의 생명이 이제 곧 끝나리라는 걸 예감하고 있다 할지라도, 알은 아무런 내색을 드러내지 않았다. 안에서 낑낑대는 소리도 들리지 않고, 움직이는 기색도 보이지 않았다.

충격이 있기 직전, 새로운 바람이 불어, 나무 꼭대기가 척척 휘었다. 이전의 바람처럼, 계피 향이 났다. 또한 이전의 바람처럼, 이 자그마한 초록색 물건을 어디로 데려갈지 정확히 알고 있는 것 같았다. 알은 약간 옆으로 날아, 거대한 백향목의 굵은 나뭇가지에 툭 부딪혔다. 바람에 흔들리는 굵은 나뭇가지에 닿은 알이 천천히 아래로 떨어졌다. 겹겹이 쌓인 나무 지붕의 한 층에서 다음 층으로, 마침내 나무뿌리의 쿠션과도 같은 두툼한 이끼 위로 떨어졌다. 바람이 갑자기 멈추고, 계피 향은 숲의 송진 향과 뒤섞였다.

알이 바닥에 닿으며 깨졌다. 잠시 뒤, 틈이 생기고, 안에서 뭔가가 밀고 밖으로 나왔다. 초록색으로 빛나는 좁다란 코가 열린 틈을 비집고 나왔다. 다시 틈이 벌어지며, 초록색 껍데기가 조각조각 떨어져 나갔다.

코가 살짝 실룩거리며, 주위의 풍부한 냄새를 킁킁 들이마셨다. 그러더니 순식간에, 머리가 알 껍데기를 깨고 전부 나왔다. 에메랄드 같은 초록색 자그마한 눈동자 두 개가 안개 자욱한 빛 속에서 초롱초롱 빛났다. 찻잔 모양으로 생긴 박쥐 같은 귀 두 개가 마치 돛처럼 머리에 쫑긋 달렸다. 귀가 너무 커서 얼굴이 상대적으로 작아 보였다. 머리를 밖으로 더 밀어대자, 알 껍데기가 더 많이 이끼 위로 우수수 떨어져 내렸다. 마침내, 남은 껍데기가 두 개로 쩍 갈라졌다. 커다란 귀를 달고 있는 자그마한 초록색 도마뱀 한 마리가 잔해 밖으로 기어 나왔다.

그 생명체는 아이의 새끼손가락만 했지만, 비범한 확신을 품은 채 대담하게 움직였다. 마치 뽐내며 활보하는 것 같았다. 어쩌면 알에서 깨어나기도 전에, 자신이 상당히 진기한 여정을 거쳤다는 사실을 감지했는지도 모르겠다. 어쩌면 마음 속 숨겨진 저 깊은 곳에서, 자신만이 이 세계의 유한한 생명체 중에서 유일하게 아발론의 탄생을 목격했다는 걸 알고 있는지도 모른다. 아니, 어쩌면 그저 자신의 힘으로 드디어 움직일 수 있다는 사실에 기쁨을 느꼈는지도 모른다. 어쨌든, 이 생명체는 놀라울 정도의 확신을 지닌 채 새로운 삶 속으로 당당하게 걸어 들어섰다.

도마뱀은 백향목 나무뿌리 위로 기어올라, 세모난 작은 대가리를 높이 치켜 올리고는 주변을 살폈다. 도마뱀의 자그마한 꼬리 끝에 사과 씨만 한 혹이 달려 있었는데, 도마뱀은 그 꼬리로 나무뿌리를 연신 톡톡 두드렸다. 등에는 구겨진 날개 한 쌍이 접힌 채 단단히 매달려 있었다. 도마뱀은 밝게 빛나는 초록색 눈을 조금도 깜빡이지 않고 주변을 살펴보았다.

부드럽고 따뜻한 바람이 불어왔다. 부드러운 바람은 계피 향을 풍기며 도마뱀 위를 스쳐 지나갔다. 마치 살아 있는 숨결 같았다. 문득, 바람이 공기를 한껏 머금은 목소리로 말했다.

"세상에 온 걸 환영한다, 꼬마 방랑자."

도마뱀은 자그마한 이빨을 뽀드득 갈았다. 다리, 등, 꼬리의 근육이란 근육이 모두 빳빳해졌다. 갑작스레 허공으로 펄쩍 뛰어올라, 완벽하게 돌아, 나무뿌리에 다시 착륙했다. 이제 도마뱀은 다른 방향을 바라보았다. 도마뱀의 몸이 크지 않는데도, 그 착륙의 여파로 이끼 조각이 몇

개 떨어져 나갔다. 도마뱀은 두 눈을 그 어느 때보다 밝게 빛내며, 그 신비로운 목소리가 어디서 흘러나오는지 숲을 훑었다. 아무 것도 발견하지 못하자, 다시 껑충 뛰어 한 바퀴 빙글 돌았다.

"걱정할 필요 없어, 꼬마 방랑자. 나는 바람 누이 아일라란다. 너는 전에 나를 만났던 걸 기억 못해도, 꼬마 방랑자, 나는 너를 여러 번 어루만졌단다. 그리고 언제나 네 친구였지."

목소리가 달콤하고도 부드럽게 말했다. 그러자 도마뱀의 찻잔 모양 귀 끝자락이 나풀거렸다.

도마뱀은 아무 말 없이 두 귀를 앞으로 쫑긋 세우고서 집중했다.

또다시 따뜻한 바람이 불어와, 도마뱀의 콧구멍에 계피 향을 가득 불어넣었다.

"우리 자매들처럼, 꼬마 방랑자, 나는 공기 그 자체만큼이나 자유롭게 움직여야만 해. 절대 잠도 자지 않고, 절대 멈추지도 않고, 절대 한 곳에 오래 머무르지도 않아. 그것이 바로 바람 누이란다."

공기를 한껏 머금은 목소리가 가까이 다가와 도마뱀의 귀 바로 앞에서 속삭이는 것 같았다.

"아주 오래전에, 정령의 왕 다그다가 환영을 통해 내게 왔어. 나는 다그다와 대화를 나누었지. 다그다는 내가 너를 돌봐주기를 바랐어. 네가 부화할 때까지 말이야. 다그다는 그 이유를 말해주지는 않았어, 꼬마 방랑자……. 하지만 네 목숨은 구할 가치가 있다고 말했지."

이 말에, 자그마한 도마뱀은 나무뿌리 위에서 몸을 움직여 뭔가를 생각하는 듯 고개를 기울였다. 처음으로, 도마뱀은 눈을 깜빡였다. 그러고는 첫 번째 말을 내뱉었다. 마치 불꽃에 던져진 잔가지처럼, 조용히 딱딱 소리를 내는 목소리로.

"고마워요······ 친구."

"천만에, 꼬마 방랑자, 천만에."

아일라는 도마뱀 주위로 바람을 불어대며, 귀 끝을 부드럽게 쓰다듬었다. 그러고는 한숨을 쉬고는 공기를 한껏 머금은 목소리로 다시 말을 이었다.

"너와 내가 다시 만나게 될지, 나는 몰라, 꼬마 방랑자. 내가 여행하는 세상은 너무 많고 그 세상 사이의 거리는 무척이나 넓거든. 하지만 네가 잘 지내기를 꼭 바랄게."

아일라는 바람을 가깝게 일으켜, 도마뱀의 등과 꼬리 비늘을 가볍게 스쳐 지나갔다. 바람의 소용돌이에 백향목 나뭇가지가 바스락거렸다.

"이제 나는 가야 해. 나 또한 방랑자이니까. 별처럼 잠을 자지 않고, 바람처럼 멈추지 않지."

4

도망갈 곳이 없다

먹느냐 먹히느냐, 사람들은 말한다. 그다지 고무적인 말은 아니다. 또한 그다지 정확한 말도 아니다. 왜냐하면 나는 살아가면서 일찍이 깨달았으니까. 너무나도 멋지고 맛있는 음식을 먹고 나서, 디저트를 먹을 시간에 잡아먹히는 게 완벽하게 가능하다는 것을……

아발론 2년

"야, 이 꼬마야!"

성난 여우 한 마리가 덤불 사이로 달려들어 잔가지를 와지끈 부러트리고, 이제 막 핀 조팝나무 꽃을 짓밟았다.

여우는 양배추 줄기 아래로 사라지는 먹잇감의 꼬리 끝을 발견하자, 꼬리를 사납게 흔들어댔다. 그 바람에 엉겅퀴, 낙엽, 잔가지, 더불어 이 실망스러운 추적을 하는 동안 몸에 달라붙었던 가시가 마구 흩날렸다. 저런 자그마한 도둑이 어떻게 저렇게 재빨리 움직일 수 있을까? 어쩌면 저렇게 약삭빠를 수 있을까? 어쩌면 저렇게 여우만큼 잔꾀를 잘도 굴려

댈까?

여우의 턱에서 침이 줄줄 흘러내렸다.

"내 음식을 훔친 대가를 톡톡히 치르게 하겠어, 이 꼬마야! 다음에는 널 반드시 먹어 버리겠어!"

눈앞에서 도둑이 달아났다. 도둑의 작고 뾰족한 이빨이 여전히 노랗게 빛났다. 여우의 은닉처에서 훔쳐낸 비둘기 알의 노른자를 먹었기 때문이다. 이 도둑은 이제 한 살이었는데, 작은 초록색 도마뱀과 날개가 마구 구겨진 박쥐를 섞어놓은 것처럼 생겼다. 날개는, 달아나면서 등에 부딪히며 펄럭펄럭거렸는데, 너덜너덜 찢어진 피부를 닮았다. 언젠가 날 수 있을 것처럼 보이지는 않았다. 도마뱀은 지쳐서 헐떡거리며, 저 날개로 지금 당장 날 수 있으면 얼마나 좋을까 생각했다.

도마뱀은 숲속 빈터 사이로 달아나, 쓰러진 나뭇가지 아래로 미끄러져 빽빽한 고사리 숲을 지나쳤다. 자신을 쫓아오는 추격자를 피하기 위해 필사적으로 달렸다. 머리 위 나무 사이로 불어오는 바람소리가 들렸다. 마음속에 아일라의 말이 순간적으로 스치고 지나갔다.

다그다는 그 이유를 말해주지는 않았어, 꼬마 방랑자…… 하지만 네 목숨은 구할 가치가 있다고 말했지.

그러나 이제, 살아남기 위해 달아나며, 그 말이 공허하게 들렸다. 아이러니로 가득했다.

내 목숨이 구할 가치가 있다고? 나는 누군가의 다음 먹이가 될 거야. 그건 절대로 특별하지 않아!

사실, 알에서 부화하고 나서 거의 일 년 내내 쫓기며 보내는 동안, 도마뱀은 삶의 기본적인 규칙 하나를 깨달았다.

나보다 큰 녀석은 누구든 나를 잡아먹으려 한다.

이 여우 또한 예외가 아니었다.

게다가, 여우는 도마뱀이 오소리 굴, 새 둥지, 다람쥐 은신처에서 음식을 슬쩍 훔쳐온 일 년 동안 마주쳤던 대부분의 적들보다 훨씬 더 결연하다는 걸 이미 증명했다. 이 추적은 이제 오전 내내 이어졌다. 그리고 여우는 추적을 그만둘 조짐이 조금도 보이지 않았다. 이들은 우드루트 숲의 아주 작은 영역만 돌아다녔는데도, 마치 전체 영토를 모조리 여행한 것처럼 느껴졌다. 사실, 도마뱀의 추적자는 이번에 도마뱀을 그저 먹어치우는 게 아니라 완전히 없애 버리기로 마음을 먹었다. 이번 추적은 먹잇감을 사냥하는 게 아니라 복수를 위한 것이었다.

자그마한 도마뱀은 썩은 나뭇가지에 기어올라서 청록색 이끼 사이에 몸을 숨겼다. 그러고는 근처 움푹한 나무둥치를 살펴본 뒤, 그 속으로 쏜살같이 들어갔다. 여우를 따돌렸으면 했다. 맞은편으로 달려, 빽빽한 버섯 숲속으로 곧장 들어갔다. 그곳은 삼림 특유의 눅눅한 냄새가 났다. 몹시도 짙은 향을 내뿜었다. 그래서 도마뱀은 현기증이 일었다. 이 작은 숲의 나무둥치 사이를 달리면서 정신을 잃을 지경이었다. 하지만 자신이 목숨을 부지하려 달리고 있다는 사실을 잊지는 않았다.

버섯 숲에서 빠져나오려는 순간, 머리 위에 뭔가가 느껴졌다. 오른쪽으로 급히 방향을 틀어, 서둘러 빈터로 들어섰다. 만약 방향을 바꾸지 않았더라면, 여우가 바로 그 장소에 곧장 덤벼들었을 것이다. 너무 가까웠다! 도마뱀은 솔잎이 수북하게 쌓이고 송진으로 끈적끈적한 곳을 미친 듯이 서둘러 지나쳐, 고사리 덤불 속으로 돌진했다.

뒤를 흘끗 돌아보니, 여우의 커다란 앞발이 고사리를 난도질하려 했다. 도마뱀은 다시 방향을 틀어, 나뭇잎으로 뒤덮인 산비탈 아래로 쏜살같이 내달렸다. 그 길은 물을 튀기며 흐르는 강둑으로 이어져 있었다. 갑작스레, 머리 위에서 그림자 하나가 움직였다. 여우가 다시 껑충 뛰어올랐다!

도마뱀은 짧은 다리를 재빨리 놀려, 휙 방향을 틀었다. 옆길로 달려, 강둑 위로 몸을 기울였다. 하지만 물보라로 땅이 축축하게 젖어 있는 바람에, 발을 제대로 디딜 수 없었다. 도마뱀은 미끄러지고, 고꾸라져, 산비탈 아래로 속절없이 굴렀다.

드디어 승리를 예감한 여우는 강둑에 올라서 자신의 먹잇감을 향해 곧장 돌진했다. 이 성가신 도둑을 산산조각 내기 위해, 군침이 흐르는 입을 크게 벌리고 털이 무성한 꼬리를 마구 흔들었다. 마치 승리의 깃발 같았다. 여우는 데굴데굴 구르는 도마뱀을 향해 목을 쭉 내밀어, 입을 꽉 다물었다.

그러나 놓쳤다.

도마뱀은 어두컴컴한 구덩이 속으로 떨어졌다. 시냇물 강둑의 축축한 땅속으로 털썩 빠졌다. 터널 여러 개가 만나는 진흙투성이 바닥에 풍덩 착륙하기도 전에, 여우의 성난 저주와 발길질 소리가 들려왔다.

"널 꼭 붙잡고 말겠어, 도마뱀. 널 잡아먹을 거야. 먹었다가 토해내서 다시 먹어치울 거야! 네 그 못생긴 쪼그만 대가리를 잘근잘근 씹고, 네 눈알을 빼내고, 네 심장을 새로운 먹이를 잡을 때 미끼로 써먹을 테다. 널 짓누르고, 밟고, 병신으로 만들고, 갈기갈기 찢어 묵사발을 만들어버리겠어! 난……."

여우는 고래고래 저주를 퍼부었다. 그러는 사이, 초록색 작은 도마뱀은 어둠 속에서 숨을 헉헉거리며, 얼굴을 머리 위 구덩이 쪽으로 들어올렸다. 도마뱀의 초록색 눈동자가 새로운 빛으로 반짝였다. 만족감이 묻어 있는 빛이었다.

"안됐군, 이 늙어빠진 뚱보야, 다음번에는 언덕을 굴러가는 바윗덩이
보다 좀 더 빨리 움직여보라고!"

도마뱀은 낮은 목소리로 딱딱 소리쳤다. 도망 다니느라 아직도 숨이
찼다.

이 말에 여우는 화가 나 미친 듯이 발작을 일으켰다. 머리를 치켜들
고 마구 으르렁거렸다. 잔디밭을 쿵쿵 밟으며, 구덩이를 미친 듯이 파헤
쳤다. 흙, 조약돌, 침이 저 아래 도마뱀에게 비처럼 쏟아져 내렸다. 하지
만 도마뱀은 신경 쓰지 않았다. 적이 화가 나 발작을 일으키는 게 도마
뱀에게는 들종다리의 노랫소리보다 더 사랑스러웠다.

도마뱀은 만족스럽게 웃었다.

"정말 즐거운 소풍이야! 좀 더 자주 소풍을 나와야겠는걸."

"그래, 그래, 너는 분명 그래야 할 거야."

뒤에서 협박하는 듯한 목소리가 쉬쉬 소리를 냈다.

도마뱀이 휙 돌아보니, 넓적한 세모꼴 머리에 노란 눈동자 두 개가
자신을 바라보고 있었다. 흔들리는 눈동자는 세로로 쭉 찢어져 있었다.
머리는 꼼짝하지 않았지만, 가느다란 검은 혓바닥이 입가에서 춤을 추
었다. 눈동자가 천천히 커지며 유혹했다. 도마뱀은 몸이 뻣뻣해졌다. 어
느 정도는 두려움 때문에, 어느 정도는 뭐라 말할 수 없는 다른 감정
때문에……

"네가 와서 너무 기쁘다. 너무 먹음직스러워 기쁘다."

뱀이 쉬쉬 소리를 냈다.

여전히, 도마뱀은 꼼짝도 할 수 없었다. 아무리 의지가 강한 도마뱀이
라 해도, 다리 하나를 들어 올릴 수조차 없었다. 이 생명체의 희미하게
빛나는 눈동자 속의 무언가에 도마뱀은 그 자리에 평생 그대로 남아

있고 싶었다.

흙덩어리가 구덩이 아래로 굴러 떨어졌다. 저 위에서 여전히 소리치고 있는 여우의 발길질 때문이었다. 흙덩어리가 도마뱀의 머리 위로 곧장 떨어졌다. 즉각, 도마뱀은 정신을 차리고, 뱀의 최면에서 풀려났다.

뱀이 치명적인 입을 쩍 벌리고 앞으로 덤벼들려 할 때, 도마뱀은 얼른 피했다. 목표물을 놓친 뱀은 진흙 위에서 주르륵 미끄러졌다. 도마뱀은 이 기회를 틈타 터널 아래로 쏜살같이 달려갔다. 그 터널이 포식자의 목구멍보다는 좀 더 무사한 어딘가로 연결되기를 기대하면서…….

도마뱀은 있는 힘껏 달려, 굽이진 곳을 돌았다. 자그마한 발이 진흙투성이 바닥 위를 탁탁 두드렸다. 뱀의 거대한 몸집이 뒤에서 주르르 미끄러지듯 다가왔다. 저 앞에 갈라진 길이 있었다. 도마뱀은 왼쪽으로 갔다. 그곳은 아래쪽으로 급하게 경사져 있었다. 어쩔 수 없어, 도마뱀은 벽에 쿵 부딪치고 말았다. 흙이 비처럼 쏟아져 내렸다. 바로 뒤에, 뱀이 식식 소리를 내며, 마지막 공격을 준비했다.

터널 아래로 돌진하던 도마뱀의 눈앞에 갈가리 찢어진 빛의 광선이 보였다. 빈터였다! 강풀의 두툼한 그물코에 덮여, 빛이 너울거리며, 풀그늘이 흔들렸다. 빈터 너머에 무엇이 있는지 보이지 않았지만, 도마뱀은 이곳보다 더 큰 위험이 도사리고 있지는 않으리라 확신했다. 아니, 그럴 수 있을까? 오늘은 시간이 지날수록 상황이 점점 나빠지고 있었다.

성나 식식대는 뱀의 목소리가 터널 안쪽에서 울려 퍼졌다. 도마뱀은 건장한 뱀의 차가운 입김이 꼬리에 닿는 걸 느끼며, 남은 힘을 쥐어짜내 빈터로 내달렸다.

휙. 도마뱀이 풀을 뚫고 빛 속으로 들어갔다. 그러면서, 물기를 머금은 풀이 도마뱀의 얼굴에 상처를 냈다. 도마뱀은 축축한 나뭇잎 위를 구르며, 시냇물 강둑까지 갔다.

비탈 바로 위에 있던 여우는 뭔가가 강둑을 휘젓는 소리를 들었다. 여우는 자신이 열심히 파놓은 구덩이 밖으로 얼굴을 빼냈다. 흙이 잔뜩 묻은 코가 분노로 파르르 떨렸다. 도마뱀이 데구루루 구르다 강가에 멈추는 모습을 본 순간, 여우는 조금도 주저하지 않았다. 그저 성큼 뛰어들었다.

뱀의 등장! 여우가 뛰어드는 순간 뱀이 자신의 터널에서 나왔던 것이다. 여우와 뱀은 저 아래 강둑으로 구르며 뒤엉켜 싸우기 시작했다. 식식대고 으르렁거리며, 털과 비늘을 찢어대며, 둘은 맹렬하게 싸웠다. 뱀이 여우의 목에 꼬리를 감아 단단히 조이자, 여우는 자신을 공격하는 적의 꼬리를 꽉 물고 살점을 뜯어냈다. 진흙덩어리와 축축한 나뭇잎이 사방으로 튀었다.

싸움꾼들 바로 아래, 찻잔 모양 귀가 달린 어린 도마뱀이 몸을 웅크리고 있었다. 저 아래 강물은 막혀 있고, 헤엄을 치지 못했기에, 도마뱀은 도망갈 곳이 없었다. 포식자 둘이 모두 싸우다 죽지 않는 이상, 도마뱀은 이날 결국 누군가의 먹이가 될 것이다.

여우는 숨을 거칠게 헉헉 몰아쉬며, 적을 향해 맹렬하게 발길질을 했다. 그러고는, 힘센 어깨를 크게 휘둘러 뱀을 내동댕이쳤다. 뱀의 기다란 몸뚱이가 땅에 내동댕이쳐졌다. 뱀이 옆으로 미끄러져 도망치기 전에, 여우는 껑충 뛰어 뱀의 머리를 물었다. 짙푸른 피가 갈가리 찢긴 몸통에서 새어 나와, 축축한 땅을 물들였다.

여우는 뱀의 머리를 뱉어내며, 원래의 먹잇감을 향해 돌아섰다. 여우의 눈이 불타는 석탄처럼 이글거렸다. 도마뱀은 침을 꼴깍 삼켰다. 탈출할 방법이 없다는 걸 알았다. 그런데 만약……

여우가 껑충 뛰어오르는 순간, 도마뱀은 전혀 예상치 못한 행동을 했다. 도마뱀은 흘러가는 시냇물로 재빨리 뛰어들었다. 여우가 좌절감에 치를 떨며 우두커니 쳐다보는 사이, 이 초록색 작은 몸통은 소용돌이치는 물살 속으로 사라졌다.

5

바질

내가 그 소원을 빌었던가? 아니면 그 소원이 나를 빌었던가? 오늘까지도, 나는 확실히 말할 수 없다.

빠르게 흐르는 물살이 자그마한 도마뱀을 하류로 데리고 갔다. 도마뱀은 물살에 사정없이 굴러가며 강 돌멩이에 부딪히면서, 거머리말에 두들겨 맞으며, 소용돌이에 빙글빙글 돌면서, 시간이 지날수록 점점 힘을 잃었다. 또한 차가운 시냇물 때문에 점점 더 추워졌다.

짧은 다리를 재빨리 움직이려 아무리 애를 써봐도, 추위에 몸이 굳어 강둑으로 올라갈 수 없었다. 뒤집힌 배의 축축하게 젖은 돛처럼, 날개를 전혀 닮지 않은 울퉁불퉁 접힌 등의 피부가 도마뱀을 아래로 잡아당겼다. 지나치게 큰 귀 또한 같은 상황이었다. 귀에 물이 잔뜩 들어차서, 머리가 아래로 축 처졌다. 숨 쉬는 것조차 불가능할 지경이었다. 끊임없이 소용돌이치는 물살 위로 불쑥불쑥 고개를 내미는 짧은 순간은 숨 쉬기에 턱없이 부족했다. 도마뱀은 연신 물에 가라앉았다.

마침내, 시냇물이 급하게 휘며 빙그르르 돌았다. 그곳, 깎아지른 절벽 아래 적갈색 갈대가 빼곡하게 자라고 있었다. 익사 직전의 도마뱀은 갈대에 걸려 굽이치는 물살에서 벗어나 좀 더 야트막한 곳으로 빨려 들어갔다. 그곳에서 한참 동안 꼼짝 않고 누워 있었다. 드디어, 힘겹게 다시 움직여, 강가를 향해 아장아장 걸었다. 다행스럽게도, 바질 밭이 강둑을 따라 빽빽하게 자라고 있었다. 바질의 초록빛이 도마뱀의 색과 잘 어울렸다. 잎이 무성한 허브에 이르러, 도마뱀은 털썩 무너져 내렸다.

머리가 핑핑 돌았다. 가슴이 아팠다. 캑캑 기침을 하며 물을 뱉어냈다. 바질 향이 도마뱀 위를 맴돌았다. 토해내는 듯 향이 무척 강했다. 도마뱀은 달콤하면서도 시큼한 향이 더 강했으면 했다. 그러면 적들을 피할 위장막 역할을 톡톡히 할 수 있다는 것을 알았으니까. 이윽고, 사방이 어두워졌다.

도마뱀은 이틀 동안 의식을 잃고 그곳에 누워 있었다. 이따금 잠깐잠깐 깨어나곤 했다. 고개를 들고 주변을 맴도는 짙은 바질 향을 맡았다. 그러고는 고개를 숙여 다시 어둠 속으로 빠져들었다.

한번은, 정신을 차린 아주 짧은 순간, 몸을 조금 꿈틀거렸다. 사나운 바람이 바질 잎 사이로 휘몰아쳤다. 아주 짧은 순간, 도마뱀은 공기를 머금은 귀에 익은 목소리가 오래전 기억에서 나오는 말을 하는 걸 들은 것 같았다.

네 목숨은 구할 만한 가치가 있어.

구할 가치가 있는 목숨! 우스꽝스럽다! 도마뱀은 지금까지 살아오는 동안 숨고, 쫓기고, 또는 누군가의 음식을 훔치며 보냈다. 자신이 본 아발론의 수많은 생명체들과 달리, 도마뱀에게는 마법의 힘이 없었다. 조금도 없었다. 밤에 희미하게 빛을 내는 불꽃벌레조차 도마뱀보다 마법의 힘이 셌다. 아, 도마뱀은 하늘을 날 수도 없었다! 둥근 눈과 쓸모없

52

는 날개를 지닌 땅딸막한 도마뱀이라는 것 말고는 자신이 정말 어떤 존재인지 알 수도 없었다.

도마뱀이 확실히 아는 사실은 아일라의 말이 전혀 가치가 없다는 것이다. 아일라의 말은, 자신을 향한 아일라의 친절한 행동처럼, 산들바람만큼이나 순식간에 사라졌다. 달콤한 바질 향이 이제 왠지 씁쓸하게 느껴졌다. 도마뱀은 다시 정신을 잃었다.

정신을 잃었기에, 도마뱀은 근처에 얼마나 많은 포식자들이 기어가고 스르르 스쳐 지나며, 또 날아다니는지 전혀 알지 못했다. 바질의 색깔, 그리고 더욱이 그 강렬한 향기 덕분에 도마뱀은 재빨리 헤엄쳐 지나가던 굶주린 수달을 피할 수 있었다. 모래톱 위를 후다닥 날아가던 노란 꼬리 물고기매, 그리고 갈대밭에서 흙탕물을 튀기며 놀던 갈색 털 새끼 곰들을 피할 수 있었다. 복수심에 불타는 여우는 자신을 요리조리 잘 피해 다니는 먹잇감을 여전히 추적하고 있었는데, 꼬리 길이 정도 떨어진 곳을 지나쳤으면서도 도마뱀을 알아차리지 못했다.

마침내, 도마뱀은 깨어났다. 먹이를 찾아야 한다는 걸 막연하게 알았기에, 주둥이 위를 한가로이 날아다니는 곤충에 정신을 집중했다. 몸을 세우고 입으로 낚아챘다. 하지만 힘이 없었기에, 몸이 너무 굼떴다. 곤충은 쉽사리 멀리 달아나 버렸다.

기가 죽고, 굶주린 채, 힘없이, 도마뱀은 천천히 바질 밭 끝자락으로 기어갔다. 그곳에서 자그마한 물웅덩이를 발견했다. 그곳에 봄 홍수에 불어난 물이 여전히 조금 남아 있었다. 강한 바질 향이 여전히 도마뱀을 둘러싸고 있었기에, 도마뱀은 빈터로 기어가 물웅덩이 옆의 모래 위로 미끄러지듯 움직여도 안전할 것 같았다.

어쩌면 느릿느릿 움직이는 땅벌레 또는 물에 빠진 딱정벌레를 찾을 수 있을지도 모른다고 생각했다. 뭔가 먹을 수 있는 것이 필요했다. 하지만 고개를 들고 물웅덩이를 살펴보자마자, 그곳에 있던 유일한 생명체들이 날개를 윙윙거리며 재빨리 날아가 버렸다. 그건 흐르는 별처럼 빛나는, 밝은 은빛 날개를 단 물보라 요정들이었다.

도마뱀은 우아한 은빛 생명체들이 다 함께 하늘로 날아오르는 모습을 우두커니 지켜보았다. 마치 물방울이 하늘로 쏟아져 올라가는 것 같았다. 이윽고, 물보라 요정들이 특별한 마법을 불러내 허공으로 녹아들어, 눈에 보이지 않았다.

정말 아름다워. 너무 마법적이야.

도마뱀은 하늘을 바라보며 생각했다. 그러고는 갑자기 뚱하게 고개를 흔들었다.

그리고 내게는 너무 불가능해.

도마뱀은 고개를 숙여 물웅덩이를 들여다보았다. 요정들의 날갯짓 때문에 잔물결이 일었어도, 물은 아주 고요했다. 그리고 아름다울 정도로 깨끗했다. 새벽마다 밝게 비치고 저녁마다 희미해지는 아발론의 별빛이 수면 위로 반짝였다.

느닷없이, 곰곰이 생각하지도 않고, 자그마한 도마뱀은 소원을 빌고 싶다는 충동을 느꼈다. 웅덩이 가장자리로 몸을 구부려 물에 비친 자신의 얼굴을 물끄러미 들여다보며, 높고 날카로운 목소리로 자그마하게 말했다.

"제 말 좀 들어주세요, 아발론의 별들이여. 제 말 좀 들어주세요, 그럴 수 있다면요. 저는 되고 싶어요, ……."

도마뱀은 잠시 말을 멈추고 머뭇거렸다. 그러고는 마침내 그동안 숨겨왔던 그 말을 꺼냈다.

"특별해지고 싶어요. 그저…… 특별해지고 싶어요. 몸집이 커지거나 힘이 세지거나 뭐 그런 걸 바라는 게 아니에요. 하지만 뭔가 중요한 존재가 되고 싶어요. 새로운 하루가 중요한 것처럼 말이에요. 아니면 상쾌한 비. 아니면…… 요정의 마법 같은 거요."

그 순간, 뭔가가 도마뱀을 덮쳤다. 번갯불처럼 재빠르게. 부리! 황금빛 가느다란 부리가 도마뱀의 꼬리를 단단하게 낚아채, 허공으로 높이 들어 올렸다. 도마뱀은 무기력하게 허공에 대롱대롱 매달렸다.

거꾸로 매달린 채 벗어나려 미친 듯이 몸부림쳤다. 하지만 몸을 비틀 때마다, 부리는 도마뱀의 꼬리를 더 단단하게 붙잡을 뿐이었다. 그러는 사이, 부리 위에 달린, 테두리가 노란 눈동자 두 개가 매우 흥미롭다는 듯 도마뱀을 살펴보았다. 그 눈동자와 그 위에 솟아난 하얀 깃털을 알아차리고, 도마뱀은 꽁꽁 얼어붙었다. 아무리 버둥거려봐야 소용없다는 것을 알았다. 왜냐하면 이 영토의 가장 무시무시한 사냥꾼에게 붙잡혔으니까. 치명적이고 잔인무도한 새, 커다란 왜가리.

소원을 빈 게 고작 이 꼴이라니?

도마뱀은 스스로에게 투덜거렸다.

거대한 새는 자신이 붙잡은 동물을 살펴보며, 구부정하게 휜 활 모양의 머리를 청회색 어깨 쪽으로 기울였다. 그러더니, 능숙하게 부리를 한 번 휙 움직여 도마뱀을 허공에 내동댕이쳤다. 그러고는 기다랗고 앙상한 다리를 쭉 내밀어 도마뱀을 단단히 붙잡았다. 왜가리는 시든 갈대 모래톱 안에 한쪽 발로 서서, 도마뱀을 계속 유심히 살펴보았다. 비늘 덮인 자그마한 몸통을 이리저리 돌려보며, 곤혹스럽다는 듯이 대가리를 갸우뚱했다.

"도대체 우리는 여기서 뭐하고 있는 거지?"

왜가리가 거칠게 빽빽거리는 울음소리가 시냇물 소리 위로 솟아났다. 여전히 한쪽 다리로 서 있는 게 좋을 듯했다. 왜가리는 강둑으로 조금 더 가까이 자리를 옮겼는데, 자기가 붙잡고 있는 동물을 절대 느슨하게 놓아주지 않았다.

"날개 비슷한 게 달리기는 했어도, 너는 새가 아니야. 저렇게 흩날리는 깃털 하나 없는데 어떻게 날개라고 부르겠니? 감탕나무 잎사귀만 한 귀를 보니, 너는 도마뱀도 아니야. 그렇다고 박쥐도 아니야. 그 이름에 걸맞은 박쥐는 아니란 말이야. 그럼 도대체 넌 뭐니? 징그러운 벌레의 일종이니?"

왜가리가 빽빽거렸다.

내가 벌레라고?

모욕을 당한 도마뱀은 이빨을 사납게 갈았다. 도도하고 무서운 소리를 내려 최선을 다했지만, 적의 발에 붙잡힌 상태에서 그게 쉽지는 않았다. 도마뱀은 당당하게 말했다.

"사실, 나는…… 음…… 나는 정말로 위험한…… *용 요정이야!* 그래, 그래, 용 요정. 한입에 널 잡아먹을 수도 있다고! 새야, 착하지! 목숨을 부지하고 싶으면 당장 날 놓아주는 게 좋을 거야."

왜가리는 부리를 딱딱거리며 목구멍 깊숙한 곳에서부터 큰 소리로 킬킬 웃어댔다.

"네가 뭐든, 넌 정말 웃기는 놈이구나."

"착한 새야, 나 지금 농담하는 거 아니야! 내 말 들어, 내가 명령하잖아! 지금 너한테 경고해주는 거야. 무자비하게 죽이기 전에 말이야."

자신의 말을 강조하기 위해, 도마뱀은 얼굴을 찡그려 자그마한 이빨을 그대로 드러냈다.

왜가리는 껄껄 웃었다. 너무 심하게 웃는 바람에 굽은 어깨 위에서 머리가 위아래로 까딱까딱했다.

"그렇다면, 용 요정아, 넌 정말 재미있구나. 게다가……"

왜가리는 두 눈에 호기심을 담아 덧붙였다.

"넌 냄새가 고약해. 정말 고약해."

도마뱀은 깜짝 놀라 킁킁 냄새를 맡아봤다. 확실히, 바질 냄새는 강렬했다. 그 향이 진한 잎사귀에 아주 오랫동안 머물렀기에 냄새가 몸에 밴 것 같지는 않았다. 아니, 도마뱀 자신이 바질인 것 같았다. 마치 도마뱀 또한 그 허브로 만들어진 것처럼. 하지만 어떻게 그럴 수 있을까?

왜가리는 발을 옮겨 다른 각도에서 도마뱀을 빤히 바라보았다. 잠시 뒤, 왜가리가 큰 소리로 말했다.

"넌 어쩐지 마법이 있는 것 같구나."

"네? 내가요? 당신이 분명 잘못……"

도마뱀은 깜짝 놀랐다. 그러다 왜가리가 자신에게 예상치 못한 빠져나갈 구멍을 준 것을 불현듯 깨달았다. 도마뱀은 자세를 바로잡고 당당하게 말했다.

"물론 나한테는 마법이 있지요. 매우 위험한 용 요정들은 모두……"

"쉿, 우리 아버지의 깃털을 걸고, 난 네가 냄새를 피우는 능력이 있다고 믿어! 강한 냄새. 넌 정말 진귀한 재능을 지녔구나! 전에 한 번도 본 적 없는 재능이야. 그리고 지금 네 깜짝 놀라는 표정으로 보건대, 넌 네 힘을 알아차리지 못하는 것 같네."

왜가리가 말했다.

어안이 벙벙해, 도마뱀은 할 말을 잃었다. 그 말이 사실일까? 아니면 왜가리가 자신을 잡아먹기 전에 그저 놀리고 있는 건 아닐까?

"정말 안됐구나. 재능을 지니고 있으면서도 바보같이 그걸 알아차리지 못하다니! 내 생각에, 너는 스스로 바질 냄새를 만들어내서 저 허브 사이에 안전하게 숨을 수 있었던 것 같아. 네가 그걸 알아차리든 말든 상관없어."

왜가리가 푸른색 날개를 펄럭거리며 말했다.

왜가리는 그 말을 하며 끽끽 웃어댔다. 머리가 다시 어깨 위에서 까닥까닥 움직였다. 하지만 왜가리한테 붙잡힌 도마뱀은 그 유머를 알아차리지 못하고, 그저 잠자코 있었다.

"실험을 해봐야겠어. 내 생각이 맞는다면, 너는 다른 냄새도 풍길 수 있을 거야. 참, 내 생각은 거의 언제나 맞지."

왜가리는 결심한 듯 깩깩거렸다.

"기다려봐요, 나는……."

왜가리에 잡혀 있는 도마뱀이 이의를 제기했다. 바질 냄새가 허브 밭에서 몸에 밴 것인지, 아니면 또 다른 이유 때문인지 여전히 확신이 없었다.

"그러니까, 여기 조건이 있어. 이제 잘 들어. 네 가녀린 목숨은 여기에 달렸어. 만약 네가 다른 냄새를 만들어낼 수 있다면, 이왕이면 내 마음에 드는 걸로 말이야, 그러면 내가 널 풀어주지. 그래, 널 풀어줄게! 적어도 오늘은 널 놓아주겠어. 하지만 만약 네가 바질 냄새 말고 다른 냄새를 만들어내지 못한다면, 널 당장 먹어치우고 말겠어. 한입에 꿀꺽. 아주 맛나게. 바질 향이 폴폴 나는 먹이를."

왜가리가 도마뱀의 말을 무시하고 말을 이었다.

왜가리는 자신의 농담에 만족스럽다는 듯 낄낄댔다. 그러고는 제멋대로 명령했다.

"내 조건 받아들이지? 어서 대답해. 그러면 네 능력을 발휘할 기회를 기꺼이 허락해줄 테니까. 죽음의 위협이 눈앞에 닥치면 최고의 재능을 발휘한다는 것쯤은 알지. 아니, 어쩌면 최악의 재능일지도 모르지. 어떤 경우든, 정말로 근사한 걸 할 수 있는 기회가 될 거야. 어서 대답해. 그러면 목숨은 구할 수 있으니까. 거부하면, 지금 널 저녁으로 먹어 버릴 테니까."

자신의 말을 확실하게 강조하려, 왜가리는 발 옆의 모래톱 속으로 부리를 찔러 넣었다. 순식간에, 꿈틀거리는 작은 물고기 한 마리를 잡아 한입에 삼켜 버렸다.

무엇을 하지? 도마뱀은 미친 듯이 머리를 굴렸다. 도대체 왜 이 미친 새는 도마뱀한테 마법의 힘이 있다고 생각하는 걸까? 그리고 왜가리의 말이 맞는다 하더라도, 어떻게 그 마법을 불러낼 수 있을까?

딱딱. 딱딱. 왜가리의 부리가 성마르게 소리를 냈다.

악취가 풍기는 걸 생각해보자!

도마뱀이 혼잣말을 했다. 그러고는 온 정신을 집중해 더러운 물고기 알, 썩은 사과, 구더기가 꿈틀꿈틀 기어 다니는 멧돼지 똥 더미의 모습을 쥐어짜냈다.

도마뱀은 희망을 품고, 킁킁 냄새를 맡아봤다. 아무 냄새도 나지 않았다. 바질 냄새조차 코에 이르지 않았다.

딱딱. 딱딱. 왜가리가 눈을 가늘게 뜨고 도마뱀을 노려보았다.

서둘러, 도마뱀은 다른 자극적인 생각을 떠올려보았다. 곰팡이가 핀 배, 수액이 묻은 소나무 숲, 짓눌린 딱정벌레 더미, 이제 막 핀 나팔수선화, 냄새 고약한 스컹크 가족, 그리고 썩은 알이 가득한 들판을 연이어 떠올렸다.

아무것도 없었다.

딱딱. 딱딱.

왜가리는 발 옆에서 헤엄치는 자그마한 물고기에 무심코 눈길이 갔다. 분명, 왜가리는 배가 고팠다. 그리고 분명, 왜가리는 오래 기다려주지 않을 거다.

도마뱀은 자신이 기억해낼 수 있는 가장 사소한 것들까지 모조리 그려보려 애를 썼다. 쓰러져 죽은 지 일주일이 지난 사슴의 시체, 온천수에서 솟아나는 유황 거품, 라일락꽃 덤불…….

딱딱. 딱딱.

내겐 시간이 없어. 그 모든 이미지를 아무리 쥐어짜도 냄새가 안 나.

도마뱀은 침울하게 생각했다. 잠깐만! 도마뱀은 숨을 죽였다. 어쩌면 코를 찌를 듯한 이미지를 마음속에 그려보는 게 아니라, 냄새를 생각해야 자신의 재주가 발휘되는 건지도 몰랐다. 이미지가 아닌 향기. 모습이 아닌 냄새.

딱딱.

"안타깝게도 시간이 다 됐군. 네가 나를 실망시키는구나. 그래서 아주 슬퍼. 하지만 다행히도, 뭔가를 먹으면 언제나 내 기분은 좋아지지."

왜가리가 깃털 달린 머리를 절레절레 저었다.

왜가리가 자신을 향해 부리를 구부릴 때, 도마뱀은 맹렬하게 집중하려 노력했다.

냄새를 생각해!

하지만 어떻게? 도마뱀은 그렇게 해본 적이 없었다. 자신이 그렇게 할 수 있는지조차 몰랐다.

부리가 점점 더 가까이 다가왔다. 부리가 서서히 벌어졌다. 부리 안에, 쩍 벌린 시커먼 구멍이 보였다.

사냥꾼처럼 생각해! 왜가리처럼 생각해. 먹잇감 냄새를 맡아.

도마뱀은 스스로에게 명령했다.

왜가리가 물고기를 잡기도 전에 어떻게 물고기 냄새를 알아차리는지 최선을 다해 상상해보았다. 시냇물에서 펄쩍 뛰어오르는 큼지막하고 오동통한 송어도, 왜가리는 먼저 냄새를 맡을 거다. 송어의 기름진 비늘, 물고기의 호흡. 그러고 나서 왜가리는…….

덥석. 왜가리의 부리가 쿵 닫혔다.

하지만 도마뱀을 문 게 아니었다. 왜가리는 몸을 획 돌려, 바로 뒤에서 냄새를 풍기는 물고기에 부리를 척 내리쳤다. 하지만, 놀랍게도, 그곳에는 물고기가 없었다.

"뭐지? 분명 냄새가 났는데…….."

왜가리가 이리저리 고개를 돌리면서 꽥꽥거렸다.

"송어요? 맛나게 생긴 녀석 맞지요?"

도마뱀이 물었다.

왜가리가 주위를 획 돌아보았다. 표정으로 보건대, 매우 불쾌한 듯했다. 왜가리는 이렇게 놀림을 받아본 적이 없었다. 이미 확실하게 잡아놓은 먹잇감한테 분명 그런 놀림을 받은 적은 없었다. 도마뱀은 초조한 듯 침을 꼴깍 삼켰다. 왜가리가 자신이 제시했던 거래로 돌아갈까? 그 거래를 지킬 생각이 있기는 한 걸까?

왜가리는 자신의 먹잇감을 다리로 단단히 쥐었다. 그러다가 갑자기 풀어주었다. 도마뱀이 갈대가 많은 모래톱에 풍덩 빠졌다. 도마뱀은 뭍을 향해 조용히 헤엄쳤다.

"축하한다. 너는 비범한 삶을 살고 있는 것 같구나. 정말로 비범한 삶이야! 어쩌면 목숨이 아주 길지도 모르겠다."

왜가리가 넓적한 날개를 펄럭이며 말했다. 그러더니 도마뱀을 노려보았다.

"네가 내 근처에서 다시 송어 냄새를 풍기지 않는다면 말이야."

왜가리는 낮게 몸을 숙이고 속삭였다.

도마뱀은 몸이 뻣뻣하게 굳었다. 즉각, 물고기 냄새가 허공에서 사라졌다. 여전히, 왜가리의 부리가 자기 얼굴 가까이 있는 게 아주 불편했다. 왜가리는 분명 거의 잡아먹을 뻔했던 맛있는 물고기를 생각하고 있을지도 모른다. 순간적으로, 도마뱀은 무엇을 할지 깨달았다. 그래서 두 눈을 감고 새로운 냄새에 집중했다.

"수수께끼 같은 꼬맹이 짐승아, 넌 오늘 두 가지 중요한 교훈을 배웠어. 네 힘을 사용하는 방법뿐만 아니라 적을 기쁘게 해주는 법도 알게 된 거야."

왜가리가 즐거운 듯 고개를 끄덕거리며 말했다.

도마뱀은 고개를 들어 왜가리를 올려다보았다. 초록색 눈동자가 반짝였다.

"맞아요. 하지만 한 가지는 틀렸어요."

왜가리가 호기심에 고개를 까닥거렸다.

"당신은 제 사냥꾼일지 몰라요. 하지만 정말로…… 당신은 제 적이 아니에요."

도마뱀이 설명했다.

왜가리가 좀 더 가까이 다가갔다.

"네 말이 맞을 수도 있어, 꼬마야. 적어도 오늘은 말이야. 자, 헤어지기 전에 말해봐. 네 이름이 뭐니?"

도마뱀이 눈을 깜빡거렸다. 자신에게는 이름이 없다는 사실이 갑자기 떠올랐다.

"저는…… 저도 몰라요."

왜가리가 깜짝 놀라 청회색 날개를 펄럭거렸다.

"모른다고? 이름을 모른다고? 그렇다면, 내가 너한테 이름을 지어줘도 괜찮겠니?"

이윽고 부리를 크게 딱딱거리며 큰 소리로 말했다.

"네 이름은, 지금부터, 그러니까……."

왜가리가 잠시 말을 멈추고는 콩콩 냄새를 맡았다.

"바질이야. 그래 맞아, 바질."

도마뱀이 기쁜 듯 고개를 끄덕였다.

"그럼 당신 이름은 뭔가요?"

"걸피버(Gullpiver), 위대한 왜가리."

왜가리가 당당하게 말했다.

"만나서 반가워요. 그리고 저는 바질이에요. 너무나도 위험한 용 요정이에요."

도마뱀이 뒷다리로 똑바로 서서 왜가리에게 진심에서 우러나는 인사를 건넸다.

6

내가 사는 세상

나는 그날 매우 소중한 걸 배웠다. 내가 결코 잊지 못할 교훈. 남의 말을 귀담아듣는 게 중요하다. 이야기가 아무리 엉뚱하고 요상할지라도. …… 그 이야기를 하는 자가 아무리 엉뚱하고 요상할지라도.

아발론 5년

다행스럽게도, 바질은 숨어 있던 양배추 잎사귀에서 쏜살같이 튀어 나와 우뚝 솟은 솔송나무 뿌리로 기어올라갔다. 전에도 수없이 그랬던 것처럼, 커다란 나무둥치로 서둘러 올라갔다. 그곳에서 자신이 좋아하는 은신처, 나무둥치 옹이의 자그마한 굴을 살펴보았다. 등에 달린 날개가 불편할 정도로 딱딱하고 뻣뻣했지만, 굴의 좁은 입구 속으로 가까스로 비집고 들어갈 수는 있었다. 바질은 평소처럼 먹을거리를 가지고 왔다. 통통한 노란 버섯이 약간 상하기는 했다. 오소리가 잠들어 있는 굴에서 훔쳐온 것이었다.

"오소리는 이 버섯이 그다지 아쉽지 않을 거야."

바질이 부드러운 굴 바닥에 편안한 자세로 앉으며 말했다. 고개를 끄덕이며, 자신의 생각이 전적으로 옳다고 믿었다. 자신과 대화를 나누는 일은 놀라울 정도로 유쾌한 여가 시간이 된다는 걸 잘 알았다. 게다가 포식자들을 피하느라 대부분의 시간을 보냈기에, 다른 누구와 대화를 나눌 기회가 거의 없었다.

"뚱뚱한 늙은이 바보, 녀석은 어쨌든 오늘 덜 먹겠군."

바질은 이어 말했다.

버섯 줄기를 한입 크게 베어 물고 천천히 씹으며, 삼림 특유의 풍부한 향을 맛보았다. 두 눈으로는 솔송나무 송진으로 반짝반짝 빛나는 굴 벽의 나뭇결을 살펴보았다.

"음, 여기서 먹으니까 정말 좋네. 조용하고 편안해, 혼자 있으니까."

말은 그렇게 했지만, 거짓말이라는 걸 바질은 알고 있었다. 분명, 바질은 이 숨겨진 틈 속에서의 은둔 생활을 좋아했다. 하지만 왜? 이곳의 편안한 고립 때문은 아니었다. 이곳이 안전했기 때문이다. 밖에서는 이곳이 보이지도 않을 뿐더러, 다른 냄새도 나지 않았다.(바질이 들어올 때마다 내뿜는 솔송나무 송진의 강력한 냄새 덕분이었다.) 사실, 좋아서 혼자 지내는 건 아니다. 다른 생명체들이 살고 있는 바깥세상에서 다른 방법으로 사는 게 두려웠기 때문이었다.

바질은 한입 더 베어 물고는 곰곰 생각하며 씹었다. 애처롭게도, 바질은 궁금했다.

내가 항상 혼자 살아가게 될까? 항상 숨어 살아야 할까?

바질은 얼굴을 찡그렸다. 그러자 찻잔 모양의 귀가 주둥이 위에서 펄럭거렸다. 고개를 절레절레 저어, 귀를 제자리로 돌려놓았다. 그러고는 전혀 예상하지 못한 행동을 했다. 이전에는 한 번도 해보지 않은 행동이었다.

바질은 버섯을 굴 바닥에 내려놓고 밖으로 기어 나갔다. 머뭇머뭇 천천히, 숲의 눅눅한 공기 속으로 코를 내밀었다. 그러고는, 자신을 잡아먹을 것 같은 동물이 있는지 조심스럽게 확인했다. 사납게 생긴 살찐 오소리 한 마리를 발견하고는, 방향을 돌려 나무를 기어오르기 시작했다.

바질은 나무둥치가 거칠거칠하게 솟아난 곳을 조심스럽게 기어올라갔다. 기어오르는 데 짐이 되는 딱딱한 날개는 애써 무시하고, 훨씬 더 심각한 위험에 집중했다. 포식자들. 바질은 자신을 숨기려 솔송나무 향을 강하게 내뿜었다. 하지만 초록색 몸통은 짙은 갈색 나무껍질과 대조를 이루어 불꽃처럼 빛났다. 가슴이 두근거리며 끊임없이 고동쳤다. 이것이 위험하다는 걸 잘 알고 있었으니까. 어리석도록 위험했다. 하지만 바질은 여전히 계속 올라갔다.

"나는 이 숲을 제대로 볼 거야. 그냥 숲 사이를 도망 다니는 게 아니라, 무엇이 나를 먹어치우려는지 똑똑히 보겠어."

바질은 높이 올라가며 혼잣말을 했다.

툭 튀어나온 옹이 주변을 재빨리 달렸다. 자신의 몸이 새, 뱀, 마법의 혀를 지닌 독거미 타란툴라(먹잇감을 몇 초 만에 잠재울 수 있다), 그리고 나무에 사는 다른 사냥꾼들에게 그대로 드러난다는 사실은 굳이 생각하고 싶지 않았다.

"내가 사는 세상을 알고 싶어. 적어도 딱 한 번만이라도 제대로 보고 싶어."

바질은 거친 숨을 헉헉 몰아쉬었다.

바질은 넓은 나뭇가지 위에 능숙하게 매달려, 근처 솔잎 뭉치 밖으로 서둘러갔다. 푸른 잎 속으로 몸을 숨긴 순간, 커다란 귀깃이 달린 올빼미 한 마리가 깃털 구름처럼 조용하게 스쳐 지나갔다. 하지만 올빼미는 바질의 밝은 비늘 또는 쿵쿵 뛰는 자그마한 심장 소리를 알아차리지 못했다.

잠시 뒤, 바질은 나뭇가지의 움푹한 옹이 안에 자리 잡았다. 다른 동물의 눈에 띄지 않게 솔송나무 솔잎에 숨어, 자신을 둘러싼 주변을 훨씬 더 잘 볼 수 있었다. 고개를 이리저리 돌리며, 풍요롭고 다양한 숲 속 삶을 바라보았다.

멀지 않은 곳의 백향목 위, 자주색-왕관의 딱따구리 한 마리가 나무껍질 속에서 곤충을 찾고 있었다. 다람쥐 한 쌍이 튼튼한 나뭇가지에서 다음 나뭇가지로 껑충 뛰었다. 밝은 눈의 너구리 가족이 밤나무 나무 둥치 구멍 속에서 밖을 내다보고 있었다. 황금빛 날개의 나비들이 팔랑팔랑 날갯짓을 하며 날아가고, 꿀벌 떼가 윙윙거리고, 개미 떼가 자두나무 뿌리를 가로질러 행군했다. 바질이 제대로 알아차리지 못하는 몇몇 눈동자가 반짝였다. 심홍색 눈동자 한 쌍은 나무를 오르는 살무사의 것이었다. 덩굴이 축축 늘어진 굵은 참나무 나뭇가지가 사실은 퓨마의 몸이라는 걸 알아차리고 바질은 화들짝 놀랐다. 퓨마의 배는, 갓 잡아먹은 먹이로 빵빵했다. 숨을 쉴 때마다 배가 오르락내리락 출렁거렸다. 고양이 같은 발톱은 가까이 날아드는 곤충들을 이따금씩 후려쳤다.

바질은 그 모든 광경, 그 모든 소리와 냄새를 음미했다. 새들이 사방에서 지저귀며 노래했다. 다람쥐들이 나무 열매를 딱딱 쪼개 열고, 이웃들과 수다를 떨었다. 아침 햇살을 받아 도르르 풀린 고사리가 산들바람에 부드럽게 몸을 떨었다. 고사리는 향을 짙게 내뿜었다. 그 향이 바질의 코와 마음을 간지럽혔다. 큰 소리로 웃지 않고 조용히 있으려, 바질은 혓바닥을 깨물어야만 했다. 거미줄에서는 축축한 곰팡내가 났다. 이끼에서는 그 자체의 향이 뿜어져 나왔다. 때로는 리버탕 열매처럼 달콤하게, 때로는 레몬그라스처럼 새콤하게.

갑작스레, 바로 위의 나뭇가지에서 새로운 소리가 들려왔다. 마치 새 여러 마리가 한꺼번에 내려앉은 것처럼, 깃털이 요란스레 부스럭거리는 소리. 그러고는 메마른 거친 목소리가 들려왔다.

까마귀 떼로군. 대여섯 마리쯤 되겠네. 더 많을 수도 있고.

바질은 솔잎 사이로 검은 날개 끝이 반짝이는 걸 보고 한눈에 결론을 내렸다.

"거인들, 깍깍, 크고 못생겼어, 안개 속에서 올라왔어, 거인들은, 이곳 뿌리 영토에 새로운 집을 지으려고 해. 덩치가 언덕보다 크고, 입은 호수 하나를 삼킬 정도로 커! 내가 직접 봤다니까."

까마귀 하나가 깍깍거리며 말했다.

"깍깍, 내 생각에 지금쯤이면 이주가 다 끝났을 거야! 잃어버린 핀카이라의 섬은 말똥가리의 뇌처럼 텅 비었을 거야. 온갖 새하고 짐승들이 아발론으로 오고 있으니까. 이제 그만 좀 오면 좋겠어. 우리를 가만 내버려두면 좋겠다고."

까마귀는 부리를 딱딱거리며 떠벌였다.

"그렇다면 너는 도대체 어디서 왔다고 생각하는 거야? 이 석탄처럼 축 늘어진 꼬리 덩어리야? 마법의 땅 맬록(Maloch)에서 탄생한 생명체들만 제외하고, 전부 다 핀카이라에서 이곳으로 온 거라고."

"넌 말도 안 되는 그 말을 믿는구나, 그렇지? 이봐, 멍청한 강아지 요정들조차 그 이야기를 안 믿을 걸."

까옥까옥 우는 시끄러운 소리 위로, 까마귀가 말을 이었다.

"아발론의 주민들은 누구도 흙으로 만든 게 아니야. 내가 몇 번을 말해야 알겠어? 아무리 강력한 마법사 멀린이라 해도 그렇게 대단한 마법은 사용할 수 없을 거야. 어쨌든 멀린은 더 이상 이 근처에 없어. 다른 곳을 보러 갔다고, 안개 너머 저 멀리로."

"멀린이 돌아오고 있다는 이야기를 들었어. 지구에서 할 일을 다 하고 나면 아발론의 집으로 올 거야."

쉰 목소리 하나가 깍깍거렸다. 바질이 듣기에는 확실히 암컷 같았다. 동료들의 시끄러운 울음소리 위로, 암컷 까마귀가 또렷하게 말했다.

"멀린은 돌아올 이유가 충분해. 아주 충분하지."

"뭐야, 자기가 심은 나무가 얼마나 큰지 확인하려고? 깍-깍-깍깍! 정원사 멀린!"

"아니야, 이 멍청아."

암컷 까마귀는 새로운 소식을 전하기 위해 무리들이 조용해지기를 기다리며 날개를 퍼덕였다. 점차, 까마귀들이 조용해졌다. 바질도 암컷 까마귀가 전하는 소식을 하나도 놓치지 않으려고 저 아래 나뭇가지 위에서 고개를 치켜들었다.

"멀린한테 짝이 있다고! 나도 알아, 난 멀린이 떠나기 바로 전에 둘이 같이 있는 걸 봤단 말이야. 커다란 사슴 눈의 여인이지. 깍-깍-깍깍! 이름은 할리아야. 내가 분명히 장담하는데, 멀린은 할리아한테 다시 돌아올 거야."

"왜? 그 여자가 멀린한테 돈을 빌렸어?"

의심 많은 까마귀 친구 하나가 깍깍거렸다.

"아니, 이 멍청아!"

암컷 까마귀의 목소리가 부드러워졌다.

"사랑에 **빠졌거든**."

"멀린이? 사랑에 빠졌다고? 깍깍, 말도 안 돼!"

"깍깍, 내 생각에, 멀린은 그렇게 멍청하지 않을 텐데."

"아무리 마법사라 해도 멍청할 수 있다는 걸 증명하는 거지 뭐."

그 말에, 까마귀들은 웃기 시작했다. 하도 심하게 웃는 바람에 그 소리가 아무렇게나 크게 울려 퍼졌다. 이제 여기저기서 터져 나오는 한바탕 소란스러운 말 이외에는 아무 것도 들리지 않았다. 하지만 바질은 신경 쓰지 않았다. 바질은 이미 마음을 빼앗길 만큼 실컷 들었다.

이곳의 생명체들, 이곳의 마법, 그리고 이곳의 이야기들을 거의 모르면서 어떻게 그동안 이 숲속에서 살아올 수 있었을까? 까마귀들이 말한 다른 영토는 도대체 어떤 곳일까? 그 영토는 정확히 어디에 있을까? 어떤 신비로움을 간직하고 있을까? 하늘을 날지 않고도 그곳을 볼 수 있을까? 만약 언젠가 날 수 있게 된다면, 정확히 어디로 가야 할까? 멀린에 대해 더 많은 이야기를 들을 수 있을까? 그 마법사가 정말로 아발론으로 돌아올까?

이 모든 질문과 더 많은 질문이 봄의 홍수처럼 바질의 마음속에 마구 밀려왔다. 머리 위에서 까마귀들이 하는 이야기를 바질은 좀 더 들었다. 까마귀들은 다시 잡담으로 돌아갔다. 바질은 이곳에 다시 오리라 다짐했다. 가능한 자주. 까마귀들이 또 올지 모르니까. 덧붙여, 바질은 이 세상에 대해 더 많은 걸 목격할 수 있는 더 많은 장소를 찾겠다고 다짐했다. 가급적이면 잡아먹히지 않고 말이다.

"위험을 무릅쓸 가치가 있어. 결국, 이곳은 내가 사는 세상이기도 하니까! 그리고 놀라운 세상이니까. 나는 이 세상을 좀 더 잘 알고 싶어."

바질은 솔송나무 나뭇가지의 베일 아래에서 속삭였다.

갑작스레, 의심이 물결처럼 일었다. 이곳이 정말 자신의 세상일까? 만약 자신이 어디에 어울리는지 알지 못한다면? 바질은 무엇이 자신을 특별하게 만드는지 말하는 것은 둘째 치고, 자신이 진짜 어떤 종류의 생명체인지도 제대로 말할 수 없었다.

바질은 두 귀를 팔랑거리며 가느다란 목을 떨었다.

"여기는 내가 사는 세상이야. 이곳은 내가 있는 곳이야. 이곳에 까마귀, 퓨마, 마법사가 있는 것처럼."

바질이 단호하게 선언했다.

의심을 밀쳐내고, 바질은 자신이 새롭게 알게 된 사실을 생각했다. 숲이 어둑해지기 시작했다. 마침내 별이 지며 숲 전체로 황금빛이 스며들며, 반짝이는 별빛이 하늘과 땅에 쭉 뻗었다. 좀 더 안전한 곳을 찾아야 한다는 걸 잘 알고 있었지만, 바질은 이곳 나뭇가지 위에 그대로 남아 있기로, 그리고 밤의 새로운 소리와 냄새를 경험하기로 다짐했다.

박쥐 한 마리가 머리 위로 날아올랐다. 들쭉날쭉한 날개가 가까이 다가왔다. 바질의 코 위, 솔송나무 솔잎이 흔들릴 정도로 가까이. 하지만 바질은 알아차리지 못했다. 바질은 주위를 경계하며 불편한 잠에 빠져들었다.

7

단검

당신이 간절히 바라는 것을 조심하라고 누가 경고했는가? 그자가 누구든, 나는 그자를 바위 산 아래에 뭉개 버리고 싶다. 내장을 갈기갈기 찢어주고 싶다. 이글이글 타오르는 불꽃에 지글지글 구워 버리고 싶다. 그러고 나서…… 그 말이 옳다고 말해주리라.

바질은 높은 솔송나무 나뭇가지에서 깜빡깜빡 잠이 들었다. 그날의 불편한 경험 때문인지, 쓸모없는 날개가 불편해서인지, 또는 땅에서 높은 곳에 있다는 사실 때문인지, 거의 잠을 이룰 수 없었다. 한밤의 공격자들, 보이지 않는 공포, 언제든 땅으로 곤두박질치게 만드는 갑작스러운 폭풍에 그대로 노출되어 있었다.

바질은 얇은 솔잎 담요 아래에서 꾸벅꾸벅 졸며, 발을 차며 낑낑거렸다. 그러는 내내, 꿈을 꾸었다. 하지만 꿈이라기에는 그 이미지가 너무 선명하고, 그 고통이 너무도 생생하게 느껴졌다.

바질은 솔송나무 솔잎 침상 위에 똑바로 누웠다. 하지만 솔잎은 숲 바닥과 마찬가지로 평편하지 않았다. 아니, 솔잎은 똑바로 서서, 마치 단검처럼, 비늘 덮인 등을 쿡쿡 찔러댔다. 바질은 몸을 뒤집으러 낑낑댔지만, 꼼짝할 수 없었다. 날카로운 솔잎 위에서 고통스럽게 몸부림칠 뿐이었다.

"그만해! 날 놓아줘!"

바질이 자신을 둘러싸고 있는 어둠을 향해 소리쳤다.

아무도 그 말을 듣지 않았다. 아무도 오지 않았다. 바질은 완벽하게, 철저히 혼자였다.

그 고통스러운 깨달음이 그 어떤 단검보다 더 깊게 찔렀다. 등이 아니라…… 몸 안 깊숙한 어딘가를.

"그만해!"

바질이 다시 소리쳤다. 이번에는 훨씬 더 힘없이.

아무런 대답도 없었다.

아무도 도와주지 않았다.

몸부림치면 칠수록, 고통은 커져만 갔다. 그리고 고통이 커질수록, 고독은 더 깊어갔다.

시간이 흘러갔다. 몸부림과 고통으로 가득 찬 시간이었다. 바질의 그 어떤 행동도 중요해 보이지 않았다. 바질이 내뱉은 그 어떤 말도 다른 누군가에게 닿지 않았다. 분명 우주로부터 아주 멀리 떨어져 있는 것 같았다. 자신만의 사적인 영역에 매달려 있는 것 같았다. 고통스러운 거친 현실만이, 그리고 솔송나무에 항상 존재하는 냄새만이, 자신이 아직 살아 있다는 걸 확인시켜 주었다.

하지만 왜 아직도 살아 있지? 고통에 몸부림치기 위해서? 다른 무언가를, 다른 더 많은 걸 아파하기 위해서?

아무런 대답이 없었다.

아무도 도와주지 않았다.

마침내…… 드디어, 주변의 어둠 속에서 손가락 하나가 뻗어 나왔다. 손에 빛나는 불꽃이 들려 있었다. 횃불. 어깨 위에는 반짝반짝 빛나는 별이 흩뿌려진 망토가 매달려 있었다. 그리고 덥수룩한 검은 턱수염 아래, 부드러운 미소를 머금은 입을 굳게 다물고 있었다. 별들 사이의 공간보다 더 검고 짙은 그 눈동자를 바라보기도 전에, 바질은 이 사람이 누구인지 정확하게 알았다.

"멀린! 당신이 돌아왔군요. 정말로 돌아왔군요!"

바질이 소리쳤다.

그 사람은 아무 말도 하지 않았다. 아주 오랫동안, 둘은 조용히 서로를 바라보기만 했다. 바질은 착각한 건 아닐까 의심이 들기 시작했다. 그러다…….

조용히, 불확실하게, 바질이 말했다.

"멀린, 당신의 마법으로 저를 도와줄 수 있나요?"

마법사는 가까이 다가왔다. 한 손에 횃불을 들고, 다른 한 손을 바질을 향해 내밀었다. 손은 가까이 다가오고 더 가까이 다가와, 마침내 손가락 끝이 바질의 코에 닿을 듯했다. 잠시 뒤, 그 손이 자신을 도와주고, 자유롭게 풀어주리라는 걸 바질은 알았다. 바질은 그 마법이 자신에 닿기를 가슴 졸이며 기다렸다.

멀린이 자신을 만지려는 바로 그 순간…….

어둠보다 더 어두운 치명적인 생명체가 나타났다! 그 녀석은 박쥐를 닮은 거대한 날개를 흔들며, 멀린을 잔인하게 공격했다. 호되게 때리고 물어뜯으며 죽이려 안달을 했다. 마법사는 힘껏 맞섰지만, 분명 허둥거리고 있었다.

"안 돼!"

바질은 끔찍한 소음 위로 비명을 질렀다. 온 힘을 다해, 자신의 눈에 보이지 않는 족쇄를 깨려 싸웠다. 마침내, 온몸을 비틀어 풀려났다. 바질은 단검 끝에서 벗어나자마자 몸을 굴리며, 멀린을 공격한 녀석 위에 떨어졌다.

바질은 맹렬하게 싸웠다. 꼬리를 마구 휘두르고, 입으로 덥석 물어뜯었다. 보잘것없고 너덜너덜한 날개조차도 바질의 명령에 따라 움직이는 것 같았다. 괴물이 자신보다 몇 배나 컸지만, 바질은 맹렬하게 맞서 싸웠다. 하지만 바질의 모든 힘, 그리고 마법사의 모든 힘은, 박쥐를 닮은 생명체에 필적할 수 없었다. 이음매가 굽은 강력한 날개가 바질과 마법사 위에 펼쳐져…… 짓누르고…… 완전히 덮었다.

멀린의 기세가 꺾였다. 멀린은 신음했는데, 목숨이 꺼져가는 소리였다. 마법사와 바질은 계속 몸부림쳤다. 하지만 치명적인 날개가 꽉 조일 때, 이들의 동작은 무뎌졌다. 바질은 마법사의 손이 자신의 귀를 누르는 것을 느꼈다. 그러고는, 마지막으로 손이 축 늘어졌다. 마법사는 마침내 꿈쩍도 하지 않았다.

"안 돼, 제발! 멈추지 마. 죽지 마!"

바질이 외쳤다.

마법사는 다시 꿈틀거리며 마지막으로 한 번 몸을 떨었다.

"일어나!"

바질이 다시 외치며, 멀린의 가슴에 자기 머리를 부딪쳤다. 세게 부딪쳤다. 한 번, 두 번, 세 번.

그러고 나서 바질은 잠에서 깨어났다. 그런데 바질은 죽어가는 마법사 위가 아니라, 솔송나무 나뭇가지 위에 누워 있었다. 멀린의 가슴에 자신의 머리를 부딪친 게 아니라, 나뭇가지를 치고 있었다. 그래서 턱이 아팠던 것이다. 그래서 나무껍질 조각들이 아래로 떨어지며 별빛 속에서 반짝였던 것이다.

현기증이 나고 괴로워, 도마뱀은 나뭇가지 위에 누워 숨을 헉헉댔다.

꿈! 너무나도 진짜 같고…… 너무나도 사실 같았어.

바질은 설레설레 고개를 저었다. 머리가 여전히 핑핑 돌았다.

도대체 어떤 생명체가 멀린을 공격한 걸까? 왜 공격했을까? 그 거대하고 들쭉날쭉한 날개는 정말이지 무시무시했다. 용의 날개라기보다는 박쥐의 날개를 닮았다. 도대체 어떤 짐승이 그런 날개를 지녔을까?

더 많은 질문들이 바질을 따라다녔다. 그 꿈은, 아니면 그 환영은 무엇을 의미하는 걸까? 정말로 멀린이 아발론으로 돌아오고 있는 걸까? 이미 이곳에 와 있는 건 아닐까? 이윽고, 바질은 불길함을 느꼈다. 그 꿈이 멀린의 죽음을 암시하는 걸까? 만약 이곳으로 돌아온다면, 끔찍한 운명이 멀린을 기다리고 있는 걸까? 왜 바질이 그런 꿈을 꾸었을까?

이 모든 질문이 바질의 머릿속을 마구 두드렸다. 이런 질문이 어둠 속에서 솟아나 바질에게 덤벼들었다. 박쥐를 닮은 날개 달린 생명체가 멀린에게 덤벼든 것처럼. 그러고 나서 대답 없이 물러났다. 그러고는 또다시 달려들었다.

바질은 초조하게 이빨을 부드득 갈았다. 왜냐하면 거기에는 한 가지 질문이 더 있었기 때문이다. 나머지 모든 것보다 훨씬 더 놀라운 질문. 절대 떠나지 않는 질문. 열심히 노력했지만, 그 질문을 떨쳐낼 수는 없었다. 그 질문에 답할 수도 없었다. 그 위험천만한 생명체가 저 야생에 존재할까? 바질이 앞으로 마주하게 될 생명체일까? 아니면 그것이 사실은…… 바질 그 자신은 아닐까?

바질은 어둠 속을 뚫어지게 바라보며 궁금해했다. 바로 그때, 시커먼 모습 하나가 흘긋 보였다. 나뭇가지 위에 있는 자신을 향해 기다랗고 유연하게, 스르르 미끄러져왔다. 뱀! 이번에는 꿈이 아니었다. 그 뱀은 실제로 있었다. 그 눈동자 속의 치명적인 반짝임만큼이나 진짜였다.

바질은 몸이 굳었다. 이제 무엇을 할 수 있을까? 어디로 갈 수 있을까? 나뭇가지만큼이나 굵은 뱀이 나무둥치로 돌아갈 수 있는 길을 막아섰다. 바질이 알아차렸다는 것을 알고, 뱀은 속도를 높여 재빨리 미끄러져왔다. 입은 이미 쩍 벌어졌다. 굴곡진 엄니 한 쌍이 별빛을 받아 번들거렸다. 저 엄니가 자신에게 덤벼들 것임을 바질은 순간적으로 알았다.

뱀이 더 가까이 스르르 미끄러져왔다. 그리고 더 가까이. 바질은 두려움에 떨며 지켜보았다. 심장만이 마구 날뛰었을 뿐, 온몸은 꽁꽁 얼어붙었다. 어둠 속에서 식식 소리가 시끄럽게 울려 퍼졌다. 그리고 뱀이 공격해, 콱 깨물었다.

하지만 뱀의 주둥이가 허공에서 닫혔다. 마지막 순간, 바질이 상상할 수 없는 행동을 했으니까. 바질은 나뭇가지에서 뛰어내렸다…….

그리고 날았다. 갑작스럽게 바람이 불어와, 두 날개가 활짝 펴졌다. 날개가 쭉 펼쳐지며, 떨어지는 몸을 지탱해주었다. 뼈와 힘줄이 단단해지며, 날개가 드디어 제 할 일을 보여주었다.

내가 하늘을 날고 있어!

바질은 생각했다. 바람을 타고 있는 자신을 느끼며 놀랐다. 공기가 코와 귀를 스쳐 지나갔다. 바질은 아래쪽으로 둥둥 떠내려갔다. 백향목 나뭇가지 가장자리를 스치듯 지나, 어린 다람쥐 한 마리 곁을 바짝 날아갔다. 너무 가까이 날아서 다람쥐의 부드러운 수염을 핥을 수 있을 정도였다. 바질은 자유를 느꼈다. 우아함을 느꼈다.

그런다고 해서, 착륙은 고사하고 날개를 조종하는 법을 알고 있었다는 건 아니다. 뱀에게서 도망치고 있다는 것, 그리고 이제 날고 있다는 사실에 놀라 어안이 벙벙한 채, 바질은 이 새로운 경험 말고는 그 어떤 것도 집중할 수 없었다. 하지만 그게 무슨 상관이란 말인가? 결국 드디어 하늘에 떠 있지 않은가!

쿵!

바질은 나뭇가지에 붙어 있는 뒤얽힌 겨우살이에 부딪혀, 속수무책으로 아래로 굴러, 솔잎과 함께 떨어졌다. 어린 나무가 촘촘하게 자라는 숲 속으로. 아래로 추락하며, 잔가지의 맛을 느끼며, 양배추 잎사귀에 내려앉았다. 잎사귀를 찢으며, 마침내 쿵 땅에 떨어졌다. 너무 세게 떨어지는 바람에 한동안 머리가 어질어질했다. 하지만 다행히 뼈는 부러지지 않았다.

내가…… 날았어. 내가 마침내 날았어!

바질은 생각했다. 두 눈은 이제 다시 초점을 맞출 수 있었다.

바질은 찢어진 양배추 잎사귀 지붕 아래에서 기어 나와…… 두 날개를 쫙 펼쳤다. 날개를 응시했다. 무척이나 믿음직스럽고 탄탄했다. 살갗이 흩어진 별빛 속에서 반짝반짝 빛났다. 바질은 날개를 앞뒤로 흔들어, 얼굴에 닿는 공기를 느꼈다. 전에 한 번도 느껴보지 못한 기분이었다. 하지만 문득, 이 불꽃같은 기쁨에 재를 뿌리는 뭔가를 알아차렸다.

들쭉날쭉하고 앙상한 날개가 너무나 익숙해 보였다. 그것은 박쥐의 날개를 닮았다. 꿈속에서 한 번 보았던 생명체의 날개를 닮아 있었다.

8

경솔하고 무모한 생각

'크기'를 정의하는 건 생각처럼 쉽지 않다. 눈으로 보는 것보다 느끼는 것이 더 중요하다. 똑같은 사람이라 하더라도 산처럼 거대하고 영속적으로 느껴지기도 하고, 호흡처럼 순간적이며 가볍게 느껴지기도 한다.

아발론 7년

획.

거대한 날개가 바질의 머리 바로 위, 허공을 갈랐다. 만약 날개가 털 끝만큼이라도 낮게 날았다면, 힘껏 던진 돌에 맞은 것처럼 바질을 하늘에서 곧장 내동댕이쳤을 것이다. 실제로, 갑작스러운 돌풍이 불어와 바질은 무기력하게 아래쪽으로 곤두박질쳤다.

머리 바로 위에서 허공을 긁어대는 그 끔찍한 발톱을 보지 않고도, 다크틸새(dactylbird)가 자신을 공격하고 있다는 사실을 알아차렸다. 다크틸새는 아발론의 가장 포악한 포식자로, 대부분의 포식자들과 달리 이 새는 먹기 위해서가 아니라 그저 재미 삼아 살생을 즐긴다.

하늘을 나는 것은, 그 첫 번째 놀라운 발견 이후로 줄곧, 완전히 즐겁지만은 않았다. 바질은 갑작스러운 돌풍에 무척이나 자주 균형을 잃었다. 날개 끝이 나뭇가지에 퍽 자주 걸렸다. 또한 떨쳐낼 수 없는 기억에 바질은 괴로웠다. 어쩌면 자신의 날개일지도 모를 박쥐처럼 생긴 날개가 위대한 마법사 멀린을 공격하던 생생한 꿈의 기억…….

그럼에도 불구하고, 하늘을 날면 상당히 많은 이점이 생겼다. 바질은 날개 덕분에 문제를 피할 수 있었다. 포식자들도 피할 수 있었다. 게다가 어쩌면 자신이 진짜 어떤 생명체인지 알 수 있을 만큼 충분히 오래 살아남을 수 있을지도 몰랐다.

하늘 위에서 자신을 발견한 다크틸새가 아래로 곤두박질쳐 죽이려 달려들기 전까지는…….

바질은 빙빙 돌며 아래로 떨어졌다. 앙상한 팔꿈치 하나를 힘겹게 펼쳐 마침내 몸을 곧게 폈다. 들쭉날쭉한 자그마한 날개를 펴고, 마침내 균형을 찾았다. 바질은 뾰족한 가문비나무 꼭대기 위로 날았다. 가문비나무가 아주 무성하게 자라서, 하늘에서 보면 땅을 덮고 있는 거대한 초록색 이끼 덩어리처럼 보였다.

그 순간, 다크틸새가 다시 한 번 구름 속에서 솟아올랐다. 새는 단검처럼 날카로운 발톱을 들어 올려, 자신을 운 좋게 잘도 피해 버린 바질을 향해 곧장 달려들었다. 두꺼운 눈꺼풀이 덮인 새의 눈동자가 분노로 이글거리며 찌릿 붉게 빛났다. 새라기보다는 도마뱀의 몸에 쪼그라든 박쥐 같은 이 보잘 것 없는 건방진 녀석을 잡으러 이미 너무 많은 노력을 허비했기 때문이다.

바람을 가르는 소리에, 바질의 찻잔 모양의 두 귀가 굳었다. 보지도 않고, 한쪽 날개를 들어 왼쪽으로 재빨리 돌렸다. 바로 그 순간, 다크틸새의 시커먼 모습이 방금 전까지 바질이 날고 있던 바로 그곳으로 뛰어들었다.

새가 화가 나 울어대자, 귀청이 찢어져 나갈 것 같은 소리가 저 아래 가문비나무 사이로 울려 퍼졌다. 숲속에 있던 다람쥐와 벌새와 뱀이 깜짝 놀라 두려움에 온몸이 굳어 도토리, 풀잎, 잡아가던 맛난 딱정벌레를 떨어트렸다. 다크틸새가 다가온다는 것, 그건 오직 한 가지만을 의미했다. 즉, 누군가 곧 목숨을 잃을 것이다.

바질은 나무 꼭대기 위에서 빙그르르 돌며, 킬러 새의 추격을 따돌리려 했다. 이제 뭘 하지? 어떻게 도망치지?

두 눈으로 초조하게 주변을 쫓으며, 마땅한 은신처가 있는지 찾았다. 가문비나무의 촘촘한 초록색 나뭇가지가 도움이 될지도 모른다. 하지만 자신이 지금 아주 높은 곳에 있었기에, 가장 큰 나무조차 너무 멀리 떨어져 있었다. 바질은 다크틸새의 발톱이 자신의 몸을 산산조각 내기전 그곳까지 재빨리 도착할 수가 없었다. 자신을 보호해줄 만큼 가까운 나무 하나 없었다. 말라 죽은 가문비나무 하나를 제외하고. 그 나무는 다른 나무 보다 위로 높이 솟아 있었지만, 가지에 초록 잎 하나 달려 있지 않았다.

즉각, 바질의 눈이 새로이 떠오른 아이디어로 빛이 났다. 경솔하고 무모하고, 필사적인 생각이었다. 실패가 거의 확실했지만, 그것만이 유일한 희망이었다. 그리고 만약 그 계획이 기적적으로 실현된다면……

다크틸새가 다시 큰 소리로 울어댔다. 거대하고 뾰족한 날개를 펄럭이며, 곧장 바질을 향해 날아왔다. 잔인한 발톱이 허공을 갈랐다. 힘차게 날갯짓하며, 더 가까이 날쌔게 움직였다.

바질은 겁먹어 울부짖으며 빙글 돌아 죽은 가문비나무를 향해 온 힘을 다해 날아갔다. 바질의 지나치게 큰 귀가 바람 때문에 머리에 딱 달라붙어 있었기에, 적의 날갯짓 소리는 더 이상 들리지 않았다. 하지만 킬러 새가 속도를 높이고 있다는 걸 본능적으로 알았다.

바질은 앙상한 날개를 맹렬하게 펄럭거리며, 죽은 나무를 향해 점점 더 가까이 다가갔다. 그러느라 얄팍한 가슴이 들썩였다. 온몸의 근육이 곧 터질 듯했다. 바질은 그 어느 때보다 빨리 날았다.

하지만 그렇게 빠르지는 않았다. 다크틸새가 바로 뒤에서 쫓아왔다. 공격자의 부리가 바질의 앙상한 꼬리를 덥석 물어, 꼬리 끝에 달린 자그마한 혹이 거의 떨어져 나갈 뻔했다.

죽은 나무에 아무리 빨리 다가간다 해도, 제때 도착하지 못하리라는 걸 바질은 알았다. 앙상한 나뭇가지가 자신을 전혀 보호해주지 못하리라는 것도 알고 있었다. 하지만 그 어떤 것도 바질은 신경 쓰지 않았다. 왜냐하면 그런 걸 바란 게 아니었으니까. 바질은 언제 다음 동작을 할까만 신경 썼다.

사나운 주둥이가 다시 꼬리를 물려고 하는 순간, 바질은 갑자기 허공에서 빙 돌아 자신을 향해 쏜살같이 다가오는 거대한 새를 정면으로 마주보았다. 그러고는 적이 전혀 예상하지 못한 행동을 했다.

다크틸새를 향해 곧장 달려들었던 것이다.

박쥐를 닮은 작은 생명체가 죽어라 고함을 질러대며 적의 얼굴을 향해 날아갔다. 허를 찔린 다크틸새는 깜짝 놀라 비명을 질렀다. 다크틸새는 속도를 줄일 수 없었기에, 바질과 그대로 부딪치고 말았다. 바질은 자그마한 꼬리를 휘두르며 다크틸새의 눈을 세게 찔렀다.

다크틸새는 고통에 비명을 질러대며, 발톱을 쭉 내밀었다. 하지만 바질은 이미 닿지 않는 곳으로 스르르 날아갔다. 다크틸새는 몸을 돌려 아직 성한 눈 하나로 바질을 노려보았다. 바질은 건방지게 웃어대며 허공에서 날고 있었다. 다크틸새의 몸에 분노가 끓어올라, 온몸의 깃털이 죄다 부들부들 떨렸다. 그러다…….

죽은 나무에 전속력으로 부딪치고 말았다.

뾰족하고 날카로운 나뭇가지가 다크틸새의 가슴을 뚫고, 심장까지 푹 찔렀다. 피가, 처음으로 피가 자신의 깃털을 적셨다. 또 다른 나뭇가지가 날개를 찔러, 근육과 뼈가 찢어지고, 갈색 깃털이 마구 흩날렸다. 깃털이 저 아래 숲으로 느릿느릿 떨어져 내렸다.

마지막 비명을 내지르며, 두려움의 대상이던 다크틸새가 찢어진 잎사귀처럼 나뭇가지에 매달린 채 이리저리 흔들렸다. 마지막으로 새의 발톱이 위로 올라갔다가 허공을 할퀴더니 축 늘어졌다. 눈동자의 불꽃이 사라졌다.

그래서 이 새의 눈동자는 박쥐처럼 생긴 보잘것없는 짐승이 나무 주변을 유유히 날아가며 킬러 새가 죽었는지 확인하는 모습을 전혀 보지 못했다. 마침내, 하늘이 훨씬 더 안전해졌다는 걸 확신하고, 바질은 만족스러운 숨을 크게 들이쉬었다. 그 순간, 바질은 전에 느껴보지 못한 무언가를 어렴풋이 느꼈다. 자신에게 일어나리라고는 절대 믿지 못했던 무언가를.

자신이 크게 느껴졌다. 아주 잠깐 동안, 바질은 그 감각을 음미했다. 웬일인지, 자기 몸보다 훨씬 커진 것 같았다.

문득, 저 멀리서 쿵쿵 소리가 들려왔다. 그 소리는 점점 커졌다. 박자에 맞춘 듯 쿵쿵거리는 소리가 허공에 가득 찼다. 마치 천둥이 우르르 쾅쾅 치는 것 같았다. 어디서 들려오는 소리일까? 바질은 허공에서 몸을 휙 돌려 살펴보았다. 죽은 나무 위로 훨훨 날면서 하늘을 살펴보았다. 하지만 실 같은 구름 몇 조각을 제외하고는 도무지 아무 것도 보이지 않았다.

쿵쿵 소리는 점점 더 크게 다가왔다. 붕 붕 붕 소리가 계속 이어질 때마다 찻잔 모양의 귀가 떨렸다. 동시에, 가문비나무 숲에 물결처럼 진동이 일었다. 진동이 너무 강력해서 잔가지, 솔잎, 이끼 덩어리가 우수수 떨어져 내렸다. 곧 숲 전체가 진동하기 시작했다. 나뭇가지들이 똑똑 떨어져 나가 땅에 떨어졌다. 저 아래, 죽은 나무가 리듬에 맞추어 이리저리 흔들리기 시작하자, 죽은 다크틸새가 마치 찢겨 나간 깃발처럼 흔들렸다.

즉각, 바질은 깨달았다. 쿵쿵 천둥 같은 소리는 하늘이 아니라 땅에서 올라오는 것이었다. 바질은 초록색 눈을 최대한 부라리며 지평선을 살펴보았다. 저기다! 안개에 둘러싸인 서쪽 저 멀리서, 어마어마하게 큰 무언가가 어렴풋이 보였다.

이윽고, 숲 꼭대기 위로 높이 솟구쳐, 점점 가까이 다가왔다. 거인!

덩치가 언덕보다 커.

소문을 전하던 까마귀가 말했었다.

정말 그랬다!

그 광경에 사로잡힌 바질은 날갯짓을 계속해야 한다는 걸 문득 떠올렸다. 거대한 모습이 우드루트의 서쪽에서 성큼성큼 걸어왔다. 발걸음 하나하나가 산사태처럼 땅을 쿵쿵 내리쳤다.

바질은 쭈글쭈글한 날개를 퍼덕거리며 그 모습을 지켜보다가 침을 꼴깍 삼켰다.

내가 크다고 생각했다니, 정말 어리석었어!

거인은 성큼성큼 걸었다. 발걸음마다 쿵쿵거리며 걸었다. 거대한 어깨 위에 뭔가 커다란 것이 있었다. 돌기둥이었다. 자그마한 호수를 채울 만큼 컸다. 가문비나무 숲에 가까이 다가오자, 거인의 거대하고 불룩한 코와 헝클어진 머리카락이 보였다.

율동적인 걸음걸이 사이로, 묵직한 목소리가 울려 퍼졌다. 바질은 두 귀를 거인을 향해 기울여, 가문비나무 향 산들바람에 실려 오는 노래 가사를 알아차렸다.

글쎄요, 내 코를 꼬집어봐요,
나는 퍼덕거리는 새가 아니에요.
나는 신나게 노래합니다.
누구도 들어본 적 없는 노래를!
내 노래 소리는 터무니없어요.

내가 누구일까요? 나는 기쁘게 소리칩니다,
거인이다, 아주 크지요.
하지만 당신은 알고 있나요? 내 커다란 발가락을 걸고 맹세해요,
내가 한때 성말로 작았다는 사실을요!
전혀 크지 않았어요, 인형처럼 자그마했지요.

바질은 깜짝 놀라 눈을 깜빡거렸다. 몸 크기보다 명성이 훨씬 더 큰 이 거인을 지금 이 순간 두 눈으로 직접 보았으니까. 바질은 이 거인에 대한 이야기를 지난 2년 동안 줄곧 들어왔다. 시끄럽게 떠벌이는 까마귀 떼한테서만 들은 건 아니었다. 아주 멀리까지 날아다니는 올빼미 한 쌍한테서도 그 이야기를 들었다. 올빼미의 날개에는 핀카이라의 안

개가 남아 있었다. 게다가 워터루트에서 매서운 바람에 날려온 흙투성이 요정한테도 들은 적이 있었다. 그리고 최근에는 떠돌이 음유시인한테서도 들었었다. 그 음유시인은 마법사 멀린과 멀린의 친구들을 노래하며 엄청나게 많은 이야기를 들려주었었다.

이 거인이 바로 심이구나! 잃어버린 핀카이라에서 살던 거인 중에서, 심은 가장 유명했다. 마법사 멀린과 아주 친한 친구였다. 한때는 매우 작았으나, 진짜 어마어마하게 커졌다. 그리고 그 유명한 '거인의 춤', 그러니까 사악한 정령 리타 고르를 무찌른 결정적인 싸움에서 매우 중요한 역할을 했다.

바질은 죽은 나무의 가장 높은 뾰족탑 위에 내려앉았다. 이 횃대에 앉아, 저 먼 언덕으로 나아가는 거인을 바라보았다. 심의 어깨 위에 놓인 커다란 돌기둥을 보자 음유시인이 했던 말이 떠올랐다. 멀린의 엄마, 사파이어빛 눈동자의 엘런이 아발론에 사는 모든 생명체 사이에 조화와 화합이 퍼지도록 새로운 질서를 만들고 있었다. 지금도, 엘런의 추종자들이 잃어버린 핀카이라에서 가져온 신성한 원형 돌무더기를 사용해 스톤루트에 거대한 주거지를 짓고 있다고 했다. 저 기둥이 그 돌 중 하나가 아닐까? 심은 정말 안개를 뚫고 저 기둥을 아발론으로 가져오고 있는 건 아닐까?

심의 맨발이 땅에 쿵쿵 닿을 때마다 바질이 앉아 있는 죽은 나무가 삐거덕거리며 신음 소리를 냈다. 박쥐를 닮은 바질의 얼굴에 미소가 번졌다. 자신도 돌기둥을 옮길 만큼 컸다면 얼마나 좋을까 상상해봤다! 발걸음마다 땅을 흔들고, 다시는 누구도 두려워하지 않을 만큼 몸이 크면 얼마나 좋을까!

바질은 나무껍질이 다 떨어져 나간 나무에 달라붙어서, 생각에 잠긴 채 한숨을 쉬었다. 물론, 크기가 전부는 아니었다. 하지만 분명 장점이 있다! 아, 불을 뿜어대는 용조차 최근에 심의 명령에 따른다고, 음유시인이 말했었다. 엘런이 거대한 주거지를 짓는데, 그곳의 커다란 종을 만드는데 쓰라며 심이 자신의 벨트 버클을 기부했었다. 그런데 문제가 있었다. 그렇게 큰 물건을 녹일 만한 뜨거운 불이 없었다. 그래서 심은, 놀랍게도, 용에게 불꽃으로 자신의 벨트를 녹여달라고 부탁했다. 용은 심의 명령에 따랐다. 그러고 나서, 모두가 안심하도록 그곳을 떠났다.

바질은 그 장면을 상상하며 몸서리쳤다. 거인은 정말 대단했다. 덩치가 크면서도, 보통은 평화롭게 지냈다. 하지만 용은 상당히 달랐다. 용은 평화와는 거리가 멀었다. 용에 비하면, 다크틸새는 아주 유순해 보였다. 용은 기회가 있을 때마다 땅을 파괴하고 이곳의 온갖 생명체를 먹어치운다. 특히 어린 생명체들을······.

용에게서 멀찍이 떨어져 있어야 해. 살아가면서 꼭 지켜야 할 아주 유용한 수칙이야.

바질은 생각했다.

바로 그때 또 다른 심의 노랫소리가 들려왔다.

그래서 내가 누구일까요? 자랑스럽게 한숨을 쉬며,

내가 누군지 말해줄게요.

그냥 내 옷을 벗겨봐요, 그러면 결론을 내리게 될 테니까요.

아무런 수수께끼도 없어요.

나는 지금 아주 크지요! 그게 진짜 나랍니다.

9

초록색 불꽃

변화. 이 얼마나 대단한 역설인가! 변하면 변할수록, 점점 더 할 수가 없다. 먼 곳에서 변화를 추구하면, 가까운 곳에서 찾게 된다. 당신의 세계에서 덜 존재하면 할수록, 당신 안에 더 많이 존재한다.

아발론 27년

"쉴 시간이야."

바질이 한숨을 쉬었다. 참나무 나뭇가지 위로 힘없이 기어올라 잎사귀의 움푹한 곳 안에 자리를 잡았다. 작은 몸통은, 박쥐를 닮은 코에서 도마뱀 꼬리에 이르기까지, 한쪽 작은 날개 끝에서 다른 쪽 끝에 이르기까지, 참나무 잎사귀에 편안하게 꼭 맞았다.

"끔찍한 하루였어. 비열한 곤충들을 쫓아 늪지, 호수, 강, 산을 모조리 헤매고 돌아다녔잖아. …… 이리저리 계속 방향을 바꾸어가며 움직였어. 몸 냄새는 물론이고 전략도 바꾸었지. 내가 잘하는 건 딱 하나밖에 없는 것 같아. 바꾸는 것."

바질이 하품을 하며 중얼거렸다.

옆 잎사귀에 가느다란 고치 하나가 매달려 있는 걸 알아차리고, 바질은 목소리를 줄였다. 마치 연못 백합처럼 보였다. 바질은 고치를 뚫어져라 바라보았다. 고치 안에 꼬물꼬물 움직이는 자그마한 애벌레 한 마리에게 이제 날개가 나고 있었다. 바질은 고개를 저었다. 내가 바꾸는 법을 안다고? 저 애벌레와 비교하면, 바질이 아는 건 아무 것도 없었다.

바질은 자신의 비늘 덮인 자그마한 몸통을 흘끗 보며 얼굴을 찌푸렸다. 비록 이제까지 20년 이상 살았지만, 알 껍데기에서 기어 나와 바람누이 아일라의 속삭이는 목소리를 들었던 바로 그날보다 털끝만큼도 자라지 않았다.

대답이라도 하듯, 산들바람이 불어와 참나무 나뭇가지를 뒤흔들었다. 하지만, 물론 계피 향은 풍겨 나오지 않았다. 더 이상 계피 향은 없었다.

고치를 유심히 살펴보다가, 바질은 정교하게 엮은 수천 가닥의 실의 흔적을 보았다. 어쩌면 저 안에 있는 저 자그마한 녀석은 결국 더 이상 꼬물꼬물 움직이지 않을 거다. 어쩌면 눈에 보이는 것 그 이상이 있을지도 모른다.

나는 어떨까? 나도 눈에 보이는 것 이상이 있을까?

바질은 궁금했다.

포근한 잎사귀 위에서 뒹굴거리다 갑자기 불안해졌다. 변화가 항상 새로운 모습을 의미하는 걸까? 날개가 자라거나 더 커지는 것? 자신의 삶에서 가장 중요한 변화는 자신 말고는 다른 사람들의 눈에 보이지 않았다.

그 변화가 그렇게 대단하지도 않았다. 여기 바질이 있었다. 여전히 안정되고 예측 가능한 삶을 살아가고 있었다. 우드루트 한 구석에서 곤충들을 잡아먹으며 살고 있었다. 다른 곳은 한 군데도 가본 적이 없다! 지금껏 알고 있는 곳은 다 누군가한테서 들은 내용이었다. 지금껏 사귄 유일한 친구는, 음, 자기 자신뿐이다. 그리고 진짜 유일한 모험은, 어쨌든 뭔가 특별한 경험은, 절대 잊을 수 없는 무척이나 생생한 꿈밖에 없었다.

메뚜기 한 마리가 살며시 날개를 움직이자, 바질은 한입에 먹어치워야겠다고 결심했다. 배가 고파서가 아니었다. 그저 따분했기 때문이다. 그리고 생각하느라 지쳤기 때문이기도 했다. 게다가, 자신도 몹시 작았지만, 메뚜기는 더 작았다. 그러니 어찌 안 잡아먹을 수 있단 말인가! 맛은 석탄을 먹는 것처럼 고약했지만, 바질은 언제나 즐겁게 메뚜기를 잡아먹었다.

지금 이곳은 바질의 초록색 몸통이 잎사귀 색과 완벽하게 조화를 이루었다. 바질은 꼼짝하지도 않고 자그마하지만 강력한 냄새를 자기 얼굴 바로 위, 허공에 대고 풍겼다. 즉각, 그 어떤 메뚜기도 거부할 수 없는 노란색 조팝나무 꽃의 향이 맴돌았다.

예상대로, 메뚜기는 바질을 향해 어리석게도 날아왔다. 바질은 메뚜기가 가까이 다가오는 사이 반쯤 감긴 눈으로 지켜보았다.

척.

바질은 입을 꽉 다물었다. 하지만 공기뿐이었다.

어떻게 내가 그걸 놓칠 수 있지? 행동은 하지 않고, 생각을 너무 많이 했어. 정신 차려, 친구야. 안 그러면 넌 곧 다른 누군가의 먹이가 되고 말 거야!

바질은 자책했다. 메뚜기가 저 멀리, 숲 깊숙한 곳을 향해 윙윙 소리를 내며 달아났다. 바질은 얼굴을 찡그리며 덧붙였다.

아무리 자그마한 먹이라 할지라도 말이야.

바질은 곤혹스러워 눈을 가늘게 뜨고 메뚜기가 솔송나무, 느릅나무, 그리고 연보라색 자작나무 숲으로 사라지는 모습을 지켜보았다.

"네가 나보다 낫다고 생각하는 거야, 그런 거야?"

바질은 참나무에서 허공으로 뛰어내렸다. 가죽처럼 질긴 날개를 펄럭이며, 자신의 먹이를 되찾으러, 또한 자신의 자존심을 되찾으러 열정적으로 그 곤충을 뒤쫓았다. 잎사귀가 무성한 나뭇가지 사이를 날며, 메뚜기가 숨을 만한 장소를 모조리 뒤졌다.

저기 있다! 울창한 가시덤불로 뛰어드는 메뚜기가 보였다.

하! 그깟 가시 몇 개로 나를 막을 수 있다고 생각하나보군.

바질은 생각했다.

바질은 허공에서 갑자기 방향을 틀어 덤불 맞은편으로 내려갔다. 때마침 메뚜기가 나타났다.

하지만 바질이 급습하기 직전, 메뚜기는 급하게 방향을 틀어 멀리 달아나 버렸다. 그 작은 짐승은 윙윙 날갯짓을 하며, 울창한 숲속으로 달아났다. 그곳에는 적갈색 풀이 무성하게 자라고 있었는데, 그 줄기가 곡식을 토해내는 물보라 분수를 닮았다.

바질은 열심히 추적하며, 풀밭을 향해 날았다. 하지만 돌진하기 직전에 멈추었다. 줄기 바로 앞에서 허공을 날며, 메뚜기가 떠나가는 모습을 지켜보았다. …… 그런데 따라가지 않았다. 반면, 바질의 찻잔 모양의 귀가 흔들렸다. 새로운 생각이 마음속을 가득 채웠기 때문이다.

나는 배가 고파서 녀석을 쫓고 있는 게 아니야. 그냥 내가 크다는 이유로 쫓는 거지.

바질은 지난 몇 년 동안 자신을 쫓던 비열한 짐승들과 자신이 하나도 다르지 않게 행동하고 있다는 사실을 깨닫고는 움츠러들었다. 다크 틸새도 이렇게 똑같이 굴지 않았나?

바질은 열심히 날갯짓하며, 풀밭 위로 올라갔다. 초록색 눈동자가 빛났다. 바질은 맹세했다.

"더 이상 이런 짓은 안 하겠어! 필요하면 싸울 거야. 배고프면 먹겠어. 하지만 그저 재미로 먹잇감을 쫓지는 않을 거야. 아무리 귀찮고 하찮은 메뚜기라 할지라도."

그렇게 다짐하고, 바질은 적갈색 풀밭을 향해 고개를 끄덕이며 날아갔다. 자작나무와 느릅나무 사이를 날던 중, 전에 본 적 없는 커다란 직사각형 바위 한 쌍이 눈에 들어왔다. 가까이 날아가봤다. 기이한 탁탁 소리에 호기심이 일었다. 바위에서 나오는 소리 같았다. 좀 더 가까이 다가가보니, 바위 옆을 따라 으스스한 초록색 불빛이 어른거렸다.

불꽃! 둥그런 모양의 초록색 불꽃이 바위틈에서 유혹적으로 춤을 추었다. 바질이 이 기이한 초록색 불을 유심히 살펴보는 동안, 그 불빛이 바질의 눈동자에 비쳐, 이미 그 눈동자 안에서 반짝이는 너무나도 흡사한 빛과 만났다.

이유는 정확히 모르겠지만, 바질은 맹렬하게 탁탁 소리를 내는 이 초록색 불에 강하게 이끌렸다. 연료가 보이거나 연기 냄새도 나지 않았다. 그런데도 바질은 아무런 두려움을 느끼지 못했다. 대신, 그 불꽃에 이상하게도 함께 이어져 있다는 느낌이 들었다. 그리고 보통의 열기보다 더 깊이 스며드는 안락한 따뜻함이 있었다. 천천히, 바질은 더 가까이 날아가 이 놀라운 발견에 넋을 잃었다.

"꼼짝 마, 초록이!"

바질은 공중에 멈추어, 걸걸한 바리톤의 목소리를 향해 돌아섰다. 그 소리는 불꽃 앞, 땅 위 어딘가에서 나왔다. 하지만 그곳에 아무도 없었다. 애벌레 한 마리도 없었다. 그저 황금빛 풀포기만 있을 뿐이었다. 곰 팡이열매* 관목 한 그루(그 열매는 최고의 먹을거리가 아니라는 걸 바질은 잘 알고 있었다.), 그리고 가느다란 노란 꽃잎의 꽃 한 송이가 있었다. 바질은 매력적인 불꽃을 향해 뒤돌아보며, 더 가까이 계속해서 날아갔다. 그때 목소리가 다시 들려왔다.

"멈추라고 말했지. 살아남고 싶다면 말이다."

노란색 꽃! 꽃의 얼굴이 바질을 향해 돌아서더니, 바질의 나는 모습을 좇았다. 바질은 재빨리 아래로 내려가 그 꽃을 흘끗 바라보았다. 그걸 보고 깜짝 놀라 꼬리가 또르르 감겼다. 꽃잎 한가운데 호박색 둥근 눈동자 하나가 달려 있었던 것이다!

그 눈이 깜빡거렸다.

"뭘 쳐다보니, 초록아? 꽃 처음 봐?"

"아니, 난…… 너처럼 생긴 꽃은 처음 봐. 그리고 지금까지, 너처럼 생긴 꽃 이야기는 한 번도 들어본 적이 없어."

바질은 조심스럽게 좀 더 가까이 날아갔다.

"정말이야? 넌 분명 은둔 생활을 했었나보구나."

꽃이 고개를 절레절레 저으며 말했다. 그러자 줄기에 붙은 가느다란 잎사귀가 죄다 떨렸다.

바질은 대답하지 않았다.

"그런데 초록아, 너 혹시 저 불꽃 속으로 날아갈 생각이니? 그렇다면,

---

*몰드베리

다시 생각하는 게 좋을 거야."

꽃이 불꽃을 향해 몸을 숙였다가 다시 똑바로 꼿꼿하게 섰다.

"왜?"

꽃의 눈이 둥글게 둘러싼 꽃잎에 이를 정도로 커졌다.

"너 정말 몰라서 물어보는 거야? 그렇다면, 너 참 운이 좋구나. 난 이곳에 지난 봄에 자리를 잡았으니까."

꽃의 눈이 깜짝 놀라 줄기와 잎사귀를 흔들며 단호하게 말했다.

"왜? 저 불꽃이 뭐가 그렇게 잘못되었는데?"

바질이 호박색 눈 위로 곧장 날아가면서 다시 물었다.

"전혀, 네가 너무 가까이 다가가지 않는다면……."

꽃이 느릿느릿 말했다. 의심스러워하는 바질의 얼굴을 똑바로 응시하며 이어 말했다.

"저건 관문이야, 초록아! 다른 곳으로 가는 통로란 말이야. 그러니까, 저 관문으로 일곱 뿌리-영토, 나무둥치에 숨어 있는 땅에 갈 수 있어. 어쩌면 저 위, 별이 떠 있는 영토에 갈 수 있을지도 모르지."

바질은 믿을 수 없다는 듯 자신의 기다란 코를 실룩거리며 불꽃을 응시했다. 불꽃이 맹렬하게 소리 내며 타들어가는 모습을 지켜보며, 바질의 의심은 누그러지기 시작했다.

다른 영토로의 여행! 이것은 내게 주어진 멋진 기회가 될 수도 있어.

이 말을 믿어야 하는지 여전히 확신이 서지 않은 채, 바질이 물었다.

"그렇게 나쁘게 들리지는 않는데. 왜 내가 살아남을 수 없다고 말한 거야?"

꽃의 둥근 꽃잎이 축 늘어졌다.

"왜냐하면 너는 엄청난 멍청이가 될 수 있으니까! 저 불은 엘라노

(elano)야. 위대한 나무의 '정수'라고. 아발론 전체에서 가장 강력한 마법이 있지."

바질이 불꽃을 향해 고개를 까딱까딱 움직이며 물었다.

"그래서? 그게 사느냐 죽느냐와 무슨 상관인데?"

갑작스러운 폭풍에 갇히기라도 한 것처럼 덜덜 떨면서, 꽃이 대답했다.

"왜냐하면 저 불꽃은 마법의 힘으로 네 몸을 숨겨서 실어 나르기 때문이지. 너를 갈기갈기 찢어서 말이야. 네가 도착하면 다시 조립해."

꽃의 걸걸한 목소리가 낮아졌다.

"만약 네가 제대로 도착했을 때 그렇다는 거지."

"만약이라니, 그게 무슨 뜻이야?"

"들어봐, 초록아. 만약 네가 정확히 어디로 가고 싶은지 확실하게 집중하지 않는다면, 네 몸 조각들은 저 관문이 결정하는 곳 어디든 갈 거야! 운 좋은 여행자 하나를 본 적이 있어. 고블린이었지. 이 관문에서 바로 지난주에 나왔어. 그 고블린은 약간 당황스러워하는 것 같더라고. …… 특히 자신의 두 발이 파이어루트로 가 버린 것을 깨달았을 때 말이야. 그리고 내가 이곳에 온 바로 직후, 오렌지색 비늘 더미가 저 관문을 통해 나왔지. 하지만 뱀의 몸통은 없었어."

바질은 신음 소리를 냈다. 하도 소름이 끼쳐서 날갯짓도 멈추었다. 바위 사이에서 신비하게 솟아오르고 있는 불꽃을 다시 한번 흘끗 바라보았다. 그러자 다시 유혹이 일었다.

좀 더 가까이 가서 보기만 하자. 그러면 괜찮을 거야.

바질은 스스로에게 다짐했다.

바질은 좀 더 가까이 다가가기 시작했다. 불꽃은 마치 잡아당길 것처럼 보였다. 불꽃이 불운한 나방 한 마리를 순식간에 집어 삼켰다. 초록색 빛이 바질의 눈동자 속에서 타올라, 그 무엇보다 더 밝고 깊게 반사되어 빛났다.

"기다려, 초록이! 진짜로 내 말 못 들었어? 네 머리는 뭐 돌멩이로 만들었어?"

꽃이 뒤에서 소리쳤다.

바질은 그저 듣는 둥 마는 둥 했다. 유혹적인 불꽃에 푹 사로잡혀 있었으니까. 단단한 돌멩이라는 말이 마음속에 울려 퍼졌다.

돌…… 단단한 돌멩이……

그 순간 초록색 둥근 불꽃이 튀어나와 바질을 사로잡았다. 코, 꼬리, 날개, 모두 다. 바질은 미친 듯이 날갯짓을 하며, 자신에게 갑자기 닥친 위험을 알아차렸다. 불꽃에 대한 호기심은 사라지고, 오직 두려움만 남았다. 그리고 꽃의 목소리의 어렴풋한 메아리만…….

바질은 그 목소리가, 그 마지막 순간에 그것이 준 이미지가 자신의 목숨을 구해주리라는 것을 어떻게 알 수 있었을까? 바질은 알 수 없었다. 짐작도 할 수 없었던 것처럼, 불꽃은 더 맹렬하게 타오르며 바질을 관문을 향해 끌어당겼다. 바질을 곧 보내 버릴 것이다. 몸과 마음과 정신이 스톤루트의 저 먼 영토로…….

두려웠지만, 바질은 자신을 둘러싼 불꽃이 따뜻하지만 몸을 태우지는 않는다는 것을 불현듯 깨달았다. 집어삼키지만 파괴하지는 않았다. 자신이 이상하게도 가볍게 느껴졌다. 마치 분해되어, 자신으로부터 둥둥 떠나가기라도 하는 것처럼…….

그 순간, 바질은 살아 있는 '아발론의 나무'의 혈관 속으로 빠져들어갔다. 바질은 밝은 불꽃과 하나가 되었다. 그 순수한 강에 올라탔다. 나무 깊숙이 여행하며, 더 깊숙이, 이름 없는 영토를 지나, 셀 수 없는 지역을 지나갔다.

바질은 엘라노의 불꽃으로 그저 운반된 것이 아니었다. 바질이 바로 그 불꽃이 되었다. 바질은 빛의 불꽃이 되었다. 수백 개의 불꽃에 둘러싸여, 그 모든 것들로부터 독립적이지만 그 모든 것과 이어져 있었다. 짙은 송진 향이 가득했다. 울창한 숲, 싹트는 씨앗, 흘러가는 강물의 냄새. 그 모든 마법과 신비를 지닌 삶의 냄새. 바질은 평온을 느꼈다. 마치 집에 있는 느낌이었다. 이런 느낌은 처음이었다. 너무나도 작지만, 너무나도 컸다.

바질은 다른 관문 밖으로 굴러 나와, 이끼 덮인 평편한 바위 위에 떨어졌다. 그 충격으로 산허리 위에 위태롭게 자리 잡은 바위 더미가 건들건들 움직였다.

머리가 어질어질했다. 바질은 한쪽으로 힘없이 굴렀다. 뭔가 쩍 갈리는 소리가 나고, 승객을 태운 바위가 미끄러지기 시작했다.

그 바위가 다른 바위와 부딪쳐 덜컹덜컹 소리가 났다. 바위들이 연달아 부딪쳤다. 잠시 뒤, 떨어져 내리는 바위가 일으키는 온통 요란한 소리로 산비탈이 시끄러웠다. 엄청난 산사태가 시작되었다. 바질은 그 한가운데 있었다.

10

무례하고 건방진

지혜는, 그것을 소유한 사람과 마찬가지로, 각양각색으로 다가온다.
나도 그 정도는 배웠다. 때로는 아주 힘겹게. 하지만 그 모든 차이에도
불구하고, 진정으로 현명한 사람은 모두 이해하고 있을 것이다. 즉,
당신이 얼마나 많이 알든, 당신은 여전히 많은 걸 배워야 한다.

추락!

바질은 산비탈 아래로 데구루루 마구 굴렀다. 현기증이 나고 속이
매스꺼웠다. 하늘로 날아오르는 것은 차치하고, 도무지 아무런 생각을
할 수 없었다. 주변에는 온통 떨어져 내리는 바위들뿐이었다. 바위가 엄
청난 힘으로 서로 부딪치며, 부서진 돌, 엉망진창이 된 이끼, 가루가 된
돌 파편을 흩뿌렸다. 산 전체가 산사태로 굉음을 냈다.

날아온 돌 하나가 바질의 옆구리를 스쳐 지나갔다. 참새 정도 크기
의 돌 하나가 턱 밑을 세게 내리치는 바람에 뒤로 휘청거렸다. 어떻게
손을 써 볼 수도 없이, 빙글빙글 돌며 산 아래로 통통 튕겨 내려갔다.
폭포처럼 퍼붓듯 쏟아지는 돌멩이 속에서 또 하나의 조약돌이라도 되

는 것처럼……

펙.

바질은 톡 튀어나온 넓적하고 평편한 바위 위에 떨어져 내렸다. 머리가 핑핑 돌았다. 바질은 힘없이 두 눈에 초점을 맞추고 주변을 둘러보았다. 문득, 뭔가가 확연히 달라졌다는 사실을 깨달았다. 바질의 몸은 더 이상 구르지 않았다! 이 돌출 바위는, 산비탈에서 위를 향해 뾰쪽 튀어나와 있었는데, 흔들리는 돌의 혼란을 비껴갔다. 그것은, 사실, 이 미친 듯이 날뛰는 바다 한가운데 평온하고 진귀한 섬이었다. 마침내 행운이 돌아온 것일까?

바로 그때, 바질은 그림자 하나가 움직이는 것을 알아차렸다. 그것은 돌출 바위에 그림자를 드리우며, 재빨리 바질을 덮쳤다. 바질은 위를 올려다보았다. 들쭉날쭉한 날카로운 거대한 바위가 자신을 향해 곧장 떨어지는 게 보였다. 두려움에 얼어붙어, 바질은 떨어져 내리는 바위를 지켜보았다. 잠시 뒤면 완전히 짓뭉개질 것 같았다.

쉭. 뭔가가 바질의 꼬리를 낚아채, 돌출 바위 밖으로 끌어당겼다. 잠시 뒤, 거대한 바위가 쿵 떨어져 내렸다. 바질이 방금 전까지 있던 곳에서 바위기 산산조각 나며, 허공에 먼지구름을 일으켰다.

바질은, 이제 산허리 위에서 미끄러지며, 자신이 살아남았다는 걸 알았다. 그런데 누가 바질을 낚아챈 걸까? 맛있는 자그마한 먹잇감이 쓰레기가 되는 걸 원치 않은 또 다른 배고픈 포식자일까? 사나운 다크틸새 또는 독수리가 아닐까 생각하며, 바질은 몸을 구부려 무엇이 자신의 꼬리를 잡고 있는지 내려다보았다.

손! 둥글둥글 생긴 요정의 작지만 단단한 손이 바질을 잡고 있었다. 머리 위, 낙하산처럼 생긴 은빛 실뭉치를 바라보며, 바질은 까마귀들한테서 들은 이야기를 떠올렸다. 산봉우리 요정(pinnacle sprites). 스톤루트의 가장 높은 봉우리에 살고 있는 자그마한 고독한 종족. 자유자재로 만들어낼 수 있는 낙하산을 등에 매달고 이 산마루에서 저 산마루로 떠돌아다닌다고 했다. 몸 대부분처럼 시뻘겋게 성난 빛을 띤, 이 특이한 요정의 수염 없는 매끈한 얼굴을 바라보며, 바질은 그 요정이 아주 어리며, 게다가 아주 심술이 났다고 추측했다.

"흠, 네 목숨을 구해줬는데, 넌 고작 날 째려보기만 하는 거야? 무례한 어린 짐승 같으니라고! 도마뱀 학교에서는 예의범절 같은 거 안 가르쳐주니?"

요정이 자기 손에 들린 바질을 흘끗 내려다보면서 투덜거렸다.

"난 도마뱀이 아니야."

바질이 약간 기분이 언짢아서 대답했다.

"그렇다면, 박쥐 학교에서는?"

"난 박쥐가 아니야."

요정은, 기다란 머리카락이 바위 위를 날아가면서 펄럭거렸는데, 바질을 뚫어져라 쳐다보았다.

"음, 그럼 도대체 넌 누구니?"

잠시 뒤, 낙하산에 바람이 가득 차, 둘은 더 높이 올라갔다. 드디어, 바질은 고개를 절레절레 저으며 말했다.

"나는…… 나는……."

"말을 더듬는 더듬이로구나."

요정이 고함쳤다. 목소리는 무척 심술궂게 들렸어도, 피부색이 살짝 변하며, 회색이 도는 연보라색으로 부드러워졌다.

마침내, 바질은 낙하산을 흔들어대는 바람 위까지 들릴 만큼 크게 말했다.

"나는 내가 누군지 정말 모르겠어."

"음. 어쩌면 네가 진실을 말하고 있는지도 모르겠군, 어쩌면 아닐지도 모르겠고. 아니면 넌 무례할 뿐만 아니라 정말 멍청한 건지도 모르지."

꼬리가 허공에 대롱대롱 매달려 있던 바질이 몸을 둥글게 말아 요정 가까이 얼굴을 가져다 댔다. 바질이 불쾌한 표정으로 말했다.

"어쩌면 무례할지도 몰라. 하지만 멍청하다고? 아니, 그건 쉽게 속아 넘어가는 누군가에게 해당되는 말이라고."

"맞아, 너처럼 누군가……."

요정이 오렌지색의 즐거운 빛을 띠며 비웃었다.

고블린 독수리의 강한 냄새를 맡은 요정이 갑자기 말을 멈추었다. 고블린 독수리의 발톱에서는 때로 고기 썩은 내가 났다. 요정의 몸 색이 즉각 새하얗게 변했다. 요정이 갑작스레 공중에서 휙 도는 바람에, 다리가 낙하산 줄에 걸리고 말았다. 다리를 빼내려 버둥거리는데, 낙하산이 무너져 내리고 말았다. 요정은 바질과 함께 바위투성이 산비탈 쪽을 향해 떨어져 내리기 시작했다.

몇 시간과도 같은 몇 초 동안, 눌은 계속 추락했다. 바질은 요정의 손아귀에서 벗어나려 버둥거렸지만, 아무 소용없었다. 요정은 공포에 떠는 바질을 더 꽉 잡았다. 함께 묶여, 둘은 큰 바위산을 향해 점점 더 빨리 추락했다.

마침내, 요정은 줄에 엉킨 다리를 가까스로 풀어냈다. 필사적으로 몸을 비틀며 균형을 잡으려고 했다. 풍 소리가 났다. 낙하산에 다시 공기가 가득 찼다. 산허리에서 불어온 새로운 상승기류에 실려, 둘은 다시 한 번 위로 붕 떴다.

요정은 가까스로 추락을 면했지만, 여전히 편히 쉴 수 없었다. 머리를 이쪽저쪽 초조하게 움직이며 주변 하늘을 살펴보았다. 총총한 심홍색 눈동자가 머리 밖으로 튀어나올 것 같았다.

"뭘 찾아요?"

바질이 무관심하게 물었다.

"맞아, 이 멍청아! 넌 정말 둔하구나. 도깨비의 눈깔보다 더 둔해! 여기 어딘가에 고블린 독수리가 있단 말이야."

"아니요, 없어요."

바질이 큰 소리로 말했다.

"하지만 냄새가……."

요정의 목소리가 희미해졌다. 자신의 이 작은 승객을 노려보며, 요정의 피부색이 서리가 낀 흰색에서 분노에 찬 빨간색으로 변했다.

"네가 그랬구나! 네가! 이봐, 너 미쳤어? 냄새나 피워대는 머저리 같은 녀석! …… 너 때문에 우리 둘 다 죽을 뻔 했잖아. 우리 둘을 살해할 뻔했다고. 파괴할 뻔했다고!"

바질은 차분히 기다렸다. 마침내 요정의 분노가 가라앉자, 바질이 두 귀를 유순하게 쫑긋 세우며 물었다.

"당신이 그렇게 쉽게 속으리라고는 생각하지 못했어요."

요정은 입을 벌려 무슨 말을 하려다가 할 말을 잃고, 입을 꽉 다물어 버렸다. 그러고는, 몸을 흐리멍덩한 오렌지색으로 바꾸며, 뭔가 새로운 행동을 했다. 그건 산봉우리 요정에게는 평소와 다른 매우 낯선 행동이었다. 요정은 방긋 웃었다. 음, 거의 웃음에 가까웠다. 입 꼬리가 살짝 올라갔다. 비록 그저 한 번 실룩거렸을 뿐이었지만…….

"나쁘지 않군, 이 속을 알 수 없는 자그마한 녀석아. 네 그 바보 같은 장난은 터무니없이 위험했어. …… 하지만 효과는 있었어. 그리고 우리 산봉우리 요정들은 훌륭한 장난을 아주 높이 사지."

고개를 살짝 기울이고는 덧붙였다.

"내 이름은 뉴익(Nuic)이라고 해. 나는 백 살은 먹었지만, 아직 어린 요정에 불과해. 하지만 나는 성격을 아주 잘 알아보는 뛰어난 재판관이야. 진정한 장난꾸러기 같은 마음이 있는 녀석을 잘 알아보지."

"그리고 나는 고블린 독수리의 진정한 성향을 품고 있는 자를 알아볼 수 있어요."

바질이 얼굴을 찡그린 채 말했다.

"아, 내 행복한 기질을 말하는 거니? 음. 상냥함은 훨씬 더 과대평가되지. 벌집 안에서는 제외하고."

뉴익의 미소 짓던 표정이 사라졌다. 목소리가 낮아졌다.

"내가 네 목숨을 구해준 걸 고맙다고 아직 너 말 안했어."

"매너는 훨씬 더 과대평가되지요. 요정을 제외하고는요."

뉴익의 피부가 기분처럼 어두워졌다.

"하지만 이것만은 말해줄 수 있어요, 뉴익 마스터. 제가 어떤 생명체든, 세 이름은 바질이라는 것을요. 그리고 당신을 만나게 되어 반갑다는 것도요."

"음. 난 널 만나게 되어 하나도 반갑지 않거든."

"그리고 지금, 괜찮으시다면, 이제 그만 저를 놔주는 건 어떨까요? 아시겠지만, 나도 내 힘으로 날 수 있어요."

뉴익의 눈이 커졌다.

"아니, 넌 다시 나를 놀리려고 하고 있구나. 네 등에 붙어 있는 저 말라비틀어진, 쭈글쭈글한 잎사귀는 분명 날개가 아니겠지?"

"날개 맞아요. 제 꼬리를 놓아주면 제가 보여드릴게요."

바질이 모욕을 애써 무시하며 대답했다.

바람이 세게 불어와, 둘 모두 몸이 더 높이 붕 떴다. 저 아래, 높은 봉우리들이 줄지어 뻗어 있었다. 어깨 위에 솜털 같은 하얀 숄을 두른 것처럼 두툼한 빙하를 입은 산봉우리에 또 산봉우리…….

요정이 잡고 있던 꼬리를 놓아주었다. 바질은 앙상한 날개를 펴 마음껏 활강했다. 그러고는 갑자기 멈추어 재빨리 연달아 뒤쪽으로 세 바퀴를 돌았다. 이윽고 낙하산 끈에서 멀찌감치 떨어져 뉴익의 옆으로 미끄러지듯 다가갔다. 자그마한 초록색 눈동자가 의기양양하게 빛났다.

"한 가지 더 말해줄게요."

바질이 당당하게 말했다.

"음. 단지 네가 날 수 있다는 이유로, 네가 무례하고 건방지지 않다는 건 아니야."

"맞아요. 하지만 아직 말하고 싶은 게 한 가지 더 있어요."

바질이 방향을 틀어서 뉴익의 반대편으로 날아가면서 말했다.

요정의 몸이 흐리멍덩한 갈색으로 어두워졌다.

"정 그렇다면, 어디 말해봐."

"저는 그냥 말하고 싶어요, …… 고맙다고요. 저 아래에서 제 목숨을 구해주어서요."

뉴익의 찡그린 얼굴은 그대로였지만, 가슴과 관자놀이에 분홍색 흔적이 살짝 나타났다. 뉴익이 걸걸한 목소리로 말했다.

"넌 여전히 무례하고 건방져. 이 도깨비 대가리 촌뜨기야."

"그리고 당신은 여전히 쉽게 속아 넘어가고요."

바질이 두 귀를 팔랑팔랑 머리에 부딪치며 낄낄거렸다.

"네가 돌 위에 패대기당하기 전에 내가 거기 갈 수 있어서 기쁠 뿐이야. 그 빌어먹을 날개, 내 낙하산에서 멀찍이 치워, 이 멍청아!"

뉴익이 이마를 찌푸리며 덧붙였다.

"이럴 줄 알았으면 하루 일찍 결혼식에 갈 걸 그랬어. 어쨌거나 우리 모두 실수를 저지르지."

바질이 가죽 날개를 기울이며, 더 가까이 날아갔다.

"결혼식이라고요? 누구 결혼식이요?"

"넌 멍청한 벌레만큼 어리석은 거야? 이봐, 당연히 마법사의 결혼식이지. 아무 것도 몰라? 전혀?"

깜짝 놀란 바질이 중얼거렸다.

"아니요, 정말 몰라요. 시간이 지날수록 제가 아는 게 별로 없다는 생각이 들어요."

"음, 어떤 사람은 그걸 지혜의 표시라고 부르기도 하지. 하지만 개인적으로는, 나는 그것을 전적으로⋯⋯."

요정이 말했다. 색이 약간 밝아졌다.

"잠깐만요! 방금 마법사의 결혼식이라고 했나요? 혹시 마법사 멀린 말이에요?"

바질이 끼어들었다.

"그럼 누구겠니, 이 멍청아? 너도 알겠지만, 마법사들을 매일 볼 수 있는 건 아니야. 그래서 지금 아발론에 사는 주민 절반이 저기 모이고 있는 거라고."

뉴익이 자랑스러운 듯 덧붙였다.

"초대 손님 절반이 말이야."

산봉우리 요정이 낙하산 실을 잡아당겨, 근처에서 가장 높은 봉우리

쪽을 향해 움직였다. 눈 덮인 네모 모양의 산 정상에는 각양각색의 종족 수백 명이 둥글게 모여 있었다. 몇 년 동안 들었던 이야기를 통해 몇몇을 알아볼 수는 있었지만, 나머지는 한 번도 들어본 적 없는 생명체들이었다. 그래도 바질이 곧장 알아차린 종족이 있었다. 바위투성이 산마루만큼이나 큼지막한, 거인 심이 둥근 원 밖에 앉아 있었다.

"멀린의 결혼식이라면, 그렇다면 정말 멀린이 아발론으로 돌아온 건가요?"

바질이 궁금해서 물었다.

"안 돌아왔으면! 이 멍청아! 그럼 멀린이 이 모든 걸 놓치기라도 했겠냐? 지금 멀린은 지구 어딘가의 해안에 앉아 모래알을 세고 있겠네. 멀린이 수억, 수조의 ……."

"알았어요, 알았어. 모든 생명체들이 저기에 다 모여 있는 것 같네요."

바질이 자신의 무지 때문에 괴로워하며 말했다. 바질은 요정 옆에서 잠시 둥둥 떠서, 결혼식을 보러 산을 오르는 온갖 종류의 손님들을 지켜보았다.

"그래, 그리고 네가 절대 상상할 수 없는 종족도 있지. 이봐, 일곱 뿌리-영토의 구석구석에서 아발론의 거의 모든 종족들이 오고 있으니까."

"멀린은 아직 도착하지 않았나요?"

"저기, 둥그런 원 가장자리 근처에. 저기 검은 머리카락하고 하얀 옷 안 보여?"

바질은 그 광경을 보고 깜짝 놀랐다. 그것이 자신의 끔찍한 꿈을 상기시켰기 때문이 아니었다. 마법사에 대해 무척이나 많은 이야기를 들어왔었다. 그의 진짜 이름, 올로 에오피아. *수많은 세계, 수많은 시간의 위대한 인간*이라는 뜻을 지닌 이름. 그런데 바로 지금 멀린이 저 아래 있다는 게 믿기지 않았다.

멀린은 칠흑 같은 머리카락을 산바람에 휘날리며, 구경꾼들이 빙 둘러 있는 곳 한가운데로 걸어 들어갔다. 눈보다 더 흰 옷소매가 펄럭거렸다. 군중 속의 누군가를 향해 손짓하자 여인 하나가 나타나, 멀린 옆으로 우아하게 걸어왔다. 옆 동반자와 마찬가지로 키가 큰 그 여자는 긴 머리를 땋고 있었다. 늪지 풀의 황갈색과 고동색으로 빛나는, 총총 땋은 머리가 감청색 옷 등까지 내려왔다. 여름 하늘처럼 풍요로운 빛이었다.

"저 여자는 누구예요? 멀린 옆에 서 있는 여자 말이에요?"

바질이 물었다.

뉴익이 얼굴을 찡그리며 고개를 절레절레 저었다.

"너 머리가 텅 빈 놈이라고 내가 말하지 않았니?"

"방금 전은 아니에요. 어쨌거나, 저 여자는 누구예요?"

"물론, 할리아지! 저 둘은 이 결혼식을 수십 년 동안 계획했어. 멀린이 이성을 잃고 지구로 잠깐 떠나긴 했지만, 멀린은 마침내 자신의 어리석음을 깨닫고 돌아왔지."

요정의 촉촉한 눈동자가 산꼭대기를 향해 움직였다.

"멀린은 기회가 없었어, 진짜야. 할리아가 멀린한테 사슴으로 변신하는 법을 가르쳐주어서, 둘은 초원을 함께 달릴 수 있었어, 멀린은 완전 초집중했지."

바질은 그 말을 이해하려 기를 쓰며 잽싸게 물었다.

"저 여자가…… 사슴이라고요?"

"아니, 이 멍청아, 아무 것도 모르는 바보야! 저 여자는 *사슴 여인*이라고, 연기 나는 절벽 출신의 사슴 종족. 그곳은 다그다가 마법의 바다 안개를 이용해 그 유명한 카펫 카에로츨란(Carpet Caerlochlann)을 짰던 곳이야."

그 어느 때보다 더 혼란스러워하며, 바질이 재차 물었다.

"사슴 여인이라고 했어요? 그러니까, 저 여자는 하나의 모습에서 다른 모습으로 변신할 수 있다는 말인가요?"

"그래, 이 얼간아, 주둥이만 놀릴 줄 알고 대가리는 똥만 들어차 있냐? 할리아가 어떤 모습이든, 멀린은 완전히 할리아한테 푹 빠져 있지. 이봐, 멀린은 저 아래 산을 '할리아의 봉우리'라고 이름 짓기도 했다고."

이 새로운 모든 발견에 마음을 빼앗겨, 바질은 자신에 대한 모욕은 애써 못 들은 체했다.

여행하면 정말 배우는 게 많구나.

바질은 생각했다. 그러고는 최근의 산사태가 일어난 장소를 흘끗 내려다보았다. 그곳에 초록색 불꽃이 여전히 보였다. 그리고 덧붙여 생각했다.

여행이 목숨을 먼저 빼앗아가지 않는다면.

"음, 널 만나서 반가웠다고 말할 수는 없어. 하지만 어쨌든 너한테 행운을 빌게. 이제 나는 가야 하거든."

뉴익이 선언했다.

"잠깐만요, 아발론 각지에서 온 사람들이 저기에 올 거라면서요? 모든 종족이요?"

바질이 좀 더 가까이 스르르 다가갔다.

"모든 종족은 아니야, 이 돌대가리야! 그러니까 도깨비는 초대받지 못했어. 인어 종족도 올 수 없었고, 여러 이유로."

요정이 기쁜 듯이 웃으며 말했다.

"하지만 네 말이 거의 맞아. 거의 모든 종족이 저기 올 거야."

"그건 그러니까, 만약 내가 가서 내 종족 출신을 찾는다면, 그게 뭐든 말이에요, 실질적으로 나와 비슷하게 생긴 누군가를……."

바질이 날개를 흔들며 말했다.

"그 정도로 해둬. 그런 생각은 하지도 말라고! 결혼식에 초대받지도 않고 들어가면 얼마나 무례한지 알기나 하는 거야?"

뉴익의 몸 색깔이 어두워졌다.

"글쎄요……."

"아니면 그게 얼마나 위험한 짓인지 알기나 해?"

"글쎄요……."

"나라면 절대 안 해, 이 성가신 돌대가리야. 우선, 그랜드 엘루사라는 커다란 흰 거미가 침입자는 모조리 잡아먹을 거라고 장담했어. 그랜드 엘루사는 살아 있는 바위를 쪼개고 그걸 단숨에 삼켜 버리는 기술로 유명하지. 게다가 불운한 어릿광대 붐벨리가 초대받지 못한 손님들에게 세레나데를 불러주기로 되어 있어. 붐벨리의 목소리는 어찌나 귀에 거슬리는지 노래할 때마다 새들이 하늘에서 곧장 떨어져 죽는다니까!"

바질은 침을 꿀꺽 삼켰다.

"하지만 나는 알고 싶어요. 내가 정말 누구인지! 지금이 제게 주어진 유일한 기회라고요."

"음. 내가 장담하는데, 너한테 죽을 기회가 훨씬 더 많이 있을 거야. 게다가 만약 네가 멀린한테 붙잡히면, 멀린이 널 어떻게 할지 내가 아직 말하지도 않았잖아."

"하지만……."

"하지 말라고, 바질. 내 말 알아듣겠어?"

요정의 온몸이 진홍색으로 물결쳤다.

"네, 알아들었어요."

바질이 침울하게 날갯짓하며 대답했다.

"좋아. 그렇다면 살아서 다른 날을 보게 되겠군."

바질은 아무 말도 하지 않았다.

요정은 자신의 낙하산에 편하게 기대더니, 뒤를 돌아 바질을 흘끗 바라보았다.

"만약 네가 어떤 생명체인지 알아낸다면, 나도 알고 싶구나. 어쨌든, 우리가 다시는 만날 수 없다고 말하게 되어 기뻐."

바질은 실망스러웠지만 그다지 기분이 나쁘지는 않았다. 뉴익은 이렇게 괴롭히는 게 즐거운 듯했다. 풀이 죽은 바질은 뉴익이 초록색으로 신나게 몸 색깔을 바꾸면서 정상을 향해 둥둥 떠가는 모습을 무심히 지켜보았다.

돌연, 마치 갑작스러운 돌풍이 날개에 불어오기라도 한 것처럼 바질은 깜짝 놀랐다. 바질의 눈에 무언가가 보였기 때문이다. 구름 밖으로, 한 가족이 나타났다. 다 자란 어미 새와 일곱 또는 여덟 마리 새끼들이었다. 다 함께 하늘에서 솟구쳐, 들쭉날쭉한 날개로 허공을 우아하고 힘차게 갈랐다. 너무나 강렬해서 그 광경 자체에 바질의 심장은 두려움과 경이로움으로 마구 뛰었다.

용. 저건 용이구나.

바질은 그 강력한 짐승들이 산 정상을 향해 날아 내려가, 초대 손님 틈에 끼어드는 모습을 지켜보았다. 그러고는 세상에서 가장 위대한 마법사, 멀린을 바라보았다. 이윽고, 그곳에 모인 생명체들을 다시 한번 훑었다. 모든 영토에서 온 온갖 종류의 생명체들.

그 순간, 바질은 자신이 무엇을 해야 하는지 깨달았다. 자그마한 날개로 방향을 틀어, 아래로 휙 내려앉아 거기에 끼어들었다. 어떠한 위험이 닥치든, 바질은 결혼식을 지켜볼 테다.

11
기이한 친구

그날까지, 상반되는 두 가지 감정을 동시에 느낄 수 있다는 사실을 나는 절대 깨닫지 못했다. 거대하고, 유별나고, 다양한 삶의 소란스러움 속에 있으면서도 여전히 완전하게 혼자인 느낌. 완전히 연결되어 있다고 느끼면서 완전히 동떨어져 있는 느낌.

바질은 아래로 휙 내려앉았다. 차가운 산 공기가 날개에 마구 부딪혔다. 눈 덮인 정상에 가까이 다가가며, 그곳에 모인 생명체들을 살펴보았다. 멀린과 할리아의 결혼식에 참석하기 위해 아발론 전역에서 온 생명체들. 하늘 위에서 어림잡았던 것보다 더 많은 종족이 모여 있었다. 바질은 군중 속에서 뉴익의 자그마한 초록색 모습을 놓쳤다.

하지만 심의 모습은 놓칠 수 없었다. 거인은 목에 커다란 진홍색 뱀한 마리를 두르고 정상 저 멀리에 앉아 있었다. 굵은 붉은색 나비넥타이처럼 묶인 뱀은 자신의 운명을 포기하고 조용히 있는 것처럼 보였다.(하지만 뱀은 자신의 이마에 내려앉으려 하는 건방진 갈매기한테 몸을 빳빳이 세우고 식식 소리를 냈다.)

바질이 가까이 다가가는 동안, 심은 몸을 앞으로 기울여 거대한 발가락 하나를 손으로 긁었는데, 그러느라 솔송나무로 엮은 조끼의 나뭇가지 몇 개가 톡톡 부러졌다. 심은 알아차리지 못한 것 같았지만, 심 아래쪽에서 걸어 다니고 있던 켄타우로스 가족은 분명 알아차렸다. 부러진 나뭇가지가 등에 떨어지자, 켄타우로스 가족은 고래고래 욕을 퍼부으며, 산 정상 맞은편으로 서둘러 달려갔다. 그러는 사이, 심은 자신의 오랜 친구 멀린과 할리아가 숭배자들 한가운데로 걸어 들어가는 모습을 지켜보았다. 이제 이 숭배자들이 산 정상을 완전히 뒤덮고 있었다. 심은 거대한 눈동자를 분홍색으로 빛내며, 기쁜 듯 조용히 웃었다. 평범한 지진보다는 그리 크지 않게. 한편, 산바람에 심의 기다란 머리카락이 마구 휘날리자, 불운한 새들이 하늘에서 우수수 떨어져 내렸다.

"아, 나는 결혼식이 정말 좋아!"

심이 큰 소리로 말했다. 그 순간, 심의 눈동자가 신혼부부에서 손님들을 기다리고 있는 거대한 꿀통으로 휙 옮겨갔다.

바질은 눈에 띄지 않도록 조심하며 좀 더 아래로 내려갔다.

침입자를 감시하는 자의 눈에 띄면 안 돼.

바질은 이렇게 다짐하며 계속 경계의 눈초리를 늦추지 않았다. 특히, 군중 한가운데에 방금 자리 잡은 커다란 흰 거미에게. 군중은 매우 예의 바르게 자리를 비켜, 거대한 거미가 여덟 개의 다리를 긁적일 수 있는 공간을 마련해주었다. 살아 있는 바위 한 쌍은 특히 충분한 공간을 주려 눈밭을 가로질러 멀리 움직였다.

다행스럽게도, 박쥐처럼 생긴 날개와 커다란 귀가 달린 땅딸막하고 자그마한 도마뱀 한 마리가 다가가는 걸 아무도 알아차리지 못하는 것 같았다. 대부분의 손님들은 둥근 원 한가운데에 있는 이 신혼부부에 이목을 집중하고 있었다. 심만이 예외였다. 심의 시선은 꿀통에 딱 달라붙어 있었다.

바질은 서 있거나, 앉아 있거나, 또는 눈 위에 웅크리고 있는 결혼식 하객을 훑어보았다. 몇몇은 군중 위를 날거나 미끄러지듯 움직이고 있었다.

각양각색 온갖 생명체들이 여기 다 모여 있네! 거의 모든 종족이 다 있는 것 같아.

바질은 몹시도 신이 났다.

바질은 침을 꼴깍 삼켰다.

그런데 여기에 나를 닮은 누군가가 있을까?

더 가까이 다가가니, 혼자 있는 생명체 하나가 눈에 들어왔다. 눈 덮인 산등성이 위로 껑충껑충 뛰어가는 모습을 보고 바질은 깜짝 놀랐다. 사파이어 유니콘! 유니콘은 산등성이 위로 날아가는 것처럼 보였지만, 힘 하나 들이지 않고 산들바람처럼 힘센 근육을 움츠리며 정상에서 성큼성큼 뛰었다. 발굽으로 눈구름을 찼다. 나사선 모양의 뿔은, 털과 갈기처럼, 할리아의 옷보다 더 짙은 푸른색으로 반짝였다. 이 푸른색은 마치 살아 있는 것처럼 빛났다. 결혼식 하객들은 저마다 몸을 돌려 유니콘이 도착하는 모습을 지켜보았다. 왜냐하면 바질처럼, 그들 또한 그 유니콘이 아발론을 통틀어 유일한 유니콘 종족이라는 걸 알았으니까. 음유시인들은 유니콘이야말로 *정의할 수 없을* 만큼 온 대지에서 *가장 아름답다*고 입에 침이 마르도록 칭찬했다.

좀 더 가까이 다가가니, 여인 둘이 신혼부부에게 다가가는 모습이 보였다. 한 명은, 흐르는 듯 찰랑거리는 금발이 별처럼 반짝이는 노인이었는데, 은빛 가운을 입고 있었다. 움직일 때마다 가운이 어른거렸다.

멀린의 엄마 엘런이구나.

바질은 알아차렸다. 거미의 실크로 짠 엘런의 예복 가운에 대해 이야기를 들었지만, 상상했던 것보다 훨씬 더 아름다웠다. 가운은 실이라기보다는 빛의 광선을 닮아 보였다. 물질이라기보다는 공기를 닮았다.

바질은 곧 그 옆의 여인이 누군지도 알아보았다.

멀린의 여동생, 리아. 나뭇가지를 엮어 짠 그 유명한 옷을 입은 여인. 리아에 대해 뭐라고 했더라? 커다란 참나무 안에 살면서 자랐다고 했다. 리아는 눈 위에 발자국을 거의 남기지 않을 정도로, 바람에 나부끼는 나뭇가지처럼 움직였다. 걸을 때마다 꽃으로 장식한 곱실거리는 갈색 머리카락이 통통 튀었다. 머리와 어깨 주변에는 경쾌한 비행사들이 여럿 날아다녔는데, 경쾌한 비행사들의 자그마한 날개는 허공을 둥둥 떠다니는 촛불처럼 밝게 빛났다. 그리고 리아의 등 위로 아름다운, 투명한 날개가 달려 있었다. 그것은 위대한 정령 다그다가 직접 준 선물이라고 했다. 바질은 낮게 날며, 외경심을 품고 리아를 바라보았다. 복장, 날개, 그리고 무엇보다도, 빛나는 얼굴 때문이었다. 얼굴은 경쾌한 비행사보다 더 밝게 빛났다.

내가 여기 있다는 게 믿기지 않아. 이 사람들을…… 이곳을…… 이 모임을 보고 있다니. 이게 혹시 상상은 아닐까?

바질은 생각했다.

하지만 오빠를 껴안으며 리아가 울려 퍼지는 종소리처럼 웃자, 바질의 의구심이 싹 달아났다. 상상이라면 저렇게 기쁜 웃음을 터트릴 수 없으니까.

그때 또 다른 소리가 바질의 귀를 사로잡았다. 저 아래에서 묵직하게 울려 퍼지는 늙은 올빼미의 울음소리였다. 깃털이 많이 빠지기는 했지만, 늙은 올빼미는 여전히 큰 소리로 울었다. 근처에 있던 솜털 거위 가족뿐만 아니라, 은빛 종마를 깜짝 놀라게 할 만큼 크게 울렸다. 거위들은 시끄럽게 꽥꽥 울어대고, 말은 힝힝거리며 꼬리를 흔들었다.

이와 대조적으로, 그 옆 울퉁불퉁한 돌 위에 앉아 있던 황금빛 깃털의 피닉스는 전혀 알아차리지도 못하는 것 같았다. 피닉스는 연신 멀린과 할리아를 바라보며, 눈 하나 깜빡하지 않았다. 가지를 내뻗은 거대한 인물이(바질은 그게 나무 요정이라고 추측했다.) 쭉 펼친 나무뿌리로 자신을 밟았을 때에도, 피닉스는 눈 하나 깜빡이지 않았다.

바질은 정상을 빙글빙글 돌며, 내려앉을 만한 곳을 찾았다. 눈에 띄지 않고 머물 수 있는 곳이 필요했다. 그러는 사이, 바질은 자신과 닮은 누군가가 있는지도 유심히 살폈다. 자신의 출생에 대한 미스터리를 설명해줄 누군가를 만날 수 있기를 바랐다. 군중의 커져가는 소음, 그러니까 그 모든 울음소리, 외침, 으르렁거림, 노래, 잡담, 식식, 윙윙 소리를 들으며, 자신과 같은 소리를 내는 목소리를 오늘 들을 수 있을지 궁금했다.

바질은 마지막 손님들이 도착하는 모습을 지켜보았다. 들쭉날쭉한 날개의 독수리 한 쌍을 보고 바질은 깜짝 놀랐다. 독수리가 다크틸새를 너무나 닮았다. 하지만 독수리들이 평화롭게 내려앉는 모습을 지켜보며 안도했다. 작은 도깨비 한 무리가 지하 터널 집과는 완전히 다른 눈 덮인 산마루를 올라오느라 버둥거렸다. 도깨비 무리는 손님들로부터 떨어진 곳에 무기를 보관하라는 켄타우로스의 명령에 마지못해 따랐다. 그런데 이들보다 먼저 도착했던 용의 가족이 어디에도 보이지 않자, 바질은 당혹스러웠다. 하지만 그것 때문에 걱정하지는 않았다. 결국, 산꼭대기는 아발론의 다양한 생명체들이 빼곡히 모여 있었다. 바질이 내려앉기 직전에도, 태어나 처음 보는 생명체들이 너무도 많았다.

우드루트에서 온 작은 요정들은 나무껍질을 엮어 만든 옷을 입고 있었는데, 자신들의 고향의 나무처럼 꼿꼿하고 우아하게 서 있었다. 할리아 종족의 사슴 인간들은 가느다란 턱과 풍부한 갈색 눈동자를 드러내고, 서로 가까이 붙어 서서 때로는 어깨 너머를 흘끗거리며 혹시 모를 위험을 확인했다. 그리고 인간들은, 어른 아이 할 것 없이, 빙 둘러싼 손님들 여기저기 흩어져 있었다. 그중에서도 자그마한 종이 달린 펄럭이는 모자를 쓴 어릿광대가 바질의 눈길을 사로잡았다. 저 사람이 뉴익이 경고했던 붐벨리일까?

바질은 멀린의 젊은 시절 이야기에 등장하는 몇몇 하객을 알아보았다. 여기에, 소인들의 여왕, 우르날다가 있었다. 우르날다가 움직일 때마다 도깨비 이빨로 만든 귀걸이가 불길하게 딸랑거렸다. 그리고 저기, 한쪽 팔과 리아의 믿음을 잃은 나무 종족의 마지막 생존자, 크웬이 있었다. 큼지막한 노란색 달팽이 위에는 '한쪽 귀의 류'가 찢어진 낙하산 조각에 마구 낙서를 하면서 앉아 있었다. 류는 핀카이라의 마지막 전투에서 멀린 옆에서 용감하게 싸웠으며, 나중에 엘런의 새로운 질서를 따르는 첫 제자가 되었다.

저기! 바질은 착륙하기에 무척 훌륭한 곳을 찾아냈다. 소나무 요정들의 이끼 덮인 굵은 나뭇가지. 그 초록색 한가운데에 숨어 있으면 들키지 않고 안전하게 군중을 잘 살펴볼 수 있을 것 같았다. 바질은 방향을 틀어, 가장 가까운 나뭇가지를 향해 미끄러지듯 스르르 나아갔다.

불현듯, 나무 너머에 어미 용과 새끼 용들이 보였다. 바질은 재빨리 옆으로 방향을 틀었다.

너무 가까워! 용 가까이 가고 싶지는 않아.

바질은 맹렬하게 날갯짓을 하며 멀찍이 날아갔다. 흘긋, 어미 용을 바라보았다. 오렌지색 눈동자가 용암처럼 반짝이며, 날개 끝으로 일곱 아이들을 찰싹찰싹 때리면서 즐겁게 놀고 있었다. 그러고는, 실망스럽게도, 어미 용은 아기 용들의 배에 자그마한 불꽃을 내뿜기 시작했다. 아기 용들이 기쁨에 빽빽 소리 지르는 걸로 보니, 이 놀이가 재미있는 듯했다. 하지만 나무 요정들은 뒤로 멀찍이 물러섰다.

좀 더 가까이서 살펴보니, 어미 용의 초록색 긴 귀 하나가 마치 잘못 달린 뿔처럼 옆으로 삐죽 뻗어 나와 있었다. 바질은 진홍색이 점점이 박힌 무지개 빛깔 심홍색 비늘을 뚫어져라 바라보며, 좀 더 가까이 가 보고 싶다는, 뭐라 설명할 수 없는 충동이 불쑥 일었다. 이것이 혹시 사악한 마법은 아닐까? 관문의 초록색 불꽃이 자신을 위험 속으로 끌어들인 것처럼, 이런 식으로 용이 먹잇감을 가까이 오게 하는 걸까? 바질의 심장이 마구 방망이질 쳤다. …… 하지만 바질은 달아나지 않았다.

호기심을 일게 하는 이 짐승은 도대체 뭘까? 분명 바질은 용에 대해 이미 충분히 알고 있었다. 특히 가장 중요한 사실 하나, 그러니까, 멀찍이 떨어져 있어야 한다는 사실을. 하지만 웬일인지, 이 용은 흥미로워 보였다. 유혹적이었다. 무척이나…… 친숙했다. 마치 전에 만나본 적이 있기라도 한 것 같았다.

아니, 만난 적은 없었다. 그럴 리가 없었다. 바질은 불을 내뿜는 용을 지금껏 만나본 적이 없었다. 다행스럽게도 말이다!

분명 까마귀들이 들려준 이야기 때문일 거야. 그래, 그거야.

바질은 날개를 더 빨리 움직였다. 용의 숨결로 따뜻해진 공기가 바질의 얼굴을 스쳐 지나갔다. 저 아래, 아기 용들이 빽빽거리는 소리가, 그리고 불꽃에 눈이 식식 녹는 소리가 희미해졌다. 아무리 그래도, 바질은 자꾸 몸을 돌려 돌아보았다. 잠깐! 설마 저 용이 그 유명한 귀니아일까? 역사상 가장 무시무시한 '불의 날개'(Wings of Fire)의 유일한 자손? 귀니아는 멀린의 군대에 합류하기 전까지 핀카이라의 골칫거리였다.

바질은 공중을 날며 단호하게 고개를 저었다.

호기심 따위는 잊어버려! 저 짐승들로부터 최대한 멀리 내려앉자. 그리고 다시는 가까이 가지 말자.

그래서 바질은 그렇게 했다. 용과 정반대편, 주룩주룩 눈이 흘러내린 자국이 선명한 큰 바위 위에 내려앉았다. 멀리 떨어진 횃대에서도 용은 보였지만, 그래도 안전한 거리였다. 바질은 날개를 등에 접었다. 그런데 문득, 자신이 특별히 기괴한 구경꾼 집단의 한가운데에 내려앉았다는 사실을 알아차렸다.

바질 바로 옆에 굳은 표정의 사람 네 명이 서 있었는데, 남자 셋, 여자 하나였다. 눈은 뜨거운 석탄처럼 이글거렸다. 이들은 플레임론(Flamelons)으로, 파이어루트의 까맣게 탄 영토에서 온 사람들이었다.

불현듯, 바질은 깜짝 놀랐다. 저기, 플레임론 뒤에, 실제로 불에 타고 있는 사람 하나가 서 있었으니까! 그 남자의 근육질 몸이, 등에서 툭 튀어나와 있는 넓은 날개를 포함해서, 환한 오렌지색으로 불타며, 식식 탁탁 소리를 냈다. 마치 살이 아니라 불꽃으로 만들어지기라도 한 것 같았다. 바질은 그 남자한테서 눈을 떼지 않고 맞은편 바위로 물러섰다. 퍽 단호한 플레임론의 표정과 달리, 이 남자는 무척 평화로워 보였다. 바질은 생각했다.

저 남자는 천사 같아. 불꽃의 천사.

멀지 않은 곳에서, 팔다리가 긴 훌라(hoolah)들이 눈 속에서 씨름을 하고 있었다. 훌라들은 서로 때리고, 발길질하고, 눈덩어리를 던지고, 고드름으로 격렬하게 찌르고, 상대방의 헐렁한 옷을 잡아 뜯었다. 그러는 내내 미친 듯이 웃었다.

훌라,

바질은 침울하게 생각했다.

우드루트에서 몇 번인가 마주친 적이 있었기에, 저들에게 위엄이나 체면 따위는 눈곱만큼도 없다는 사실을 바질은 잘 알고 있었다. 기본적으로, 저들은 아무런 생각이 없었다.

바질은 바위의 반대쪽을 돌아보다 깜짝 놀라 숨을 죽였다. 날개 달린 사람들이 더 있었다. 몸에서 불꽃이 춤을 추지는 않았지만, 불꽃 천 사만큼이나 당당하고 위엄 있어 보였다.

독수리 종족(Eaglefolk). 소문을 익히 들었기에 이들을 알아볼 수 있었다. 여섯이 함께 서서, 힘센 날개를 세차게 움직였다. 노란색 테두리의 눈동자가 굉장한 자부심으로 번들거렸다. 강력한 발톱이 흰 눈을 꽉 잡고 있었다. 빨간색 끄트머리를 제외하고는 온통 은빛인 깃털은 아발론의 낮 시간 동안 별빛으로 반짝거렸다. 갑작스레 불편해져서, 바질은 자신의 쭈글쭈글한 자그마한 날개를 등에 딱 잡아 붙였다.

친척을 찾아다니는 게 무슨 소용이람? 나처럼 생긴 존재는 초대받지 못했는걸! 이 결혼식은 천사나 독수리, 거인과 유니콘처럼 힘센 종족들을 위한 거야.

바질은 우울해졌다.

이윽고, 바위 위를 기어가는 적갈색 딱정벌레 한 쌍이 바질의 눈에 들어왔다. 한 마리는 부러진 잔가지를 등에 헐렁하게 매달았는데, 다른 한 마리는 너무 늙어서 다리조차 움직이기 버거운 것처럼 보였다. 하지만 딱정벌레들은 바위 위에 자그마한 눈 더미를 쌓으며, 결혼식 장면을 더 잘 보기 위해 최선을 다했다.

바질은 꼬리를 살짝 밀어, 딱정벌레들이 자그마한 산을 올라가는 걸 도와주었다. 나이 든 딱정벌레 한 마리가 날개를 흔들어 고맙다는 표시를 하자, 바질은 대답하듯 고개를 공손하게 끄덕였다. 바로 그때, 바질의 시선은 다른 생명체가 아니라 사슴 종족의 머리 위로 흘러가는 폭신폭신한 안개구름에 사로잡혔다. 안개구름은 매우 정교하게 움직였다. 안개구름이 급격하게 방향을 틀어 자신의 머리 위를 지나갈 때, 바질은 깜짝 놀라 이빨을 덜거덕거리며 부딪쳤다.

저건 바람을 거슬러 움직이고 있어.

바질은 자그마한 발톱으로 눈을 세게 움켜잡았다.

바질이 경이로운 표정으로 지켜보는 동안, 안개구름은 산꼭대기를 가로지르는 산들바람 속으로 곧장 들어갔다. 안개구름은 둥글게 모여 있는 사람들 한가운데를 지나 멀린과 할리아의 뒤로 다가갔다.

멀린이 안개구름을 알아차리고 휙 돌아섰다. 그러고는 예상치 못한 행동을 했다. 손을 흔들어 반가움을 표시한 것이다. 그 동작에, 안개구름은 더욱 더 뜻밖의 행동을 했다. 바람에 날린 돛처럼 나풀거리며 수직으로 솟구치더니, 위쪽 부분을 천천히 앞으로 구부려 당당하게 인사를 했던 것이다.

살아 있어! 안개의 생명체야!

바질은 깨달았다!

그건 에어루트에서 온 '공기 요정'(실프 sylph)이었다. 공기 요정 이야기를 들은 이후, 바질은 꼭 한번 보고 싶었다. 신비하고 현명한 공기 요정은 자신의 영토를 거의 떠나지 않았다. 공기 요정은 구름이 스스로 음악을 만드는 곳, 하프랜드(Harplands)를 유유히 떠도는 걸 즐겼다. 또는 바람과 함께 움직이며 하늘을 정처 없이 떠도는 걸 좋아했다.

즉각, 바질은 또 하나의 바람 생명체를 떠올렸다! 자신이 태어난 이후로 그 손길을 느껴보지 못한 존재. 자신을 품고 있던 알이 우드루트로 떨어져 침대 같은 이끼에서 깨져 열린 순간, 따뜻한 산들바람이 주변에 불어왔다. 우정의 선물을 품은 계피 향이 가득한 바람. 그 바람도 여기에 와 있을까? 그 바람이 자기를 다시 한번 찾아올 수 있을까?

바질은 바위 가장 높은 가장자리 위로 허둥지둥 달려갔다. 목을 위로 쭉 뻗어, 자그마한 머리를 하늘을 향해 들어 올렸다. 그러고는, 혹시라도 발각되어 침입자로 오해받을까봐 잠시 주저했다. 가슴이 쿵쾅거렸지만, 그 걱정을 떨쳐냈다. 자신의 첫 번째 친구가 분명 이곳에 와 있을거다! 그래서 바질은 소리쳤다.

"아일라, 이 근처에 있나요? 절 찾아주세요, 바람 누이! 다시 저를 찾아와주세요."

서늘한 산들바람이 산꼭대기에 휘몰아쳤다. 하지만 아무런 대답도 없었다.

"원한다면 실컷 소리쳐봐, 하지만 아무런 답변도 들리지 않을걸."

바로 뒤에서 어떤 목소리가 속삭였다.

12

수수께끼 같은 짐승

내가 경험한 가혹한 진실을 알려주겠다.

당신이 진정으로 누군지 알고 싶은가? 그렇다면 당신이 누구였는지 알아내는 것보다 어떤 이가 될지를 결정하는 게 더 중요하다는 걸 반드시 명심하라.

휙 돌아보니, 전에 한 번도 본 적 없는 거대한 생명체가 바위 위에 우뚝 솟아 있었다. 그 속삭이는 목소리는 분명 여자처럼 들렸는데, 멀린보다 거의 두 배 이상 커 보였다. 눙그스름한 머리를 아래로 숙이고, 몸색과 비슷한 갈색의 움푹 파인 눈동자로 바질을 자세히 살펴보았다. 그러는 내내, 기다란 손가락이 각기 세 개씩 달린 가느다란 팔 네 개를 허공에 휘저었다. 마치 눈에 보이지 않는 줄을 튕겨 조용한 음악을 만들어내기라도 하는 것 같았다.

"누구, 누구세요?"

바질은 날개를 펼쳐 날 준비를 하며 따지듯 물었다.

"마법의 땅 맬록의 머드메이커(mudmaker), 엘로니아(Aelonnia)란다."

낭랑한 목소리를 들으니, 왠지 바질의 곤두선 신경이 가라앉았다. 그 여자가 말하는 사이, 바질은 긴장을 늦추었다. 하지만 혹시 모를 상황에 대비해 두 날개를 쫙 펼쳐, 언제든 날아갈 태세를 갖추었다.

그 여자의 깊은 갈색 눈동자가 바질을 뚫어지게 쳐다보았다. 너무 강렬해서, 바질은 그 여자가 자기 마음을 읽고 있는 건 아닐까 궁금했다. 바질이 초조하게 꼬리를 바위에 톡톡 내리치자 눈보라가 일었다. 그 여자의 시선은 결코 흔들림이 없었다. 시간이 지날수록 바질은 초조해졌다. 점점 더 긴장이 커져갔다. 마침내, 그 여자가 반복했다.

"난 널 몰라, 꼬마야. 너는 수수께끼 같구나. 정말이야! 난 여러 영토에서 수많은 생명체를 보아왔어. 하지만 너 같은 녀석은 처음 봐. 너처럼 생긴 녀석은 존재하지 않을지도 모른다는 뜻이야."

말 한마디, 한마디를 내뱉으며, 그 여자의 정교한 손가락이 허공에 흐르는 듯한 문양을 엮어냈다.

바질은 숨죽였다. 눈보다 더 차가운 깊은 서늘함이 온몸에 퍼져 나갔다. 어떻게 저런 말을 할 수 있을까? 어떻게 저렇게 확신에 차서 말할 수 있을까? 바질은 몸을 벌벌 떨며, 큰 소리로 말했다.

"당신 말 안 믿어요."

"그럴지도. 그렇지만 난 알아, 내 말을 믿을지도……. 내게 말해봐, 꼬마야, 내 말이 왜 그렇게 중요하지?"

그 여자의 낭랑한 속삭임이 부드러워졌다.

"중요하니까요! 당신한테 가족이 없어도 상관없어요? 종족이 없어도? 정체성이 없어도?"

바질이 불쑥 따지듯 물었다.

"너한테는 다른 생명체들과 다른 너만의 정체성이 있어. 네 종족이 존재하느냐 아니냐는 상관없어."

그 여자가 둥근 머리를 아래로 숙이며 단호하게 말했다.

바질의 찻잔 모양의 귀가 떨렸다.

"그렇다면, 난 누구죠? 나처럼 생긴 다른 생명체가 존재하지 않는다면……."

"그렇다면, 너는 수수께끼 같은 짐승이지."

머드메이커가 말을 끝마쳤다.

"그 정도는 저도 이미 알아요. 이제, 제게 말해주세요. 당신은 언제나 사람들과 이야기를 하나요? 음, 그러니까, 그들이…… 음, 그들이……."

바질은 내키지 않는 웃음을 지어 보였다. 그러고는 날개를 등에 딱 붙이고 이어 물었다.

"내가 진짜 누구인지?"

그 여자의 손가락이 더 부드럽게 허공을 쓰다듬었다.

바질이 주저하며 고개를 끄덕였다.

"아니, 꼬마야. 하지만 너의 경우는……."

그 여자가 잠시 말을 멈추고는 바질을 바라보며 커다란 갈색 머리를 한쪽으로 기울였다.

"나는 네 눈을 통해 기이한 마법을 본단다. 그래, 정말 수수께끼 같은 기이한 마법이야."

이 모든 대화가 불편해서, 그리고 이 키가 크고 건장한 생명체를 어떻게 대할지 확신이 서지 않아, 바질은 당장 주제를 바꾸기로 결심했다.

"알았어요, 그건 그렇고요, 조금 전에 왜 그런 말을 한 건가요? 아일라에 대해서요. 아일라한테서 아무런 답변도 기대할 수 없을 거라는 게 무슨 뜻인가요?"

바질이 자신의 질문을 강조하기 위해 꼬리로 바위를 내리치면서 물었다.

머드메이커가 한숨을 쉬었다.

"그건 아일라가 바람 누이기 때문이야. 항상 움직이지, 절대 쉬는 법이 없어. 그래서 다른 생명체들의 부름에 대답하는 경우는 아주 드물거든."

그 여자의 정교한 손가락이 마치 휘몰아치는 바람처럼 가볍게 허공을 쓸었다.

그 말이 사실이라는 걸 알고, 바질은 초록색 눈을 깜빡이며 조용하게 물었다.

"그렇다면…… 다시 만나는 걸 기대해서는 안 되나요?"

"기대하는 거야 네 맘이지, 꼬마야. 하지만 이곳 아발론에서, 모든 것이 다 가능하니까. 내 영토의 마법의 진흙을 달리 뭐라고 설명할 수 있을까? 멀린 덕분에, 힘을 지니고 있어. 새로운 생명체를 만들어내는 능력 말이야."

"진흙으로 생명체를 만든다고요? 그러니까, 그게 정말 사실이에요?"

불현듯, 바질은 소문을 전하던 까마귀들이 했던 말을 떠올렸다.

엘로니아의 움푹한 눈이 미소 짓는 것처럼 보였다.

"너처럼, 꼬마야, 내 영토의 진흙은 눈에 보이는 것 그 이상이란다. 왜냐하면 엘라노의 모든 요소가 다 있으니까. 신비의 마법도 있고."

"신비요?"

"그래, 꼬마야. 신들이 준 선물이지. 그러니까 말하자면, 아발론에 대한 선물이지."

바질이 뭐라고 반응하기 전, 엘로니아의 발 옆에 있는 눈 속에서 비통한 흐느낌이 크게 터져 나왔다.

"아, 아파 죽겠네! 가장 비극적인 내 삶의 끝, 모든 게 너무 빨라. 정말이지 비열한 운명, 끔찍한 종말이여!"

바질은 바위 가장자리 너머로 흘끗 바라보며, 누가 죽어가고 있나 살펴보았다. 그처럼 구슬프게 한탄할 만한 건 없었으니까. 바질의 눈앞에 지금껏 상상도 해보지 못한 생명체가 있었다. 짙고, 둥글고, 매끈매끈한 그 생명체는 바다표범을 닮았다. 지느러미마다 발톱이 세 개 달려 있고, 일렬로 늘어서 있는 꼬리 몇 개가 소용돌이 모양으로 말려 있었다. 갑작스럽게, 그 생명체가 기다란 수염을 떨며 다시 흐느꼈다.

"불쌍한 내 존재여, 곧 죽을 내 몸이여! 나는 여전히 너무 젊구나, 갓난아기 같구나."

머드메이커는 신음을 토해내며, 몸을 구부려 그를 들어 올렸다.

"자 자, 꼬마 밸리맥. 울지 마, 뚝 그쳐."

"저 아이가 곧 죽게 되나요?"

바질이 물었다. 걱정으로 눈동자가 커졌다.

"그래! 아, 너무나 큰 고통이여, 너무나 큰 비통함이여."

밸리맥이 새된 소리를 내질렀다.

"아니, 저 녀석은 완전 멀쩡해. 우리 영토의 진흙이 그리워서 저러는 거야. 마법의 땅 맬록의 집으로 돌아가면 모든 게 괜찮아질 거야."

엘로니아가 살짝 난감한 목소리로 단호하게 말했다.

바질이 당혹스러워하며 도마뱀을 닮은 코를 긁었다.

"그러니까, 그저 향수병 때문에 저러는 거라고요? 그래서 저렇게 호들갑을 떠는 거라고요? 그렇다면 왜 그냥 머드루트에 남아 있지 않은 거예요?"

엘로니아가 고개를 끄덕이는 걸 보며, 바질이 물었다.

엘로니아가 둥근 어깨를 으쓱해 보였다.

"멀린과 할리아의 친구니까, 아주 오래전부터."

"멀린은 나를 요리해서 집어삼키려고 했지! 어쨌거나 나는 지금껏 살아남았어."

밸리맥이 흐느꼈다. 밸리맥의 고개가 축 처지더니, 두 눈에 눈물이 고였다.

"그런데 오늘 여기서 죽게 되는구나, 이 무시무시한 곳에서."

"여기, 내가 너한테 뭔가 마법의 도움을 줄게. 하지만 입 다물고 잠자코 있어야 해."

밸리맥은 온몸을 들썩이며 흐느끼기는 했지만 즉각 잠잠해졌다. 그러고는 엘로니아의 팔 안에 아기처럼 누워 도움을 기다렸다.

엘로니아는 우아한 손가락 하나로 밸리맥의 옆머리를 쓰다듬어, 흙먼지 하나를 긁어냈다. 부드럽고, 경쾌한 노래를 속삭이며, 그 흙을 밸리맥의 둥근 배 위에 짓눌렀다. 즉각, 흙이 끈적끈적한 짙은 진흙으로 퍼져갔다. 그 진흙 덩어리는 피부로 퍼지며 스르르 점점 커지더니 마침내 배, 등, 꼬리를 전부 덮었다. 진흙이 계속 부풀어 오르며, 푹신푹신하고 멋진 담요처럼 밸리맥의 온몸을 덮었다. 눈 바로 아래까지.

밸리맥은 이 모든 걸 지켜보면서, 기쁨으로 온몸을 떨며 자기 몸을 꼭 감싸 안았다. 그러자 진득진득한 진흙이 두툼한 당밀처럼 사방에 흘러나와, 몸을 가로질러 흘러내렸다. 얼굴에서는 꿈꾸는 듯한 표정이 흘러나왔다. 아주 오랫동안 고통받다가 마침내 낙원을 발견한 사람의 표정이었다. 밸리맥은 수염에서 떨어져 내리는 진흙을 핥으며 기분 좋은 한숨을 내쉬었다. 그러고는 바질이 지금껏 들어본 적 없는 가장 행복한 말을 했다.

"겁나 러블리해. 아, 겁나 러블리해."*

그 순간, 바질이 앉아 있던 바위가 흔들리기 시작했다. 시간이 지날수록 점점 세게 흔들렸다. 마침내 바위가 폭발할 것 같았다.

---

* 밸리맥의 습관적 말투.

13

빛의 음악

그 모든 일이 지난 이후에도, 아직도 내가 모르는 게 좀 있다. 지금까지도 궁금하다. 어떻게 그가 내 마음속 저 깊은 깜깜한 곳을 그렇게 분명히 볼 수 있었는지. …… 그리고 어떻게 나로 하여금 모래 한 알의 무게를 또는 하나의 삶의 무게를 생각하도록 만들었는지.

바위가 심하게 흔들렸다. 바질 바로 아래 이리저리 갈라진 틈이 갑자기 쩍 벌어졌다! 바질은 허공으로 펄쩍 뛰어 머드메이커의 커다란 어깨 위로 날아올라, 마침내 머드메이커의 부드러운 갈색 피부에 내려앉았다.

그러는 사이에도 그 틈은 더 커지고 깊어졌다. 마침내 엄청난 굉음을 내며, 바위가 쩍 갈라지면서 깊디깊은 크레바스가 생겨났다. 아니, 어쩌면, 쩍 벌린 입인지도.

"너한테 미리 경고해줄 걸 그랬네. 저건 살아 있는 바위야. 항상 배가 고프지, 특히 음식이 자신을 건드렸을 때."

엘로니아가 속삭였다.

바질은 혼비백산하여, 살아 있는 바위의 울퉁불퉁한 회색 혀가 삐죽 나오는 모습을 지켜보았다. 혓바닥이 찐득찐득하게 엉겨 붙은 침을 뚝뚝 떨어트리며 바질이 방금 전까지 편안하게 앉아 있던 곳을 가볍게 핥았다. 이윽고, 혀가 쑥 들어가고, 바위가 다시 요동치고, 틈이 꽉 닫혔다

바질은 눈 덮인 바위처럼 보이는 그 생명체를 다시 내려다보았다. 그러고는 안도의 한숨을 푹 내쉬었다.

"바질, 이 도깨비 눈깔 같은 녀석! 여기서 뭐하고 있는 거야?"

그 걸걸한 목소리를 알아차리고, 작은 도마뱀은 움츠러들었다. 천천히, 바질은 고개를 돌렸다. 분명, 뉴익과 얼굴을 마주하고 있었다. 그 심술쟁이 산봉우리 요정이 저 높은 버드나무 나뭇가지 위에 자리 잡고 있었다. 뉴익은 찡그린 얼굴로 바질을 노려보았다. 몸 색깔이 성난 붉은색으로 바뀌었다.

바질은 심호흡을 하며, 무심한 듯 대답했다.

"음, 그냥 좀 더 가까이서 보려고요."

"내가 그렇게 당부했는데도? 내 경고를 깡그리 무시해? 이 멍청한 녀석! 이제 곧 결혼식이 시작될 거야! 잡히기 전에 지금 당장 떠나. 못생긴 주제에 왜 이렇게 멍청한 거야?"

머드메이커가 고개를 쓱 돌려, 신살색 눈동자를 산봉우리 요정에게 돌렸다.

"반갑군, 뉴익. 네 그 아첨하는 목소리는 어디서든 바로 알아볼 수 있다니까."

머드메이커가 자그맣지만 낭랑하게 말했다. 비꼬는 말투가 그대로 드러났다.

"음. 멍청이랑 방랑자들한테 둘러싸여 있다면 내가 어떻게 해야겠어? 저기 있는 네 꼬맹이 친구가 초대도 받지 않고 몰래 숨어들었다는 건

알기나 해?"

뉴익의 몸이 성난 듯 붉게 물들었다.

바질은 그 말에 오그라들었다. 듣는 사람은 없는지, 특히 거대한 거미를 닮은 누군가가 있는지 없는지 조심스레 주위를 둘러보았다. 다행히, 군중의 끊임없는 소음 때문에, 누구도 알아차리지 못한 것 같았다. 그리고 머드메이커는 침착해 보였다.

그런데, 뉴익을 다시 돌아보던 바질은 심장이 얼어붙었다. 산봉우리 요정이 힘껏 뭔가를 외치려 했다. 바질은 요정이 무슨 말을 하려는지 분명히 예감했다. 곧 침입자라는 단어가 들려올 거다.

뉴익은 있는 힘껏 숨을 크게 빨아들이고는 소리쳤다.

"모두 내 말 좀 들어봐요! 여기에……."

"입 다물어!"

머드메이커가 야단쳤다.

하지만 뉴익은 계속했다.

"여기에 있다……."

"제발요, 말하지 말아요. 말하지 말아줘요."

바질이 초조한 듯 날갯짓을 하며 간청했다.

"침……."

뉴익은 말을 멈추고는, 그 말을 집어삼켰다. 주위의 수많은 머리통이 뉴익을 향했다. 나무 요정들은 나뭇가지를 요란하게 탁탁 부딪혔다. 독수리 종족은 발톱으로 흰 눈을 긁어댔다. 사슴 종족의 눈동자에서는 오렌지색 불꽃이 튀어나왔다. 그리고 빙 둘러싼 둥근 원 너머로, 마법사 멀린이 갑자기 몸을 돌려 그랜드 엘루사와 눈빛을 주고받았다.

"침……."

뉴익이 반복했다. 자신이 이처럼 커다란 관심을 끌어 모으고 있다는 사실에 분명 만족스러운 듯했다. 뉴익의 피부가 이제 샛노랗게 밝게 빛났다. 한편, 더 많은 머리통이 뉴익이 있는 쪽을 바라보자, 주변이 더욱 소란스러워졌다. 끝마칠 준비가 다 되었을 때, 뉴익은 마지막으로 바질을 흘끗 바라보았다.

이 작은 도마뱀은 아무 말도 하지 않았다. 그저 뉴익의 시선을 바라보기만 할 뿐이었다.

제발, 제발 말하지 말아주세요.

바질은 생각했다. 너무 절박해서 두 귀가 바들바들 떨릴 정도였다.

뉴익은 시선을 돌려 멀린을 곧장 바라보았다. 그러고는 모두가 들을 수 있는 커다란 목소리로 마지막 문장을 끝마쳤다.

"침……이 마를 정도로 흥미로운 인간이 있어요!"

당혹스러움과 혼돈의 외침이 허공을 가득 메웠다. 그랜드 엘루사는 실망스럽다는 듯 커다랗게 투덜거렸다. 몇몇 구경꾼들(멀린을 포함해)이 불쌍한 뉴익이 미쳤다고 말했다. 하지만 산봉우리 요정은 신경 쓰지 않는 것 같았다. 요정의 몸이 이제 황금빛으로 바뀌며 흡족함을 드러내 보였다.

뉴익이 다시 바질에게 시선을 돌리는 순간, 도마뱀의 초록색 눈동자에서 안도감이 흘러나왔다. 뉴익은 동정심을 느꼈지만, 그것을 드러내지는 않았다. 그저 걸걸한 목소리로 말했다.

"건방지게 굴면 어떻게 되는지 가르쳐준 거야. 그리고 다시는 나한테 장난 같은 거 하지 말라고."

바질은 미소를 싹 거두었다. 마치 아무 일도 일어나지 않은 것처럼 차분한 척 하면서, 코를 들고 허공에 냄새를 맡았다.

"있잖아요, 뭔가 썩은 냄새 나지 않아요? 고블린 독수리 아닐까요?"

뉴익의 피부색이 즉각 검붉어졌다.

"이봐, 이 건방진 꼬마 멍청이, 건달 녀석아! 네 가죽을 홀라당 벗겨 손수건으로 만들어 버릴 테다. 그 손수건으로는 내 코도 닦을 수 없게 하겠어."

바질이 미처 대답하기도 전, 새로운 소리가 산 정상에 갑작스레 울려 퍼졌다. 그 소리에 모두가 침묵에 휩싸였다. 뉴익조차 말하고 싶지 않은 것 같았다. 잠시 뒤, 결혼식 초대 손님 모두의 소음이 사라졌다. 산 정상은 완전히 침묵에 휩싸였다. 새롭게 울리는 소리를 제외하고는……

그 소리가 점점 더 커져갔다. 별처럼 높게 바다처럼 깊게 울려 퍼졌다. 그 소리에 바질의 귀, 뼈, 그리고 몸 너머 어딘가에까지 진동이 일었다. 결혼식에 초대받은 대부분의 손님들과 같이, 바질은 몸을 돌려, 이 경이로운 음악이 흘러나오는 곳으로 향했다. 그 진원지를 발견하고는 깜짝 놀라 멍하니 바라볼 수밖에 없었다.

강처럼 흐르는 그 웅장한 소리는 바질보다 그리 크지 않은 생명체에서 나오고 있었다. 터키석 눈동자와 구릿빛 피부에, 눈물방울처럼 생긴 생명체가 산들바람에 하늘하늘 움직이는 투명한 옷을 입고 있었다. 그 생명체는 똑같이 생긴 기이하지만 몸집이 훨씬 더 큰 동료 위에 앉아 있었다. 그 동료는 거대한 곱사등이로, 양모 털, 커다란 다리 하나, 그리고 장인의 손과 같은 정교한 손가락이 달려 있었다. 그런데 이 자그마한 생명체에게 가장 놀라운 것은 그 화려하고 다채로운 외모가 아니었다. 비범한 동료도 아니었다. 그 무엇도 따라올 수 없는 아름다운 음악이었다.

그 생명체의 노랫소리는 점점 풍부하게 겹겹이 쌓여갔다. 바질은 자신이 소리 그 이상을 듣고 있다는 걸 깨달았다. 이것은 노래의 형태를 취한 대단한 마법이었다. 희망, 지혜, 사랑, 그리고 꿈이었다. 모든 것이 음악 안에 들어 있었다.

"무세오(museo)."

엘로니아가 가느다란 팔을 율동에 맞추어 까닥이면서 소곤거렸다. 겹겹이 쌓이던 노랫소리가 점점 더 화려해지자, 엘로니아가 말했다.

"결혼식을 선언하는 거야! 이제 시간이 되어서 도착한 거야."

무세오의 목소리가 커져가며, 셀 수도 없이 많은 생각과 감정을 불러일으켰다. 바질은 살짝 휘청거렸다. 마치 음악으로 만든 벌꿀 술을 마시기라도 한 것처럼 현기증이 일었다. 이윽고, 노래가 시작할 때와 마찬가지로 갑작스럽게 멎었다.

결혼식 하객 사이에 기대감과 호기심 어린 침묵이 깊게 흘렀다. 멀린도 정상 주변을 초조한 표정으로 살펴보았다. 심의 커다란 어깨 위에 앉아 있던 협곡 독수리의 힘찬 울음소리에 침묵이 깨졌다. 그 울음소리는 허공을 뚫고 산마루를 가로지르며 울려 퍼졌다. 마침내 온 세상이 독수리의 외침에 대답하는 것 같았다.

협곡 독수리는 날카로운 눈으로, 산허리를 따라 당당하게 걸어 올라오고 있는 자그마한 무리를 맨 처음 발견했다. 넷이었다. 가장 늦게 도착한 손님이었다. 왜냐하면 정령들의 사후 세계에서 이곳으로 곧장 오는 길이었으니까.

맨 앞에, 힘센 수사슴 한 마리와 순백의 암컷 사슴 한 마리가 흰 눈 위를 더할 나위 없이 가벼운 발걸음으로 걸어왔다. 수사슴은 청동색이었는데, 양 옆으로 끝이 일곱 개로 갈라진 커다란 뿔이 달렸다. 털이 눈보다 더 하얗게 빛나는 암컷의 눈동자는 그 끝을 알 수 없는 갈색 웅덩이 같았다. 그 뒤로 은빛 머리카락의 남자가 따라왔다. 그 남자의 어깨 위에 강렬한 황금빛 눈동자의 자그마한 매 한 마리가 앉아 있었다.

일행이 다가오는 모습을 보며, 군중은 마치 나뭇잎이 바람에 갑자기 흔들리는 것처럼 웅성웅성거리며, 또 숨을 몰아쉬며 술렁였다. 그러면서 동시에 모두 다시 침묵에 휩싸였다. 이전처럼 귀를 기울이는 침묵이 아니었다. 경이로움의 침묵이었다. 심지어 서로 씨름하던 훌라들조차 하던 짓을 멈추고 얌전히 앉아 있었다.

"다그다! 저 수사슴은 지혜의 위대한 신 다그다야."

불꽃 천사가 소리쳤다. 그 목소리는 불꽃처럼 탁탁 소리를 냈다.

"그리고 암사슴은, 로리란다(Lorilanda), 출생과 부활의 여신이지."

근처에 있던 갈색 곰이 큰 소리로 말했다.

"다그다와 로리란다라고요? 정말 이곳에 왔어요?"

바질이 엘로니아를 올려다보며 물었다.

"신들이 직접 온 건 아니고, 유한한 생명의 몸으로 온 거야. 멀린과 할리아를 축복해주려고."

손님들이 빙 둘러서 있는 곳에 일행이 이르기도 전에, 매가 큰 소리로 울어대며 허공으로 뛰어올랐다. 본능적으로, 바질은 포식자의 날카로운 발톱이 두려워 움츠러들었다. 하지만 매는 마법사와 신부가 서서 기다리는 원형 한가운데로 곧장 날아갔다. 그러고는 허공에 바람을 일으키며, 멀린의 어깨 위에 내려앉았다.

"트러블! 트러블, 다시 만나게 돼서 정말 반갑다."

마법사가 손을 위로 뻗어 매의 날개를 부드럽게 어루만졌다. 그러고는 발톱에 손가락 하나를 걸었다. 마치 오랜 친구 둘이 악수를 나누는 듯했다.

매의 황금빛 눈동자가 멀린을 뚫어지게 쳐다보았다. 그러고는, 날카로운 부리를 하늘을 향해 들어 올리고는 의기양양하게 울부짖었다.

바로 그때, 마치 들리지 않는 명령에 따르는 것처럼, 둥글게 모여 있던 구경꾼들이 뿔뿔이 흩어졌다. 수사슴과 암사슴은 그 뒤를 따르는 남자와 함께 신랑 신부에게 다가갔다.

엘런은 은빛 머리카락의 키 큰 남자를 알아보고는 깜짝 놀랐다. 너무 놀라, 심장에 손을 가져다 댔다. 왜냐하면 엘런은 이 남자를 사랑한 것만큼 그 어떤 사람도 사랑한 적이 없었으니까. 음유시인 카이르프레.

카이르프레가 엘런의 두 손을 잡고 속삭였다.

"내 사랑, 이 순간을 기다리느라 너무 괴로웠소. 그래요, 언제나. 하지만 오늘, 적어도 이 순간만큼은, 우리가 다시 함께 있군요."

카이르프레를 바라보는 사파이어빛 눈동자가 빛났다.

"그리고 언젠가, 그 순간이 오면, 우리는 늘 함께 할 거예요."

엘런이 대답했다.

카이르프레는 엘런의 손을 꽉 잡았지만, 더 이상 아무 말도 하지 못했다.

엘로니아의 어깨 위에서 이 모습을 주의 깊게 지켜보던 바질은 문득 깨달았다.

음유시인이라 할지라도, 할 말을 잃을 때가 있구나.

산들바람이 불어와, 결혼식 하객에게 눈송이를 흩날렸다. 하지만 아무도 알아차리지 못하는 것 같았다. 멀린의 바로 옆에 멈추어 서 있는 위대한 정령 다그다에 모든 시선이 고정되어 있었으니까.

"멀리 왔구나, 올로 에오피아, 수많은 세상과 수많은 시간을 지나서, 정말 멀리 왔다."

다그다는 멀린의 진짜 이름을 깊고도 달콤한 목소리로 말하며, 고개를 끄덕였다. 그러자 뿔 주변 허공으로 안개 조각이 피어났다. 안개 조각은 신비롭게 커지며, 뿔 안팎을 드나들며, 때로 뿔 끝 주변을 감싸고, 때로 환한 원을 그리며 위로 솟아올랐다.

"널 마지막으로 본 뒤 많은 시간이 흘렀다. 그러나 시간이 전혀 흐르지 않았지. 그날, 너는 핀카이라의 수많은 종족을 하나로 뭉치게 했다. 고통의 수많은 세기가 지난 뒤에 드디어 진정한 공동체를 이루었다. 그리고 그 공적을 기념해 나는 너희 종족에게 날개를 선물했다."

다그다는 말을 이었다. 뿔 주변에 눈부시게 빛나는 안개가 넘실넘실 춤을 추었다.

정령의 왕은 잠시 말을 멈추고는 리아를 흘끗 바라보았다. 리아는 자신의 투명한 날개를 펼쳐 감사의 인사를 했다. 날개는 깃털, 공기, 별빛으로 이루어졌다.

"너는 그날 우리 모두에게 보여주었다. 하나의 생명이, 아무리 작다 할지라도, 변화를 이끌어낼 수 있다는 것을. 아주 자그마한 모래알 하나가 저울을 기울게 할 수 있는 것처럼, 한 사람의 의지의 무게가 온 세상을 들어 올릴 수 있다는 것을."

다그다는 이어 말했다.

다그다의 말은, 비록 멀린에게 하는 것이었지만, 그 자리에 모인 모두에게 이르렀다. 바질의 마음에도 신기하게 울려 퍼졌다. 마치 자신에게 속삭이는 것처럼 느껴졌다. 바질은 그 느낌이 자신의 귀에 내려앉은 눈송이 때문이라고 생각하며 고개를 저었다.

"너는 지구라 불리는 유한한 세상에서 그와 같은 이상을 펼치려 힘썼다. 하지만 넌 결코 잊지 않았다."

다그다가 마법사에게 말하고는, 할리아를 향해 사슴뿔을 기울이며 덧붙였다.

"네 마음이 진정으로 향하는 곳을."

다시 한번, 그 말이 바질의 마음속에서 울려 퍼졌다. 고개를 절레절레 저어봤지만, 연신 그 소리가 울려 퍼졌다.

네 마음이 진정으로 향하는 곳.

그러는 사이, 멀린은 숨을 크게 들이쉬며 말했다.

"내가 카멜롯과 지구의 어린 왕을 위해 수많은 소망을 지닌 것처럼, 내 최고의 소망은 오랫동안 이곳, 바로 이 산꼭대기에 서는 것이었어."

멀린은 할리아를 향해 손을 내밀며 말을 이었다.

"당신과 함께."

멀린의 손을 맞잡고, 할리아가 멀린 옆으로 걸어 나왔다.

"당신의 소망, 그리고 내 기도."

할리아가 속삭이듯 말했다.

"이제 기도가 이루어졌다."

로리란다가 선언했다. 로리란다는 우아한 사슴의 몸짓으로 껑충 뛰어 나왔다. 꼼짝 놀랍게도, 발굽이 흰 눈에 닿을 때마다 자그마한 꽃들이 피어났다.

달콤한 선갈퀴, 크로커스, 그리고 계곡의 백합…….

암사슴의 낭랑한 목소리는, 다그다만큼 굵지는 않았지만, 똑같은 힘을 전달했다. 신비스러운 갈색 눈동자가 할리아를 바라보았다.

"우리는 오늘 이곳에 사슴의 모습으로 왔어, 젊은이, 너와 네 종족을 기념하기 위해서."

할리아가 암사슴을 마주보았다. 산들바람이 불어와 할리아의 고동색

땋은 머리를 살랑살랑 흩날렸다.

"정말이지, 아시다시피, 그 반대예요. 우리 종족은 아주 오래전에 사슴의 모습이었어요. 그래서 우리가 당신이 창조한 그 모든 우아함과 아름다움을 공유할 수 있었어요. 당신의 들판을 달리고, 당신의 숲속 빈터에 서 있고, 당신의 꽃을 뜯어먹었지요."

로리란다가 고개를 끄덕이더니 멀린에게 시선을 돌렸다.

"너희 둘 다 똑같이 지혜롭구나."

멀린이 장난스럽게 웃으며 대답했다.

"둘 다 고집도 세지요."

할리아가 멀린에게 눈을 찡긋해 보였다.

"내 고집은 미덕이지만, 네 고집은 결점이야."

"맞는 말이야, 하지만 적어도 나는 결혼의 첫 번째 규칙은 절대로 잊지 않았어."

멀린이 동의했다. 눈빛이 반짝반짝 빛났다.

할리아가 궁금한 듯 고개를 기웃했다.

"그게 뭔데?"

"신부 말이 항상 옳다는 것."

할리아는 웃지 않으려 애썼지만, 그럴 수 없었다.

다그다가 기분 좋게 고개를 끄덕였다.

"그래서, 훌륭한 청년, 그게 바로 네가 마법사인 이유란다."

트러블이 쾌활한 울음소리를 냈다. 트러블은 멀린의 어깨 위에서 걸어 다니며, 날개를 펄럭이며 즐거움에 울어댔다.

멀린은 웃음을 터트렸다. 할리아도 웃었다. 리아, 카이르프레, 엘런, 다른 수많은 초대 손님이 따라 웃었다. 하지만 바질보다 더 크게 웃는 이는 아무도 없었다.

　사실, 바질은 하도 심하게 웃는 바람에 몸의 균형을 잃고, 머드메이커의 부드러운 갈색 피부에서 미끄러져, 하얀 눈 위에 굴러 떨어졌다. 그런데 날개를 펼쳐 다시 횃대에 날아오르기도 전에, 뭔가가 으르렁거리며 공격했다.

　자그마하고 칼처럼 날카로운 이빨 수백 개가 달린 뭔가가.

14

위험과 꽃잎

대답은 반복된다. 그렇다면 질문은? 질문은 영원히 남는다.

아기 용!

바질이 하얀 눈에 닿기도 전에, 끔찍한 짐승이 갑자기 덤벼들었다. 아직 젖먹이였지만, 아기 용은 자신의 먹잇감을 아주 작아보이게 했다. 용의 귀 하나가 바질의 몸통보다 훨씬 더 컸다.

아기 용은 단단한 입으로 도마뱀의 꼬리를 덥석 물더니 엄청난 힘으로 옭아맸다. 바질이 빠져나가려고 버둥거리기도 전에, 아기 용은 새로운 장난감을 거칠게 흔들어대며, 정신을 완전히 쏙 빼놓으려 했다. 등을 완전히 부서트리려 했다.

바질은 이 무지막지한 도리깨질에도 불구하고, 가까스로 몸을 뒤로 젖혀, 온 힘을 다해 날개로 용의 코를 세게 내리쳤다. 날카로운 날개 끝이 아직 비늘이 다 자라지 않은 진홍색 피부를 할퀴었다.

"아얏!"

코에서 은빛 피 몇 방울이 뚝뚝 떨어져 내리자, 아기 용은 죽어라 울부짖었다. 그 바람에 정신 줄을 놓고 바질을 놓치고 말았다. 지금껏 자신이 갖고 놀던 장난감이 이렇게 달려든 적은 없었다. 이윽고 이 당혹스러움은 분노로 바뀌었다. 오렌지색 눈동자가 활활 타오르는 불꽃으로 변했다.

바질 또한 분노가 끓어올랐다. 꼬리 끝의 자그마한 혹이 아프도록 욱신거렸다. 게다가 비늘 몇 개도 떨어져 나갔다. 이제 꼬리 전체가 뒤틀려 구부러진 잔가지처럼 보였다.

바질은 한 치의 망설임도 없이 허공으로 뛰어올라, 날개를 펄럭이며 곧장 용의 얼굴로 날아들었다.

"넌 나보다 백배는 더 클지 몰라, 이 덩치만 커다란 멍청아. 하지만 날 건드린 걸 후회하게 될 거다!"

바질은 날개를 휙 움직여, 자신을 공격한 아기 용을 향해 달려들었다. 초록색 눈동자가 이글거렸다.

쿵!

뭔가 아주 딱딱한, 그리고 아주 강력한 것이 바질을 허공에서 휙 던져 버렸다. 바질은 살아 있는 바위 옆으로 쿵 떨어져 내리며 눈밭을 데구루루 굴렀다.

머리가 어질어질한 채로, 위를 올려다보았다. 그러고는 힘없이 날개와 코에서 눈을 털어냈다. 온 세상이 제멋대로 핑핑 돌았다. 갑자기, 바질의 고개가 움츠러들었다. 자신을 그렇게 무자비하게 공격한 게 누구인지 알아볼 수 있었다. 그건 어미 용이었다!

끔찍한 '불의 날개'의 딸, 귀니아가 바질 앞에 서 있었다. 옆으로 툭 튀어나온 귀 끝부터 위험천만한 발톱에 이르기까지, 귀니아의 거대한 몸이 자기 새끼한테 해를 끼치려 달려든 자그마한 초록색 짐승을 향한 분노로 마구 떨렸다. 피를 흘리는 새끼의 코를 내려다보며, 세모꼴 눈이 끓어넘치는 용암처럼 이글이글 타올랐다. 바질을 땅에 내동댕이쳤던 그 날카로운 꼬리가 다시 한번 위로 솟았다.

그런데 가장 험악한 건 바로 가슴 속에서 부글부글 끓고 있는 어마어마한 굉음이었다. 분노에 찬 용이 불을 뿜는 모습을 한 번도 본 적은 없지만, 바질은 그 소리가 무엇을 뜻하는지 즉시 알아차렸다. 바질은 이제 곧 불꽃에 휩싸이게 될 것이다! 그리고 그 불꽃은, 관문에 있는 마법의 초록 불꽃과는 달리, 바질을 완전히 재로 만들어 버릴 거다.

바질은 멀리 달아나려 했다. 하지만 여전히 머리가 어지러워서, 하늘로 날아오르는 건 고사하고 제대로 서 있을 수조차 없었다. 귀니아가 단검 같은 날카로운 이빨이 촘촘히 박혀 있는 커다란 주둥이를 쩍 벌렸다. 바질은 용의 목구멍을 들여다보았다. 꼼짝할 수 없었다. 살아남을 방법이 없었다. 분명히 오늘 죽을 것이다. 진정 자신이 누구인지 알지도 못한 채.

귀니아는 바질을 향해 무시무시한 돌풍을 보냈다. 바질이 서 있는 곳바로 앞에서 불꽃이 터졌다. 뜨거운 불꽃이 하얀 눈을 지글지글 핥자, 눈이 마구 녹아내렸다. 마침내 정상의 바위가 모습을 그대로 드러냈다. 불꽃은 탁탁 미친 듯이 소리를 내며 공기를 불태웠다. 마지막 불꽃이 축축한 바위 위에서 몸을 떨다 사라졌다. 용은 승리의 콧바람을 불어댔다.

불현듯, 귀니아가 깜짝 놀랐다. 그 바람에 옆으로 삐죽 튀어나온 귀가 입을 찰싹 내리쳤다. 왜냐하면 바질이 완전히 사라져 버렸으니까. 불에 그슬린 뼛조각 하나, 연기가 피어나는 재 덩어리 하나 남아 있지 않았다.

귀니아는 의심스러운 듯 기다란 목을 쭉 내밀고 살펴보았다. 목이 심홍색과 진홍색 비늘로 반짝반짝 빛났다. 즉각 귀니아는 땅 위가 아니라, 머드메이커의 가느다란 팔에 앉아 있는 바질을 발견했다. 엘로니아가 위험을 알아차리고 제때 바질을 낚아챘던 것이다.

머드메이커를 바라보는 귀니아의 단단한 가슴 안에서 또다시 굉음이 커져갔다. 하지만 키가 크고 우아한 머드메이커는 당당하게 서서 바질을 양손에 감싸 쥐고, 분노에 이글거리는 용을 향해 단호하게 말했다.

"복수는 안 돼. 지금은 결혼식이야, 싸움터가 아니라고."

귀니아는 주저했다. 오렌지색 눈동자가 살짝 가늘어졌다. 아기 용이 낑낑거리며, 자신의 아픈 코를 귀니아의 다리에 문질렀다. 즉각, 귀니아의 분노가 다시 살아났다. 위협적인 굉음이 더 커졌다.

"멈춰!"

명령에 가까운 목소리가 쩌렁쩌렁했다.

귀니아가 바질과 엘로니아와 함께 돌아보니, 멀린이 자신들을 향해 성큼성큼 걸어오고 있었다. 은빛-깃털이 달린 매, 트러블은 멀린의 어깨를 단단히 움켜잡고 있었다. 멀린이 두 손을 들어 올리며 일행을 살펴보고는, 노여움을 띤 어미 용을 똑바로 바라보며 말했다.

"오늘은 누구도 잡아먹어서는 안 돼."

멀린이 단호하게 말했다.

귀니아는 멀린의 이 말을 듣고도 무시무시한 이빨을 드러냈다. 하지만 멀린은 말을 계속했다.

"누구도 불에 태워서는 안 돼. 때려서도 안 되고. 갈기갈기 찢어서도 안 돼. 그러니 네 원한을 거두어들여, 저……."

멀린이 잠시 말을 멈추고는, 바질을 향해 손을 흔들었다.

"저…… 음, 저게 뭐든지."

바질은 움츠러들었다.

강력한 마법사조차도 내가 누구인지 모르는구나.

멀린은 용이 자신의 명령을 따르지 않을지도 몰라서, 귀니아의 커다란 머리를 향해 몸을 기울였다. 콧구멍에서는 시커먼 연기가 구불구불 피어올랐다. 멀린이 조용히 말했다.

"귀니아, 나를 위해 네게 부탁하는 게 아니라, 할리아를 위해 부탁하는 거야. 네 오랜 친구, 네가 네 새끼들보다 작았을 때 너를 돌봐주던 친구 말이야."

용의 눈이 할리아를 향해 급히 움직였다. 할리아는 여전히 커다란 암사슴과 수사슴 사이에 서 있었다. 얼굴에 애처로운 표정이 가득했다. 마지못해, 귀니아는 한숨을 내쉬었다. 그러자 뜨거운 공기가 뿜어져 나왔다. 그 공기가 살아 있는 바위 근처에 남아 있던 눈을 모조리 녹여 버렸다. 아기 용을 둥그스름한 날개 끝으로 감싸, 뒤돌아 다른 새끼들 무리에 놓았다. 하지만 이내, 귀니아는 큰 문제를 일으킨 그 작은 도마뱀에게 싸늘한 눈길을 보냈다.

눈길이 마주치자, 뭔가 기이한 일이 일어났다. 서로를 노려보았지만, 둘 모두 갑자기 고개를 갸웃했다. 둘 모두 뭔가 예상치 못한 걸 느꼈으니까. 바질의 표정에 알쏭달쏭한 새로운 변화가 일었다. 귀니아와 똑같은 표정이었다.

그것은 당혹스러움이 뒤섞인 놀라움의 표정이었다. 마치…… 완전히 다른 자신들의 운명이 사실은 왠지 연결되어 있는 것처럼…….

귀니아는 큰 소리로 콧바람을 불어, 연기구름을 내뿜으며 그처럼 불가능하고, 모욕적인 생각을 떨쳐냈다. 그러고는 다시는 바질에게 눈길조차 주지 않고 몸을 휑하니 돌려 자리를 떠났다. 귀니아의 날개에 감싸인 새끼들조차, 저 멀리 시선을 피했다.

하지만 귀니아에게 분노를 일으켰던 녀석은 계속해서 귀니아를 바라보았다.

도대체 뭐지? 분명, 아까 머리가 땅에 부딪혀서 그러는 걸 거야.

바질은 생각했다.

멀린도 발걸음을 옮기기 시작했다. 하지만 잠시 멈추어 엘로니아에게 정중하게 고개를 숙였다. 엘로니아도 똑같이 고개를 숙이자, 마법사의 시선이 다시 한번 엘로니아가 잡고 있는 특이하게 생긴 자그마한 생명체에게 닿았다. 멀린의 얼굴에 당혹스러운 표정이 묻어났다. 멀린이 물었다.

"우리 서로 아는 사이니? 꼬마야?"

"아, 아니요."

바질은 머드메이커의 품에서 꼬리를 툭툭 치며 말을 더듬었다.

마법사가 텁수룩한 눈썹을 치켜뜨고는, 이번에는 목소리를 가다듬고 좀 더 엄하게 물었다.

"우리가 너를 이 결혼식에 초대했니?"

멀린의 목소리가 가라앉았다.

"아니면 너는…… 몰래 들어온 거니?"

바질의 심장이 마구 두근거렸다. 하지만 바질은 자신이 허둥거리고 있다는 것보다 마법사와 다른 생명체들의 사나운 눈길을 더 느꼈다. 저 위, 버드나무 요정의 나뭇가지 위에서, 뉴익이 혓바닥을 끌끌 찼다. 저 멀리에서는, 종이 달린 펄럭이는 모자를 쓴 어릿광대가 목청을 가다듬고 노래를 부르기 시작했다. 근처에서는, 그랜드 엘루사가 몸을 꼿꼿이 세우고 커다란 입을 뿌드득 갈았다. 너무 심하게 가는 바람에, 이빨 사이에 끼어 있던 살아 있는 바위의 조각이 날아가 훌라 하나를 맞추었다. 훌라는 아파서 징징거렸다.

"대답해 봐."

멀린이 명령했다.

바질은 꿀꺽 침을 삼켰다. 날개가 제멋대로 흔들렸다. 마침내, 바질이 인정했다.

"누구한테도…… 초대받지 않았어요."

끝 모를 시간 동안, 멀린이 바질을 뚫어져라 쳐다보았다. 마침내, 마법사가 고개를 단호하게 끄덕이며 선언했다.

"그렇다면, 꼬마야, 내가 널 초대하지. 널 내 손님으로 생각할게."

바질은 깜짝 놀라 가까스로 입을 열었다. 속삭이듯 작은 목소리가 흘러나왔다.

"감사합니다."

놀란 손님들의 웅성거림, 그리고 커다란 흰 개미의 시끄러운 고함 너머로 바질의 목소리는 거의 들리지도 않았지만, 바질의 반응이 마법사의 관심을 사로잡았다. 멀린은 가까이 몸을 숙여 바질에게 한쪽 눈을 찡긋해 보이며 말했다.

"저기 있는 저 녀석 노래를 막을 수만 있다면 뭐든 하겠어."

그러고는 어릿광대를 향해 손을 흔들었다.

"이봐, 몇 소절만 더 부르면 우리 결혼식 손님들이 전부 다 떠나 버리거나 쓰러져 죽겠어."

멀린은 방긋 웃었다. 하지만 바질의 마음은 마법사의 마지막 말에서 헤어나오지 못했다.

쓰러져 죽는다.

순간적으로, 바질은 아주 오래전의 끔찍한 꿈을 떠올렸다. 멀린이 쓰러져 죽는 꿈······.

새로운 공포가 밀려와 바질은 몸을 떨었다. 멀린에게 말해줘야 할까? 멀린에게 경고해주어야 할까? 하지만 정확히 무엇을 경고해줄 수 있을까? 바질은 멀린에게 들쭉날쭉 날카로운 날개를 지닌 생명체를 조심해야 한다고 말할 수 있었다. 하지만 거기에는 바질 자신도 포함되는 게 아닐까?

그건 정말 미친 생각이야. 나는 멀린에게 알려야 해. 경고해주어야 한다고!

바질은 결심했다.

하지만 마법사는 이제 몸을 돌려 걸어갔다. 이미 몇 걸음을 옮긴 뒤였다. 그 순간, 바질이 소리쳤다.

"멀린! 기다려요."

너무 늦었다. 바질의 말은 멀린이 군중 한가운데로 다시 돌아오자 터져 나온 환호, 울음, 으르렁, 휘파람 소리에 뒤섞여 묻혀 버리고 말았다. 이제 결혼식이 시작되었다는 것을 모두가 알아차렸기 때문이다. 마법사가 할리아의 손을 잡았을 때, 환호는 절정에 달했다.

바질은 군중 한가운데 홀로, 침울하게 결혼식을 지켜보았다. 자신에게 주어진 기회를 놓쳐 버렸다!

멀린과 할리아가 손을 마주잡자마자, 옆에 있던 건장한 수사슴이 눈 덮인 땅에 발굽을 쿵쿵 밟았다. 산 정상 전체가 다시 한번 조용히 침묵에 빠졌다.

"이제 시간이 되었다."

위대한 영혼이 거대한 뿔이 달린 머리를 들어 올리며 선언했다.

"크든 작든, 드넓은 우주에는 수많은 경이로움이 가득하다. 그리고 별과 별 사이의 공간에는 신비로운 수많은 것이 있다. 너희는 지금 이곳에 서 있다. 경이롭고 신비롭고 풍요로운 세상. 아발론의 위대한 나무. 이곳은 헤아릴 수 없이 아름다운 세상이다. 모든 생명체들이 조화롭게 살아가는 법을 배우는 곳이다. 리타 고르의 사악함이 전혀 닿지 않는 곳이다."

이 말에, 멀린이 고개를 끄덕이며 말했다.

"아발론이여, 오래도록 사악한 정령에서 자유롭게 남아 있기를! 이곳에는 리타 고르가 들어설 자리가 없습니다."

군중 사이에 지지를 보내며 웅성웅성 으르렁거리며 울부짖는 외침이 일었다. 멀린의 어깨 위에 있던 매는 날카롭게 울어댔고, 리아는 열렬하게 박수를 보냈다. 실제로 하객 모두가, 플레임론과 몇몇 도깨비들을 제외하고, 분명하게 동조의 뜻을 보냈다.

다그다는 침묵이 돌아오기를 기다렸다가 다시 시작했다.

"하지만 두 사람의 진정한 사랑의 유대보다 더 큰 경이로움은 없다. 이보다 더 큰 신비로움은 없다."

다그다는 멀린과 할리아를 지그시 바라보며 말했다.

다그다의 말은 마치 산들바람에 실려 둥둥 떠다니기라도 하듯 오랫동안 울렸다. 이윽고, 지혜의 신이 로리란다에게 우아하게 인사하며 옆으로 비켜섰다. 그러자 탄생과 부활의 여신이 앞으로 나왔다

로리란다가 발굽 하나로 바람에 날려 쌓인 눈 더미를 툭 쳤다. 그러자 차가운 눈송이가 허공에 날며 장미 꽃잎으로 마법처럼 변했다. 수백 개의 화사한 붉은색 꽃잎이 봄의 향기를 한가득 싣고서 젊은 부부에게

나타났다.

"이 선물이 너희가 자연의 그 모든 힘을 공유하고 있다는 걸 상기시켜주기를. 너희는 씨앗의 마법을 지니고 있다. …… 그리고 별의 빛도. 너희는 오랜 어둠 이후 새로운 아침의 빛을 발견할 수 있어. 너희는 격렬한 뇌운에서 폭풍이 지나고 난 뒤의 달콤한 평온함으로 옮겨갈 수 있어. 그리고 너희는, 만물이 피어나는 봄처럼, 하얀 눈의 수정들을 꽃잎으로 바꿀 수 있단다."

여신이 친절하게 말했다.

멀린이 고개를 끄덕이며 할리아의 얼굴을 보았다.

"그렇다면, 음악의 기원은 어디일까?"

멀린이 물었다.

할리아가 아주 오래전에 알게 된 하프의 수수께끼를 떠올리며 미소 지었다. 할리아가 다음 구절을 부드럽게 말했다.

"줄 그 안에 있는가, 아니면 그 줄을 튕기는 사람의 손 안에 있는가?"

"대답은 둘 모두에 있지, 내 사랑. 우리의 가장 심오한 질문의 답이 우리 둘 모두의 어딘가에 있는 것처럼."

멀린이 말했다.

"그래, 젊은 매. 그리고 그 대답이 무엇이든, 우리는 함께 그 대답을 찾을 거야."

"정말로 너희는 그래야 한단다. 이제 너희는 남편과 아내로서 이 세상에 들어왔으니까. 유한한 삶에서 너희가 어디를 가든, 너희는 우리의 영원한 축복과 함께 있으리."

다그다가 선언했다. 다그다의 뿔 근처에서 빛나는 안개 조각들이 하나로 합쳐졌다.

그 말을 듣고, 멀린과 할리아는 입을 맞추었다. 군중의 환호가 터져 나왔다. 리아는 두 손을 들어 환호했다. 엘런은 소리쳤다. 트러블은, 여전히 멀린의 어깨에 앉아 있었는데, 의기양양하게 노래했다.

심은 커다란 주먹으로 산허리를 쿵쿵 두드렸다. 너무 세게 두드리는 바람에, 사슴 종족들이 깜짝 놀라 멀리 도망치고, 신혼부부는 거의 쓰러질 뻔했다. 심은 기분이 점점 좋아져, 목에 두른 진홍색 뱀을 풀어 머리 위에서 빙빙 흔들어댔다. 그러는 내내, 주먹으로 땅을 더 세게 두들겨댔다. 산사태가 일어, 허공에 흙먼지 구름과 깨진 돌조각 구름이 피어났다. 새들과 짐승들은 지진에서 살아남으려 숨을 곳을 찾아 허둥댔다.

하지만 심은 여전히 커다란 뱀을 휘두르며 환하게 웃으며 소리쳤다.

"오늘은 정말 행복한 날이야! 지금껏 최고의 날이야. 그리고 이제…… 꿀을 먹을 시간이지! 확실히, 분명히, 완전히."

그러는 사이, 결혼식에 참석한 용감한 손님들은 계속 축하를 보냈다. 협곡 독수리 셋은 하늘로 솟아올라 큰 소리로 울어대며, 발톱으로 허공을 긁어댔다. 이와 대조적으로, 안개 같은 공기 요정들은 조용히 둥둥 떠다니며, 산 정상 위를 우아하게 원을 그리며 빙빙 돌았다. 나무 요정들은 공기 같은 목소리를 한껏 뽐내며 노래를 불렀다. 무세오가 함께 노래해 청중들 모두에게 아름다운 봄의 기쁨과 덧없음의 슬픔을 느끼게 해주었다.

불꽃 천사는 마치 커다란 날개 달린 횃불처럼, 타는 듯 환한 불꽃을 일으켰다.(축하하기에 확실히 극적인 방법이었다. 하지만 우연히 그 옆에 서 있던 손님에게는 그다지 유쾌한 방법은 아니었다.) 나무 요정의 노래에 맞추어 엘로니아의 기다란 갈색 몸이 나른하게 이리저리 흔들렸다. 소인의 여왕, 우르날다는 무시무시한 전투용 도끼를 들고 춤을 추었다. 뉴익은 잠시 심술은 접어두고, 축하의 붉은색으로 색을 바꾸었다. 귀니아의 아기 용들은 신이 나 즐겁게 뛰어다녔다. 그리고 눈 속 어딘가에서, 훌라 둘이 마치 아무 일도 없는 것처럼 계속해서 씨름을 했다.

하지만 하객 중에서, 특히 한 명이 이 모든 행사를 깔끔하게 정리해 주었다. 군중 깊숙한 곳에서부터 구르리 구르르 우는 듯한 조용한 목소리가 흘러나왔다. 축하를 보내는 그 모든 소리(심이 꿀통 전부를 소리 내어 먹어치우는 소리는 두말할 것도 없고) 너머로 가까스로 들릴락말락했다. 그 목소리는 단지 한마디만 내뱉었을 뿐이다.

"겁나 러블리하군."

15

어두운 꿈

두 발이 가장 견고할 때, 바람이 가장 잦아들 때, 계획이 가장 확실할 때, 그때 모든 게 달라진다. 장담한다, 나는 무척이나 잘 알고 있다.

결혼식이 끝나자, 손님들은 곧장 자기들의 터전으로 뿔뿔이 흩어졌다. 멀린과 할리아는 비밀의 장소로 신혼여행을 떠났다. 하지만 바질은 며칠 더 머물러 있기로 했다. 여기 온 이상, 스톤루트의 높은 봉우리들을 탐험하지 않을 이유가 없지 않은가?

바질은 언덕 위에서 시원한 바람을 타고 산등성이, 눈밭, 그리고 바위들이 흩어져 있는 분지를 날아다녔다. 고향 우드루트만큼 먹을거리가 풍족하지는 않았다. 돌이끼, 산악지대 약초, 이따금 눈에 띄는 딱정벌레 혹은 파리가 전부였다. 하지만 다크틸새를 비롯해 하늘을 떠도는 사냥꾼들이 없어서 기뻤다. 어느 날 아침, 바질 옆을 재빨리 스쳐 지나가던 넓적한 날개의 독수리 인간 한 쌍, 그리고 수다스러운 까마귀 떼를 제외하고, 포식자라 할 만한 생명체는 보지 못했다.

딱 한 번, 산봉우리 요정의 낙하산을 본 적이 있었다. 한낮의 밝은 별빛 속에서 은빛으로 반짝이며, 낙하산은 '할리아의 봉우리' 서쪽 능선 위에서 바람을 타고 날았다.

뉴익일까?

바질은 궁금했다. 날개를 움직여 가까이 다가가봤다. 하지만 알아볼 수 있을 만큼 가까이 가기도 전, 낙하산이 저 멀리 산등성이 너머로 사라져 버렸다.

마침내, 바질은 그 관문으로 돌아갈 결심을 했다. 엘로니아가 떠나기 전에 친절하게 위험을 설명해주었지만, 그 관문은 영토와 영토를 여행하는 분명 최고의 방법이었다. 머드메이커를 포함해, 수많은 생명체들이 그 관문을 이용해 즐겨 돌아다니는 게 전혀 이상하지 않았다. 집으로 돌아갈 준비가 되면, 그 관문이 몇 초 만에 데려다줄 것이다. 반대로, 이파리처럼 얇은 바질의 자그마한 날개는 우드루트까지 곧장 데려다줄 수는 없다. 그 여행을 끝마치려면 수많은 세월이 걸릴 것이다.

"문제는 그 관문을 다시 통과하느냐 마느냐가 아니야. 그 관문이 어디 있는지 찾아내는 게 문제지."

바질은 자신이 이 영토에 처음 도착했던 큰 바위 언덕으로 날아가면서 생각에 잠겼다.

자신의 소중한 삼림 지대로 곧장 돌아가야 할까? 이곳 산등성이의 아직 덜 자란 가문비나무보다 훨씬 더 높이 솟은 장엄한 나뭇가지가 서로 뒤엉켜 거미줄처럼 수없이 덮여 있는 곳으로? 아니면 더 멀리 모험을 감행해야 할까? 에어루트의 안개 혹은 파이어루트의 녹아내린 땅을 탐험할까? 아니면…… 섀도루트의 끝 모를 어둠 속으로?

파란 날개가 달린 파리 한 마리가 윙 날아가는 걸 지켜보며, 바질은 어제부터 아무 것도 먹지 못했다는 사실을 갑자기 떠올렸다. 즉각, 바질은 방향을 틀어 전문가다운 정확성으로 꼬리를 툭 휘둘렀다. 꼬리 끝에 달린 혹으로 파리를 잡아 벌린 입으로 가져갔다. 그러고는 자그마한 이빨로 꼭꼭 씹어 먹었다. 파리를 씹으며, 방향을 틀어 관문을 향해 계속 날아갔다.

몸을 기울이며, 평상시와 다른 각도에서 자기 날개를 보았다. 아발론의 밝은 하늘을 배경으로, 날개는 밝게 빛나는 듯했다. 실제로 참나무 잎사귀보다 크지 않았지만, 눈앞에서 커다랗게 비쳤다. 그런데 바질은 앙상하고 들쭉날쭉한 날개 끝을 보고 깜짝 놀랐다.

즉각, 바질은 자신의 꿈을 떠올렸다. 박쥐를 닮은 날개가 있는 사악한 짐승. 멀린에 대한 포악한 공격. 분노의 외침. 그 모든 공포. 그리고 자신의 꿈을 멀린에게 말해주지 못한 후회. 결국 환영이 아니라 그저 미천한 생물의 악몽에 지나지 않을지라도, 어떻게든 마법사에게 경고해 주었어야 했다.

바질은 몸을 떨었다. 날개가 바람에 펄럭거렸다. 어떤 경우든, 꿈이 그 어느 때보다 생생했다.

왜 내가 이 꿈을 잊지 못하는 걸까? 왜 내가 그냥 지나쳐가지 못하는 걸까?

바질은 저 아래 바위 언덕을 살펴보다 관문이 있는 바위를 알아차렸다. 초록색 불꽃이 보이지는 않았지만, 그 언덕을 알아보았다. 그곳의 위험 또한 알고 있었다. 하지만 거기 산사태로 깔려 죽을 뻔했었지만, 되돌아가는 게 두렵지는 않았다. 왜 꿈이 저곳보다 더 무서운 걸까?

왜냐하면 저 산사태는 내 과거의 일부지만, 꿈은……; 꿈은 내 미래의 일부이기 때문이야. 내가 왜 그렇게 느끼는지 모르겠지만…… 왠지 그렇게 느껴져.

바질은 우울하게 혼잣말을 했다.

바질은 저 아래 바위투성이 산등성이를 내려다보았다. 끝없이 이어진 바위가 파도가 이는 바다처럼 솟구쳐 있었다. 하지만 마음 한구석으로 다른 장면이 숨어 있었다. 더 어둡고, 더 울퉁불퉁하고, 더 치명적인 것.

그 날개가 내 날개였을까? 아니면 다른 누군가의 날개였을까?

가느다란 목구멍 깊숙이에서 신음 소리가 흘러나왔다.

확인할 수 있는 유일한 방법은 내가 진짜 누구인지를 밝혀내는 것밖에 없어. 내가 어떤 존재가 되어야 하는지 밝혀내야 해. 그러려면 먼저 나와 같은 생명체가 있는지 확인해야 해. 그게 어떤 종류든 상관없이 말이야.

신음 소리가 점점 더 깊어갔다.

확실히, 바질은 멀린의 결혼식에서 자신과 닮은 생명체를 찾을 수 없었다. 그렇다면 그건 무슨 뜻일까? 아무 것도 아니다! 바질의 알 수 없는 정체에 크게 놀란 엘로니아조차도, 바질이 자기 종족의 유일한 존재라는 것을 전적으로 확신하지는 못했다. 엘로니아는 경쾌하게 속삭였었다.

그럴 수 있어. 너를 닮은 생명체가 없을 수도.

그래, 그럴 수도 있다. 하지만 어쨌든 확실하지는 않다.

저기 어딘가에, 나랑 닮은 누군가가 있을지도 몰라! 나처럼 꿈을 꾸는 누군가가 있을지도 모른다고.

새로운 결심이 바질의 마음속에 자리를 잡았다.

어떤 일이 있더라도, 반드시 찾고 말겠어.

바질은 방향을 틀어, 관문이 있는 언덕을 향해 미끄러지듯 나아갔다.

그래서 나는 여행을 할 거야. 그래, 보다 멀리, 보다 넓게! 할 수 있다면 일곱 영토를 모두 가겠어. 그러면 거기 어딘가에서…… 내가 알아야 할 걸 찾게 될 거야.

이렇게 결심을 하고 나니, 마치 불어난 강물이 갑자기 텅 빈 운하를 가득 채우기라도 한 것처럼 바질에게 힘이 불끈 솟았다. 바질의 눈이 밝게 빛났다. 바질은 하늘과 바위와 그 사이에 있는 모든 것을 향해 당당하게 말했다.

"나는 내가 선택한 곳으로 가겠어. 내가 원하는 것을 찾을 거야. 내가 필요한 것을 찾고 말 테야."

바질이 고개를 끄덕이며 자신의 결심을 굳히는 순간, 가느다란 안개 깃털이 언덕의 가파른 곳에서 솟아났다. 안개 깃털이 짙어지더니 바위를 가로지르며 퍼져갈 때, 뭔가가 부드득 갈리는 것처럼 포효하는 소리가 허공을 가득 메웠다. 그 소리는 우르르 쾅쾅, 엄청난 천둥소리로 커져갔다.

산사태야!

바질은 산 전체가 흔들리는 것 같은 광경을 멍하니 바라보았다. 잠시 동안, 먼지 한가운데에서 초록색 불빛이 희미하게 흘끗 보였다. 그러고는 이내 사라졌다.

바질은 날개를 기울여, 아래로 속도를 냈다. 먹잇감을 향해 돌진하는 매처럼 윙윙 소리를 내며, 관문의 불꽃이 보인 그 지점으로 곧장 날아갔다.

언덕 근처에 이르렀을 때, 바위들은 대부분 다시 자리를 잡았다. 천둥소리도 사라졌다. 먼지구름이 가라앉았다. 앞이 좀 보이기 시작하자, 그 어느 때보다 더 열심히 앞을 응시했다.

하지만 관문은 사라지고 없었다!

바질은 아래로 좀 더 내려가, 허공을 빙글빙글 돌았다. 엉망이 된 산비탈을 가로질러 날고 또 날며, 갈라진 틈 속, 바위 사이를 샅샅이 살펴보며 마법의 불꽃 흔적을 찾아보았다. 하지만 단서가 될 것을 아무 것도 찾을 수 없었다.

바질의 코가 일그러졌다. 관문이…… 없어졌다! 바위산 아래로 사라졌다. 그리고 그와 동시에, 다른 영토로 여행할 최고의 기회 또한 사라져 버렸다. 자신의 정체성을 찾기 위한 최고의 희망이 사라졌다.

바질은 자그마한 발톱을 단단히 움켜쥐었다.

나는 찾고 말 테야. 틈이란 틈, 그늘이란 그늘, 티끌만 한 먼지도 샅샅이 살펴볼 거야. 아무리 오래 걸려도 꼭 찾고 말겠어.

바질은 스스로에게 다짐했다.

바질의 눈동자에서 또 다른 종류의 불꽃이 일었다.

영원히, 그래야 한다면.

16

밝은 꿈

마법은 그저 하나의 도구에 불과하다. 기이하고, 신비롭고, 강력한 도구…… 그럼에도 불구하고 도구는 도구일 뿐이다. 목수의 망치처럼, 마법은 집을 짓는 데 사용할 수 있다. 해골을 부술 때도 사용할 수 있다. 평화 또는 전쟁을 위해, 기쁨 혹은 슬픔을 위해 사용할 수도 있다. 어떤 마법이든, 가장 중요한 것은 마법을 불러일으키는 힘이 아니라 마법을 휘두르는 사람이다.

아발론 30년

바질은 고집스레 찾아다녔다. 비가 오나 우박이 내리치나 눈이 내리나 아랑곳하지 않고 매일 언덕을 뒤지며 하늘을 날았다. 하늘을 나는 중간 중간에, 바위 사이로 기어들어가 그 아래를 꿈틀거리면서 살펴보았다. 그 언덕 위, 단 하나의 돌멩이조차도 바질이 살펴보지 않은 것이 없었다.

하지만 아무것도 찾지 못했다. 자신을 이 산허리에서 다른 곳으로…… 그리고 자신이 진정 누구인지, 자신이 무엇이 될 수 있는지를 증명해줄 미래로 데려갈 마법의 초록색 불꽃의 흔적은 그 어디에도 없었다.

그래도 바질은 포기하지 않았다. 때로, 아침의 첫 여명이 비치기 전, 아발론의 별들이 여전히 희미하게 바위 사이 어두운 틈을 어루만질 때 하루 일과를 시작했다가 저녁 그림자 사이를 뒤지면서 하루를 마무리했다.

그렇게…… 스톤루트에서 3년이 흘렀다.

어느 서늘한 가을 아침, 바질은 계곡 바닥에 낀 바스락거리는 이끼 끝자락을 천천히 기어갔다. 봄이 되면 이 길은 물을 튀기며 흐르는 개울로 변할 거다. 저 위 산등성이에서 녹아내린 눈의 혈관. 하지만, 지금 이곳은 수 세기 동안 바람과 강물에 둥글게 깎인 이끼 낀 청동색 돌 말고는 아무것도 없었다. 거기에 바질의 눈길과 식욕을 사로잡은 한 가지가 더 있었다. 오동통한 자그마한 각다귀 한 마리. 바질은 3일 동안 아무것도 먹지 못했다.

바질은 천천히, 은밀하게, 이끼 사이를 꿈틀꿈틀 기었다. 청동색 돌 위에 앉아 있는 바질의 믹잇감은 다리를 쓰다듬느라 정신이 없어서, 바질이 다가오는 걸 알아차리지 못했다. 그래도 바질은 확실히 하기 위해, 허공에 샐비어 향을 내뿜었다. 너무 달콤한 향이라서 다른 냄새들, 특히 바질의 냄새를 압도했다.

시선과 냄새 모두 들키지 않고 더 가까이 다가가, 마침내 돌 가장자리까지 기어올라갔다. 각다귀가 잠시 몸을 떨며 짜증스레 윙윙거리고는, 다시 다리를 쓰다듬는 일로 돌아갔다. 그러는 사이, 바질은 뛰어들 준비를 갖추었다. 숨을 멎었다가, 다리에 힘을 주고 정확한 거리를 계산

했다.

지금이야.

바질이 막 뛰어오르려는 순간, 천둥과도 같은 굉음이 산비탈을 뒤흔들었다. 저 멀리서 들려왔지만, 그 소리는 산기슭의 작은 언덕에서 정상에 이르기까지, 산의 뼈대를 온통 뒤흔들었다. 조약돌이 마구 흩날렸다. 큰 바윗덩이들이 흔들거리고, 미끄러져 내릴 듯했다. 깜짝 놀란 각다귀가 날아올랐다. 바질이 허공으로 뛰어들어 뒤쫓으려던 순간, 청동색 돌이 굴러 쭉 뻗은 날개를 쳤다. 그 바람에 바질은 옆으로 나뒹굴어, 땅에 곤두박질쳤다.

바질이 어질어질한 채로 계곡에 누워 있을 때, 쿵쿵 소리가 다시 울려 퍼졌다. 그리고 또다시. 그 소리는 점점 더 커졌다. 바질은 그 소리가 점점 더 가까이 다가온다는 걸 불현듯 깨달았다.

쿵. 쿵. 쿵.

즉각, 바질은 그 소리가 뭔지 알아차렸다. 발자국 소리! 거인의 발자국 소리였다.

산등성이 너머로 거대하고, 덩치 큰 모습이 나타났다. 처음, 바질이 볼 수 있는 거라고는 그늘진 산처럼 산등성이 위로 솟아오른 커다란 실루엣뿐이었다. 시간이 지날수록 점점 더 커져가던 실루엣에서 헝클어진 머리카락, 볼록한 코, 그리고 바질이 익히 잘 알고 있는 한쪽으로 기운 일그러진 미소가 눈에 들어왔다.

심! 기이하게도, 거인은 마차 바퀴 몇 개를 밧줄로 묶어 한쪽 귀에 맸다. 터질 것 같은 걸음을 디딜 때마다, 귀걸이가 요란하게 짤랑짤랑 소리를 냈다.

그런데 더 기이하게도, 심의 다른 쪽 귀에 귀걸이 대신 누군가 타고 있었다. 승객들은 귓불 위에 편안하게 자리를 잡고 있었다. 단순한 승객이 아니었다.

바질은 계곡 가장자리로 서둘러 올라가 좀 더 자세히 살펴보았다.

"세상에! 멀린이잖아!"

바질은 깜짝 놀라 소리쳤다.

눈을 가늘게 뜨고 더 자세히 살펴보았다.

의심할 여지가 없어. 잠깐, 멀린의 두 팔에 안겨 있는 건 내가 까마귀들한테 소문으로만 들은 멀린의 아들이야!

바질은 여전히 자신의 눈을 믿을 수 없어, 심이 승객들을 더 가까이 데려오는 동안 계속 지켜보았다.

멀린이 아발론 전역을 돌아다닌다는 건 나도 알아. 그런데 지금 바로 이 산비탈에 오다니. 이런 일이 생기리라고는 꿈에도 생각 못 했어. 그것도 아들과 함께 오다니!

어린 소년은 아빠와 자기가 좋아하는 거인과 함께 가을 산책을 나온 게 무척 즐거운 듯했다. 거인의 쿵쿵거리는 발걸음 사이사이에 웃음소리가 높게 터져 나왔다. 바질은 어린 크리스탈루스(Krystallus)에 대해 들었다. 아빠가 이름을 지어줬으며, 여행을 제일 좋아한다고 했다. 거인의 귀에 앉아 여행하는 것만큼 더 좋은 방법이 어디 있을까?

심은 바질에게서 그리 멀지 않은 산등성이에 올라 마침내 걸음을 멈추었다. 거대한 이마를 훔쳐내더니, 아주 힘차게 숨을 내쉬었다. 그래서 정상 위를 날던 기러기 떼가 저 멀리 눈밭까지 날아가 버렸다. 깃털이 둥둥 떠다니는 가운데, 심이 힘겹게 말했다.

"난 완전 숨이 차, 크리스탈루스 도련님. 앉아서 쉴 시간이야."

"싫어, 싫어, 심 삼촌, 쉬지 마! 더 쿵쿵 걸어 다녀."

아이가 떼를 썼다.

하지만 심은 그 간청을 무시하고 산비탈에 털썩 주저앉았다. 자신의 승객들이 다치지 않을 정도로 조심스럽게. 하지만 산등성이를 뒤흔들 정도로 요란스러워, 심의 무게 때문에 절벽 하나가 납작해졌다. 사실, 심의 팔다리 때문에 몇몇 뾰족한 산봉우리가 무너지면서, 심 자신이 새로운 산등성이가 된 것 같았다. 심이 머리를 정상에 올리고 다리를 아래쪽으로 뻗으며 몸을 쭉 펴자, 그 모습이 거대한 바위투성이 절벽처럼 보였다. 산에서 불어오는 산들바람에 심의 머리카락이 마구 나부꼈다. 심은 이내 코를 곯고 잠이 들었는데, 그 나부끼는 머리카락과 숨을 쉴 때마다 박자에 맞추어 들썩이는 가슴만이, 이 특별한 산등성이가 살아 있다는 걸 증명해주었다.

거인의 코고는 소리가 산허리를 가로질러 울려 퍼질 때, 바질의 마음 속에 싹트는 생각이 있었다.

이번이 멀린과 이야기할 수 있는 절호의 기회야! 내 꿈을 경고해줘야 해. 내가 언제 또 멀린을 이렇게 가까이서 볼 수 있겠어?

흥분한 바질의 꼬리가 계곡의 끝자락에 탁 부딪쳤다. 그래서 조약돌 몇 개가 떨어져 작은 언덕 아래로 굴러 떨어졌다. 즉각, 두 번째 생각이 떠올랐다.

어쩌면 멀린이 땅에 파묻힌 관문을 찾는 걸 흔쾌히 도와줄 수 있을지도 몰라!

마법사는 무한한 힘으로 관문을 원래대로 되돌려놓을 수 있을 거다. 그러면 바질은 마침내 자신의 탐색을 시작할 수 있을 거다.

때를 잘 기다렸다가 물어봐야지.

코에서부터 꼬리의 혹에 이르기까지, 바질의 가느다란 몸통이 기대감으로 떨렸다. 바질은 날개를 바스락거렸다. 불현듯, 마음속에 어떤 이미지가 떠올랐다. 마법사를 감싸고 있는 위험한 시커먼 날개. 날개는 마법사를 질식시켜 죽이려 했다.

안 돼! 그런 일이 일어나서는 안 돼. 절대 일어날 수 없어. 내가 그걸 분명하게 할 거야.

바질은 생각했다. 이제 기대가 아닌 다른 것 때문에 몸이 떨렸다. 마음속에서 그 이미지가 희미해져 갔다. 하지만 그 이미지의 그림자는 여전히 남아 있었다. 눈에 보이지는 않았지만 느낄 수 있는 그림자⋯⋯.

바질은 자그마한 초록색 뱀처럼 꿈틀꿈틀, 바위와 조약돌을 가로질러 계곡 끝자락을 따라 천천히 기어갔다. 그러는 내내, 마법사에게서 절대 눈을 떼지 않았다. 마법사는 심의 귀에서 내려오고 있었다. 멀린은 크리스탈루스를 한 손으로 잡고, 다른 손으로는 커다란 귀에 대롱대롱 매달린 거인의 머리카락 하나를 꽉 잡았다. 임시 밧줄을 조심스럽게 타고 내려와, 마침내 신발이 산등성이 바위에 닿았다. 이윽고 머리카락을 놓고, 허리춤에서 지팡이를 빼고는, 부드럽게 아들을 내려놓았다.

"가서 잠시 놀아라, 크리스탈루스. 네가 바위를 올라갈 수 있는지 한번 보자꾸나."

소년은 비틀비틀 서서, 자기 아버지를 올려다보았다. 새하얀 소년의 머리카락이 멀린의 검은 머리와 또렷하게 대조되었다.

"네, 아빠, 하지만 그러고 나서 다시 심 삼촌을 탈 거죠?"

멀린이 미소 지으며 약속했다.

"그래."

멀린은 심의 입에서 떨어지려고 하는 커다란 침방울을 흘끗 올려다보고는, 지팡이 끝으로 더러운 침방울을 침착하게 겨냥했다. 하얀 불빛이 지팡이에서 뿜어져 나와, 액체 미사일이 떨어지기 직전에 맞추었다. 공기가 칙 거리며 침이 완벽하게 증발해 버렸다.

이끼 덮인 바위를 오르던 소년이 갑자기 멈추었다.

"아빠, 언제 마법 막대기 가르쳐줄 거예요?"

소년은 열정적으로 물었다.

멀린의 얼굴에서 기쁨이 흘러나왔다. 멀린은 잠깐 동안 자기 신발을 물끄러미 내려다보았다.

"나도 모른다, 크리스탈루스. 그건 말이야, …… 네가, 그러니까……."

멀린은 무릎을 구부려 아들을 바라보았다.

"뭐요, 아빠?"

"네 자신의 마법을 보여주느냐에 달려 있어."

뭐라고?

놀란 바질이 자신의 둥근 귀를 들어 올리며 생각했다. 제대로 들은 게 맞을까? 잠깐, 마법사의 아들이 마법을 부릴 수 없다는 게 말이나 되나?

바질은 조약돌이 계곡으로 떨어지지 않도록 조심스럽게 좀 더 가까이 기어갔다. 그 어떤 소리도 내고 싶지 않았으니까. 바질은 이 대화의 단 한마디도 놓치고 싶지 않았다.

"너는 그러니까, 아들……."

멀린이 잠시 숨을 들이키고는 말을 시작했다.

"마법사들의 힘은 때로 세대를 건너뛰기도 한단다. 그럴 수도 있어. 그런 일이 일어날 거라고 말하는 게 아니야. 그저 네 자신의 마법을 개발하지 못할 가능성도 있다는 얘기야. 네 자신의 마법이 없다면, 너는…… 지팡이를 통제할 수 없단다."

마법사는 잠시 말을 멈추었는데, 나이보다 훨씬 늙어 보였다. 멀린은 소년의 갈색 눈동자를 진지하게 들여다보았다. 소년의 눈동자가 엄마의 눈동자처럼 밝게 빛났다.

"내가 무슨 말을 하는지 알겠니?"

크리스탈루스는 고개를 끄덕였다. 그러고는 명랑한 목소리로 물었다.

"그럼 언제 가르쳐줄 거예요? 마법 막대기 놀이!"

멀린은 이마에서 흐트러진 머리카락을 밀어내며 머뭇거렸다.

"나도 모르겠다, 아들."

멀린은 천천히 일어섰다. 한숨을 내쉬며, 지팡이에 무겁게 기대었다. 지팡이가 땅에 부딪혀 소리가 났다.

"심이 낮잠을 자는 동안 올라갈 만한 뭔가 안전한 곳을 함께 찾아보자꾸나."

소년이 이마를 찌푸렸다. 아버지의 말을 완전히 이해하지 못했지만, 소년은 자신의 질문에 대한 답을 듣지 못했다는 걸 분명 알고 있었다. 그리고 아버지가 자신이 아직 충분하지 않다고 판단하고 있음을 느낀 것 같았다. 자기 아버지를 감동시키거나 또는 그저 아버지가 틀렸다는 걸 증명하기 위해서, 소년은 주변의 가장 높은 곳에 오르기 시작했다. 그건 바위가 아니었다. 그것은 바로 심이었다.

"봐요, 아빠!"

소년이 버드나무 줄기를 엮어 만든 심의 거대한 조끼의 솔기를 오르면서 소리쳤다.

하지만 멀린은, 생각에 잠겨 아들의 소리를 듣지 못했다. 돌아보지도 않고 천천히 걷기 시작했다. 이끼로 뒤덮인 계곡에 있던 바질은 조심스레 멀린을 지켜보았다. 잃어버린 핀카이라의 이야기가 정말 사실이라면,

정령의 장군 리타 고르를 한 번 이상 무찔렀던 멀린이 지금은 완전히 패배한 것처럼 보였다.

바질은 지금이 자신에게 기회라는 걸 잘 알았다. 그래서 종종걸음으로 뛰쳐나가, 뾰족한 수정이 삐죽삐죽 튀어나온 바위 하나를 피해 계곡을 따라 달려갔다. 그러고는 갑작스럽게 멈추었다. 꼬리가 아무렇게나 힘없이 흔들렸다. 멀린이 지금은 약간 불편해 보였다. 정말 지금이 멀린에게 말해줄 최고의 순간일까?

이번이 유일한 시간임에는 틀림없어.

바질이 혼잣말을 했다.

바질은 뒷다리로 몸을 세우고 서서, 가느다란 목소리로 소리쳤다.

"아, 안녕하세요. 멀린 마스터?"

즉각, 마법사는 몸을 획 돌렸다. 산에 낀 이끼처럼 이 이상한 초록색 생명체를 보고는, 놀라움에 몸을 꼿꼿이 세웠다.

"너? 내 결혼식에서 봤던 그 자그마한 녀석이 아니니?"

멀린이 물었다.

바질의 코끝이 분홍색으로 물들었다.

"당신이 결혼식에서 제 목숨을 구했다고 하는 게 맞겠지요. 어쨌든, 중요하게 할 이야기가 있어요. 아주 중요한 거예요."

바질이 고개를 끄덕였다. 그러자 귀가 뺨에 찰싹 닿았다.

"중요한 이야기라고?"

마법사의 눈썹이 호기심에 살짝 위로 치켜 올라갔다. 멀린이 가까이 다가왔다. 산들바람이 멀린의 옷소매를 펄럭거렸다.

"그게 뭐지?"

"저는, 그러니까, 저는……."

"뭔데?"

바질은 심호흡을 했다. 꼬리를 바위에 기대, 자신의 흔들리는 몸을 진정시켰다.

"그러니까, 제가…… 꿈을 꿨어요."

"꿈이라고? 친구야, 나는 점쟁이가 아니야. 나는 사람들의 꿈을 해몽하지는 못해."

"아니, 아니에요. 이건 그냥 꿈이 아니라고요! 이건 달라요. 여기에는 그러니까……"

바질이 목소리를 높였다.

그때 끔찍하고도 날카로운 비명이 허공을 갈랐다.

아이의 목소리였다.

멀린이 휙 돌아보았다.

"크리스탈루스!"

잠에 곯아떨어진 심이 커다란 손을 자기 가슴에 올렸다. 자그마한 소년 바로 위에 말이다. 손 아래 어딘가에서, 거대한 살덩어리에 파묻혀, 짓눌려 울부짖는 소리가 터져 나왔다.

"도와주세요, 아빠, 살려주세요!"

즉각, 멀린이 거인의 팔꿈치 옆에 있는 들쭉날쭉한 커다란 바위를 향해 몸을 돌렸다. 주문을 외치며, 지팡이로 그 바위를 겨누었다. 바윗덩이가 갈리는 소리를 내면서, 커다란 바위가 천천히 허공으로 떠올랐다. 바위는 허공에 매달린 채 약간 떨렸다. 즉각, 멀린은 지팡이를 있는 힘껏 휘둘렀다. 바위가 곧장 심의 손으로 날아가, 커다란 손가락 관절에 부딪쳤다. 바위가 산산조각 났다.

저렇게나 세게 내리치면 잠자는 거인이 아파서 울부짖으며 잠에서 깨어나리라고, 그래서 손을 움직일 거라고 믿으며 바질은 지켜보았다.

하지만 심은 꼼짝도 하지 않았다. 마치 귀찮은 파리를 쫓기라도 하듯, 그저 자그마한 손가락을 들어 올릴 뿐이었다. 여전히 잠에 깊이 빠져서, 일그러진 미소를 머금은 채 코를 골았다.

"이런 망할, 심! 일어나, 이 바보야!"

멀린이 노발대발 소리쳤다.

"아빠, 아빠……."

거인의 손바닥 아래 깊숙한 곳에서 억눌린 외침이 다시 흘러나왔다. 이제 목소리에 힘이 확 빠진 듯했다.

소년의 목숨이 위태로운 듯하자 바질은 최대한 빨리 기어서 가까이 다가갔다. 그러고는 평편한 돌 위로 펄쩍 뛰었다. 그런데 눈에 들어온 모습에 바질은 더욱 깜짝 놀랐다. 오래된 참나무보다 더 크고 묵직한 심의 손이 가슴을 누르기 시작했다. 잠시 뒤면, 소년은 완전히 짓눌리게 될 거다.

이 모습을 보고, 멀린이 거인의 머리를 향해 지팡이를 휘두르며 주문을 외웠다.

"안잘라이 루미나리!"

하얗고 뜨거운 빛이 지팡이에서 번쩍 터져 나와 심의 이마에서 터졌다. 사나운 불꽃이 허공을 핥으며, 언덕 위로 비처럼 쏟아져 내렸다.

하지만 심은 잠에서 깨어나지 않았다. 그저 살짝 꿈틀거리며, 어깨를 절벽에 비벼댔다. 심의 바보 같은 미소가 커졌다. 마치 방금 특별히 빛나는 꿈을 꾸기라도 한 것처럼. 그러는 중에도 심의 코골이는 줄어들지 않고 계속되었다.

이제, 거인의 손 아래에서, 확 달라진 소리가 희미하게 들려왔다. 숨

막힐 듯 낑낑거리는 소리. 그 소리는 아주 잠깐만 이어졌다. 그러다가 그 소리가 불길하게 끊겼다.

멀린은, 무성한 눈썹 아래 눈을 크게 뜨고, 거대한 가슴 위로 기어오르려 했다. 하지만 미끄러지며, 균형을 잃고 땅에 고꾸라졌다. 벌떡 일어나, 두 팔을 하늘을 향해 들어 올려 필사적으로 소리쳤다.

"제가 어떻게 해야 하나요? 오, 다그다여! 어떻게 해야 하나요?"

아무런 대답도 들려오지 않았다. 아무런 도움도 없었다.

그런데 갑작스레, 다른 대답이 나타났다. 그것은 가장 그럴듯하지 않은 형태로 나왔다. 가장 그럴듯하지 않은 원천에서 나왔다.

꿀. 꿀이 뚝뚝 떨어져 내리는 듯한 맛난 향기. 그 향이 시럽처럼 끈적끈적하게, 여름 클로버처럼 상쾌하게 산허리 위로 둥둥 떠다녔다.

즉각, 심은 잠에서 깼다. 두 눈을 크게 뜨고, 고개를 돌려 주변을 열심히 둘러보았다.

"꿀? 달콤한 꿀 향기가 나."

심이 코를 열심히 킁킁거리며 나지막한 목소리로 말했다.

심은 자신이 제일 좋아하는 냄새가 어디서 솔솔 풍기는지 확인하러 자리에서 일어나 앉으며, 손바닥을 산능선 위에 올렸다. 그 한가운데에 자그마한 소년이 꿈틀거렸다.

"크리스탈루스!"

순식간에, 멀린이 아들한테 뛰어갔다. 멀린은 심의 엄지손가락을 폴짝 뛰어넘어, 벌린 손 안으로 뛰어갔다. 손바닥을 가로질러 구르며, 소년을 꽉 잡았다.

멀린은 심의 손바닥 한가운데에 무릎을 꿇고 앉아, 아들을 꽉 안고 흰 머리카락을 헝클어뜨렸다.

"크리스탈루스, 다치지 않았니? 괜찮아?"

멀린이 심의 통통한 손바닥에서 비틀거리며 아들을 꼭 안았다.

그러는 사이, 심의 눈은 언덕을 훑었다. 커다란 코가 킁킁 열심히 냄새를 찾았다. 하지만 이상하게도, 그 경이로운 냄새는 사라지고 없었다. 그리고 어디에도 꿀은 보이지 않았다.

"이상하네, 정말 꿀 냄새가 났는데! 달콤하게, 분명히, 확실히."

그 말을 들으며, 무슨 일이 있었던 건지 멀린이 갑자기 깨달았다. 상당한 힘을 지닌 누군가가 마법으로 꿀 냄새를 허공에 내뿜었던 것이다. 하지만 누구지? 이곳 산허리에는 아무도 없었다. 적어도 그런 마법을 부릴 법한 사람은 아무도 없었다. 멀린은 숨죽였다. 설마…….

멀린은 유난히 자그마한 짐승을 향해 돌아섰다. 빛나는 초록색 눈동자와 날개가 달린 도마뱀. 도마뱀이 근처 돌 위에서 지켜보고 있었다. 꿈 이야기를 하고 싶어 하던 바로 그 작은 짐승. 멀린이 지켜보자, 도마뱀은 그저 눈길을 마주하고, 가느다란 꼬리를 돌 위에 휙휙 움직였다.

"너는…… 아니지? 네가 그랬을 리가 없어, 그렇지?"

마법사가 의심스러운 듯 물었다.

바질은 수줍은 듯 어깨를 으쓱했다.

"별거 아니에요, 멀린 마스터. 이제, 그 꿈에 대해……."

바질이 목을 가다듬고 말했다.

심이 뒤꿈치로 산을 쿵쿵대는 바람에, 큰 바위 수십 개가 언덕 아래로 굴러 떨어졌다. 열정적으로, 심이 큰 소리로 말했다.

"꿀 냄새를 맡았단 말이야! 꿀을 찾을 수 있을지도 몰라."

심은 자기 손에 올라와 있는 사람들을 흘끗 바라보았다.

"이제 일어날 시간이야, 너희 둘. 더 이상 꾸물댈 시간이 없어! 우린 달콤한 꿀을 찾아야 해."

"기다려, 심!"

멀린이 소리쳤다.

"제발 기다려요!"

바질이 반복했다.

하지만 심은 그 말을 무시했다. 천둥처럼 소리를 내며 자리에서 일어나던 심이 산허리 크기의 바위 탑을 무너트렸다. 심은 열심히 코를 쿵쿵대며 냄새를 맡았다. 그러고는 커다랗게 첫발을 뗐다.

"기다려!"

멀린과 바질 모두 다시 소리쳤지만, 아무 소용이 없었다. 심이 손에 승객들을 태우고 산등성이 너머로 순식간에 사라지기까지 두 걸음이면 충분했다.

산등성이 너머로 사라지기 직전, 마법사가 소리쳤다.

"고마워, 꼬마야, 네가 누구든 말이다! 다시 만나자……."

그 목소리는 천둥 같은 거인의 발자국 소리에 묻혀 버리고 말았다.

17

굴곡

눈에 보이는 게 항상 진짜는 아니다. 그리고 진짜는 눈에 보이지 않는 경우가 많다.

이것이 바로 마법의 첫 번째 규칙이다.

아발론 37년

시간이 흐르며 바질은 나이가 들었다. 그렇다고 몸집이 더 커지지는 않았다. 바질은 자신의 몸이 항상 자그맣게 남아 있으리라는 걸 어쩔 수 없이 받아들여야만 했다. 하지만 자신의 삶 또한 자그맣게 남아 있으리라는 생각은 절대로 받아들이지 않았다.

아발론에는 알아낼 게 많아. 내 자신도 알아내야 하고.

바질은 매일 아침마다 스스로에게 다짐하고, 잃어버린 그 관문을 찾아 바위틈을 샅샅이 뒤졌다.

때때로, 갈라진 틈 사이로 기어가며, 바위 사이를 비집고 들어갔다. 그리고 돌투성이 언덕 아래를 뚫고 흘러가는 시냇물의 축축한 통로를 따라가며, 자신이 탐험하고자 하는 저 먼 장소들을 떠올리려 노력했다. 파이어루트는 어떤 모습일까? 에어루트의 모든 생명체들은 공기 요정처럼 안개 자욱한 모습일까? 새도루트에서는 누가 오랫동안 살아남을 수 있을까?

하지만 자신이 오랫동안 고향이라고 불렀던 우드루트와 비교해, 어떤 영토도 바질이 오래 생각하거나 바질을 기쁘게 하지는 못했다. '엘 우리엔'이라 부르는 요정들의 땅은 바질의 마음속에서 피어나는 봄처럼 활짝 꽃을 피웠다. 때때로, 걷잡기 힘든 초록색 불꽃을 찾아다니며, 바질의 생각은 숲속 풍경과 소리, 그리고 대부분 그 향기에 둥둥 떠다니곤 했다. 지금 바위산에 둘러싸여 있는데도, 바질은 소나무와 솔송나무의 달콤한 송진 향을 맡을 수 있었다. 숲속 버섯의 짙은 향기, 늪지의 사슴 발자국에서 나는 곰팡이 냄새, 새로 짠 거미줄의 생강만큼 톡 쏘는 향, 그리고 빗물에 쓸려 나간 신선한 잎사귀…….

어느 날, 바질은 산비탈 정상 절벽 위에 앉아 있었다. 관문의 흔적을 찾아 저 아래 바위들을 훑어보며, 늪지의 사슴 발자국 냄새를 피워보려 했다. 냄새가 나타나 머리 위에 구름처럼 잠시 머물렀다. 하지만 언제나 그렇듯이, 그 모방은 현실과 견줄 수 없었다.

"너는 정말이지 어리석은 사기꾼에 불과해. 우드루트의 늙은 들쥐가 뭐라고 말했더라? 냄새는 진짜가 아니야. 내게 먹을 것을 좀 줘."

바질은 혼자 투덜거렸다. 냄새가 사라지며, 절벽을 가로질러 끊임없이 불어대는 산들바람에 실려갔다.

바질은 이끼를 발로 툭 차, 그 모서리를 부쉈다. 자그마한 노란색 조각들이 떨어져 나가, 허공에 빙빙 돌며 멀리 날아갔다. 바질은 그 날아가는 모습을 지켜보며 생각했다.

저것이 내 전부일까? 어쩔 수 없는 힘에 실려가는…… 아주 자그마한 조각에 불과할까?

바질은 자그마한 이빨로 이끼 주변을 쩝쩝거리며 한입 뜯었다. 쓴 맛이 났다. 그래도 입맛에 맞았다. 바질은 쩝쩝 씹으며 골똘히 생각에 잠겼다.

이 산에서 멀린을 본 이후, 바질은 때때로 그날을 생각했다. 놓친 기회를 생각했다! 도대체 왜 꾸물거렸을까? 시커먼 날개에 대한 자신의 환영이 단순한 꿈이 아니라는 것을, 자신의 미래뿐만 아니라 멀린의 미래가 위험하다는 걸 왜 설명하지 못했을까?

그 만남을 떠올릴 때마다, 바질은 마법사와 마법사의 아들이 궁금했다. 그 둘이 함께 나누는 애정…… 그리고 그 둘이 함께 나누는 마법이 궁금했다. 까마귀들한테 들은(그리고 어느 농부의 집에서 만든 맥주를 조금 마셔서 약간 취해 비틀거리는 올빼미 한 마리한테 들은) 이야기로 볼 때, 어린 크리스탈루스는 마법적 능력의 표시를 전혀 보이지 않았다. 마법사의 힘이 때로는 세대를 건너뛴다는 게 어쩌면 사실일지도 모른다. 또는 자신이 유명한 아빠와 같기를 온 세상이 기대하며 지켜보고 있다는 압박감 때문인지도 모른다. 어떤 쪽이든, 그것은 어린아이에게는 쉽지 않을 수도 있었다.

그리고 멀린은 어떤가? 바질은 이끼를 씹어 먹으며, 가장 최근 소식을 떠올렸다. 수십 년 동안 '모두를 위한 공동체(Society of the Whole)'라고 부르는 신념을 만들어내기 위해 노력한 마법사의 엄마 엘런이 최근에 죽었다. 몇 주 전, 멀린은 엘런에게 정말로 소중한 걸 주었다. 그건 사랑하는 카이르프레의 시집이었는데, 마법의 힘 덕분에, 이 특별한 책은 책장을 넘기면 카이르프레의 목소리로 시를 큰 소리로 읽어주었다.

엘런은 마지막 날의 대부분을 자신이 좋아하는 음유시인의 목소리를 들으며 보냈다. 때로는 멀린도 함께했다. 그리고 리아도. 리아는 지금 고위 여사제의 실크 가운을 입고 있었다.

잘했어, 멀린.

바질이 생각했다. 결혼식 때 직접 보니, 엘런은 아주 오랜 시간이 지나고 나서 자신이 사랑하던 사람의 정령과 함께할 준비를 아주 잘 하고 있다고 확신했다. 카이르프레의 낭랑한 목소리를 듣는 것보다 그 어떤 것도 엘런의 마지막 날들을 편하게 해주지 못했을 것이다.

이윽고, 이야기로 전해 들은 사후 세계로의 마음 아픈 오랜 여정을 떠올리며, 바질은 얼굴을 찡그렸다.

"엘런이 정령의 영토로 가는데 얼마나 오래 걸릴까?"

바질은 큰 소리로 혼잣말을 했다.

"네가 생각하는 것만큼 그렇게 오래 걸리지는 않을 거다."

바질 뒤에서 아주 굵직한 목소리가 큰 소리로 말했다.

바질은 휙 몸을 돌렸다. 수사슴 한 마리가 절벽 위에서 자신을 향해 뚜벅뚜벅 걸어오고 있었다. 커다란 양쪽 뿔에는 각각 일곱 개의 뿔이 달렸다. 수사슴이 눈은 범상치 않은 지혜로 빛났다. 빛나면서도 동시에 그늘이 드리웠다. 빛보다 밝고 동시에 어둠보다 더 어두웠다.

"다그다! 당신이 여기 왔군요? 아발론에 돌아오신 거예요?"

바질이 외쳤다. 바질의 눈은 놀라움에 커졌다.

"그렇다."

수사슴이 대답했다.

"하지만 왜요?"

"누군가를 사후 세계로 데려가려고 왔다."

도마뱀의 둥근 눈동자가 경이로움으로 떨렸다.

"정말 그렇게 하실 거예요?"

"그래, 하지만 높은 우아함과 깊은 지혜를 품은 유한한 생명을 위해서만 그렇게 한단다."

수사슴이 대답했다.

"엘런이군요."

"그래, 꼬마야. 나는 엘런을 집에 데려가기 위해 왔단다."

다그다가 둥둥 떠다니는 곱슬곱슬한 안개를 꼬리로 툭 쳤다. 그러자 안개가 또렷한 원 세 개로 갈라졌다. 수사슴이 흘끗 바라보자, 안개는 소리 없이 빙빙 소용돌이쳤다. 동그란 안개는 각기 다른 방향으로 둥둥 떠갔다. 하나는 산등성이 너머로 날아갔다. 하나는 위로 솟아올라 저 위의 가느다란 구름 속으로 스며들었다. 그리고 하나는, 깜짝 놀랍게도, 바질이 앉아 있는 절벽의 바위에 곧장 내려앉았다.

즉각, 바질은 이것이 자신에게 주어진 기회라는 걸 깨달았다. 어쩌면 잃어버린 관문을 찾을 수 있는 마지막 기회일지도 몰랐다. 다그다는 결국, 신이었으니까. 그뿐만 아니라, 다그다는 신들의 지도자였다. 물론, 리타 고르를 따르는 신들을 제외하고. 분명 지금도, 유한한 모습이라 해도, 다그다는 커다란 마법을 지녔다. 적어도, 바질을 도와줄 수 있는 충분한 힘을 품고 있을 것이다.

"다그다, 저는, 저는 필요한 게 있어요. 도움이 필요해요."

바질이 초조하게 매달렸다.

깊은 갈색 눈동자가 바질을 물끄러미 내려다보았다. 바질을 꿰뚫어보는 것 같았다.

"어떤 도움을 말하는 건가?"

바질이 꼬리로 돌을 초조하게 두드려댔다.

"저는 당신의……."

갑자기, 바질이 머뭇거렸다. 수사슴의 머리 옆, 허공에 무언가 기이하게 떨리는 것을 막 알아차렸기 때문이다. 뿔 하나의 가장자리 주위로 공기가 마구 떨리며, 모든 것을 약간 굴곡되어 보이게 만들었다. 더욱이, 그곳이 고동치며, 색을 내뿜는 것 같았다. 마치 상처에서 피보다 더 귀중한 무언가가 흐려지고 있는 것처럼…….

"뭐라고 했느냐? 나는 곧 가야 한단다. 내게도 시간이 기다려주지는 않는구나."

수사슴이 말했다. 목소리에는 조바심이 묻어났다.

"그건…… 그러니까……."

바질은 다그다에게 자신이 본 것을 말하려 했다. 하지만 마음속에 의구심이 갑자기 피어났다.

어떻게 다그다에게 잘못된 일이 일어날 수 있지? 다그다는 불멸의 존재잖아? 해를 입을 수 없어.

수사슴은 발굽으로 바위를 톡톡 두드렸다. 그 힘에 돌 몇 개에 금이 갔다.

여전히, 바질은 뭔가를 말할 수 없었다. 머릿속에는 더 많은 의구심이 윙윙거리며, 다른 생각들을 몰아냈다. 자신이 위대한 정령의 시간을 허비하고 있는 게 아닐까? 어쨌든, 자기가 뭐라고 신에게 조언을 해주려는 걸까?

다그다가 고개를 까닥거렸다.

"마음이 바뀌었느냐? 그렇다면, 나는 가야겠구나."

수사슴이 몸을 돌려 발걸음을 움직였다. 바질은 그 모습을 지켜보며,

불안감이 엄습했다. 바질은 뿔 주변의 공기를 바라보았다. 맥박이 치듯 움직이며 물결쳤다.

뭔가 잘못되었어, 확실해.

억지로 말하려 애쓰던 바질이 가까스로 딱 한마디를 가냘픈 목소리로 내뱉을 수 있었다.

"기다려요."

새로 태어난 개구리의 울음소리처럼, 힘없고 갈라지는 듯한 바질의 목소리가 허물어지는 돌을 가로질러 실려갔다. 수사슴은 걸음을 멈추고 천천히 고개를 돌렸다. 갈색 눈동자에는 헤아릴 수 없는 깊이로 초조함이 묻어 있었다.

"뭐라고?"

바질은 아주 힘겹게 몇 마디를 내뱉었다.

"당신의…… 뿔이…… 아파요. 잘못되었어요. 어쩌면……,"

하지만 마지막 단어, 악마라는 말을 끝마치기도 전에, 목이 꽉 막혔다. 바질은 캑캑거리며, 헉헉 숨을 쉬었다. 절망적으로 꼬리를 휘두르자, 깨진 돌조각들이 절벽 가장자리 너머로 떨어져 내렸다. 마침내, 온 의지를 다 모아 거친 숨을 몰아쉬었다. 눈에 보이지 않는 손이 자신의 목을 감싸 질식시키는 것 같은 느낌이 들었다.

다그다가 고개를 치켜들었다.

"내 뿔이 어떻다는 거지?"

보이지 않는 손이 바질을 세게 눌렀다. 바질은 돌 위에 쓰러져 이끼 위로 데굴데굴 굴렀다. 말할 수도 없고, 숨을 쉴 수도 없었다. 목이 꽉 막힌 느낌이었다. 혓바닥은 바위 조각처럼 생명을 잃은 것 같았다.

바질은 버둥거리며, 이리저리 구르며, 허공에 발길질을 했다.

나는…… 숨을 쉬어야 해! 말해. 다그다에게 경고해줘야 해.

그러는 사이, 다그다가 물었다.

"무슨 일이지, 작은 친구?"

하지만 바질은, 머리가 어질어질해서, 그 말에 대답하는 것은 고사하고 다그다의 말을 거의 알아들을 수도 없었다.

끔찍한 손이 더욱더 세게 짓눌렀다. 바질의 목이 터져 나갈 지경이었다. 돌 위에서 속절없이 구를 때, 고통이 엄습했다. 온몸에 경련이 일고, 날개가 뒤틀렸다. 시커먼 그림자가 심장을 가득 채우며, 환영을 가렸다. 허파가 터질 것 같았다.

그…… 건. 다그다에게 나빠! 아발론에…… 나빠.

그 마지막, 종잡을 수 없는 생각에, 뭔가 새로운 것이 바질 안에서 끓어올랐다. 그것은 단순하지만 강력하며, 바질의 마음이 아니라 바질의 심장에서 흘러나오는 것이었다.

사랑. 이 매혹적인 세상, 아발론에 대한 사랑. 수많은 땅과 사람들을 보호하기 위해 이미 너무 많은 일을 한 다그다에 대한 사랑. 그리고 온갖 종류의 온갖 생명체들이 조화롭게 함께 살 수 있다는 절대적인 신념에 대한 사랑. 멀린은 그것을 '아발론의 이데아'라고 불렀다.

고통보다 더 깊이, 두려움보다 더 강하게, 이 사랑이 바질에게 흘러넘쳤다. 그리고 그것과 더불어 또 다른 감정이 다가왔다.

나는 살아가면서 할 일이 많아! 훨씬 많아!

이 새로운 느낌이 첫 번째 느낌을 깊게 가라앉혔다. 그 느낌에 방향과 힘이 실렸다.

나는 살고 싶어. 내 스스로를 위해…… 그리고 내 세상을 위해 내가 할 수 있는 일을 하고 싶어.

천천히, 아주 천천히, 목을 꽉 죄던 힘이 약해지기 시작했다. 고통이 좀 줄어들었다. 바질은 떨리는 숨을 가느다랗게 내쉬었다. 그러고는 더 깊게, 또 더 깊게 숨을 쉬었다.

바질은 몸을 굴려 두 다리로 낑낑대며 일어섰다. 눈앞에서 두꺼운 구름이 옅어지자, 바질은 눈을 깜박거렸다. 그리고 자신이 다그다의 얼굴을 똑바로 바라보고 있다는 것을 알았다.

수사슴은 코로 바질을 살짝 건드렸다.

"작은 친구여, 너는 눈에 보이는 것 그 이상을 보는구나."

그 말과 함께, 위대한 정령은 바질에게 숨을 불어넣어주었다. 즉각, 목에 남아 있던 고통이 씻은 듯이 사라지고, 가슴이 부풀어 오르며, 자유롭게 숨을 쉴 수 있게 되었다. 하지만 바질은 멈추어서 다행이라고 여기지 않았다.

"당신의 뿔! 뿔 주변의 공기가 흔들리고 있어요. 그리고 피가 뚝뚝 떨어지고 있어요."

수사슴이 눈을 가늘게 뜨며 커다란 뿔을 이리저리 흔들었다.

"정확히 어디를 말하는 거지?"

"오른쪽 가장 낮은 쪽이에요."

바질은 다시 편안하게 말할 수 있게 되었다는 사실에 깜짝 놀라며 대답했다.

수사슴은 아주 세게 콧바람을 힝힝 불었다.

"내가 어떻게 그걸 놓칠 수가······."

수사슴은 잠시 멈추더니, 다시 바질에게 말했다. 목소리에 긴박함이 새로이 묻어 있었다.

"위험한 주문이 내게 이미 걸려 있구나! 그걸 깨는 방법은 딱 하나밖에 없어."

"주문이라고요? 누가 그런 짓을 해요?"

"나중에! 지금은 그걸 깰 수 있도록 네가 나를 도와주어야겠구나. 나 혼자서는 할 수 없거든. 네 위대한 힘이 모두 필요해. 방금 네가 그 사악한 손아귀의 힘을 깨는데 사용했던 바로 그 힘이."

다그다가 명령했다.

바질은 작은 날개를 펄럭거리면서 믿을 수 없다는 듯 고개를 저었다.

"제가요? 위대한 힘이라고요? 당신은, 당신은 분명 잘못 알고 있는 거예요."

수사슴이 다시 발을 굴러, 사납게 돌을 부수었다. 절벽을 가로질러 바람이 훅 불어와, 먼지구름이 일었다.

"날 의심하지 마라, 꼬마야. 이제, 날 도와주겠느냐?"

"네, 그럼요. 제가 뭘 해야 하나요?"

"내 뿔 위에 뭔가가, 아니면 누군가가 있다. 그자는 사후 세계로부터 나를 타고 따라왔어. 그리고 강력한 은폐의 주문으로 내가 그자의 존재를 보지 못하도록, 내 눈을 멀게 했다."

수사슴이 두 눈을 반짝이며 단호하게 말했다.

바질은 기운차게 고개를 끄덕였다.

"그러면 이제 그자를 없애야 해요?"

"먼저 그자를 직접 봐야 한다! 은폐의 망토를 부숴야 그를 없앨 수 있지. 그러고 나서 벌을 줄 거야."

"그자를 어떻게 하면 볼 수 있죠?"

"쉽지 않을 거야. 나 말고 다른 존재만이 할 수 있단다. 왜냐하면 내가 주문에 걸렸으니까. 그리고 성공할 수 있는 존재는 많지 않아. 하지만 네가 그 사악한 마법이 떨리는 것을 보았으니, 그리고 내게 그것을 말해줄 힘을 찾았으니, 네가 할 수 있으리라 믿는다.”

수사슴은 화가 난 듯 콧바람을 힝힝 불고는 다시 말을 이었다.

“그자의 마법의 장막을 뚫으려고 노력해보거라. 그자의 유한한 모습을 보도록 해보거라. 그렇게 하는 순간, 그의 주문이 깨질 테니.”

수사슴은 커다란 뿔이 달린 고개를 끄덕였다. 그러고는 목소리를 낮추고 말했다.

“나머지는 내가 알아서 할 테니까.”

수사슴은 말을 멈추고는, 바질을 응시했다.

“하지만 네게 경고해줘야겠구나. 그자는 이걸 좋아하지 않을 거야. 그자는 널 다시 공격할 거야, 전보다 더 심하게.”

“해볼 테면 해보라지요.”

바질이 으르렁거렸다. 가느다란 꼬리를 돌에 두드리며 힘주어 말했다.

바질은 날개를 등에 단단히 접으며, 숨을 크게 쉬었다. 그러고는, 자그마한 입을 앙다물고, 뿔을 뚫어져라 노려보며, 자신의 모든 힘을 오직 하나의 목표에 집중했다. 장막 너머로 바라보는 것. 조심스럽게, 빛과 색의 모든 변화에 주목했다. 비밀스러운 진동이 느껴졌다. 바질은 초록색 눈동자를 크게 뜨고, 이 공격을 숨겨주는 진동으로 생긴 굴곡을 뚫고 바라보려 노력했다.

도대체 누구 짓이지?

바질은 궁금했다. 하지만 누군지 짐작할 수가 없었다. 이것이 자신뿐만 아니라, 정령의 세계에서 가장 위대한 신을 공격할 정도로 사악한 누군가의 짓이라는 것만 알 뿐이었다.

점점 더 깊이 아래로, 바질은 자신의 시선이 더 깊이 들어가는 걸 느껐다. 마법 속으로 풍덩, 그 기원까지 쭉 들어갔다. 날카로운 고통이 바질의 머릿속에서 폭발해, 자그마한 두개골을 망가트렸다. 마치 천둥 번개처럼. 하지만 바질은 자신의 목표에 매달렸다. 불에 데는 듯한 고통 속에서도, 계속해서 더 깊이 바라보았다. 바질은 멈추지 않을 거다.

불현듯, 진동이 멈추었다. 바질의 시선이 갑작스레 또렷해졌다. 이제 앞이 보였다. 징그럽게 생긴 자그마한 짐승 하나가 뿔 아래쪽 털에 파묻혀 있었다.

"거머리! 보기 흉한, 피를 빨아먹는 거머리."

바질이 소리쳤다.

바질이 이 말을 하는 순간, 세 가지 일이 동시에 일어났다. 살갗에 잡힌 주름, 둥근 입, 그리고 충혈된 눈 하나가 있는 시커먼 거머리가 갑자기 몸을 꼿꼿이 세웠다. 다그다가 분노로 고함치며, 발굽으로 바위에 내리쳤다. 거머리의 눈동자가 바질을 노려보며 루비처럼 반짝이자, 이 도마뱀은 파도처럼 흐르는 악의를 강하게 느꼈다.

바질은 몸을 벌벌 떨며, 구역질이 날 것 같은 충동을 겨우 참았다. 배가 구역질로 뒤틀렸다. 바질의 비늘, 날개, 그리고 둥근 눈을 칼처럼 쑤셔댔다. 머리가 어지러웠다. 눈이 지근거리며 머릿속에서 빵빵하게 부었다. 머리에 고통이 되살아나, 비명을 지르고 싶었다.

하지만 이 모든 것을 견디며, 바질은 계속 거머리를 노려보았다.

"어떻게 감히 이럴 수 있지? 어떻게 감히…… 다그다를 공격할 수 있냐고?"

"나는 이제 너를 볼 수 있어, 네 비열한 변장 뒤에! 너는 이 음모를 후회하게 될 거다, 내가 약속하마."

수사슴이 우뢰처럼 고함쳤다.

불쑥, 거머리는 성나 고함치며 허공으로 튀어 올랐다. 부러진 잔가지처럼 산들바람을 타고 구르며, 바위 뒤로 들어갔다. 다그다가 재빨리 그곳으로 뛰어갔지만, 거머리는 이미 완전히 사라지고 없었다.

바질의 구역질이 사라지고 고통도 즉각 멈추었다. 몸이 떨렸지만 그래도 날개를 펴고 날아올랐다. 하얀 수정이 점점이 박힌 회색 바윗덩어리 위에 내려앉아 주변을 살펴보았다. 거머리의 흔적은 어디에도 없었다! 수사슴이 발굽으로 돌을 차며 자신을 공격한 녀석을 찾는 모습을 지켜보며, 바질은 침울하게 물었다.

"가 버렸나요?"

"그렇구나."

수사슴의 뿔 아래로 피가 살며시 똑똑 떨어졌다. 하지만 그것 말고는 아무런 해도 입지 않은 것 같았다. 수사슴의 다리 근육이 단단하게 굳었다. 마치 적을 쫓아 달려가고 싶은 것처럼.

"고맙구나, 어쨌든 그걸 쫓아냈으니."

바질이 낙담하며 자그마한 머리를 흔들었다.

"제가 당신을 실망하게 해드렸어요. 놈이 도망가 버렸는데, 그 모든 게 무슨 소용이란 말이에요?"

"꽤 많은 소용이 있지. 왜냐하면 이제 나는 그자의 이름을 아니까."

수사슴이 대답했다. 눈동자가 마치 폭풍 전의 하늘처럼 시커메졌다.

18

마법의 시각

만약 나만큼 오래 살았다면, 당신은 분명 깨달을 것이다. 교활한 질문에 대답하거나 놀라운 선물을 받아서는 절대 안 된다는 것을. 그랬다가는 걷잡을 수 없게 되리라는 것을.

"그자가 누군데요?"

바질이 따지듯 물었다.

그러고는 박쥐 같은 날개를 펄럭여, 바위를 가로질러 위대한 수사슴 옆으로 다가갔다. 절벽 사이로 신선한 바람이 으스스하게 불어왔다. 바질은 다그다에게 얼굴을 쑥 빼고 재촉했다.

"말해주세요."

"그러지. 하지만 다른 걸 먼저 말해줘야겠구나. 아주 중요하단다."

수사슴이 뿔 달린 머리를 끄덕이며 말했다.

바질은 눈을 깜빡거렸다. 불확실성, 그리고 놀라움을 함께 느꼈다. 이 위대한 신이 자신에게 말하고 있다니, 이게 정말 현실일까? 그것도 중요한 걸 말해준다고? 분명, 아발론에는 다그다의 시간을 차지할 가치가 있는 더 현명하고 강한 생명체들이 많이 있었다.

하지만 위대한 정령은 그런 생각을 전혀 하지 않는 것 같았다. 다그다는 탄탄한 목덜미를 우아하게 굽혀 뿔을 낮추었다. 마침내 코끝이 바질의 코에 닿을락말락했다. 다그다가 진지하게 말했다.

"아들아, 네게는 특별한 시력이 있구나."

바질은 다시 눈을 깜빡거렸다.

"뭐라고요?"

"시력. 주문에 감춰진 마법을 알아차릴 수 있는 진기한 능력. 마법사들은 그걸 시각이라고도 부르지. 하지만 그건 무언가를 보는 방식 그 이상이란다. 진정으로, 어린 친구야, 삶의 방식이란다."

수사슴의 따뜻한 호흡이 바질의 비늘 덮인 작은 몸을 보호막처럼 감쌌다.

바질은 여전히 믿기지 않아, 찻잔 모양의 귀를 앞으로 쫑긋 세웠다.

"제가 그걸 갖고 있다고요?"

"그래, 네가 갖고 있구나. 네게는 놀라운 소식이라는 걸 나도 안다. 더욱더 놀라운 것은, 아발론의 가장 강력한 생명체들만 그런 시각을 갖고 있다는 사실이지. 마법사들만이 지니고 있지. 유니콘도 있고. 그리고 모두는 아니지만, 몇몇 용한테도 있단다. 하지만 다른 생명체에게는 없단다, 적어도 지금까지는."

바질은 바위 위에서 초조하게 몸을 꼼지락거렸다. 꼬리 끝에 달린 자그마한 혹으로 바위를 두드리자, 먼지구름이 살포시 피어올랐다.

"당신이 분명 잘못 아신 걸 거예요."

다그다가 깊은 갈색 눈동자로 바질을 주시했다.

"아니, 잘못 보지 않았어. 내가 그 비열한 거머리의 진짜 정체를 제대로 안 것처럼 말이다."

바질은 피를 빨아먹던 그 못생긴 짐승이 복수로 활활 불태우던 심홍색 눈동자를 떠올리며, 이마를 찡그렸다.

"그게 누군데요?"

"내가 눈치채지 못하게 아주 멀리서부터 내 몸에 올라탔던 자, 정복과 지배에 대한 엄청난 욕망을 품은 자. 아발론을 정복해 자기 것으로 만들고, 아발론을 유한한 지구를 정복하기 위한 디딤돌로 사용하려는 그자의 궁극적인 목표에 대해, 내가 얼마나 경멸하는지 알고 있는 자."

바질의 목에서 웅얼웅얼 식식 소리가 나왔다. 그건 바질 나름대로의 으르렁거림이었다.

"그렇다면 그 거머리는······."

"리타 고르! 물론, 전사의 모습은 아니야. 그자는 지금도 사후 세계에서 나와 로리란다에 대항해 군대를 키우고 있지. 거머리는 그자의 유한한 화신일 뿐이야. 그리고 그자는 피의 맛을 무척이나 즐기지······. 그래서 피를 빨아먹는 거머리의 모습을 선택한 것이란다."

바질은 믿을 수 없어 주둥이를 흔들며 물었다.

"리타 고르라고요? 리타 고르가 여기 아빌론에 왔다고요?"

수사슴이 콧바람을 불었다.

"다른 누구도 그처럼 사악하게 행동할 수는 없다. 처음, 그자는 네게서 숨으려고 했어. 그리고 마침내 네가 그자의 주문을 깼을 때, 너를 죽이려고 했지."

바질은 몸을 움츠리고, 갑자기 찾아온 구역질을 떠올렸다. 머리가 깨질 것 같은 고통, 충혈된 눈에서 뿜어져 나오는 끔찍한 악의.

"안타깝게도, 넌 이제 리타 고르의 영원한 적이 된 것 같구나."

다그다가 말했다.

바질은 구역질나는 기억을 떨쳐내며, 자그마한 머리를 들고 단호하게 말했다

"기꺼이 적이 되어주겠어요."

쭈글쭈글한 날개가 달린 왜소한 생명체가, 자기 입으로 불멸의 전사의 적이라고 선언하는 게 약간은 우스꽝스럽게 들렸을 텐데도, 다그다는 웃지 않았다. 대신, 이렇게 선언했다.

"용감한 심장을 지닌 너와 같은 존재가 감춰져 있다니, 아발론은 운이 좋구나."

수사슴은 바위를 발로 차며 거머리의 자취를 찾았다. 이끼 긴 돌 말고는 아무것도 발견하지 못하자, 다시 바질을 돌아보았다. 다그다가 한숨을 내쉬며 덧붙였다.

"예언하건대, 머지않아 너의 그 용감한 심장이 필요할 게다. 그리고 또한 다른 용감한 심장들도. 리타 고르가 이 땅에 악을 가져오려 할 테니까."

"리타 고르가 이곳 아발론에 있다는 게 저는 아직도 믿기지 않아요. 멀린의 결혼식에서 당신이 했던 말 기억 안 나세요? 아발론은 리타 고르가 절대 닿을 수 없는 곳이라고 말했었잖아요?"

수사슴이 고개를 저었다. 뿔이 허공을 갈랐다.

"더 이상은 아니다. 그자가 이곳에 왔어. 이 세계를 정복하기 위해서."

"당신이 이곳에 머물 수는 없나요? 우리가 리타 고르를 물리치도록 도와줄 수는 없나요?"

수사슴은 우울하게 고개를 저었다.

"아니, 아들아. 그건 내 방식이 아니다. 나는 자유 의지의 법칙을 절대

깨지 않겠노라고 약속했단다. 유한한 생명들이 자신의 세계를 만들어가기 위해 내린 선택에 개입하지 않겠노라고."

"하지만…… 리타 고르는……."

바질이 이의를 제기했다.

"이제 너희 세상은 경고를 받았다."

바질의 얼굴에 드러난 의구심을 보며, 다그다가 덧붙였다.

"아발론을 구하려면,…… 자유 의지가 필요할 거다. 평화가 전쟁을 이기려면, 오만과 탐욕을 끝내려면, 그 또한 자유 의지가 필요할 거다. 가치 있는 목표는 선택으로 이루어지니까. 너처럼 유한한 생명이 내릴 수 있는 중요한 선택으로 말이다."

"저요? 제 선택이 뭐가 중요한가요? 저는 그냥 자그마한 짐승에 불과해요. 가문비나무 솔방울보다도 작은 걸요. 게다가 저는 제가 진짜 누구인지도 모른다고요."

도마뱀이 낙심해 말했다.

다그다는 바질을 쳐다보며 한동안 생각에 잠겼다. 그러더니 부드러운 목소리로 말했다.

"네 무게는 아주 작은지도 모르겠구나, 친구야. 하지만 그건 네가 어떻게 활용하느냐에 달려 있단다. 그리고 아주 자그마한 무게조차 운명의 균형을 기울게 할 정도로 충분히 무거울 수 있어."

바질은 수사슴을 올려다보았다. 그처럼 특이한 생각을 정말 믿어도 되는지 확신이 서지 않았다. 문득, 마치 희미한 메아리를 듣고 있기라도 하듯, 다그다가 멀린의 결혼식에서 했던 말을 떠올렸다.

아주 자그마한 모래알 하나가 저울을 기울게 할 수 있는 것처럼, 한 사람의 의지의 무게가 온 세상을 들어 올릴 수 있다.

즉각, 바질의 생각이 다른 질문으로 돌아왔다. 바질이 조심스럽게 물었다.

"용도 그 시각이 있다고 말했을 때요, …… 당신은, 그러니까…… 그렇게 말씀한 건가요, 그러니까…… 미친 소리처럼 들릴지도 모르겠지만, 제가 정말 일종의……."

"용이냐고?"

수사슴이 커다란 뿔을 절레절레 저으며 단호하게 대답했다.

"아니. 분명히 아니지."

바질은 전혀 놀라지 않았다. 하지만, 어쩔 수 없이 살짝 실망스러운 고통을 느낄 수밖에 없었다. 자신이 진정 누구인지 알려주는 그 어떤 답도, 그것이 아무리 가당치 않다 할지라도, 기꺼이 받아들일 것이다. 그리고 자신이 용처럼 강력한 존재가 될지도 모른다고 기대를 품었다는 걸 인정할 수밖에 없었다.

"그렇다면 나는 누군가요? 저한테 말해줄 수 있나요?"

바질이 애처롭게 물었다.

다그다는 헤아릴 수 없을 정도로 깊은 눈동자로 바질을 유심히 살펴보았다.

"네가 진정 누구인지, 또는 네가 무엇이 될지 말해줄 수는 없단다."

다그다의 저음의 목소리가 뿔 위에서 묵직하게 울려 퍼졌다. 그리고는 덧붙였다.

"하지만 이것만은 확신한다. 네가 누구든, 너는 단순한 용은 아니다."

바질은 놀라서 콜록 기침을 했다.

"단순한 용이라고요? 용은 살아 있는 존재 가운데 가장 강한 생명체라고요! 용은……."

"너는 그 이상이다."

다그다가 말을 끊었다.

자신의 말라빠진 날개를 바스락거리며, 바질이 따지듯 물었다.

"뭐라고요?"

수사슴은 대답 대신, 뒤돌아 바질이 앉은 바위 주변을 천천히 걸었다. 발굽이 바위를 건드리자, 바위 몇 개가 절벽 아래로 굴러 떨어졌다. 수사슴은 도마뱀의 크기를 가늠하는 것 같았다. 몸의 길이는 신경 쓰지 않고 바질을 가늠하는 것 같았다. 드디어, 걸음을 멈추고 질문을 했다. 바질이 전혀 예상하지 못한 질문이었다.

"너는 뭘 꿈꾸느냐, 아들아?"

바질은 깜짝 놀랐다. 분명 다그다는 아주 오래전의 그 끔찍한 꿈을 궁금해하지는 않는 것 같았다. 바질은 코를 씅그리며, 대답했다.

"제 소원을 물어보시는 건가요? 제 희망요? 저는 제가 누군지 알고 싶어요. 어떤 종류의 생명체인가 하는 게 아니라, 무엇이 나를…… 나로 만드는가 하는 거요. 음, 그러니까 무엇이 나를…… 특별하게 만드는가 하는 거요."

수사슴이 고개를 끄덕었다.

"그 정도는 나도 이미 알고 있다. 네 꿈을 물어보는 거란다. 밤에, 무방비의 순간에 너한테 찾아오는 꿈. 그것을 환영이라 부르지. 아름답든, 불안하든."

다그다는 바질을 응시했다.

"그런 꿈을 꾸느냐?"

도마뱀은 침을 삼켰다. 말해야 할까? 다그다가 충격을 받을 거다. 바질에 대한 친절과 선의를 거둘지도 모른다. 위험이 너무 크다! 바질은

목을 가다듬으며, 단호하게 대답했다

"아니요."

다그다는 그저 물끄러미 바질을 바라보며 기다렸다.

바질은 초조한 듯 꼬리로 땅바닥을 두드렸다. 그 이유는 정확히 모르겠지만, 비밀을 털어놓고 싶은 충동을 느꼈다. 이 현명한 존재를 믿고 싶은 충동을 느꼈다.

"저기요…… 네, 꿈을 꾼 적이 있어요. 진짜 끔찍한 꿈이었어요. 그리고 그 꿈은 오랜 시간 동안 여러 번 되풀이되었어요."

바질이 고백했다.

다그다는 아무 말 없이 계속 기다렸다.

"멀린이 저와 함께 꿈속에 있었어요. 그리고 끔찍한 뭔가가 있었어요. 날개 달린 생명체. 들쭉날쭉하고, 앙상한 날개. 저처럼요. 다만 더 크고, 더 어두웠어요. 그것이 멀린을 공격했어요! 그것이……."

바질은 잠시 멈추어 호흡을 가다듬었다. 하지만 다시 말을 했을 때 목소리는 그저 속삭임에 불과했다.

"멀린을 죽이려 했어요."

바질은 위대한 수사슴을 바라보았다. 자신이 너무 많은 것을 털어놓은 건 아닐까 두려웠다. 하지만, 그 깊은 갈색 눈동자를 바라보며, 바질은 한 가지 더 말하기로 결심했다.

"저는 항상 두려워요, 그 생명체가…… 제가 아닌가 하고요."

바질이 속삭였다.

바람이 절벽을 가로질러, 저 먼 산봉우리에서 눈송이를 실어왔다. 다그다가 바질의 말에 반응을 보일 때까지, 끝 모를 시간이 흘렀다. 마침내 다그다는 딱 한마디를 했다.

"조심해라."

"뭐라고요? 제 자신을요? 제 두려움을요?"

바질이 물었다. 목소리가 스산하게 불어대는 바람만큼이나 높고 날카로웠다.

아무 대답이 없었다.

"제가 뭘 조심해야 하나요?"

"너를 작아지게 하는 것은 무엇이든, 아들아, 그것이 네 몸 안에 살든 또는 네 몸 밖에 살든."

수사슴이 단호하게 말했다.

도마뱀은 고개를 가로저었다.

"그런 말은 별 도움이 안 돼요."

수사슴이 가까이 다가왔다.

"그럴지도 모르지. 하지만 나는, 사실, 너를 도와주고 싶구나. 네가 나를 도와준 것처럼. 네 뛰어난 시각이 아니었다면, 나는 그 거머리를 훨씬 더 오래 데리고 다녔을 거야. 그리고 피를 흘려 힘이 약해지거나, 리타 고르의 사악한 독 때문에 병에 걸렸을지도 모르지."

다그다가 조금 더 가까이 다가오더니, 선언했다.

"그래서…… 나는 네 소원을 들어주겠다."

바질의 심장이 두근거렸다. 즉각, 바질은 무엇을 부탁할지 알았다.

"관문이요! 관문이 이곳에 있었어요, 바로 이 산비탈에요. 그런데 산사태로 묻혀 버렸어요. 저를 위해 관문을 찾아줄 수 있나요? 그리고 제가 관문을 통해 여행할 수 있도록 해줄 수 있나요?"

"할 수 있지. 하지만 먼저, 어디를 가고 싶은지 말해보거라."

수사슴이 물었다.

"모두 다요!"

바질은 소리치며 허공에 펄쩍 뛰어올랐다가, 꼬리로 바위를 쿵 치며 내려앉았다.

"저는 일곱 영토 모두를 보고 싶어요. 그러기 위해서는 다섯 곳을 더 가야 해요. 저는 새로운 장소를 탐험해, 저처럼 생긴 누군가를 찾을 거예요. 어쩌면 그 길에서 찾을 수 있을지도 몰라요……."

다그다는 고개를 갸웃하며, 바질이 말을 끝마칠 때까지 기다렸다.

"제 자신을요."

수사슴이 커다란 뿔을 끄덕끄덕 흔들었다.

"훌륭한 목적이구나."

수사슴은 잠시 말을 멈추고, 심사숙고했다.

"네 소원을 들어주기 전에, 두 가지 조건이 있다."

"말해보세요."

바질이 열정적으로 말했다.

"첫째, 네가 방문하는 모든 영토에서 네가 뭔가를 찾기를 바란다."

"보물이요?"

"그래, 보물의 일종이지. 나는 네가……."

다그다가 입술을 말아 올리며 미소를 지었다.

바질은 어깨를 쫙 펴며 최악을 예상했다. 정령의 왕이 자신에게 뭘 찾길 원하든, 그것은 쉽지 않을 거다.

"모래 알갱이를 찾기 바란다."

바질은 눈을 깜빡거렸다. 자기가 제대로 들었는지 확신이 없었다.

"뭐, 뭐라고요?"

"모래 알갱이 한 알. 또는 흙, 또는 돌멩이 등을. 마법의 장소에서 각각 한 조각씩."

도마뱀이 안도의 한숨을 쉬었다.

"음, 그건 그리 어렵지 않겠는데요."

"그리고, 네가 그걸 삼키기를 원한다."

다그다가 말을 이었다.

"뭘 어떻게 하라고요?"

"그걸 삼키라고, 아들아. 그 모래 알갱이를, 그리고 그 안에 담긴 비밀을 네 안으로 꿀꺽 삼키려무나."

수사슴의 둥근 눈동자가 밝게 빛났다.

"너도 알겠지만, 나는 네가 세상을 그저 여행하는 것 그 이상을 바란다. 세상을 네 것으로 만들어라! 세상을 맛보고, 세상을 모두 삼켜라. 세상의 경이로움, 세상의 신비, 세상의 비밀을."

"이렇게요?"

바질이 수정 바위에 꼬리를 휘둘렀다. 혹독한 산악 폭풍을 수없이 견뎌낸 수정 단면은 깨지고 금이 가 있었다. 자그마한 은빛 수정 하나가 깨져 나와, 허공을 날며 반짝였다. 바질은 사냥꾼답게 휙 돌아 입에 물었다. 그러고는 스톤루트의 아주 자그미한 조각을 삼켰다.

즉각, 수정의 빛이 바질의 마음속에서 반짝였다.

나는 돌이다.

굵직하고 우렁찬 목소리가 선언했다. 오랜 세월이 깃들어 풍부하고 현명한 목소리였다.

나는 별의 뱃속에서 불타올랐다. 용암의 강에서 흘러, 천둥을 빨아들이고, 귀중한 보석을 내뿜었다. 시간이 나를 갈라놓고, 녹여내고, 뒤섞고, 짓누르고, 그러고는 나를 길게 늘려놓았다. 하지만 나는 견디어냈

다. 왜냐하면 나는 돌이니까. 산맥의 몸통, 태양의 분지, 수정의 탄생지.

목소리가 계속 이어 나갔다.

바질은 바위 위에 앉아, 놀라움에 눈을 깜빡거렸다. 희미한 메아리가 들려왔다.

다그다가 바질의 눈을 바라보며 만족스럽게 말했다.

"그렇다. 그렇게."

"하지만……"

"너한테 주는 내 선물이라고 생각해라, 아들아."

수사슴이 머리를 높이 처들었다. 뿔 아래, 상처가 여전히 부어 있고 시커멓게 색깔이 변했지만 피는 멎었다.

"두 가지 조건이 있다고 하지 않았나요?"

바질이 재촉했다.

"그랬지, 여기 두 번째 조건이 있다."

수사슴이 대답했다. 표정이 갑자기 심각해졌다.

다그다는 주변을 살펴보더니, 아주 가까이 다가왔다. 다그다의 코가 도마뱀의 코와 닿을 듯했다. 바질은 얼굴에 닿은 다그다의 따뜻한 숨결을 느낄 수 있었다. 드디어, 정령의 왕이 조용히 속삭였다. 바질은 곧장 이해했다. 다그다는 리타 고르가, 만약 여전히 근처에 있다면, 자신의 말을 엿들을 수 있는 위험한 가능성을 원치 않고 있다는 사실을.

"멀린을 찾으렴. 너는 멀린을 찾아야 해."

수사슴이 다급하게 말했다.

바질은 당황스러워 수사슴을 올려다보았다.

"제 꿈을 멀린에게 경고해주라는 뜻인가요?"

"그래. 그리고 더 있다. 멀린에게 경고해줘야 해. 리타 고르가……"

다그다의 눈이 침울하게 가늘어졌다. 수사슴은 기침을 했다. 마치 그 말이 자기 목을 아프게 한 것처럼……

"아발론에 들어왔다는 것을! 멀린은 이 세계의 모든 종족을 이끌 수 있는 유일한 사람이야. 사악한 정령을 찾아내고, 필요하다면 싸워야 해. 그리고 멀린은 또한 리타 고르가 꼭 파괴하고 싶어하는 사람이기도 해."

수사슴은 말을 멈추고, 바질의 초록색 눈동자를 응시했다.

"그러니까 너는…… 아발론 전체가 지금 위험에 빠졌다는 걸 알 것이다. 하지만 누구도, 그 누구도, 지금의 멀린보다 더 큰 위험에 빠진 사람은 없어."

도마뱀이 깜짝 놀라 침을 꿀꺽 삼켰다.

"멀린이 지금 어디에 있는지 아시나요? 어느 영토에 있나요?"

다그다는 고개를 저었다. 그러더니 속삭였다.

"멀린은 아발론 어디든 있을 수 있어. 일곱 영토 어디든. 멀린은 지금, 끔찍하게 위험한 생명체를 찾고 있지. 마법사가 마주할 수 있는 가장 치명적인 적, 크리릭스."

이 말을 듣고, 바질은 이마를 찌푸렸다. 마치 이보다 상황이 더 나빠질 수 없는 것처럼! 바질이 고개를 들고 물었다.

"더 말해줄 수는 없나요? 크리릭스는 처음 들어요."

"그건 말이다, 아들아, 그놈들이 아주 오래전에 사라졌기 때문이다. 핀카이라의 마지막 날 이후로 누구도 그놈들을 보지 못했어. 모두들 아발론이 그놈들한테 자유롭게 빠져나왔다고 확신하지. 최근까지는 그랬다! 이제 한 놈이 눈에 떠었어. 그리고 멀린은 그 녀석을 찾기 위해 길을 떠났어. 그 녀석이 끔찍한 소동을 일으키지 못하도록."

다그다는 이마를 찌푸리며 속삭이듯, 으르렁거리듯 말했다.

"크리릭스에게는 날개가 있다는 걸 알아야 한다. 엄청나게 크고 들쭉 날쭉 뾰족하지. 크리릭스는 그 날개로 먹잇감을 짓누르거나 질식시켜 버려."

바질은 몸서리쳤다. 바위 위에서 뒤로 주춤주춤 물러났다.

"그렇다면 제 꿈은……."

"미래의 환영일 수 있다. 멀린의 미래."

바질의 이마에 깊은 주름이 파였다.

"저는 멀린을 찾아야 해요. 경고해주어야 해요!"

"그래, 넌 꼭 그래야 한단다."

수사슴이 주저하며, 고개를 돌려 주위를 다시 한번 둘러보더니, 다급하게 속삭였다.

"만약 그 거머리가, 리타 고르가, 멀린보다 먼저 크리릭스를 찾아낸다면 모두에게 가장 커다란 위험, 가장 끔찍한 악몽이 될 거야! 리타 고르가 크리릭스에게 더 큰 힘과 정보를 실어줄 수 있으니까. 멀린이 절대 알아차릴 수 없는 무언가를 말이야. 멀린은 엄청난 힘을 지닌 크리릭스를 마주하게 될 거야. 그리고 그 결과는……."

"멀린의 죽음이겠죠."

바질이 침통하게 말을 마쳤다.

"우리에게는 한 가지 이점이 있다. 거머리가 아직 크리릭스에 대해 알지 못한다는 사실이지. 그러니 너는 빨리 서둘러 움직여야 해! 그래, 하지만 모든 영토에서 모래 한 알씩을 삼키는 것 또한 잊지 말도록 해라."

수사슴이 말했다.

수사슴의 발굽에서 그리 멀지 않은 곳, 바위 아래 자그마한 틈에 숨어, 어두운 생명체가 꿈틀거렸다. 충혈된 눈이 이글이글 불탔다. 왜냐하면 중요한 사실을 알게 되었으니까. 그리고 이제, 만약 계획대로 된다면…… 무시무시한 크리릭스가 곧 강력한 동맹에 합류하게 될 것이다. 피를 좋아하는 동맹…….

바질이 거머리를 알아차리지 못하고, 큰 소리로 말했다.

"저는 이제 가야 해요."

"잠깐, 떠나기에 앞서, 알고 싶은 게 있다."

수사슴이 다시 쩌렁쩌렁한 목소리로 말했다.

무엇을 알고 싶다는지 확신이 없어, 도마뱀이 물었다.

"뭔데요?"

"네 이름. 네 이름이 뭐지?"

"바질이에요. 바질이라고 불러요. 하지만 왜 그 이름인지는 묻지 말아주세요."

수사슴의 귀가 빙그르르 돌았다.

"바질 잎사귀 냄새 때문이겠구나. 네 첫 번째 마법의 향기 중 하나가, 아마 그랬겠지. 내 말이 맞느냐?"

"네, …… 하지만 그걸 어떻게……."

"그냥 추측해보았단다, 아들아. 그리고 지금, 훌륭한 바질, 이제 우리가 헤어질 시간이 되었구나. 나는 엘런에게 가야 한다. 엘런을 데리고 사후 세계로 가야 해. 너는 네 탐험을 시작해야 하고…… 네 탐험이 너를 어디로 이끌어줄지 모르지만."

수사슴의 목 깊은 곳에서 기분 좋은 소리가 흘러나왔다.

도마뱀이 우울하게 고개를 끄덕였다.

"그것이 어디로 이끌어줄지 모르지만."

"잘 가라, 훌륭한 바질."

수사슴이 튼튼한 다리를 접으며 몸을 돌려, 발굽을 힘차게 내디뎠다. 발굽 밑에서 돌이 서벅서벅 부서졌다. 수사슴의 걸음걸이가 빨라졌다. 수사슴은 절벽을 가로질러 힘차게 달렸다.

"기다려요! 관문은 어쩌고요?"

바질이 깜짝 놀라 소리쳤다.

다그다가 걸음을 멈추었다. 뿔을 허공에 획 돌리며 뒤돌았다.

"너한테는 관문이 필요하지 않을 거야."

다그다가 선언했다. 깊은 갈색 눈동자에서 야릇한 빛이 흘러나왔다.

"하지만 어떻게……."

바질이 자그마한 날개를 흔들며 이의를 제기했다.

"여행하는 방법은 여러 가지가 있단다. 그중 어떤 건 아주 느리고…… 어떤 건 무척 빠르지. 바람처럼 빠르지."

다그다가 말했다.

19

하늘을 날 시간

여행의 모양은 무궁무진하다. 공통점은 오직 한 가지 밖에 없다. 즉, 가장 기대하지 않은 순간, 여행이 불쑥 시작된다.

즉각, 따뜻한 산들바람이 불어와 바질의 폐를 가득 채우고 날개를 흔들었다. 계피 향이 콧구멍을 간지럽혔다. 신선한 바람이 주변을 빙글빙글 돌았다. 생기 넘치는 포옹으로…….

"다시 만났구나, 꼬마 방랑자."

"아인라!"

바질이 소리쳤다. 바질은 너무 기쁜 나머지 수정처럼 맑고 투명한 바위에서 펄쩍 뛰어내려 절벽 끝으로 내려앉았다. 그 바람에 자그마한 돌조각들이 부서지면서 요란한 소리를 내며, 가파른 절벽 아래로 굴러 떨어졌다.

"너무 기뻐요, 당신을 다시 보게……, 다시 느끼게 되어서요. 너무 보고 싶었어요."

"나도 보고 싶었단다, 꼬마 방랑자. 아주 먼 세상까지 수없이 많은 장소를 여행했지만, 너를 가끔 생각했지."

"아주 먼 세상이라고요? 그다지 놀랍지는 않군요. 당신이 제게 아주 오래전에 말해줬지요. 당신은 쉼 없는 여행자라고요."

바질이 말했다. 아일라가 눈에 보이지 않는 공기로 매듭을 지어 바질의 꼬리에 묶었다.

"별처럼 잠을 자지 않고, 바람처럼 쉬지 않지. 하지만 이제, 나는 네 곁에 있단다. 다그다가 너를 데려다주라고 나를 불렀거든."

아일라가 바질의 귀에 속삭였다.

위대한 정령의 이름을 듣자, 바질은 방금 전까지 다그다가 서 있던 절벽 위로 시선을 돌렸다. 하지만 다그다는 강력한 수사슴의 모습으로, 펄쩍 뛰어 사라졌다. 다그다의 흔적은, 또는 다그다의 뿔에 달라붙어 있던 사악한 거머리의 흔적은 남아 있지 않았다.

바질은 바람 누이에게, 또한 자신에게, 중얼거렸다.

"저는 아발론이 무사하면 좋겠어요."

"나도 마찬가지란다, 꼬마 방랑자. 왜냐하면 이곳은 모든 세상 사이의 세상이니까. 모든 마법이 만나는 다리이니까."

아일라가 바질의 얼굴을 스쳐 지나가자 계피 향이 짙어졌다.

"하지만 아일라…… 리타 고르가 여기 아발론에 있어요! 내가 직접 봤어요. …… 기이한 모습으로요. 피에 굶주린 거머리로 변장했어요. 제 말 믿어줘요, 아일라. 그자가 여기 있다고요."

빙글빙글 돌던 바람이 점점 더 서늘해지자, 바질의 귀에 서리가 내려 앉았다.

"정말 끔찍한 소식이구나, 꼬마 방랑자. 이루 말할 수 없이 끔찍해. 아 발론이 큰 위험에 빠졌어."

"더 있어요, 멀린도 위험해요. 멀린은 지금 어딘가에서 크리릭스를 찾고 있어요."

바질이 고함쳤다. 바질은 날카롭게 숨을 들이쉬었다.

"크리릭스라고? 크리릭스는 사라졌어, 꼬마 방랑……."

바람 누이가 의심스럽다는 듯이 바람을 불어대며, 바질의 코를 흔들었다.

"더 이상은 아니에요! 한 녀석이 눈에 띄었어요. 다그다가 제게 그렇게 말해줬다고요! 그리고 멀린이 그 녀석을 찾아 사방을 뒤지고 있다고 했어요. 우리가 멀린을 먼저 찾아야 해요……."

바질의 꼬리가 바위를 철썩 두드리자, 바위가 절벽 가장자리 위에서 건들건들 움직였다.

"리타 고르가 크리릭스를 먼저 찾기 전에."

아일라가 결심한 듯 바질의 등에 바람을 불어대며 말을 끝마쳤다.

"안 그러면 거머리가 크리릭스와 손을 잡고, 녀석을 더 강하게 만들 테니까."

근처 바위 아래 어둠 속에서, 벌레처럼 생긴 생명체가 둥그런 입을 뒤틀었나. 그 봄통이 떨렸다. 마치 조용히 비웃는 것 같았다. 하지만 하나뿐인 붉게 충혈된 눈은 이루 헤아릴 수 없는 증오로 불타올랐다.

바질은 바람 누이의 말에 고개를 끄덕였다. 그러고는 물었다.

"왜 크리릭스가 그렇게 위험한 건가요? 다그다는 크리릭스를 *마법사가 마주할 수 있는 가장 치명적인 적*이라고 했어요."

"맞는 말이야, 하지만 그 이유는 나중에 말해줄게. 지금은 당장 떠나야 하니까! 네 날개를 들어 올려서 너를 데리고 갈게."

아일라가 갑작스럽게 돌풍을 일으키며 말했다.

바질이 감사의 마음으로 고개를 끄덕였다. 바질은 날개를 최대한 쭉 폈다. 날개가 들쭉날쭉한 잎사귀 두 개의 모양을 닮았다. 바람이 빨리 불어대자, 날개가 바스락거리기 시작했다.

"어디서부터 살펴볼까? 어디로 갈까?"

"전부 다요! 아일라, 멀린을 찾을 때까지는 절대 멈추면 안 돼요. 우리는 아발론을 샅샅이 뒤져야 해요. 위대한 나무 주변을 구석구석 날아야 해요. 만약 그래야 한다면, 전 세계를 샅샅이 뒤져야 한다고요."

바질의 초록색 눈동자가 반짝반짝 빛났다.

바람이 펄럭거리며 바질 주변에서 따뜻하게 호흡했다.

"넌 진짜 방랑자로구나, 친구야."

아일라가 부드러운 바람으로 바질의 코를 톡톡 두드렸다.

"그런데 넌 네가 사는 세상을 과소평가하고 있어. 수년이 걸려도, 나무 전체를 다 볼 수는 없단다. 절대! 나무둥치 안 깊숙한 곳에 여러 영토가 존재하지. 그리고 별을 향해 수많은 나뭇가지가 뻗어 있어. 누구도 탐험해본 적 없는 곳을 향해 말이야."

아일라가 말을 멈추자, 바람이 가라앉았다. 불현듯, 전보다 훨씬 강한 바람이 다시 불었다.

"멀린을 찾으려면 빨리 움직이는 수밖에 없어. 뿌리-영토 위로 아주 높이 솟아올라서……. 나는 멀리, 아주 멀리 볼 수 있어. 마법사의 흔적은 무엇이든 찾을 수 있을 거야. 하지만 빨리 날아가야 해. 절대 멈추지 말아야 해."

아일라가 선언했다.

바질은 주둥이를 흔들며 말했다.

"하지만 저는 멈추어야 해요. 아주 잠깐씩만이라도요."

"왜지?"

"다그다한테 약속했거든요. 모든 영토의 일부를 맛보겠다고요, 아니 꿀꺽 삼키겠다고 약속했어요."

바질은 스톤루트의 우르릉 쾅쾅 하는 소리를 떠올리며 주저했다.

아일라가 바람으로 바질을 톡톡 건드렸다.

"아발론의 마법을 네 몸 안으로 가져가기 위해서?"

바질은 자신 없이 고개를 끄덕였다.

"저도 정확히는 몰라요. 그게 저한테 무슨 소용인지도 잘 모르겠어요. 어쨌든 그렇게 약속했어요."

"그렇다면 약속을 지켜야겠지, 꼬마 방랑자. 그것 때문에 약간 지체할 수밖에 없겠지만, 다그다는 분명 이유가 있을 거야."

"하지만 그게 무슨 이유일까요? 우리의 탐험이 늦어지잖아요. 그건 멀린을, 또한 아발론을 위험에 빠트리는 거라고요. 왜 그래야 하지요?"

바람 같은 목소리가 바질의 귓가를 스쳐 지나갔다.

"아마도 네 미래를 위해서일 거야."

바질은 이마를 찌푸렸다. 어떻게 다른 누군가가, 아무리 다그다라 할지라도, 자신의 미래에 대한 생각을 품을 수 있을까?

"이제 출발할까?"

바람 누이가 재촉했다.

바질은 다리를 이끼 낀 바위에 쿵 부딪쳤다. 자신의 다리가 어디에, 또는 언제 다시 땅에 닿게 될지 확신이 없었다.

"좋아요, 하늘을 날 시간이에요!"

바질이 선언했다.

20
진흙

우리는 한순간만 볼 뿐, 영원을 볼 수는 없다. 그래서 나는 항상 눈을 감고…… 그리고 마음의 눈으로 보려 한다.

갑자기 바람이 휙 불어와, 바질의 발이 바위에서 위로 올랐다. 따뜻한 공기가 주변을 감싸며 몸이 붕 떠오르자, 바질의 귀 끝이 나풀거렸다. 이윽고, 불현듯 바질이 하늘을 날고 있었다. 아무런 힘도 들이지 않고, 쭉 뻗은 날개를 까딱 움직이지도 않고……. 다그다를 만났던 절벽은 저 아래로 작아지며, 산등성이의 주름처럼 보였다. 오랫동안 지냈던 바위가 그저 조약돌처럼 자그마하게 보였다.

아일라는 눈에 보이지 않는 커다란 형태로 바질의 앙상한 날개를 받치고 하늘 높이 올라갔다. 처음, 바질은 불안했다. 계속 떠 있으려면 날개를 움직이며 뭔가를 해야 할 것만 같았다. 난기류에 흔들리지 않도록 꼬리에 힘을 꽉 주었다. 하지만 곧 바질은 자신감이 붙었다. 원하면 언제든 방향을 틀거나 아래로 내려갈 수도 있었다. 하지만 아일라가 자신을 데려다줄 거라고 굳게 믿었다. 바질이 하는 일이라고는 고작 날개를 쭉 펴고, 바람을 타는 것뿐이었다.

"서쪽에서 동쪽으로 날아갈 거야. 멀린을 찾을 때까지! 위대한 나무 곁을 계속 돌아야 할지도 몰라. 그게 네가 원하는 거지, 꼬마 방랑자?"

아일라가 공기를 한껏 머금은 목소리로 물었다.

바질은 그저 고개를 끄덕였다. 하지만 단호한 결심의 표정에는 살짝 웃음이 묻어 나왔다. 여기 바질이 있었다. 산들바람의 등에 올라탄 채, 자신의 날개보다 훨씬 넓은 날개로 하늘을 날고 있었다.

그래요, 아일라. 이것이 제가 원한 거예요.

저 아래 산맥에서 눈처럼 차가운 바람이 불어와 바질의 날개를 마구 흔들었다. 바질은 아래쪽 풍경을 살펴보았다. 그곳에 멀린과 할리아가 결혼식을 올렸던 눈 덮인 거대한 정상이 우뚝 솟아 있었다. 바질의 마음속에 결혼식 때의 기억과 그곳에서 보았던 수많은 생명체의 모습이 스쳐 지나갔다. 바람에 날린 불꽃만큼이나 작은 경쾌한 비행사부터 언덕만큼이나 커다란 거인 심에 이르기까지. 그리고 공기 요정…… 사슴 종족…… 불꽃 천사. 또 성미 고약한 어린 새끼들과 함께 있던 귀니아라는 이름의 용…….

비질온 지 아래 산맥을 내려다보았다. 산맥은 바위가 아닌 빛으로 만든 것처럼 반짝반짝 빛났다. 저 아래 산등성이를 따라 날고 있는 독수리 종족의 깃털 달린 등도 밝게 빛났다.

아일라의 따뜻한 바람이 바질을 더 높이 싣고 갈 때에도, 이 밝은 빛은 조금도 흐려지지 않았다. 스톤루트의 모든 것이 반짝반짝 빛났다. 엘런의 신성한 주거지의 중심이라 할 수 있는 거대한 원형 돌무더기 또한 둥근 불꽃처럼 환하게 빛났다. 농부들과 동물들의 고향이라 할 수 있는 근처 들판 또한 커다란 초록색 등불처럼 빛났다.

"빛은 이 영토의 일부로군요."

바질은 눈을 가늘게 뜨고 빛나는 풍경을 바라보며 생각에 잠겼다. 자신이 그 수정 조각을 삼키고 '내가 돌이다'라는 말을 들었을 때, 왜 환한 불꽃이 보였는지 이제 알 수 있었다.

"뿌리-영토 중에서도 스톤루트에서 별이 가장 밝게 빛나지. 별은 수많은 경이로움을 품고 있어. 하지만 바람 누이들만 그것을 설명할 수 있지."

아일라가 대답했다.

"저한테 말해줄 수 있나요?"

바질이 열정적으로 물었다.

"아니, 그럴 수 없단다. 바람 누이들은 그 비밀을 누구에게도 발설하지 않겠다고 약속했거든."

그러고는 아일라가 부드러운 바람으로 바질을 한번 슬쩍 찌르고는 덧붙였다.

"어쩌면 너는 네 종족 중에서 처음으로 별에 가게 될지도 몰라. 너는 위대한 탐험가니까. 그러면 너도 그 이유를 알게 될 거야."

하지만 바질은 별에 대한 생각을 잠시 접어두었다. '네 종족'이라는 말이 귓가에 맴돌았다. 도대체 어떤 종족일까? 바질은 절대 알 수 없을지도 모른다. 다그다와 대화를 나눈 뒤, 바질은 자신이 용과 관련이 없다는 걸 알았다. 자신이 도대체 어떤 종족과 연관되어 있다는 것일까? 자신과 닮은 이를 한 번도 본 적이 없는데. 아니면 부모가 누구인지 알아낼 수 있을까? 아니, 부모가 있기나 한 걸까?

바위가 떨어져 내리며 갑작스럽게 시끄러운 소리를 내는 바람에 바질은 정신이 번쩍 들었다. 언제 허물어질지 모를 바위틈에서 너무나 오

랜 세월을 보냈기에, 바질은 즉각 소리가 나는 곳을 향했다. 기이하게
도, 그 소리는 저 아래 산맥에서 나오는 게 아니었다. 높은 곳 어딘가에
서 나왔다. 어떻게 그런 일이 가능할까? 저 위에는 바위가 전혀 없는데
말이다!

당혹스러워 바라보니 저기 북쪽, 산봉우리에서부터 두꺼운 안개의 벽
이 위로 솟구쳤다. 그러고는, 안개 틈 사이로, 갈색 조각이 얼핏 보였다.
바위투성이 절벽들!

안개가 서서히 걷히며 절벽이 모습을 드러냈다. 어마어마하게 높고,
기가 막힐 정도로 가팔랐다. 짙은 갈색 산등성이가 줄지어 위로 높이
솟아 있었다. 바질의 머리 위로.

나무둥치. 나는 지금 위대한 나무의 나무둥치를 보고 있는 거야.

바질은 깨달았다. 바질은 목을 쭉 빼고 위를 바라보았다. 하지만 이
절벽이 얼마나 높이 솟아 있는지 보이지 않았다. 오직 바질이 알아차릴
수 있는 것은, 자신보다 높은 곳 어딘가에, 소용돌이치는 안개 속으로
나무둥치가 사라졌다는 것뿐이었다. 바질은 위대한 나무의 거대한 가
지들이 별을 향해 뻗어 있는 모습을 상상해보았다.

시선을 저 아래 영토로 다시 놀려, 자신이 얼마나 빨리 날고 있는지
짐작해보았다. 전에 직접 날던 것보다 훨씬 빨랐다. 분명했다! 남쪽 늪
지 근처 초원 위, 트롤(troll) 한 쌍이 보였다. 거인만큼 크지는 않았지
만, 둥근 등과 굽은 자세로 쉽게 구별할 수 있었다. 트롤은 도깨비처럼
생긴 작은 생명체들을 쫓고 있었다. 잠시 뒤, 바질은 그들 모두를 뒤에
남겨두었다. 이윽고 동쪽을 향해 달려가는 검은 오릭스 떼가 보였다. 껑
충껑충 뛸 때마다 오릭스의 기다랗고 곧은 뿔이 허공을 찔러댔다. 바질
은 순식간에 오릭스 떼를 따라잡고 이내 지나쳐 날았다. 바람을 타며

나는 거대한 협곡 독수리 한 마리만이 바질과 보조를 맞추었다.

"어쩌지, 꼬마 방랑자, 이 영토를 샅샅이 뒤졌는데 멀린의 흔적이 보이지 않네. 더 찾아봐야겠어, 계속 가자."

아일라가 말했다.

아일라가 심각하게 말했지만, 바질은 실망하지 않았다.

"네, 계속 가요."

바질이 동의했다.

머지않아, 스톤루트의 울퉁불퉁한 동쪽 가장자리가 눈에 들어왔다. 그 너머에 그림자처럼 희미한 안개의 바다가 놓여 있었다. 그곳에서는 기이한 모습이 끊임없이 솟아났다가, 변하고, 이내 사라졌다. 용의 머리가 생겨나더니 이윽고 사라졌다. 기품 있는 새들이 날아올랐지만, 이내 날개가 구부러지고, 잔가지처럼 뒤틀리며 휘었다. 바질은 어두운 안개 위를 힘차게 날며, 저 모습이 제멋대로의 이미지가 아니라는 느낌을 떨쳐낼 수 없었다. 사실 저들은 바질을 흉내내며 조롱하고 있었다.

도마뱀의 머리처럼 생긴 모양 하나가 크게 자라더니, 커다란 입을 쫙 벌렸다. 벌린 입에서 옅은 안개가 쏟아져 나왔는데, 안개는 이내 자그마한 알로 뭉쳐졌다. 알이 깨지더니 도마뱀의 귀, 눈, 코를 빨아들이기 시작했다. 머지않아, 머리 전체가 사라졌다. 그러고는 갑자기, 기다란 안개의 혀가 나와 알을 감싸며 짓눌렀다. 힘껏 누르며 알을 옥죄었다. 마침내, 알이 수천 개의 안개 눈물방울로 폭발했다.

"안개를 너무 오래 쳐다보지 마, 꼬마 방랑자. 안개는 자신을 드러낼 뿐이야."

아일라가 속삭였다. 아일라의 계피 향이 점점 더 강해졌다.

바질은 변화무쌍한 이미지에서 억지로 시선을 돌렸다. 고개를 돌려

보니, 안개 너머로 일렁이는 갈색 해안선이 나타났다. 머드루트! 저 아래 어딘가에 엘로니아가 살고 있을 거다. 멀린과 할리아의 결혼식에서 보았던 키가 크고 우아하며 무척이나 신비한 생명체. 정말 엘로니아가 진흙에서 살아 있는 생명체를 만들어낼까? 그건 불가능해 보였다.

혹시, 머드메이커가 자신을 만든 게 아닐까? 바질은 갑자기 궁금해졌다. 하지만 아니다. 바질은 머드루트가 아니라 우드루트에서 태어났다. 게다가, 만약 머드메이커에서 자신이 태어났다면, 엘로니아는 분명 그 사실을 말해줬을 것이다.

바질은 바람에 실려 해안선 위를 날아가며, 이곳이 마법의 땅 '맬록'이라는 사실을 확인했다. 그 이름은, 음유시인과 지도 제작자들이 사용한 잃어버린 핀카이라의 언어에서, '진흙의 땅'이라는 뜻이 있었다. 이곳에 그것보다 더 알맞은 이름은 없을 듯했다. 쭉 뻗어 있는 갈색 평원에는 나무 한 그루, 바위 하나 없었다. 흩어져 있는 갈색 언덕, 반짝반짝 빛나는 샘물, 그리고 기이하고 정교한 표식으로 둘러싸여 있는 삼각형의 구멍 몇 개를 제외하고, 엘로니아 종족의 표시는 어디에도 없었다. 이 땅은 오직 진흙으로만 이루어졌다. 진흙이 끝없이 계속 이어졌다.

"저 아래로 내려가봐야겠어요. 제 약속을 지키기 위해서요."

바질이 별다른 열정 없이 말했다.

"이 영토는 낯선 자들을 쉽게 받아들이지 않아."

바람 누이가 경고하며, 진흙 공간 위로 천천히 날았다.

"아, 제발 부탁해요, 전혀 위험해 보이지 않는걸요. 그냥, 그러니까, 진흙일 뿐이잖아요. 온통 진흙뿐이에요."

바질이 대답했다.

"언제나 모든 게 보이는 대로가 아니라는 사실을 알아야 해. 바람이 아무리 멀리 분다고 하더라도, 보이는 것과 실물 사이의 거리만큼 그렇게 멀리까지는 불지 않지."

아일라가 바질 주변을 돌면서 속삭였다.

바질은, 아일라의 말에 왠지 모르게 마음이 움직였지만 아무 대답도 하지 못했다. 어쩌면 아일라 또한 보이는 것 그 이상일지도 몰랐다.

"어쨌든 저를 내려주세요. 잠시면 돼요."

마침내 바질이 말했다.

"정말이니, 꼬마 방랑자? 어쩌면 우리는 잠시 멈춰야 할지도 몰라. 하지만 모든 영토에서 쉬는 건 아니지? 멀린을 찾기 위해서는 시간을 아껴야 해! 게다가, 우리가 다음에 갈 에어루트는 훨씬 더 안전해."

바질은 이를 앙다물었다.

"아니요, 저는 다그다한테 약속했어요."

"아, 그렇다면 네 마음을 바꿀 수는 없겠구나."

바람 누이가 한숨을 쉬었다.

"맞아요. 하지만 서두를게요."

바질은 오른쪽 날개로 공기를 툭 찔렀다.

"저기서부터 해보죠. 저 삼각형 구멍 옆에요. 저 표시가 뭔지 보고 싶어요."

아일라는 불안해 머뭇거리며, 바질을 아래로 실어다주었다. 어두운 구멍에 가까워지자, 속도를 줄이더니 곧 멈추었다. 그래서 바질이 직접 방향을 조정할 수 있었다. 날개를 몇 번 펄럭거려, 땅에 휙 내려앉아 구덩이 근처 나지막한 갈색 언덕 위에 내려앉았다. 주변에는 온통 기이한 표식들이 진흙을 가로지르며 뒤틀린 문양을 구불구불 만들어냈다. 글자처럼 보였다. 어떤 문양은 사슴의 산책 길만큼 넓고, 어떤 문양은 뱀의 자취처럼 가늘었다.

문양을 세심하게 살펴보던 바질이 진흙 위에 찍힌 또 다른 종류의 표시를 알아차렸다. 발자국! 발자국은 땅에 점점이 박혀 있었는데, 특히 구덩이 가장자리 근처에 많았다. 희미하기는 했지만, 곰 발자국보다 크고 발가락 세 개씩 달려 있는 것 같았다.

누구 발자국일까? 이 문양은 어떤 의미일까?

바질은 구덩이 위를 흘끗 바라보며, 이 주변에 머물며 그것을 확인하는 게 그다지 좋은 생각은 아닐지도 모른다는 사실을 깨달았다. 자신의 약속을 지키고 떠나는 게 최선이었다.

바질은 날개를 쭉 펴고, 구덩이 옆 땅 위에 내려앉았다. 머리 근처에서 바람이 불어, 걱정스러운 한숨과 같은 소리를 냈다. 하지만 바질은 신경 쓰지 않았다. 아무 맛도 없어 보이는 흙을 삼키는 생각에 마음을 온통 빼앗겼으니까.

바질은 축축한 땅에 코를 대고 조심스레 냄새를 맡았다. 놀랍게도, 우드루트의 강둑에서 맡았던 진흙 냄새가 나지 않았다. 촉촉하고 비옥한 흙냄새가 담겨 있기는 했지만…… 다른 냄새도 있었다. 뭔가 강렬하게 야생적이고, 하지만 분명 익숙한 냄새. 시간이 흘러 굳었지만, 신기할 정도로 싱싱한 냄새.

바질은 조심스럽게 혀를 내밀어, 혀끝을 땅에 댔다. 흙을 조금 입에 넣고는 꿀꺽 삼켰다.

나는 봄날처럼 새롭고 별빛처럼 오래되었다. 삶의 마법, 탄생의 기적, 죽음의 평온함. …… 그 모든 것이 내 안에 존재한다. 또 다른 마법과 더불어, 아 그래! 멀린이 준 선물이 나를 가득 채운다. 신성한 일곱 개의 요소들로. 호흡의 본질. 창조의 힘.

여자 목소리가 바질의 머릿속에서 울려 퍼졌다. 갈색 짙은 장막이 바질의 시야를 가렸다. 그 장막이 깊으면서도 짙어졌다.

왜냐하면 나는 진흙이니까.

바질의 시야가 차츰 또렷해졌다. 모든 것이 전과 똑같아 보였다. 주변을 둘러싼 갈색 흙, 땅 위 비비 꼬인 문양. 하지만 이제 진흙은 그 자체의 내적인 마법으로 빛나는 것 같았다. 그리고 바질의 마음속 깊은 곳에서, 그 목소리가 다시 들려왔다.

삶의 마법…… 창조의 힘.

바질은 날개를 움직여 언덕 위로 다시 날아가, 그 문양을 좀 더 자세히 들여다보았다. 깜짝 놀랐다. 그 문양은, 진흙과 마찬가지로, 이제 달리 보였다. 이제 그 문양을 읽을 수 있었다! 바질은 뒤엉킨 낙서를 큰 소리로 읽었다.

"이제 모두 왕을 칭송하라! 그의 지하 영토로 들어가, 어둠을 숭배하라. 땅의 요정들(Gnomes)을 보호하라. 위협이 되는 자들은 모조리 죽이고, 아무것도 남기지 마라."

침을 꼴깍 삼키며, 바질은 멈추었다. 땅의 요정들! 그렇다면, 이 터널을 판 건 바로 땅의 요정들이었다. 진흙에 이 경고를 새겨 넣고, 단순하면서도 잔인한 생각으로 자신들의 사회를 건설했다.

위협이 되는 자들은 모조리 죽이고, 아무것도 남기지 마라.

바질은 생각에 너무 몰두한 나머지, 터널의 그늘진 입구에서 뭔가 움직이는 것을 알아차리지 못했다. 허공에 몰려온 약간 짭짤한 냄새도 알아차리지 못했다. 저 높은 곳에서 불어대는 예리한 바람도 알아차리지 못했다.

새된 비명과 아우성이 갑자기 터져 나왔다. 완장을 차고 허리 감개를 입은 땅딸막한 땅의 요정 셋이 터널에서 불쑥 튀어나왔다. 분노를 내뱉는 커다란 입 속에, 살을 찢을 듯 들쭉날쭉 날카로운 이빨이 드러났다. 키가 인간의 절반밖에 안 되었지만, 근육질 몸은 힘이 넘쳐났다. 우락부락한 팔에는 묵직한 돌도끼와 무시무시한 창이 들려 있었다.

땅의 요정들은 야만스럽게 비명을 질러대며 바질에게 달려들었다. 바질이 날개를 펼칠 시간조차 없었다. 손가락 세 개가 달린 지저분한 손이 바질의 몸을 움켜잡고는 확 짓눌렀다.

그 순간 바질이 서 있던 언덕이 흔들렸다. 언덕의 부드러운 갈색 땅이 갈라지고 부글부글 끓었다. 그러더니, 한꺼번에 쫙 파졌다. 나무 그루터기 정도의 크기로 솟아올라, 재빨리 땅의 요정의 크기로 자라더니, 두 배로 자라고, 또다시 두 배로 자랐다. 그 옆에서 팔 네 개가 싹을 틔우고, 각각에 기다란 손가락이 달렸다. 저 위, 둥근 어깨 아래, 머리 하나가 불쑥 나타났다. 움푹 파인 짙은 갈색 눈이, 일그러진 입 위에 괴이한 모습으로 나타났다.

머드메이커가 굉음을 내며 땅의 요정들을 쫓아 버렸다. 거대한 생명체는 팔 네 개를 모두 흔들어대면서 진흙을 철벅철벅 밟으며 터널을 향해 성큼성큼 걸어갔다. 깜짝 놀란 땅의 요정들은 바질을 내팽개치고, 터널 속으로 달아났다. 터널 안에서 비명이 울려 퍼졌다.

바질은 감사한 마음으로, 고개를 들고 불쑥 나타난 이 키 큰 인물을 쳐다보았다. 깜짝 놀란 목소리로 말했다.

"엘로니아! 당신이군요."

"다시 만났구나."

엘로니아가 쩌렁쩌렁 울리는 목소리로 말했다. 그러더니 우아하게 몸을 구부려, 갈색 눈동자로 바질을 쳐다보았다.

"키는 자라지 않았지만…… 이제, 어쩌면, 지혜는 좀 자랐겠구나."

바질은 고개를 젓고, 납작 엎드렸다. 자신을 잡고 있던 진흙 손의 느낌을 떨쳐 버릴 수 없었다.

"유감스럽지만, 그다지 아니에요."

바질은 엘로니아에게 눈을 깜박였다.

"고마워요, 엘로니아. 당신을 만나는 건 언제나 기뻐요."

"구할 가치가 있는 목숨, 나는 그걸 믿는단다."

아주 오래전의 그 말들을 떠올리며, 바질은 몸이 뻣뻣이 굳어졌다.

"그건 아일라가 내게 해준 말이에요."

"어쩌면, 이번에는 네가 그 말을 믿게 될 것 같구나."

머드메이커의 눈이 위를 향했다.

"여기 아일라가 있군, 바람 누이."

"당신과 다시 함께 하게 되어서 기뻐요, 엘로니아."

아일라가 속삭이는 목소리로 말했다.

"그리고 너도, 가만히 있지 못하는 내 친구야. 꾸물거리지 마라, 꼬마야. 땅의 요정들이 곧 돌아올 거야, 더 많은 전사와 무기를 들고서. 지금 떠나라, 위험을 피하려면 그래야 해."

머드메이커가 바질을 돌아보며 경고했다.

바질은 얼굴을 찡그리며 고개를 저었다.

"땅의 요정이 문제가 아니에요. 리타 고르가 이곳 아발론에 와 있어요! 사실이에요, 엘로니아. 내가 그자를 봤어요, 거머리로 변장하고 있었어요. 스톤루트에서요."

머드메이커의 온몸이 굳어졌다. 가느다란 손가락으로 허공을 휘저으며 물었다.

"리타 고르가? 이곳에?"

바질이 우울하게 고개를 끄덕였다.

"다그다가 제게 똑똑히 말했어요. 모두에게 경고해주라고요. 특히 멀린에게요."

머드메이커의 손가락이 얼어붙었다.

"멀린은 이곳에 있었어, 3일 전까지."

"3일이라고요?"

바질은 코부터 꼬리까지 몸을 벌벌 떨었다. 위를 올려다보며 물었다.

"아일라, 우리가 멀린을 따라잡을 수 있을까요?"

"나도 잘 모르겠어, 꼬마 방랑자. 마법사는 바람처럼 빨리 움직일 수 있어. 하지만 분명히 노력은 해볼 거야."

"멀린은 찾고 있었지."

엘로니아가 말했다. 기다란 손가락이 다시 움직여, 신비한 문양을 만들었다. 마치 눈에 보이지 않는 실을 엮는 것 같았다.

"무시무시한……."

"크리릭스요. 멀린이 바로 이곳에 있었다니 믿어지지 않아요!"

도마뱀이 말을 마쳤다.

머드메이커의 손가락이 보이지 않는 매듭을 잡아당겼다.

"네가 아깝게 놓쳤구나."

"어디로 간다고 말했나요?"

"아니, 아무 말도 안 했단다."

바질의 목구멍 깊은 곳에서 끙 소리가 났다. 작은 소리지만, 무척이나 강렬했다.

"제가 꼭 찾을 거예요."

엘로니아가 이리저리 몸을 흔들며 약속했다.

"내가 그 소식을 꼭 전하겠다. 평원에서부터 정글에 이르기까지. 이 영토의 사람들은 리타 고르가 왔다는 걸 곧 알게 될 거야! 모두에게 경고해줄 거야."

엘로니아가 바질을 내려다보며, 부드러운 목소리로 덧붙였다.

"너는 자그마한 몸으로 커다란 일을 많이 보았구나. 궁금하구나, 네가 정말이지……."

터널에서 분노에 찬 고함 소리가 한꺼번에 울려 퍼지자 엘로니아가 다급하게 말을 끊었다.

"이제 어서 가거라!"

엘로니아는 곧장 성큼성큼 걸어가, 커다란 발로 흙을 밟아댔다.

"기다려요! 마저 말해줄 수는……."

바질이 소리쳤다. 하지만 바질의 말은 강력한 바람에 실려 사라졌다. 땅을 휩쓸고 바람이 불어와, 바질을 허공으로 들어 올렸다.

21

별빛

별빛이란 무엇인가? 별빛이 어디에서 오는지 모르는 이는 없다. 하지만 별빛이 사는 곳은 아득히 멀다. 별빛은 드넓은 하늘을 가로질러, 경이로운 시선으로 별을 바라보는 사람들의 눈 안에 있다.

바질은 다시 한번 바람을 타고 하늘로 솟구쳤다. 하지만 생각은 머드 루트에 그대로 남아 있었다. 엘로니아가 말하려던 게 무엇이었을까? 그 영토의 진흙처럼, 그 안에 뭔가 비밀을 간직하고 있었던 건 아닐까? 바질이 그걸 어떻게 찾아낼 수 있을까?

바질은 몸을 부르르 떨었다. 너무 심하게 떨어서 날개가 바람에 마구 흔들렸다.

지금은, 더 중요하게 생각할 일이 있어.

멀린이 이 근처에 머물러 있었다! 그런데 마법사는 자신을 파괴하려는, 그리고 아발론을 정복하려는 더 큰 적에 대해 아무것도 모르고 있었다.

"별이 곧 뜰 거야, 꼬마 방랑자."

아일라의 감미로운 목소리에 바질은 현실로 돌아왔다. 시선을 하늘로 향했다. 갈색 구름 사이, 별들이 하나둘 나타났다. 밤의 전조. 이제 바질은 스톤루트의 바위투성이 산등성이 위에서 수많은 저녁에 그렇게 했듯, 하루가 끝났음을 알리는 황금빛 불빛을 기다렸다.

저기! 하늘 저편에 황금빛이 터져 나와, 별 수천 개를 비추었다. 빛이 화려하게 터지는 모습을 보니, 온 세상이 거대한 수정 동굴 안에 있는 것 같았다. 잠시 뒤, 그 모든 별이 갑자기 희미해졌다. 그러자 즉시 황금빛은 더욱 선명하게 보였다. 별이 하루 종일 하늘을 비추는 아발론에서는, 오직 밤에만 별이 희미해지고 난 뒤, 각자의 위치를 분명히 알 수 있으니까.

왜 하루가 끝날 때면 별은 희미해질까? 왜 아침마다 별이 다시 한번 더 밝아질까? 이 세상이 태어난 이후 줄곧 수많은 천문학자들의 마음을, 그리고 음유시인의 발라드를 채우던 질문이었다. 하지만 이런 질문은 하나의 기본적인 퍼즐로 녹아든다. 즉, 아발론의 별이 품은 진정한 본성은 무엇인가?

바질은 가느다란 입을 벌렸다.

"아일라, 내가 별을 많이 알지는 못할 수 있어요. 하지만 별이 아름답다는 것, 지금껏 본 그 무엇보다 더 아름답다는 건 알아요."

"그럼, 꼬마 방랑자. 내가 너한테 더 많은 걸 보여줄게."

아일라가 소용돌이처럼 몸을 부풀며 위로 솟구쳐 오르며 바질을 더 높이 데리고 갔다. 저 아래, 머드루트가 보였다. 높은 곳에서 보니, 음유시인들이 '위험한 절벽(Cliffs Perilous)'이라고 부르는 칼날처럼 날카로운 산등성이를 쭉 따라 동쪽 해안이 전부 드러났다.

바질은 다시 위를 올려다보며, 자신이 좋아하는 별자리의 윤곽을 쫓왔다. 그곳에 무척이나 밝은 별 일곱 개가 한 줄로 나란히 있었다. 사람들이 '마법사의 지팡이'라고 부르는 별자리였다. 그리고 그곳에, 트위스티드 트리(Twisted Tree)가 있었다. 그 나무의 굽은 가지들이 하늘을 가로지르며 중간까지 뻗어 있었다. 이제 바질은 별들의 완벽한 원을 볼 수 있었다. 그것은 더 큰 원 안에 있었는데, 그건 엘런이 '신비'라고 이름 지은 별자리였다.

바람 누이는 소용돌이처럼 위로 솟구치다 말고 일직선으로 날았다. 아일라는 진흙 평원을 가로질러 동쪽으로 다시 나아가기 시작했다. 하지만 아일라의 승객은 변화를 거의 알아차리지 못했다. 바질의 관심은 온통 이 놀라운 장관뿐이었으니까.

"저기 봐요, 아일라! 하늘을 가로지르는 빛의 선이에요."

"유한한 생명체들은 거의 보지 못하는 걸 네가 찾았구나. 저건 바로 '시간의 강'(River of Time)이란다."

아일라가 바질의 귀에 대고 속삭였다.

"저게 강이라고요? 저건 차라리…… 음, 하늘에 있는 솔기*처럼 보이는데요?"

바질은 하늘에서 반짝이는 수십 개의 별자리 사이를 가르는 빛의 선을 유심히 살펴보았다.

아일라가 바람을 일으켜 바질의 몸을 통통 튕겼다.

"나뭇가지 높은 곳에서 직물을 짜는 사람들도 같은 생각을 했어. 그 사람들은 저 강을 '하늘의 천막 속 솔기'라고 부르지."

바질이 믿을 수 없다는 듯 물었다.

---

* 옷이나 이부자리 같은 천의 두 쪽을 맞대고 꿰맬 때 생기는 선.

"저 위에 사람이 산다고요? 나뭇가지 위에요?"

"경이로운 사람들이지. 그리고 시간의 강은 정말이지 일종의 술기라고 할 수 있어. 왜냐하면 강은 시간의 절반을, 그러니까 과거와 미래를 가르며 항상 현재에 흐르고 있으니까."

아일라가 전보다 빨리 하늘을 날면서 대답했다.

바질은 아일라의 말이 이해가 되지는 않았지만, 아일라가 저 위의 경이로운 사람들에게 외경심을 느끼고 있다는 건 알 수 있었다. 바질도 같은 외경심을 느꼈다. 왜냐하면 자신의 삶에서 처음으로, 별이 단순히 세상 밖의 대상이 아니라는 것을 깨달았기 때문이다. 별은 자신의 세상과 연결되어 있고, 자신을 포함해 그 안에 살고 있는 모두와도 연결되어 있었다.

무한하고 광대한 담요처럼 펼쳐진 별을 올려다보며, 바질은 뭔가 다른 것도 깨달았다. 별은 바질을 왜소하게 느끼게 했다. 처음 알에서 기어 나온 순간부터 지금껏 평생 느껴왔던 것과는 다른, 좀 더 심오한 방식으로……. 바질은 단지 크기가 아니라, 중요성에서 스스로 초라한 느낌이 들었다. 그러면서도 동시에, 자신이 중요하게 느껴지기도 했다. 지금껏 생각해왔던 것보다 더 중요하다고. 비록 작지만, 여태껏 별과 연결되어 있었으니까. 여전히 별빛을 받고 있으니까.

어떻게 믿기지 않을 만큼 작으면서도 동시에 놀라울 정도로 거대하게 느껴질 수 있을까? 바질은 도저히 설명할 수 없었다. 그저…… 느낄 뿐이었다.

그래, 이게 바로 별이 준 선물이야.

바질은 생각했다. 광활한 창조의 세계에서 초라함을 느꼈지만, 또한 별에 연결되어 있는 삶에 자부심을 느꼈다.

"동쪽 영토가 가까워졌어."

아일라가 말했다. 공기를 한껏 머금은 아일라의 목소리가 바질을 몽상에서 깨어나게 했다. 바질은 고개를 돌려 기이한 새로운 광경을 목격했다. 아일라는 바질을 별똥별처럼 아래로 쓱 데려다주었다.

22

바람의 하프

환영은, 비록 그것이 완전히 비현실적이라도, 여전히 고통스럽기도 하다. 어쩌면 살짝 골칫거리이기도 하다. 특히 환영이 당신을 죽이고, 불구로 만들고, 또는 집어삼킬 때에는 더더욱 그렇다.

바질은 바람을 타고 아래로 내려갔다. 공기가 스쳐 지나가며, 귀를 펄럭거렸다. 바람 소리도 요란하게 들려왔다. 번개도 이처럼 빨리 날 수 없을 것 같았다.

저 아래, 너무나도 다른 광경이 펼쳐졌다. 머드루트는 사라지고, 이제 서쪽 지평선으로 진갈색 얼룩만 보였다. 또 다른 영토가 빠른 속도로 다가왔다. 별빛이 희미하게 흐르는 저녁이었지만, 자신이 완전히 새로운 풍경을 마주하리라는 걸 바질은 알아차릴 수 있었다.

이건 땅의 풍경이 아니야. 이건 구름의 풍경이야.

바질은 바람이 얼굴을 스쳐 지나가는 내내 생각했다.

저 아래 에어루트가 뻗어 있었다. '공기 요정'의 고향. 공기 요정은 살아 있는 구름과도 같았다. 바질은 멀린의 결혼식에서 하늘 위를 둥둥 떠다니던 그 모습을, 그리고 '공기 요정'의 이름을 떠올렸다. 이 영토에서 그 이름은 '안개 천국'이었다.

그 이름 말고 도대체 어떤 이름이 이곳에 어울릴 수 있을까?

바질은 생각했다. 각양각색의 구름이 근처에서 떠다니거나 안개 자욱한 저 먼 곳에 모여, 광활한 평원, 구깃구깃 엉클어진 언덕, 우뚝 솟은 정상을 이루었다. 대리석처럼 견고한 순백의 구름이 평원을 드나들며 드넓은 가로수 길에 놓여 있었다. 구름 케이크! 바질은 몇 년 전에 음유시인한테서 구름 케이크에 대한 이야기를 들었다.(그때는 말도 안 되는 것 같아서 한마디도 믿지 않았다.) 음유시인은 구름 케이크가 공기 폭포(Air Falls)의 바닥에서 나온다고 설명했다. 수 세기 동안 똑똑 떨어져 구름을 바위처럼 단단하게 만든다고 했다. 그런데 지금…… 바질의 눈앞에 그것이 있었다. 가로수 길 같은 거미줄은 전부 구름으로 만들었다.

"저기 봐요! 저건 마치…… 다리처럼 생겼어요."

바질이 구름 두 개 사이에 뻗어 있는, 빛나는 가느다란 끈을 발견하고 불쑥 소리쳤다.

"그렇구나, 꼬마 방랑자. 공기 요정들이 항상 바람 위를 날지는 않아, 너도 알겠지만. 때때로 서로 몸을 감싸고서 구름을 굴러 가로지르기를 좋아해. 그래서 구름 실의 가닥을 엮어 다리를 만드는 거야."

바질은 공기 같은 다리를 바라보았다. 그러고는 물결치듯 움직이는 거대한 구름을 바라보았다. 안개 자욱한 구름 산비탈에는 나무를 닮은 뾰족한 봉우리 수천 개가 있었다. 각각 별빛을 받아 반짝거리며, 구름 전체를 안개 같은 드넓은 별자리로 바꾸어놓았다.

"저건……."

"떠 있는 위대한 숲(Forest Afloat)이란다, 그곳 나무는 공기보다 더 가벼워."

바람 누이가 바질이 물어볼 거라 예상하고 미리 대답했다.

아일라는 갑작스러운 돌풍을 일으키며 남쪽으로 방향을 틀었다. 이제 바질은 밝은색으로 줄무늬가 겹겹이 겹쳐 있는 거대한 구름을 마주 보게 되었다. 구름에서는 엄청나게 많은 색이 강하게 뿜어져 나와, 밤에도 무지개로 감싸여 있는 것처럼 보였다. 으스스한 푸른색, 눈부신 노란색, 호박 빛이 도는 오렌지색, 싱싱한 초록색, 좀처럼 잊을 수 없는 매혹적인 보라색……, 거기에 더 많은 것이 안개 자욱한 팔레트에서 빛나고 있었다.

"구름 정원이야. 아발론이 태어난 첫날부터 줄곧 하얀 안개 요정 수천 명이 보살피지. 그들의 날개는 언제나 푸르고, 머리에는 은빛 종을 항상 달고 있어."

아일라가 감탄하며 설명했다.

아일라가 천천히 동쪽으로 방향을 바꾸자, 저 멀리 폭풍우 같은 큰 소용돌이가 보였다. 육중하게 움직이는 짙은 구름은 번개에 끊임없이 소리를 냈다. 그 아래, 자그마하고, 투명한 구름이 모여 함께 정원 위를 날아가고 있었다.

아니다.

바질은 깨달았다. 저건 구름이 아니라 공기 요정들이었다. 저녁 빛 속에서 눈에 거의 띄지 않는 공기 요정들이 무리 지어 마치 살아 있는 그림자처럼, 하늘을 둥둥 떠다녔다.

바질은 갑자기 숨을 죽였다. 왜냐하면 공기 요정 너머 안개 자욱한 계곡을 방금 알아차렸으니까. 그곳에는 구름과도 같은 온갖 종류의 생명체들이 있었다. 그 생명체들은 하늘을 날지 않았다. 그저 빙빙 돌기만

했다. 가느다랗고, 우아한 안개 같은 소용돌이가 허공으로 높이 솟아올라, 별빛 속을 천천히 돌아 다시 계곡으로 녹아들어갔다. 그러다 다시 솟아올라, 장엄하게 원을 그리며 함께 빙글빙글 돌았다. 이 살아 있는 소용돌이는 결코 멈추지 않고, 오직 자신들 귀에만 들리는 음악에 맞추어 춤을 추었다.

그 모습을 지켜보는 바질의 얼굴 위로 바람이 스쳐 지나갔다. 바질의 귀가 뺨에 부딪쳐 펄럭거렸다. 바질은 미소 지었다. 음유시인들 덕분에 유명해진 장소, '안개 여인들의 춤추는 땅'(Dancing Grounds of the Mist Maidens)을 지금 지나가고 있다는 걸 알았으니까.

즉각, 경쾌한 소리가 희미하게 들려왔다. 그 소리는 구름 풍경의 깊숙한 곳에서 흘러나왔다. 마치 귀로 들을 수 있는 별빛처럼, 그 소리가 주변을 밝혀주며 윤곽을 또렷하게 했다. 이 영토만큼 소리가 아름다웠다.

"하프 소리네. 도대체 어디에서 나는 거지?"

바질은 길고도 매혹적인 멜로디에 귀를 기울이며 꿈꾸듯 말했다. 그 멜로디는 이곳 영토와 완벽하게 어울렸다.

"아주, 아주 먼 곳에."

아일라가 대답했다. 그러고는 그 멜로디가 부드러우면서도 달콤하게 울렸다가 잦아들고, 다시 솟아오르는 동안 아일라는 말을 멈추었다.

"저건 공기의 하프란다. 공기 요정이 산들바람에 따라 노래하도록 하프를 만들었어. 하프 줄은 안개를 엮어 만든 놀라운 실이란다. 구름 사이에 단단하게 뻗어 있어서, 아기 공기 요정의 아주 희미한 호흡으로도 줄을 튕기지. 바람이 세게 불면, 그 멜로디는 영토를 가로지르며 멀리까지 실려가. 더욱이, 저 마법의 줄은 사람의 감정을 느껴."

"정말요?"

"정말이고말고. 기쁨, 두려움, 분노, 사랑……, 네가 무엇을 느끼든, 하프 줄이 그 감정을 그대로 드러내며 울릴 거야."

아일라가 묵직한 구름 옆으로 돌아 날면서 대답했다.

때를 맞추기라도 하듯, 하프 줄이 크게 울려 퍼졌다. 놀라움과 기쁨의 물결이 바질을 새로이 덮쳤다. 그러는 사이 하프는 열광적으로 연주했다. 공기 그 자체가 기쁨으로 진동했다.

"대단한 음악이네요."

바질이 한숨을 내쉬며 말했다.

"그래, 저 하프는 음악의 정수라 할 수 있지."

아일라가 동의했다.

불현듯 멀린이 떠올라, 바질은 다시 걱정에 휩싸였다.

"아직 마법사의 흔적은 조금도 보이지 않나요?"

"안 보이네, 꼬마 방랑자. 멀리까지 바라보는데, 멀린의 흔적은 없어. 멀린이 아직 그 사악한 것과 마주하지 않았기만을 바랄 뿐이야."

바로 그 순간, 그늘진 거대한 머리 하나가 저 지평선 위 시커먼 구름의 강둑에서 솟아났다. 무시무시한 머리가 더 높이 올라오며, 이빨이 박힌 거대한 입을 드러냈다. 그 생명체의 붉게 빛나는 눈이 바질을 향했다. 그리고 분노한 듯 반짝거렸다.

"용이다!"

바질이 외쳤다.

그 순간, 하프 줄이 거칠고 시끄러운 소리를 냈다. 그 소리는 시간이 지날수록 점점 더 커졌다. 하지만 아일라는 아무 말도 하지 않았다. 아일라는 음흉하고 으스스한 구름 강둑 쪽으로, 그리고 거기서 솟아오르는 끔찍한 짐승을 향해 계속 날았다. 용의 눈동자가 무시무시하게 요동쳤다. 혓바닥이 주르르 미끄러지며 무시무시한 이빨을 핥았다.

"아일라, 저거 안 보여요? 제가 가리키는 곳 좀 보세요! 저기요!"

바질은 날개를 앞으로 뻗으며 소리쳤다.

저 앞에, 용 머리가 저녁 빛 속에서 거무스름하게 빛났다. 이제 피처럼 붉은 비늘로 덮인 용의 목이 앞으로 쭉 뻗어 나왔다. 소름끼치는 입이 크게 벌어졌다.

여전히, 아일라는 아무 말이 없었다.

"아일라, 봐요! 우리 앞에요!"

"내 눈에는 용이 보이지 않아, 꼬마 방랑자."

바질은 덜덜 떨었다. 심장이 쿵쾅거렸다. 불어오는 바람을 거스르며 날갯짓을 하려 했다.

"어떻게 그럴 수가 있어요? 저건……."

"저기에 없어."

아일라가 단호하게 말했다.

바질은 얼어붙었다.

"저기…… 없다고요? 하지만 제 눈에는 보인단 말이에요!"

"네가 보는 건 용이 아니야. 저 짙은 구름 강둑은 '환영의 장막'(Veil of Illusion)이라고 해. 이 영토의 기이한 부분 중 하나지."

"하지만 저건……."

바질은 말을 잇지 못했다.

"정말 진짜 같지? 장막이 정말 진짜처럼 보여. 장막은 네가 가장 두려워하는 대상의 모습으로 보여."

바람 누이가 아무렇지도 않다는 듯, 구름 강둑을 향해 미끄러져가며 말을 끝마쳤다.

바질이 침을 꼴깍 삼켰다.

"제 두려움이 저걸 만들었다는 뜻인가요?"

"그래. 두려움은, 꿈처럼, 그 자신의 삶의 모습을 보여줘."

잘 모르겠어요.

바질은 멀린의 죽음에 대한 자신의 끔찍한 꿈을 떠올렸다. 마음속에서 절대 떨쳐 버릴 수 없을 뿐더러, 여전히 이해할 수 없는 꿈.

바질은 용을 초조하게 바라보며, 스스로에게 엄하게 말했다.

본질을 걱정하자. 예를 들면, 리타 고르가 아발론에서 무엇을 하려는 걸까? 아니면 멀린에 대한 리타 고르의 계획은 무엇일까? 이런 것들.

용의 이미지가 눈에 띄게 부드러워지기 시작했다. 이제 어느 정도 덜 현실적으로 보였다. 강렬한 붉은색 눈동자가 이제 장밋빛 안개처럼 보였다.

바질은 용이 그저 환영에 불과하다고 믿으려 했다. 여전히 완전히 확신이 서지는 않았지만, 바질은 따지듯 물었다.

"좋아요, 그렇다면, 제게 말해주세요. 당신은 저 앞에서 항상 뭐가 보이나요?"

"장막 위를 날아갈 때마다 내 눈에는 언제나 똑같은 게 보여. 바람 사냥꾼, 윈드테이커(windtaker)의 길고 앙상한 손톱."

"윈드테이커라고요?"

"아발론에서 바람 누이를 해코지할 수 있는 유일한 생명체지."

아일라가 한숨을 쉬자 하프 줄이 우울한 멜로디를 연주했다.

"나는 저 손톱에 소중한 친구 하나를 잃었어. 아주 오래전이었지. 하지만 그것이 어제처럼 여전히 가슴이 아파."

바질 위로 공기가 몰아쳤다. 바질은 안타까움에 고개를 끄덕였다. 구름의 강둑을 유심히 살펴보며, 아일라가 옳다는 것을 인정했다. 방금 전까지만 해도 그렇게나 무시무시하던 용이 재빨리 녹아내렸다.

아일라가 다시 말하자, 하프 소리가 약간 경쾌해졌다.

"우리는 환영을 두려워할 이유가 전혀 없어, 친구."

확실히, 용은 완전히 사라졌다. 하늘을 향해 손으로 더듬는 듯한 진주 같은 하얀 안개 손가락 몇 개만 남아 있었다.

바질은 다그다한테 했던 약속을 떠올리며, 코를 찡그렸다.

"제가 어떻게 이 영토의 땅을 맛볼 수 있을까요? 어떻게 하면 구름 케이크를 한 조각 먹을 수 있을까요?"

"그럴 필요 없어. 이곳에서 자라는 모든 것은 안개 그 자체야. 그저 입을 크게 벌리고, 그 마법을 들이마시면 돼."

바람 누이가 대답했다.

바질은 고개를 끄덕이며, 입을 벌렸다. 습기가 재빨리 혓바닥으로 모였다. 바질은 그걸 꿀꺽 삼켰다. 그러자 마음속 깊은 곳에서 기이한 바람이 불었다.

나는 움직인다, 나는 변화한다, 나는 항상 자란다. 왜냐하면 나는 변화와 생성이 정수이기 때문이다. 나는 변화하고, 번영하며, 자유자재로 움직인다. 내 호흡은 너의 호흡이고, 내 몸은 너의 담요이고, 내 사시사철은 너의 노래이다.

멀리서 들려오는 속삭임처럼 부드럽게, 목소리가 바질의 머릿속에 가득 찼다. 마치 동굴에 공기가 가득 차듯……

속삭이던 목소리가 잠시 멈추었다. 이윽고 마지막 세 마디로 다시 돌아왔다.

나는…… 공기…… 다.

바질은 한동안 아무 말도 하지 못했다. 아일라는 바질을 그냥 잠자 코 내버려두었다. 바질은 다시 한번 저 아래 안개의 기다란 손가락을 내려다보았다. 웬일인지, 그 손가락이 희미해지는 것처럼 보이지 않았다. 지금도, 그 손가락은 바람에 날리는 구름을 가로질러 천천히 뻗어왔다. 바질은 어깨를 으쓱해보았다. 그것이 그저 아일라가 설명해준 이미지에 불과하다는 것을 알았으니까.

"자 이제, 다음은 어디로 가나요?"

바질이 물었다.

"파이어루트로 갈 거야……."

아일라가 갑자기 말을 멈추더니, 더 높이 솟구쳐 주변을 살폈다.

"멀린! 멀린이 보여!"

"어디요?"

바질이 소리쳤다. 바질의 심장이 흥분으로 마구 뛰었다.

바람 누이가 속도를 높여, 구름을 휙 스쳐 지나갔다.

"동쪽에, 아주 먼 곳에. 그래! 멀린이 틀림없어."

도마뱀은 눈을 최대한 치켜떴다. 세찬 바람 때문에 눈물이 났다. 하 지만 구름 그리고 더 많은 구름 말고는 아무 것도 보이지 않았다.

아일라는 몸서리치며 말했다.

"멀린은 뭔가를 쫓고 있어! 그래. 뭔가 시커먼 것."

본능적으로, 바질은 시커먼 구름의 강둑을 흘끗 뒤돌아보았다. 용을 보았던 바로 그곳을. 하지만 바질의 관심은 또 다른 구름 모양에 이끌 렸다. 바질은 갑자기 당황스러웠다.

"아일라, 구름 환영은 그것을 두려워하는 사람한테만 보인다고 하지 않았나요?"

바질이 큰 소리로 물었다.

"그래, 하지만 지금 우리는 훨씬 더 다급한……."

"그런데 왜, 저 아래 앙상한 손가락이 제 눈에도 보이는 거예요?"

즉각, 손가락이 이들을 향해 쭉 뻗어왔다. 멀리서 하프 소리가 짤랑거렸다. 아일라는 깜짝 놀라 앞으로 더 빨리 달렸다. 바로 그때 무시무시한 손처럼 생긴 괴물 하나가 그들이 방금 전까지 있던 그곳을 덮쳤다. 바람 누이는 강풍과도 같은 힘으로 앞으로 달렸다.

바로 뒤에서, 해골처럼 뒤틀린 손이 날아왔다. 손은 기다란 하얀 손가락을 끊임없이 폈다 오므렸다 했다. 마치 먹잇감을 잡으려고 혈안이 된 주둥이 같았다. 아일라가 최대한 빨리 나는 동안에도, 탐욕스러운 거대한 손은 더 가까이 다가왔다.

아일라는 급히 돌아, 구름 강둑 가장자리를 스치고 지나가 아래로 곤두박질쳤다. 하지만 윈드테이커는 아일라를 바짝 추격했다. 아일라는 구름 두 개 사이의 공간에 놓여 있는 정교한 다리 한 쌍을 향해 낮게 움직였다. 구름 실로 짠 밧줄이 재빨리 다가오는 것을 보며, 바질은 아일라의 계획을 짐작했다. 아일라는 그곳을 곧장 지나갈 테고, 그러는 사이 거대한 손은 완전히 걸려들 것이다.

바람 소리를 일으키며, 아일라는 다리 사이로 휙 움직였다. 다리가 진동하며 구름 사이에서 마구 흔들렸지만, 아일라는 속도를 늦추지 않고 아래로 곧장 내려갔다. 밧줄 하나가 바질과 부딪힐 뻔했지만, 바질은 제때 몸을 숙였다. 덕분에 머리 꼭대기를 가볍게 스쳐 지나기만 했다. 다리를 지나자마자, 바질은 몸을 돌려, 윈드테이커의 파멸을 목격하기를 기대했다.

하지만 그 괴물 또한 아일라의 계획을 알아차렸다. 마지막 순간, 그 괴물은 위로 방향을 틀었다. 해골과 같은 형체 대부분이 다리 위로 스치듯 지나갔다. 하지만 가느다란 손가락 하나가 줄에 걸리고 말았다. 윈드테이커의 힘이 그 밧줄을 잡아당겨, 느슨하게 만들어 버렸다. 다리 전체가 무너지며, 사방으로 밧줄이 튀었다.

윈드테이커는, 균형을 잃고 허공으로 튕겨 나갔다. 밧줄이 엄청난 힘으로 옆구리를 때리자, 고통으로 몸부림쳤다. 그 소리는, 고통스러운 천둥처럼, 구름 사이로 울려 퍼졌다.

희망을 품은 채, 바질은 자신들을 공격했던 손이 이리저리 빙글빙글 도는 모습을 지켜보았다. 앙상한 손이 다리를 떠받치고 있던 구름 케이크 기둥에 부딪혔다. 기둥이 무너지며, 자그마한 별처럼 반짝반짝 빛나는 조각들이 마구 떨어져 내렸다.

실망스럽게도, 커다란 손은 곧장 자리를 잡고 섰다. 손은 분노로 포효하더니, 끔찍한 속도로 다시 쫓아왔다. 그 순간, 바질은 그 괴물이 어떻게 앞을 보는지 알아차렸다. 윈드테이커의 기다란 손가락 여섯 개 끝에 각각 은빛 눈이 하나씩 반짝이고 있었다. 그 눈동자는 깜빡하지도 않고 분노에 찬 눈빛을 이글거렸다.

아일라가 거리를 약간 벌려놓기는 했지만, 추격은 계속 이어졌다. 아일라는 구름 숲을 피하기 위해 방향을 급하게 바꾸었다. 구름 숲은 나무라기보다는 투명한 창처럼 보였다. 아일라가 갈가리 찢어진 안개의 얇게 비치는 섬유 사이로 뛰어들어, 공기 요정들을 깜짝 놀라게 했다. 꽥꽥 비명을 질러대며 안개가 흩어지기 시작했다. 바로 그때 바람 누이는, 다가오는 손에 쫓기며, 재빨리 휙 지나갔다. 공기 요정들이 깜짝 놀라 울부짖자, 하프랜드의 줄들이 저 멀리서 더 크게 소리를 냈다.

바질이 뒤를 바라보며 초조하게 소리쳤다.

"빨라지고 있어요! 더 빨라지고 있어요!"

아일라가 재빨리 방향을 틀어, 반짝이는 푸른 웅덩이 수천 개가 박힌 편평하고 기다란 구름 하나를 재빨리 지나쳤다. 강력한 바람이 구름 호수에 물보라를 일으켰다. 가마우지, 물오리, 펠리컨, 바다오리, 기러기, 갈매기 등 수천 마리 새가 한꺼번에 날아오르며 꺽꺽 꽉꽉 지저귀는 울음소리로 허공이 가득 찼다.

윈드테이커가 새들 사이로 곧장 돌진하자, 새들이 허둥지둥 빙그르르 돌며 날개에서 깃털을 떨어트렸다. 괴물이 다시 고함쳤다. 하프 줄의 강렬한 멜로디와 새들의 외침 너머로 고함 소리가 울려 퍼졌다.

바질이 다시 뒤돌아보니, 괴물이 바짝 뒤쫓아 오고 있었다.

"아일라, 저기……."

바질은 자신의 말을 꿀꺽 삼켰다. 바람 누이가 갑자기 아래로 방향을 틀었다. 허공을 매우 빠르게 날아가며, 아일라는 하늘에 넓게 퍼져 있는 서리 내린 짙은 구름 사이로 풍덩 뛰어들었다. 잠시 뒤, 소용돌이 같은 안개가 주변을 완전히 감쌌다. 짙은 안개가 별빛을 막았다. 이윽고, 아일라는 바질이 전혀 예상하지 못한 행동을 했다.

아일리는 멈춰 섰다. 아일라의 유일한 움직임이란 바질을 둥둥 떠 있게 해줄 만큼의 가벼운 진동뿐이었다.

바질은 어둠 속에 둥둥 떠서 즉각 이해했다.

숨는 거야! 우리는 이 구름 속에 깊이 파묻혀 있어. 너무 깊어서 저 괴물이 우리를 절대 찾아내지 못할 거야.

몇 시간처럼 보이는 시간 동안, 아일라와 바질은 기다렸다. 괴물의 분노에 찬 고함 소리가 이따금 들려오곤 했다. 한번은, 괴물의 몸이 구름 사이를 스쳐 지나가는 게 느껴졌다. 하지만 아일라는 달아나지 않았다.

바질은 안개 때문에 점점 추워졌지만, 그 끔찍한 손에 사로잡힐지도 모른다는 걱정에 비하면 아무것도 아니었다. 그래서 바질은 아무 말도 하지 않았다. 아일라의 계획이 성공하기만을 간절히 바랐다. 구름 밖에서의 고함 소리가 점점 잦아들더니 마침내 그쳤다.

좀 더 많은 시간이 흘렀다. 어쩌면 며칠이 지난 건지도 몰랐다. 바질은 가느다란 입술을 핥아 혓바닥에 물기를 적셨다. 덕분에 갈증을 견딜 수 있었다. 하지만 추웠다. 뼛속까지 추웠다. 그리고 배가 고팠다. 자신의 내장을 씹어 먹는 듯한 배고픔을 느꼈다. 하지만 감히 입을 열어 말하지는 못했다.

드디어, 오랫동안 기다리던 말을 아일라가 속삭였다.

"이제 우리는 안전해, 꼬마 방랑자."

바질은 이빨을 덜덜 부딪치며 활짝 웃었다.

바람 누이가 앞으로 날아, 숨결로 안개를 흩뿌렸다. 구름 표면 가까이 다가가자, 별빛이 스며들어왔다. 밤이 낮으로 바뀌었다는 걸 확신시켜줄 정도로 밝았다. 물방울이 사방에서 반짝였다. 빛나는 자그마한 안개 영토. 따뜻한 바람 속에 계피 향이 퍼지며 바질을 감쌌다.

불현듯, 분노에 찬 포효가 터져 나왔다. 소용돌이치는 안개에서 손가락을 닮은 거대한 입이 불쑥 튀어 나왔다. 그 입을 덥석 다물어 아일라와 바질을 완전한 어둠 속으로 가두어 버렸다.

아무리 크게 소리쳐봐도, 아무도 둘의 소리를 들을 수 없었다. 누구도 둘을 찾을 수 없었다. 괴물이 삼켰으니까. 바람도 괴물의 뱃속에서는 절대 빠져나갈 수 없었다.

23

바람이 무엇을 할 수 있을까?

사람들은 죽음에 대해 지나치게 호들갑을 떤다. 죽음은 그저 삶의 일부일 뿐이다. 책의 마지막 장이 책의 일부인 것과 같다. 그럼에도……우리는 항상 속편이 있기를 기대한다.

빛이 없었다.

탈출할 수도 없었다.

멀린을 찾을 방법도 없었다.

이런 사실이 이제 바실과 아일라의 나날을 규정했다. 바질이 윈드테이커의 하얀 입이 자신을 집어삼킨 순간에 깨달았던 것처럼, 이것은 부정할 수 없는 현실이었다. 감각과 경험의 실로는 더 이상 삶을 짤 수 없었다. 마법사에게 경고해주어야 한다는 절박함으로도 삶을 짤 수 없었다. 대신, 삶은 이제 사물의 부재, 잃어버린 실로 짤 수밖에 없었다.

빛이 없었다. 탈출할 수도 없었다. 멀린도 없었다.

이제 들려오는 것이라고는 아일라의 슬픔에 찬 한숨과 바질의 자그마한 심장이 쿵쾅거리는 소리, 윈드테이커의 뱃속에서 끈적끈적한 액체가 이따금 뚝뚝 떨어져 내리는 소리뿐이었다. 괴물의 거대하고 미끈미끈한 갈빗대, 그리고 그 사이에서 마치 강처럼 흐르는 점액질이 발에 느껴졌다.

바질이 좋아하는 감각, 즉 냄새는 거의 아무것도 아닌 것으로 뭉개져 버렸다. 아무리 노력해도, 냄새는 단 하나뿐이었다. 단 하나의 끔찍한 냄새, 그리고 그 안에 있는 똑같이 끔찍한 맛. 점액. 바질의 유일한 음식의 원천은 바로 부패하고 썩은 점액이었기 때문이다. 축축한 벽에서 똑똑 떨어져 내리는 점액. 악취가 너무 심해 아일라의 계피 향, 그리고 바질이 뿜어낼 수 있는 냄새는 썩은 살 냄새에 완전히 파묻혔다.

바질은 너무 배가 고파 더 이상 참을 수 없을 때만 어쩔 수 없이 점액을 먹었다. 괴물의 갈빗대를 따라 기어가 그나마 덜 끈적거리는 곳을 찾았다. 바질은 냄새를 애써 참으며, 혀끝을 덮을 정도만 썩은 점액을 먹었다. 그러고는 다시 딱딱한 곳으로 돌아와 그 끈적끈적한 액체를 삼켰다. 그 냄새를 참는 유일한 방법은, 삼키는 바로 그 순간에 달콤한 향을 짙게 내뿜는 것뿐이었다. 신선한 민트 혹은 빗물에 씻겨 나간 나무딸기 냄새……. 어쨌든, 잠시만이라도 썩은 내를 감출 수 있을 만한 강한 향기를…….

바질은 어둠의 감옥 속에서 강처럼 흐르는 끈적끈적한 액체로 억지로 기어가, 삼키고 또 삼켰다. 살아남기 위해서는 적어도 약간의 영양소가 필요했으니까. 바질은 살아남기를 간절히 원했다.

나는 꼭 살아남아야 해. 나를 위해서뿐만이 아니라…… 아발론을 위해서. 그리고 멀린에게 경고해주어야 해! 멀린에게 리타 고르에 대해 말해줘야 해.

바질은 괴물에게 잡히고 난 뒤 이렇게 생각했다.

바질은 이빨을 부드득 갈았다. 마법사에게 경고해주기 직전, 이 괴물이 나타나 모든 것이 수포로 돌아갔다.

반드시 빠져나가야 해! 나는 꼭 멀린을 찾아낼 거야. 리타 고르가 이 세상에 사악함을 불러오지 못하게 막을 거야.

바질의 눈이 이글이글 불탔다.

바질은 문득 주춤했다. 자기가 도대체 누구라고 리타 고르를 감당하려는 걸까?

분명, 바질은 다그다를 만나고 나서 놀라울 정도로 큰 희망을 품었다. 모든 것이 그저 우연이라 할지라도, 어쨌든 정령의 왕에게 도움을 줄 수 있었다. 그리고 다그다의 감사를 받았다. 비록 다그다는 바질이 용이 아니라고 확실하게 말해주었지만…… 이따금 바질이 기이한 냄새를 만들어내는 능력 말고도 뭔가 특별한 힘을 지니고 있다는 암시를 주었다. 하지만 솔직히, 그 생각은 시간이 지날수록 점점 더 시시하게 들렸다. 심지어 말도 안 되는 소리처럼 들렸다. 특히 도마뱀과 박쥐를 닮은 자신이 누구인지 제대로 알지 못하는 기괴하고 자그마한 생명체에게는…….

그럼에도 바질은 그 생각을 떨쳐낼 수 없었다. 자신이 용이 아닐지도 모른다. 하지만 아발론을 도울 수 있을지도 몰랐다.

게다가, 바질에게는 살아남아야 할 이유가 또 하나 있었다. 이 끈적끈적한 액체로 덮인 무덤 안에서 살아남는 건 아일라에게도 무척 힘든 일이었다. 왜냐하면 아일라는 바람 누이였으니까. 바람 누이는 자유롭게 움직여야 했다. 다른 생명체들이 숨 쉬기 위해 공기가 필요한 것보다 훨씬 더…….

나는 공기 그 자체만큼이나 자유롭게 움직여야만 해. 절대 잠도 자지

않고, 절대 멈추지도 않고, 절대 한곳에 오래 머무르지도 않아. 그것이 바로 바람 누이란다.

아일라는 바질을 처음 만났을 때 이렇게 말했었다.

바질은 이런 자유가 없다면, 아일라가 분명 죽으리라는 사실을 잘 알고 있었다. 주변을 돌아다닐 수 없는 바람 누이는 시름시름 앓다 마침내 어느 날 그냥 사라져 버릴 것이다.

"미안해, 꼬마 방랑자, 정말이지 끔찍하게 미안해."

아일라가 속삭였다. 끈적끈적한 방 안에서 목소리가 으스스하게 울려 퍼졌다.

"여길 빠져나갈 거예요."

바질이 짐짓 확신에 차서 말했다.

"하지만 어떻게?"

"저도 몰라요, 아일라. 어떻게든 나갈 거예요."

몇 날 며칠이 몇 주가 되었다. 바질은 여전히 빠져나갈 방법을 생각해 내지 못했다.

감금 상태가 계속되자, 시간은 낮과 밤, 잠을 자고 깨어나고, 쫓고 쫓기는 평상시의 리듬과는 달라졌다. 이제 별이 지면서 내뿜는 황금빛 불빛도 없고, 계절에 따라 나무나 돌의 색이 변하지도 않았다. 시간이 흘러가는, 눈에 보이는 증거도 없었다.

그럼에도 시간은 분명 흘러가고 있었다. 바질은 끊임없이 떨어지는 그 끈적끈적한 액체로 그 사실을 알 수 있었다. 아일라의 한숨을 통해서도 알 수 있었다. 이제 아일라의 한숨은 그 횟수가 점점 줄어들고, 또 점점 약해졌다. 또한 자신의 힘이 슬슬 빠지는 것을 통해서도 알 수 있었다. 자신의 이름을 말하는 것처럼 민트 향을 만들어내는 건 아주 쉬운 일이었는데, 이제는 가파른 언덕 위로 돌을 미는 것만큼 힘겨웠다.

그럼에도 여전히 아일라의 질문에 대답할 수 없었다.

나는 내 삶에 뭔가 중요한 목표가 있을 거라 생각했어. 분명 뭔가 의미가 있을 거라 생각했어. 그리고 그 목표를 따르다보면, 내가 누구인지 찾을 수 있을 거라 생각했어. 그런데 이 짐승의 뱃속에서 이렇게 허무하게 끝나는 걸까?

바질은 으르렁거렸다. 조약돌이 마구 갈리는 것 같은 소리가 났다.

바질은 축축한 벽에 기대, 점액이 끝없는 떨어지는 소리에 귀를 기울였다. 윈드테이커의 몸이 한쪽으로 기운 걸 느낄 수 있었다.

내 삶은 고작 이런 걸까? 더 이상은 없는 걸까?

아일라와 바질 모두 아무 말이 없는 가운데 오랜 시간이 흘렀다. 무슨 할 말이 더 있을까? 뭐 하러 굳이 말하려 애를 써야 할까? 아일라는 죽어가고 있었다. 바질은 가까스로 살아 있었다. 이 두 가지 단순한 사실이 모든 것을 집어삼켰다.

하지만 마침내 그날이 왔다. 놀랍게도, 바질에게 질문이 하나 있다는 것을 깨달았다. 괴물의 갈빗대 위에 앉아, 고약한 냄새가 나는 점액 덩어리를 토하지 않으려 꾹 참고 씹으며, 바질은 뭔가를 생각했다. 잡히고 난 뒤 계속 막연하게 자신을 괴롭혔던 질문. 그 질문은 질문을 해야 할 만큼 전혀 중요해 보이지 않았었다. 하지만 지금, 사막 아래 눈에 띄지 않고 오랫동안 흐르던 가느다란 시냇물처럼, 그 질문이 마침내 표면 위로 보글보글 솟아올랐다.

"아일라, 한 가지…… 질문이 있어요."

바질이 묵직한 망토처럼 주변을 감싸고 있는 침묵을 조심스레 깨며 머뭇머뭇 조용하게 말했다.

바람 누이는 대답하지 않았다. 말할 힘이 없는 건지, 실망에 빠져 들지 않는 건지, 바질은 알 수 없었다. 하지만 계속 말하는 게 좋겠다고 결심했다.

"살아 있는 생명체들은 대부분 뭐든 먹어야 하잖아요? 어쩌면 바람 누이들은 그러지 않을지도 모르지만요. 하지만 대부분은 그러잖아요. 우리를 집어삼킨 이 괴물도 마찬가지고요."

아일라는 말없이 길고 나지막하게 한숨을 내쉬었다. 마치 신음 소리처럼 들렸다.

바질은 혀에서 고약한 맛을 없애려 침을 꿀꺽 삼켰다. 그러고는 말을 이었다.

"이해가 안 가는 건요, 왜 이 괴물이 우리를 먹으려 한 걸까예요. 바람을 집어삼켜서 무슨 소용이 있다고요? 그러니까…… 당신은 분명히 큰 고깃덩어리도 아니고 과일도 아니잖아요."

침묵의 순간이 한참 지속되었다. 바질이 좀 덜 축축한 곳을 찾아 갈빗대 위로 자리를 옮겨가는 동안 철퍽대는 소리만 들렸다. 마침내, 아일라가 대답했다.

"윈드테이커는 고기나 과일처럼 먹기 위해 나를 원하는 게 아니야. 네가 음식이라고 말하는 그 어떤 것을 위해서가 아니야. 윈드테이커는…… 내 정령을 원해."

바질은 고개를 들었다.

"당신의 뭐를 원한다고요?"

"내 정령, 꼬마 방랑자. 이 녀석이 원하는 건 바로 그거야. 내 영혼의 에너지. 너도 알겠지만, 내가 힘이 빠지면, 나는 더 이상 내 정령을 지니고 있을 수 없어. 그래서 이 녀석은 내가 더 이상 저항할 수 없을 때까지 기다리는 거야. …… 그러고 나서 내 정령을 자기 안으로 빨아들일 거야. 그렇게 돼야 이 녀석은 만족스러워할 거야. 그러고 나면, 이 녀석은 또 다른 바람 누이를 찾아 다시 사냥에 나서겠지."

바질은 움츠러들었다. 누군가의 정령을 집어삼키려 하다니! 살아오면서 그런 이야기는 들어본 적이 없었다. 다크틸새가 그저 기쁨을 위해 다른 생명체를 죽일 때에도, 적어도 그 생명체의 정령은 살아남아 사후 세계로 여행을 떠난다. 끔찍한 생각이 허공에 맴돌았다. 마치 그것이 점액보다 훨씬 더 고약한 냄새를 풍기는 냄새라도 되는 것처럼……

갑자기 바질에게 좋은 생각이 떠올랐다. 그리고 그 생각과 함께, 얼토당토않은 비밀스러운 계획이……

"아일라, 괴물이 바람 누이의 정령을 빼앗아 버리면 어떤 일이 일어나나요? 바람 누이의 정령이 괴물의 정령과 합쳐지나요? 아니면 어떻게든 그대로 남아 있나요?"

바질이 열정적으로 물었다.

"그게 무슨 상관이지?"

"그냥 말해주세요."

바질이 고집을 부렸다.

"왜?"

"어서 말해주세요, 아일라!"

아일라가 한참 지나 말을 했다. 마침내, 아일라가 우울하게 속삭였다.

"어떤 일이 일어나는지는 나도 몰라."

어둠 속에서, 바질의 자그마한 이마에 주름이 잡혔다.

"좋아요…… 하지만 정령이 어떻게든 온전하게 그대로 남아 있다고 짐작해봐요."

"우린 그걸 알지 못해."

"그냥 가정해보자고요. 그게 사실이라면, 이 괴물이 집어삼킨 그 모든 바람 누이의 정령들이, 이 괴물이 살아 있던 그 수많은 시간 동안, 이곳 어딘가에 있을 거예요. 그리고 어쩌면…… 우리가 그 정령들과 대화를 나눌 수 있을지도 몰라요."

바질이 말했다.

"정령들과 대화를 나눈다고? 누구도 그 방법을 몰라."

바질은 마음이 들떠 자그마한 꼬리를 두드려댔다. 그 메아리가 커져 주변으로 크게 울려 퍼졌다.

"하지만 만약 우리가 정령들과 대화를 나눌 수 있다면, 그래서 정령들을 찾을 수 있다면, 어쩌면 정령들이 우리를 도와줄 수 있을지도 몰라요."

"아니, 꼬마 방랑자. 정령들은 우리를 도와줄 수 없어. 누구도 우리를 도와줄 수 없어."

아일라가 거의 들리지 않을 정도로 나지막하게 속삭였다.

"그 말 안 믿어요! 제발요, 아일라. 저랑 함께 시도해봐요. 시도라도 해보자고요."

바질의 삐걱대는 목소리가 다급해졌다.

아일라는 우울하게 한숨을 쉬었다.

"좋아. 하지만 네 생각대로 될 거라고는 기대하지 마."

"알았어요."

바질이 여전히 꼬리를 갈빗대에 쿵쿵 부딪치며 대답했다. 그러다 갑자기, 바질이 멈추었다. 메아리가 사라지기를 기다렸다가 다시 말했다.

"그런데, 제가 잊을 수 없는 게 하나 있어요. 아주 중요한 거예요."

바질이 침묵에 대고 말했다.

아일라는 아무 말도 하지 않았다. 윈드테이커의 뱃속은 너무 조용해서 바질은 완전히 혼자 있는 느낌이었다. 하지만 바질은 계속 이야기를 이어갔다.

"아무리 가녀린 산들바람이라 할지라도, 그 자체의 힘이 여전히 있다는 걸 당신은 잘 알고 있지요?"

아무런 대답도 듣지 못하고, 바질은 침을 삼키고, 계속 말했다.

"그리고 그 가녀린 산들바람이 때로 꺼져가는 석탄을 살리기도 한다는 거 알지요?"

침묵.

"음, …… 때때로, 아일라, 가녀린 산들바람은 석탄을 더 뜨겁게 타도록 부추길 만큼 강해요. 마침내, 불꽃으로 타오르게 할 수 있죠."

바질은 고개를 들었다. 하지만 그 어느 때보다 자신의 고개가 무겁게 느껴졌다.

"아일라…… 어쩌면, 정말 어쩌면…… 우리가 그 산들바람이 될 수 있을지도 몰라요."

또다시 침묵. 바질은 어떤 대답이든 듣고자 기다렸다. 하지만 아일라는 대답하지 않았다.

바질은 천천히 고개를 숙였다. 바로 그때, 바질의 얼굴 근처 어딘가에서, 속삭임이 들려왔다.

"넌 내가 어떻게 하면 좋겠니?"

"바로 이거예요. 당신의 생각을 자매들에게 전해주세요! 이 끔찍한 짐승 안에서 여전히 살아 있는 정령들 누구에게든. 우리한테 도움이 필요하다고 말해주세요. 그저 정령이 필요하다고요. 그들은 스스로를 공

247

기로 가득 채워야 해요. 그리고……."

바질은 멈추었다. 또 뭐라 말해야 할지 확신이 없었다.

"그리고 바람이 할 수 있는 건 뭐든 해달라고?"

아일라가 말을 이어받았다.

바질은 감사의 마음으로 고개를 끄덕였다.

"네, 바람이 할 수 있는 건 무엇이든요."

바질은 숨을 들이키며, 마음속에서 다른 모든 것을 떨쳐내려 애썼다. 발아래 끈적끈적한 분비물, 역겨운 악취, 자신의 생각 끝자락 너머까지 둥둥 떠다니는 절망. 천천히, 그 모든 우울한 현실이 조금 사라졌다. 많이는 아니었지만, 바질이 뭔가 새로운 생각을 할 만큼 충분했다.

바람 누이들, 제 말 들어보세요! 당신이 이 괴물 속 어디에 있든 깨어나 당신이 아주 오래전에 누구였는지 떠올려보세요. 당신의 자매 아일라와 저를 도와주세요.

바질은 말을 멈추고 귀를 기울였다. 하지만 뭔가 새로운 소리는 아무것도 들려오지 않았다. 아무런 변화도 감지할 수 없었다.

바람 누이들, 제발요. 당신들 과거의 삶을 떠올려보세요. 잃어버린 자유를 떠올려보세요. 돌아와요, 만약 그럴 수 있다면!

여전히 아무런 변화도 없었다.

바질은 자신의 생각 속으로 더 깊이 빠져들었다. 바람 누이의 삶을 상상해보려 노력했다. 끝없는 하늘을 나는 느낌, 제한 없는 움직임, 구속 없는 모양. 바질은 끝없이 움직이는 바람 누이의 전율을 느끼려 노력했다. 존재 가장 깊숙한 곳에서 날고, 흐르고, 움직이는 필요성. 그리고 감금에 대한 두려움…….

"다시 날아요, 바람처럼 날아요."

바질은 어둠 속에 대고 외쳤다.

"그래, 다시 날아."

아일라가 따라했다. 아일라의 말은, 바질의 말처럼, 벽을 타고 울려
퍼졌다.

귀 끝 위에서 무언가 미세하게 움직이는 듯했다. 공기일까?

*어쩌면 아일라일지도 몰라. 아일라가 살짝 움직인 거야. 아니, 어쩌면
괴물이 다시 움직인 건지도 몰라. 아니, 기다려봐……*

바질은 생각했다.

공기가 좀 더 강하게 흘렀다. 목을 지나며 바람이 살짝 불었다. 코에
바람이 가볍게 닿았다. 아주 오래전에 바위에서 떨어지며 덜렁거리게
된 목의 비늘 하나가 흔들리기 시작했다. 산들바람을 맞은 잎사귀처럼.

그러고 나서, 아주 멀리서, 소리가 들려왔다. 속삭임 같은 소리. 어쩐
지, 아일라의 소리와는 달랐다. 짐승의 뱃속, 가까운 곳에서 들려오기는
했지만 또한 기이할 정도로 멀리서 들려오는 것 같았다. 사실, 너무 멀
리서 들려오는지라, 윈드테이커의 몸 밖에서 들려오는 것 같기도 했다.
에어루트의 구름 풍경 너머에서, 이 세상의 경계 너머에서…….

ㄱ 희미한 속삭임이 점점 거지고 시끄러워졌다. 그러고는 다른 속삭
이는 목소리, 또 다른 속삭이는 목소리가 들려왔다. 목소리의 숫자가
끊임없이 늘어나고, 거기에 따라 소리도 커졌다. 천천히, 한꺼번에 속삭
이는 소리가 가득 찼다. 그러면서 뭔가 분주하게 움직였다.

바람이 불어왔다. 수많은 바람이 갑자기 살아났다.

잔잔하던 바람이 힘을 얻으며 강풍이 되었다. 바람이 괴물의 배 안에
서 마구 몰려왔다. 갇힌 공간 여기저기서 바람이 거세게 불었다. 점액
덩어리가 강력한 돌풍과 함께 흩날리며, 바질의 비늘을 두들겨댔다. 소

249

용돌이치는 바람 때문에 자그마한 콧구멍이 실룩거렸다.

곧, 속삭임은 통곡이 되고, 통곡은 포효가 되었다. 바질의 온몸이 끈적끈적한 표면 위로 붕 떠올라 허공에 던져져, 괴물의 갈빗대에 쿵 부딪쳤다. 바람이 바질을 위로 끌어 당겨, 또 다른 곳으로 내동댕이쳤다. 그러는 사이, 강풍의 위력은 계속 커져만 갔다.

이제 윈드테이커는 몸을 구르고 비틀기 시작했다. 분명 자기 몸속의 대소동 때문에 고통스러운 것 같았다. 뱃속의 바람이 더 심해질수록, 그 몸은 점점 더 고통에 비틀거렸다. 바질은 괴물이 날고 있다는 것을 알아차릴 수 있었다. 몸속에서 커져가는 압력 때문에 고통스러웠지만, 소리를 지르지는 않았다. 괴물은 입을 계속 꽉 다물고 있었다. 조금이라도 벌렸다가는, 먹잇감이 탈출할 테니까.

폭풍은 그 강도가 세졌다. 그러자 갑자기 상황이 바뀌었다. 갇힌 공간 안에서 빙글빙글 마구 돌지 않고, 갑자기 그 모든 힘을 밖으로 향했다. 바질은 끈적끈적한 벽에 내동댕이쳐졌다. 하지만 또 다른 곳으로 곧장 날아가지 않고, 그곳에 그대로 남아 있었다. 다리를 벌린 채, 근육 하나 움직일 수 없었다. 자신을 눌러대는 그 어마어마한 바람의 무게 때문에, 날개도, 꼬리도, 귀도 꼼짝할 수 없었다.

몸을 짓누르는 바람의 무게는 계속 커져갔다. 이제 숨쉬기조차 힘들어졌다. 엄청난 힘이 등을 밀어댔으니까. 발아래에 점액이 쿠션 역할을 해줘 몸이 완전히 납작해지지는 않았지만, 바질은 온몸이 다 아팠다. 얼굴, 눈, 가슴 모두 다 아팠다. 바질은 소리치고 싶었지만, 공기를 제대로 마실 수조차 없었다. 압력은 더 커져갔다. 전혀 숨을 쉴 수 없었다. 머리가 빙빙 돌았다. 마음속으로 소리 없이 비명을 질렀다.

뭔가 잘못되었어! 하지만…… 아무 것도…… 할 수 없어.

바질의 마음은 어두웠다. 끊임없는 고통을 제외하고는 아무 것도 느낄 수 없었다. 숨을 쉴 수도, 생각할 수도, 느낄 수도 없었다. 아주 희미하게, 저 아래 표면이 떨리기 시작했다. 점점 더 심하게 떨렸다. 그러고 나서, 마침내 바질이 의식을 잃기 직전, 저 멀리서 탁 소리가 들렸다.

바질의 갈빗대가 부러지는 소리가 아니었다. 아니, 그건 윈드테이커의 뼈였다. 윈드테이커의 몸이 부서지기 시작했다.

평생 너무 많은 바람 누이들을 집어삼키고, 아일라와 자그마한 도마뱀이 그저 또 하나의 먹이일 뿐이라고 생각했던 괴물이 산산이 터져 버렸다. 윈드테이커는 에어루트의 구름 위로 조각나며, 고통에 비명을 질러댔다. 그 찢어져 나간 뼈와 썩은 내 나는 액체가 구름 위로 비처럼 쏟아져 내렸다. 괴물이 죽으며 내는 비명이 사나운 바람에 실려 사라졌다.

아 슬프게도, 바질은 이런 상황을 전혀 몰랐다. 의식을 잃고 허공으로 날아갔다. 이제 바질은 힘없이 떨어져 내렸다. 그것이 어디든, 저 아래로⋯⋯.

24

추락

공기는 날개를 품은 물질이자 호흡의 본질인 생명이다. 공기는 자유로운 희망의 서식지다.

바질은 숨을 쉰다고 느끼며 깨어났다. 돌아오리라 절대 생각하지 못했던 느낌. 안개 자욱한 서늘한 공기가 몸속으로 쏟아져 들어와 정신이 들었다. 바질은 안개 자욱한 묘약을 더 빨아들였다.

우리가 무사히 빠져나온 걸까?

공기가 폐를 가득 채우듯, 마음속에 희망이 샘솟았다.

하프 줄! 저 멀리서, 의기양양한 악기가 경쾌하게 울려 퍼졌다. 그런데…… 뭔가가 잘못되었다.

바질은 눈을 떴다. 추락하고 있었다! 조각구름 사이로, 빙글빙글 돌며 아래로 떨어져 내리고 있었다. 얼굴에 바람이 스쳐 지나가며, 둥근 귀가 펄럭거렸다. 그건 아일라의 바람이 아니었다. 아일라는 근처에 없었다. 계피 향이 나지 않았다. 코, 귀, 눈뿐만 아니라 마음으로 느낄 수 있는 뭔가가 없었다.

본능적으로, 바질은 날개를 펼쳐 떨어지지 않고 날아오르려고 했다. 하지만 그럴 수 없었다! 오른쪽 어깨가 엄청나게 아팠다.

내 날개가…… 부러졌어.

바질은 생명 없는 뼛 조각처럼 계속 떨어져 내렸다.

난 죽을 거야, 그건 분명해. 하지만 아일라는…… 아일라는…….

"살아남을 거야. 아 그래, 꼬마 방랑자, 나는 살아남을 거야. 너도 살아남을 거야."

근처에서 공기를 한껏 머금은 목소리가 말했다.

"아일라!"

바질이 소리쳤다. 따뜻한 바람이 주위에 흐르며 바질을 잡아주었다. 익숙한 계피 향이 콧구멍을 간지럽혔다. 곧 바질은 허공에 둥둥 떠서 바람에 실려갔다.

"날개가 부러진 것 같아요. 저를 데리고 갈 수 있어요?"

바질이 주춤하며 물었다.

"그럼, 친구. 네가 가고 싶은 곳이라면 어디든, 널 데려다줄 수 있어."

바람이 폭신하게 안아주었다.

"윈드테이커는요?"

바질이 물었다.

"사라졌어, 완전히."

"그럼, 당신 자매들은요?"

"풀려났지, 꼬마 방랑자. 다시 살아났어. 놀라운 기적 덕분에……."

따뜻한 공기가 바질을 감쌌다.

"네가 우리 모두에게 선물을 주었어. 바람처럼 무한한 선물을."

바질은 날개가 아팠지만, 미소 지었다.

"당신 자매들이 살아났다니 기뻐요. 하지만 당신이 살아나서 더욱더 기뻐요."

공기가 바질을 떠받쳐 부드럽게 어루만졌다. 웃음이 흘러넘쳤다.

"넌 정말 충직한 친구구나, 꼬마 방랑자."

"당신 같은 친구가 있어서 정말 좋아요."

바질이 대답했다.

"게다가 너는 정말 용감해. 용처럼 용감해."

아일라가 말을 이었다.

그 말에 바질은 깜짝 놀라, 본능적으로 날개를 들어 올렸다. 하지만 엄청난 고통 때문에 멈출 수밖에 없었다.

"용이라고요? 장난하지 마세요! 저는 용이 아니에요. 절대 그럴 리 없어요."

바질이 말했다.

"내 말은……."

"괜찮아요, 그건 의심의 여지가 없으니까요. 다그다도 분명히 말했지만, 어쨌든 그건……."

바질이 말끝을 흐렸다.

바람이 불어와 바질의 귀를 팔랑거렸다.

"나는 네 몸이 용이라고 말한 게 아니야, 꼬마 방랑자. 마음이 그렇다는 거야. 그러니까…… 용이 되는 방법에는 한 가지만 있는 건 아니야! 너는 용의 용기와 강인함을 모두 품고 있어. 비록 크기는 다르지만."

바질은 코를 찡그렸다.

"저는 잘 모르겠어요. 하지만 상관없어요. 우리는 풀려났어요, 아일라, 그게 중요한 거예요."

바질의 입이 미소를 띠었다.

"그런데 지금…… 당신한테 부탁 하나 해도 될까요?"

"안 될 게 어디 있겠니. 뭘 원하는데?"

"먹는 거요! 뭐든, 어떤 거든. 점액 맛이 나지 않는 거라면 뭐든 상관
없어요."

바질이 꼬리를 휘두르며 소리쳤다.

"그러고 나서 멀린을 찾아야 해요! 멀린은 지금 아발론 어딘가에 있
을 거예요. 리타 고르도 그럴 거고요."

"맞아, 우리는 어떻게든 멀린을 찾을 거야."

아일라가 한숨을 쉬며 말했다. 갑자기, 아일라가 동쪽으로 방향을 틀
자 바람이 바질을 마구 흔들었다.

"하지만 우선, 네 먹을거리. 네게 필요한 게 뭔지 잘 알아, 꼬마 방랑
자. 내가 들은 바로는, 그것이 몸과 영혼 모두를 치유해줄 거야."

바질의 가느다란 혀가 입술을 핥았다.

"그 말 들으니 기분이 좋네요. 여기서 멀리 있어요?"

"아니, 바람을 타고 가면! 안개 바다 건너편에 있어. 불의 영토 안에."

"그렇다면 좋아요, 이제 날아갈 시간이군요."

바질이 큰 소리로 말했다.

바람 누이가 속도를 높였다. 바람이 사방에서 매섭게 불어왔다. 아일
라는 강풍을 일으키며 옅은 안개 사이를 날았다. 오랜 감금 이후, 마침
내 자유롭게 날았다.

25

독특한 존재

개인적으로, 나는 단순한 걸 좋아한다. 하지만 삶이 모순과 역설로 가득 차 있다는 것 또한 명백한 사실이다. 우리는 모두 비슷하지만, 동시에 모두 독특하다. 지극히 말도 안 되는 소리처럼 들린다는 걸 나도 안다. 하지만 또한 지극히 당연한 소리이기도 하다.

아일라는 하늘을 가로지르며 힘차게 나아갔다. 일렁이는 구름 사이로 우아하게 방향을 바꾸며, 새롭게 찾은 자유를 음미했다. 비록 직접 날 수는 없어도, 바질은 하늘을 자유롭게 솟구치는 기쁨을 만끽했다. 아일라가 재빨리 방향을 틀 때마다, 흐르는 바람에 몸을 기대고, 둥근 귀를 나풀거렸다. 바질은 바람이 스치고 지나가는 느낌이 한없이 좋았다. 바람의 끝 모를 세레나데도 무척 아름답게 들렸다.

에어루트의 끝자락 너머로 날아가 영토의 경계에서 일렁이는 안개의 짙은 바다로 들어갈 때, 차가운 공기가 파도처럼 사납게 밀려왔다. 바람이 너무 갑작스레 불어서 바질의 몸이 마구 출렁거렸다. 그 바람에 옆구리에 단단하게 붙이고 있던 상처 입은 날개가 벌어지고 말았다.

"아얏!"

바질은 고통에 신음을 토해냈다. 날개를 다시 접었지만 너무 아팠다.

"걱정하지 마, 꼬마 방랑자. 우리가 찾고 있는 사람이 너를 치료해줄 테니까."

바람 누이가 공기를 머금은 목소리로 크게 말했다.

"멀린요?"

"그래, 친구. 우리는 아발론을 위해서 멀린을 찾고 있어. …… 그리고 지금은 너를 위해서 찾는 것이기도 해."

"빨리 찾았으면 좋겠어요."

바질이 중얼거렸다.

그 말에, 아일라가 계속해서 고도를 낮추었다. 곧 짙은 안개 소용돌이가 흩어지며, 바질 위로 따뜻한 공기가 불어왔다. 썩은 알 냄새가 진동했다. 바질의 눈은 뜨거운 먼지 알갱이로 데일 듯했다. 즉각, 남아 있던 안개가 증발하며, 저 아래 새로운 풍경이 드러났다.

불에 그슬린 검붉은 바위산이 저 멀리 뻗어 있었다. 산등성이에서 화산이 솟구치며, 유황 냄새를 마구 내뿜었다. 그러는 동안 산비탈은 용암으로 빛났다. 산등성이 사이로 초록색 강물이 흘렀는데, 강둑에서 연기가 소용돌이치며 피어올랐다. 마치 물이 불꽃을 내고 있는 듯했다.

여기가 파이어루트구나.

바질은 불타는 풍경을 내려다보며 몸서리쳤다. 이런 곳에서 과연 누가 살아남을 수 있을까? 하지만 바질은 몇몇 생명체들이 살아남는다는 걸 알고 있었다. 정교한 금속 세공…… 그리고 또한 용암보다 더 뜨겁게 타오르는 기질로 잘 알려진 플레임론을 포함해서…….

아일라는 더 아래로 내려갔다. 드넓은 계곡을 가로질러 날아가는 동안, 굵은 강철나무가 눈에 들어왔다. 강철나무의 조직은 워낙 단단해서, 불에 타지 않는다는 말을 들은 적이 있었다. 그렇다 할지라도, 바질은 큰 감동을 받지는 않았다.

우드루트와 비교해서, 이곳은 마른풀에 불과해.

아일라는 계곡 속으로 재빨리 내려가, 불에 그슬려 시커멓게 변한 바위 위에 바질을 내려놓았다.

"여기서 기다려. 얼른 멀린을 찾아볼 테니까. 그러려면 몸을 아주 넓게 펼쳐야 해. 내 몸이 너무 가늘어지면 너를 데리고 다닐 수가 없어."

아일라가 말했다.

바질이 꼬리를 휘두르자, 석탄 덩어리가 흩날렸다.

"금방 올 거죠, 그렇죠?"

"그럼, 소식을 가지고 금방 올게. 마법사 소식이든, 네가 환영할 만한 음식이든 뭐든."

아일라는 바질을 남겨두고 날아갔다. 그때 바위 아래에서 파이어 플랜트 하나가 갑자기 탁탁 소리를 냈다. 불타는 손가락이 마치 잔인한 불꽃의 손처럼 그슬린 땅에서 뻗어 나와, 바위 옆을 쓰다듬으며 바질의 꼬리까지 뻗어 올라왔다. 바질은 재빨리 바위 저편으로 달아났다. 하지만 그곳에서도 또 다른 활활 타오르는 손이 맹렬한 가스를 내뿜으며 뻗어 나왔다.

누군지 모르지만, 내가 이곳에 있는 걸 알고 있어. 나를 구워 먹으려 하는 거야.

바질은 깨달았다.

즉각, 바질은 바위 한가운데로 서둘러 돌아갔다. 파이어 플랜트가 닿지 않는 곳에서 안전하게, 이제 주변을 살펴볼 수 있었다. 불에 말라비틀어진 바위가 사방에 널려 있었다. 구불구불한 연기가 허공에 매달려, 가시 없는 강철나무 나뭇가지 사이로 소용돌이쳤다. 티끌만 한 먼지가 모닥불의 재처럼 연기를 내뿜으며 바질의 콧구멍을 찔렀다. 땅에서는 이따금씩 구멍이 열려, 뜨거운 용암을 토해냈다.

문득, 바질은 바닥의 좁은 틈을 알아차렸다. 그 틈 사이로 열기가 물결처럼 솟아올라, 공기를 끊임없이 흔들었다. 하지만 바질의 관심을 끈 것은 공기의 움직임이 아니었다. 크레바스 안에서 일어나는 또 다른 움직임이 있었다. 갈라진 틈이 가장자리를 따라 움직이는 것처럼 보였다. 마치 살아 있기라도 한 듯 주르르 미끄러졌다.

자그마한 오렌지색 도마뱀 수십 마리, 아니 수백 마리가 뜨거운 그 틈 안팎으로 드나들고 있었다. 도롱뇽이었다! 바질은 이 자그마한 생명체에 대한 음유시인들의 이야기를 들은 적이 있었다. 파이어루트의 뜨거운 열기에 아주 잘 적응해 있어서 용암 속에서도 타지 않고 잠을 잘 수 있다고 했다. 지금, 바질이 지켜보는 가운데, 그중 일부가 크레바스 가장자리에 있는 파이어 플랜트 안에서 구르고 있었다. 불꽃이 배를 핥았지만, 도롱뇽들은 전혀 알아차리지 못하는 것 같았다.

바질은 갑작스레 기이한 생각을 떠올렸다.

설마 가능할까……?

바질은 먼지 때문에 짜증스러웠지만 눈을 가늘게 뜨고 도롱뇽들을 물끄러미 살펴보았다. 바질과 크기가 거의 비슷했다. 귀는 좀 달랐지만, 머리 모양은 같았다. 꼬리 끝에는 바질처럼 자그마한 혹이 있었다.

바질은 힘겹게 침을 꼴깍 삼켰다. 바로 그때 연기 자욱한 먼지가 바질의 귀에 내려앉았다.

"앗 뜨거!"

바질은 뜨거워 소리치며 허공으로 펄쩍 뛰어올랐다. 바위에 다시 내려앉았을 때, 뜨거운 먼지가 떨어져 나갔다.

바질은 침울하게 고개를 가로저었다. 귀를 덴 것 때문에 몸이 움츠러들었다.

멍청한 놈! 좀 닮았다고 해서, 저들이 내 친척은 아니야. 독수리 종족이 날개가 있다고 해서 나와 친척이 아닌 것처럼 말이야.

갑자기 요란한 소리를 내며 바람이 불어오자, 불꽃이 타고 용암이 끓어 넘치는 소리가 더 이상 들리지 않았다.

"내가 돌아왔어, 꼬마 방랑자."

"멀린의 흔적은 찾았어요?"

"아니, 어디에도 보이지 않아! 우리 계속 찾아봐야겠어."

아일라가 살짝 우울하게 대답했다. 그러고는 약간 밝은 목소리로 덧붙였다.

"하지만 네 먹을거리는 찾았지. 여기서 그리 멀지 않아."

바질은, 여전히 생각에 잠겨, 도롱뇽들을 다시 흘끗 바라보았다. 바람 누이가 가까이 다가와, 시커멓게 변한 바위에서 바질을 들어 올렸다. 유황과 연기 냄새가 너무 강해, 계피 향은 거의 나지 않았다.

"그런데 걱정이 있는 것 같구나. 무슨 문제라도 있니?"

바질은 연기를 너무 많이 마시지 않기 위해 살며시 숨을 들이켰다.

"아일라, 당신은 아발론의 많은 곳을 돌아다녔지요?"

"그래. 다른 세상들도 돌아다녔지."

"그럼, 저한테 말해줄 수 있나요? 그러니까 다른 누군가를 본 적이 있어요? 그러니까……."

바질은 잠시 멈추어 침을 삼켰다.

"저를 닮은 짐승 말이에요."

바람 누이는 강철나무 숲 위를 빙글빙글 돌며 대답했다.

"아니, 꼬마 방랑자. 내가 지금껏 본 바로는, 그 모든 세상에서, 너와 같은 존재는 없었어."

바질은 우울하게 고개를 끄덕였다.

"물론 없겠지요. 저도 그렇게 생각했어요."

"하지만 그건 걱정할 게 아니야, 꼬마 방랑자."

바질은 우울하게 웃어 보이며 아일라에게 물었다.

"그럼, 독특한 게 좋다는 말인가요?"

"어쩌면."

아일라가 부드럽게 속삭였다.

아일라는 낮게 날며, 홀로 핀 꽃 한 송이로 바질을 데려갔다. 그 꽃은 비틀어진 나무뿌리 사이에서 자라고 있었다. 섬세한 오렌지색 꽃잎이 바람에 떨렸다.

"이건 독특한 꽃이라 할 수 있어. 오직 이곳에서만 볼 수 있으니까. 다른 영토의 꽃들과는 전혀 닮지 않았어. 연약하고 작아 보이지만 놀라울 정도로 강하단다. 불이 난 이후에도, 다시 살아나는 첫 번째 생명이지. 그러니 어떤 면에서는, 이 꽃은 너를 무척 닮았어. 보기에는 이상하지만, 보이는 것 그 이상이라는 뜻이야."

바질은 고개를 저었다.

"하지만 그건 같은 게 아니잖아요, 안 그래요? 이 땅에는 이런 꽃들이 엄청 많아요. 하나가 아니란 말이에요."

아일라가 한숨을 쉬었다.

"그리고 그게 다가 아니에요. 독특하다는 것 자체가 최악은 아니에

261

요. 그게 어떤 종류인지 모르는 게 진짜 문제라고요! 아일라, 알에서 깨어난 뒤로 제게는 정말로 많은 일이 있었어요. 하지만 아직도 제가 누구인지 모르겠다고요."

바람 누이는 바질 곁을 한참이나 빙글빙글 돌았다. 드디어, 속삭였다.

"넌 내 친구야, 꼬마 방랑자."

바질은 고개를 끄덕였다. 여전히 우울했지만, 어쩌면 그렇게까지 심하게 우울하지는 않은 것 같았다.

"맞아요, 그건 제가 누구인지 아는, 한 가지예요."

바질이 마침내 말했다.

"그리고 나는 너에 대해 또 한 가지를 알고 있어."

"그게 뭔데요?"

"배고프다는 것."

"맞아요! 당신이 찾았다고……."

"아주 멋진 음식."

아일라는 강철나무 숲속으로 날아, 미로처럼 얽힌 나뭇가지 사이로 이리저리 날며 바질을 데리고 갔다. 바질은 나뭇가지 아래로 연달아 획획 내려앉고, 이윽고 갈라진 나무둥치 한가운데로 갔다. 아슬아슬하게 기울어진 나무 아래로 뛰어들며, 축 늘어진 녹색 솔잎 사이로 곧장 날아갔다. 그러고는 방향을 틀어 또 다른 나무를 지나갔다. 너무 가까이 다가가는 바람에 나무껍질이 바질의 꼬리를 긁어댔다. 하지만 아일라는 속도를 줄이지 않고 계속 쌩쌩 나아갔다. 셀 수 없을 정도로 수없이 많은 나뭇가지 위아래로. 드디어, 비행을 멈추자, 바질은 커다란 늙은 나무 앞으로 곧장 날아가고 있었다. 그 나무둥치에는 멜론만큼 커다란 구멍이 하나 있었다. 그리고 그 구멍은 벌 떼로 꽉 차 있었다.

진홍색 벌. 벌들은 윙윙대며 기어 다녔다. 구멍 안에서 떼 지어 움직이며, 나무 안팎으로 바삐 움직였다.

"저건, 꼬마 방랑자, 불타는 벌이야. 저 침은 불보다 훨씬 더 지독하게 탄단다."

바질은 이마를 찌푸렸다.

"더럽게 맛있겠는걸요."

웃음의 물결이 바질에게 돌아왔다.

"벌은 맛이 없어. 하지만 꿀은 맛있지! 그리고 꿀에는 치유의 힘이 아주 풍부해."

바질은 코를 찡그렸다.

"하지만 꿀에 가까이 가려면, 먼저……."

불현듯, 아일라가 바질을 놓아 버렸다. 바질은 침대처럼 두껍게 깔린 솔잎 위로 툭 떨어졌다. 충격이 흡수될 정도로 넉넉히 두꺼웠다. 솔잎 밖으로 고개를 빼꼼 내미는 순간, 바질은 놀라운 사건을 목격했다.

매서운 강풍이 나무를 내리쳤다. 이 엄청난 바람의 힘 때문에 나무 둥치가 뒤로 기울며 잔가지가 날아가고, 솔잎이 폭발하고, 뿌리가 펑 소리를 냈다. 나무둥치 안이 구멍이 벌어지고, 꿀이 묻어 축축한 나무껍질 조각들이 숲 여기저기로 마구 흩날렸다.

그러고는, 시작했던 것처럼 갑작스레, 강력한 바람이 뚝 멈추었다. 나무둥치는 원래의 곧은 위치로 돌아갔지만, 소용돌이치는 바람이 숲을 찢어대고 날려 버린 수없이 많은 잔가지, 나무껍질, 솔잎과 함께 벌 떼를 데려갔다. 바질은 깜짝 놀라 그 늙은 나무를 바라보았다. 황금색 꿀이 벌어진 구멍에서 새어 나오고 있었다.

"벌 한 마리 남아 있지 않아요! 아일라, 당신은 정말 놀라워요."

바질은 지체할 시간이 없다는 걸 알았기에, 솔잎 침대 사이로 걸어 늙은 나무의 울퉁불퉁한 나무뿌리로 기어올라갔다. 다친 날개를 부딪히지 않으려 조심하며, 부러진 나뭇가지 아래로 미끄러지듯 기어갔다. 마침내 나무둥치 아래에 이르렀다. 잠시, 바질은 자신이 흘끗 본 것을 되짚어 생각해보았다. 가파른 절벽에서 시작한 여행. 진정으로 또 다른 위대한 '나무'의 밑동이었던 곳. 바질은 뚝뚝 흘러내리는 꿀의 강물 속으로 지체하지 않고 뛰어들었다.

혓바닥으로 끈적끈적한 꿀을 핥으며, 그 놀라움에 뒤로 물러났다. 이 꿀은 기이한 맛이었다. 달콤한 게 아니라 마치 불에 그슬린 꿀처럼 구운 맛이 났다. 하지만 기운을 북돋아주었다. 부러진 날개도 좀 덜 아팠다. 무엇보다도, 꿀은 바질의 몸을 따뜻하게 채워주었다. 혀끝에서부터 배 한가운데까지 서서히 열기가 퍼졌다.

바질은 한 번 더 핥아먹었다. 이번에는, 혓바닥으로 커다란 꿀 덩어리와 함께 벌의 은신처 속으로 날아든 불에 탄 자그마한 먼지를 빨아들였다. 그렇게 그것을 삼켰을 때, 바질은 이 땅의 맛을 보게 되었다.

나는 불꽃이다! 나는 뜨겁게 불에 탄다. 언제나 배고프고, 언제나 살아 있다. 내 몸은 밝은 빛이고 어두운 연기다. 내 본질은 변화다. 재에서 흙으로, 흙에서 나무로, 나무에서 재로…… 전환은 내 가장 깊은 갈망이고, 내 가장 위대한 힘이지. 그 어떤 것도 나를 영원히 거부할 수 없어. 나는 무엇이든 될 수 있다.

바질의 마음속 목소리가 마치 불에 타는 석탄처럼 탁탁 툭툭 소리를 냈다.

목소리는 기쁨으로 탁탁거렸다.

왜냐하면 나는 불꽃이니까.

아일라가 바질을 데려가기 위해 숲으로 다시 왔을 때, 바질은 꿀을 먹고 되살아난 느낌이 들었다. …… 또한 이상하게도 몸이 따뜻해져서 힘을 되찾은 것 같았다. 그것은 또 다른 종류의 불이 가슴 속에 켜진 것 같은 느낌이었다. 즉, 변화의 불꽃.

나는 무엇이든 될 수 있다.

그 말이 바질의 마음속에 울려 퍼졌다.

바질은 자신이 진짜 어떤 생명체인지 궁금했다. 자주 그랬던 것처럼. 하지만 이번에는, 자신 안의 변화의 마법을 알아차렸는데, 그 초점은 달라졌다. 이번에는, 자신이 언젠가 무엇이 될지 궁금했다.

무엇이 되든, 그것은 독특하겠지. 이번 여행처럼. 그리고 나처럼.

바질은 확실히 느꼈다.

바질은 혀로 꿀의 맛을 음미하며 고개를 끄덕였다.

독특한 것.

26

메아리

나이가 들수록, 청각이 좋아진다. 귀가 더 밝아져서가 아니라, 듣는 법을 배웠기 때문이다. 많이 듣고 덜 말하라. 진실한 말을 더욱더 많이 들어라.

아일라가 바질을 녹색 구름 속으로 데리고 올라가는 동안, 바질은 파이어루트를 마지막으로 한 번 더 내려다보았다. 연기와 용암의 강을 끝없이 토해내는 들쭉날쭉한 화산 한 쌍. 두 정상 사이에 자리 잡은 거대한 분화구가 아가리를 쩍 벌린 채, 재와 검댕이로 시커멓게 변해 있었다. 바위투성이 산봉우리 수십 개가 분화구 주변에 솟아 있었다. 분화구가 제멋대로 기울어져, 무시무시하게 커다란 입 안에 든 들쭉날쭉 비뚤어진 이빨처럼 보였다.

"저 아래로 내려앉고 싶지 않아요. 분명 우리를 집어삼킬 거예요."

바질이 생각에 잠겨 가만히 바라보았다.

아일라는 쿡 웃음을 터트리며 바질을 흔들었다.

"저것들은, 그래! 저 아래 사람들이 걸어가는 게 보이는데."

266

아일라는 뾰족한 산봉우리 사이로 쭉 뻗은 오솔길을 따라 걷고 있는 세 사람을 가리켰다. 남자 둘과 여자 하나였는데, 모두 은빛 머리카락이 길었다. 풍경이 거칠어 보였는데도, 그 사람들은 아무렇지도 않게 걸었다. 고향에 있는 것처럼 무척이나 편안한 것처럼 보였다.

갑자기, 그 사람들이 분화구를 향한 가파른 절벽으로 곧장 뛰어가기 시작했다. 절벽 가장자리에 가까워지며 속도를 줄이는 대신, 오히려 속도를 높였다. 그 사람들의 은빛 머리카락이 뒤로 흐르며, 걸을 때마다 나부꼈다. 절벽 가장자리에 이르러, 세 사람 모두 허공으로 뛰어올랐다.

바질은 깜짝 놀랐다. 모두 저 아래 바위에 부딪쳐 죽는 모습을 보게 되리라 확신했다. 하지만 세 사람 모두 갑자기 거대한 날개를 쭉 뻗었다. 끝이 빨간 깃털이 등을 뒤덮었다. 한편, 깃털 달린 발톱이 나왔다. 그 사람들은 바람 속으로 뛰어들어, 분화구를 가로질러, 불타는 용암 강 위로 솟아올랐다.

"독수리 종족이에요! 저 날개를 봐요, 엄청나게 넓적하고 단단해요."

바질의 초록색 눈동자가 그 경이로움을 지켜보았다.

아일라는 자신의 승객을 품고 더 높이 데리고 올라갔다.

"날개가 그립구나, 그렇지? 꼬마 방랑자, 곧 멀린을 찾을 거야. 멀린이 널 치유해줄 거야."

"네, 맞아요."

바질이 부러진 날개를 등에 딱 붙이며 대답했다. 날개가 마구 쑤셔, 갈빗대와 척추를 타고 날카로운 고통이 흘렀다. 그래도, 바질은 당당하게 말했다.

"하지만 그건 우리의 최소한의 목표예요. 치유를 받고 싶기는 하지만, 그전에 먼저 멀린에게 리타 고르에 대해 경고해줘야 해요. 우리는 시간을 너무 많이 허비했어요!"

"반드시 멀린을 찾아낼 거야."

아일라가 약속했다. 하지만 목소리는 그렇게 확신에 차 있지 않았다.

바질은 날개를 다시 움직이지 않으려 조심하며, 골똘히 생각에 잠겨 고개를 기울였다.

"어쩌면 우리가 아직 확인하지 않은 세 곳을 찾아봐야 할지도 몰라요. 새도루트, 워터루트, 그리고 제 오랜 고향 우드루트. 제 말은…… 제가 일곱 영토를 모두 보고 싶기는 하지만, 저 세 곳 이외에 다른 곳도 있지 않나요? 우리가 멀린을 찾을 확률이 더 높은 곳이요?"

"아니, 다른 영토는 없어. 네가 말한 세 곳을 찾아봐야 해. 그리고 만약 우리가 멀린을 찾지 못한다면, 이미 보았던 영토로 되돌아가야 할 거야."

바람 누이가 바질의 귀에 바람의 파도를 일으키며 대답했다.

"다시 가고 또 가야겠지요. 만약 그래야 한다면."

"맞아, 그리고 그 과정에서, 너는 다그다와의 약속을 지켜야 하고."

아일라가 동의했다.

"그것이 우리의 속도를 늦추게 하지 않는다면요."

"걱정 마! 우리는 바람의 속도로 아주 빨리 여행할 거니까. 그리고 나는 내 몸을 최대한 쭉 펼칠 거야. 우리가 갈 수 있는 모든 곳까지. 멀린이 가까이 있는지 살펴볼 거야."

주변에서 구름이 짙어지며, 붉은색으로 장막을 짰다. 시간이 지나면 지날수록, 어둠이 깊어졌다. 아일라가 계속 하늘을 나는 사이, 곧 바질은 어둠 말고는 아무 것도 볼 수 없었다. 얼굴에 끊임없이 바람이 불어대며, 자신들이 여전히 움직이고 있다는 걸 확인시켜주었다.

한참이 지났지만 여전히 계속 날았다. 하지만 어둠은 걷힐 기미를 전혀 보이지 않았다. 오히려, 어둠이 점점 깊어만 갈 뿐이었다. 어둠은 둘을 무겁게 누르며 꽉 조여 왔다. 마치 단단한 주먹 같았다.

결코, 이렇게 짙은 구름은 본 적이 없어.

바질이 생각했다.

"이건 구름이 아니야, 이건 밤이야. 섀도루트의 영원한 밤이야."

바질의 생각을 알아차린 아일라가 속삭였다.

바질은 긴장했다.

"당신 말이 맞아요! 이제 구름이 하나도 없어요. 구름의 차가움도, 구름의 축축함도 느낄 수 없어요. 제가 느낄 수 있는 거라고는 오직……."

"밤이지. 이 영토에서는, 꼬마 방랑자, 빛도, 새벽도, 별이 빛나는 하늘도 없단다. 우리가 지금 날고 있는 이 땅은 단 하나의 빛조차도 보이지 않아."

바람 누이가 속도를 줄이지 않고 앞으로 나아가며 말했다.

바질은 몸을 벌벌 떨었다. 추워서 그런 건 아니었다.

"정말 끔찍하군요. 오직 어둠만 존재하다니! 날마다, 해마다. 이 땅은 왜 이렇게 저주받은 건가요?"

"바람 누이들이 알고 있는 건 왜 이곳이 항상 어두운가 하는 것뿐이야. 하지만 그건 저주 때문이 아니란다, 절대 아니지. 이 영토에 수많은 공포가 있다 해도, 그건 사실이야……. 이곳에는 또 수없이 많은 경이로움도 있어."

아일라는 약간 속도를 늦추었다. 그래서 바람이 조금 약해졌다.

"경이롭다고요? 전혀 그렇게 보이지 않는데요. 아일라, 저는 어둠을 별로 좋아하지 않아요. 저처럼 자그마한 동물에게는, 어둠은 다크틸새 한 무리보다 더 위험할 수 있거든요."

바질은 어깨를 으쓱해 보였다.

"아, 하지만 다크틸새조차도 완전히 사악한 건 아니란다."

"당신은 다크틸새를 몰라요! 다크틸새는 격노한 용을 마치 참새처럼 보이게 한다고요."

"하지만 어둠은, 꼬마 방랑자, 놀라운 덕목을 지닐 수도 있어. 그래서 감동적인 노래를 부르는 무세오가 섀도루트에서 오는 거란다. 우드루트의 숲에 사는 요정들도 있지만, 저 아래 어두운 계곡에 사는 요정들도 있단다. 그래서 이 영토의 진짜 이름이 요정들의 말로는 '숨겨진 보물'이라는 뜻이지."

바질은 믿기지 않아 고개를 저었다.

"미안해요, 아일라. 당신은 절대 저를 설득할 수 없어요. 저를 저 아래로 데려다주세요. 제가 흙을 맛볼 수 있도록요. 하지만 오래 있고 싶지는 않아요."

아일라가 바질의 얼굴에 바람을 불었다. 너무 세게 불어서 눈에서 눈물이 흘렀다.

"윈드테이커를 무찌른 용감한 전사에 어울리지 않게, 네 말에 걱정이 묻어 있는 것 같구나."

"우리는 완전한 어둠의 영토로 날아들고 있어요! 저는 느껴져요, 그뿐이에요. 이제, 저 아래 내려주세요. 그래서 다그다와의 약속을 지킬 수 있도록요. 이곳에서 뭔가 특별한 걸 발견할 것 같지 않지만요."

바질은 아일라에게 입김을 불어댔다.

"좋아, 꼬마 방랑자. 네 일을 하는 동안, 나는 멀린을 찾아볼게."

"하지만 어떻게요? 멀린을 볼 수도 없잖아요."

"맞는 말이야. 내 시야로도 이런 어둠 속에서는 아무 것도 볼 수 없어. 하지만 바람은 느끼고 들을 수 있어. 그런 감각으로 찾아볼 거야."

갑자기, 아일라가 바질을 어두운 풍경을 향해 아래로 데리고 갔다. 심장이 성마르게 두근거렸지만, 바질은 두려움을 물리치려 노력했다.

자, 진정해. 지금까지도 살아남았는데, 제아무리 섀도루트라고 해도 별거 있겠어?

바질은 침착하려 최선을 다했다. 바질은 아일라가 절대 위험한 곳에 내려놓지 않으리라는 것을 알고 있었다. 그리고 또한 아일라가 데려다주는 곳에 가는 것 말고 다른 선택의 여지가 없다는 것을 알고 있었다.

아일라의 속도가 느려졌다. 아일라가 바질의 귀에 대고 속삭였다.

"네가 내려앉게 될 곳은 '메아리 골짜기(Vale of Echoes)'라고 부르는 곳이야. 소리를 내지 마, 꼬마 방랑자, 아무 소리도 내지 마. 이 계곡에서는 자그마한 한숨도 폭풍처럼 시끄러운 소리가 될 테니까."

바질은 숨을 꼴깍 삼켰다. 불길한 예감을 떨쳐 버릴 수 없었다.

"아일라, …… 저를 저 아래에…… 정말 남겨둘 거예요?"

바질이 물었다.

진한 계피 향이 바질의 콧구멍을 간지럽혔다.

"널 위해 빨리 돌아올게. 게다가, 한 곳을 빼고 영토를 돌아본다면, 네가 진정한 방랑자라고 할 수 있겠니?"

"물론 아닐 거예요, 하지만 여기에는 별로 볼 게 없잖아요?"

바질이 물었다.

"이 영토에서는 눈으로 볼 수 없어. 마음으로 보아야 해. 네가 꿈속에서 그러는 것처럼."

아일라가 대답했다.

그 말에, 바질은 깜짝 놀랐다. 바질의 마음속에서 뾰족하고 들쭉날쭉한, 시커먼 날개가 마구 움직였다. 그리고 멀린이 죽어가고 있었다! 누구에 의해서? 자신에 의해서? 바질은, 기억 속에서, 다그다의 굵은 목소리를 들었다.

조심해. 조심해. 조심해.

"나는 이제 네 곁을 떠날 거야, 꼬마 친구. 만약 내가 제대로 조준했다면, 너는 곧 까마귀덩굴(ravenvine)의 부드러운 잎사귀를 느낄 수 있을 거야."

"'제대로 조준했다면'이라고요?"

순간, 뒤엉킨 잎사귀가 바질의 배를 스쳤다. 바람이 갑자기 멈추자, 바질은 잎사귀 사이를 미끄러지듯 움직였다. 잠시 뒤, 바질은 한 자리에 멈춰 섰다.

바질의 몸이 멈췄지만, 소음은 계속 커졌다. 산들바람은 없었지만, 소리는 있었다. 소리는 점점 더 커지고 또 커졌다. 까마귀덩굴 잎사귀가 진동에 흔들렸다.

어둠 속에서 폭풍이 빠르게 다가온다고 확신하고, 바질은 몸을 쫙 폈다. 소음으로 판단하건대, 곧 엄청난 폭풍이 닥칠 것이다. 초조하게, 바질은 다리로 덩굴을 꼭 움켜쥐었다.

그러다 문득 깨달았다.

이 바보! 이곳은 '메아리 골짜기'야.

폭풍이 다가오는 소리는 사실 바질이 착륙하며 일으킨 소리였다. 자신의 몸이 잎사귀를 스치며 울려 퍼지는 소리를 듣고 있었던 것이다.

바질이 진실을 깨닫자마자, 소리가 희미해지기 시작했다. 재빨리 조용해지고, 마침내 폭풍이 아니라 바스락 소리로 바뀌었다. 이윽고 속삭임으로. 잠시 뒤, 침묵으로 녹아들었다.

좋아. 난 여기 있어. 혼자.

바질은 생각했다. 바람 누이는 지금 멀리 가 있으니까.

하지만 사실, 바질은 혼자가 아니었다. 바로 그 순간, 누군가 바질을 지켜보고 있었다. 몇 발짝 떨어진 곳에서 비열한 흡혈 멧돼지(bloodboar) 세 마리가 몸을 웅크리고 있었다. 흡혈 멧돼지는 이 영토에서 가장 사악한 짐승이었다. 엄청난 후각과 강력한 시각에 의존해, 어둠 속에서도 먹잇감의 위치를 찾아낼 수 있었다. 먹잇감을 찾고 나면, 끔찍한 엄니와 칼처럼 날카로운 이빨이 나머지를 처리할 것이다.

흡혈 멧돼지들은 미동도 않고, 바질에게 관심을 집중했다. 이 계곡에는 아주 조그마한 움직임도 먹잇감에게 경고가 될 소리를 충분히 불러일으키기 때문이었다. 먹잇감은 매우 작았지만, 흡혈 멧돼지들은 고기 냄새를 맡을 수 있었다. 며칠 동안 먹이를 찾지 못했기에, 이 자그마한 한 입 거리에서 나는 냄새조차 침을 질질 흘리기에 충분했다. 거품이 이는 침이 입가에 고였다.

바실은 위험을 알아차리지 못하고, 주둥이를 덩굴 잎사귀에 댔다. 잎사귀를 따라 혀를 스르르 대자, 잎사귀에 난 섬세한 털 때문에 혀가 간지러웠다. 문득, 잎사귀 두 개 사이에 끼어 있던 자그마한 먼지 덩어리 하나가 바질의 관심을 끌었다. 바질은 그 덩어리를 단숨에 입에 넣고 꿀꺽 삼켰다.

우리는 어둠이다. 우리는 수많은 비밀을 간직하고 있다. 수많은 보물을 지니고 있다. 우리는 우리의 아름다움을 은밀하게 나누어준다. 단, 눈이 멀지 않은 자들만 나누어 가질 수 있다.

바질의 마음속에서 내밀한 목소리가 말했다.

바질은 눈을 깜빡거리며, 근처 어둠 속 어딘가에 진짜 생명체가 있다는 생각이 들었다. 하지만 그렇지 않았다. 물론 바질은 잘 알고 있었다. 이것은 이 영토의 가장 내밀한 마법의 목소리라는 것을. 그 이상은 아니었다.

또한, 우리는 두려움과 갈망, 분노와 슬픔을 품고 있다. 너무 깊어서 이름을 지을 수도 없는 갈망을 품고 있다. 하지만 이 그림자의 장소에서, 눈에 안 보이는 선각자들은 진실과 사랑, 그리고 빛의 어둠을 발견할 수 있을지도 모른다.

내밀한 목소리가 말을 이었다.

목소리가 다시 한 번, "우리는 어둠이다"라고 말하는 동안, 흡혈 멧돼지들은 튼튼한 다리 근육을 긴장시켜 뛰어오를 준비를 했다. 잠시 뒤, 멧돼지들은 펄쩍 뛰어 불행한 먹잇감을 갈기갈기 물어뜯을 것이다.

동시에, 바질의 반대쪽에서, 또 다른 생명체가 어둠 속에서 꿈틀거렸다. 그 눈길은 바질에게 맞춰져 있었다. 멧돼지들의 굶주린 커다란 눈동자와 달리, 이 눈은 초록색으로 반짝였다. 사실, 이 눈은 바질의 눈과 매우 흡사해 보였다. 그 생명체가 바질을 닮았으니까. 너무 닮아서 쌍둥이라 할 정도였다.

바질과 똑같은 쌍둥이.

이 생명체는 누구에게도 들키지 않고, 덩굴이 뒤덮인 깊은 구덩이 바닥에서 밖으로 천천히, 조용히 나왔다. 먼저, 자그마한 삼각형 코가 나왔다. 그러고 나서 박쥐처럼 생긴 둥근 귀 아래 눈이 나타났다. 그 다음에 비늘에 덮인 초록색 목, 배, 등, 그리고 그 위에는 쭈글쭈글한 날개두 개가 달려 있었다. 비록 날개가 부러지지는 않았지만, 그 날개는 바질의 가죽 같은 피부와 판박이였다. 구덩이 아래, 끝에 앙상한 혹이 달린 자그마한 꼬리가 매달려 있었다.

바질은 이 칠흑 같은 어둠 속에서 아무 것도 볼 수 없었다. 하지만 만약 바질이 볼 수 있었다면, 그리고 자신의 왼쪽을 바라보았다면, 바질은 분명 깜짝 놀랐을 것이다. 왜냐하면 끔찍한 멧돼지 세 마리가 자신을 갈기갈기 찢어 죽이려 한다는 걸 발견할 테니까. 그런데…… 만약 오른쪽을 보았다면, 바질은 즉각 마음을 빼앗겼을 것이다. 왜냐하면 아발론에서 진정으로 자신을 닮은 생명체를 처음으로 보게 될 테니까. 적어도, 자신의 정체성에 대한 미스터리를 푸는데 도움을 줄 첫 번째 생명체.

멧돼지의 다리 근육이 뻣뻣해졌다. 탄탄한 몸이 떨리며, 먹잇감을 공격해 죽일 준비를 했다. 한편, 바질은 전혀 눈치채지 못한 채 꼼짝도 않고 앉아 있었다. 그리고 그리 멀지 않은 곳에서…… 똑같이 생긴 도마뱀이 조용히 은신처에서 나왔다.

쌍둥이 도마뱀이 구덩이에서 나올 때, 귀 하나가 까마귀덩굴 잎사귀에 부딪혔다. 그 잎사귀 위에는 이 한 마리가 앉아 있었다. 너무 작아서 빛이 있다 헤도 귈 보이지 않는 곤충이었다. 도마뱀의 귀가 잎사귀에 닿자, 이는 즉각 음식을 먹을 멋진 기회라는 것을 알아차리고, 그 위에 달라붙었다. 부드러운 피부를 느끼며, 아주 자그마한 입을 벌렸다. 그리고 한 입 깨물었다.

이한테 물렸다는 걸 느낀 쌍둥이 도마뱀은 본능적으로 귀를 펄럭거렸다. 귀 가장자리가 머리 뒤쪽 비늘에 닿자, 자그마한 소리가 났다. 아무도 못 들을 것 같은 그런 소리였다. 물론, '메아리의 계곡'에서 나지 않았다면 그렇다는 말이다.

그 자그마한 소리가 울려 퍼지며, 재빨리 소리를 키워갔다. 그 소리는 마치 드럼을 두드리는 것처럼, 커다랗게 쿵쿵거리다가 이윽고 엄청난 천둥 소리로 커졌다. 곧 소리가 허공에 가득 차며, 계곡의 한쪽에서 다른 쪽으로, 또 다른 쪽으로 퍼져 나갔다.

바로 그 순간, 다른 뭔가가 허공에서 움직였다. 멀린의 흔적을 전혀 찾지 못하고 돌아오던 아일라가 가까이 다가왔다. 아일라는 문제를 눈치채고 재빨리 아래로 내려왔다. 갑작스러운 돌풍을 일으키며, 바질을 어두운 하늘로 낚아챘다.

그 순간, 흡혈 멧돼지 세 마리가 뛰어올랐다. 엄니 하나가 바질의 꼬리를 물었지만, 바질을 먹어치울 만큼 재빨리 움직이지는 못했다. 바람누이가 높이 올라가자, 멧돼지들의 묵직한 몸이 덩굴 덮인 땅에 쿵 떨어졌다. 멧돼지들이 분노에 차 울부짖으며, 귀가 먹먹할 정도로 크게 으르렁거렸다.

그러는 사이, 바질은 높이 올라갔다. 비록 저 아래에서 무슨 일이 벌어졌는지 보이지는 않았지만, 아일라의 재빠른 반응이 자신을 위험에서, 어쩌면 죽음에서 구해주었다는 것을 알아차렸다. 그런데 바질이 알지 못한 것은, 전혀 추측하지 못했던 것은, 자신과 똑같이 생긴 쌍둥이를 만날 절호의 기회를 놓쳤다는 사실이다.

저 아래 어둠 속에서, 멧돼지들이 날카로운 소리를 내며 대가리를 맹렬하게 들이받았다. 먹이를 놓치자, 더 허기지고 또 더 화가 치밀어 올랐다. 서로에게 달려들어 털을 날리며 덩굴 위로 굴렀다. 갑자기, 그 중하나가 근처 땅 위에서 또 다른 맛난 도마뱀의 냄새를 맡았다. 그러자즉각 싸움을 멈추었다. 다른 멧돼지들 또한 새로운 먹이 냄새를 맡고, 똑같은 행동을 했다. 셋 모두 즉각 몸을 움츠려 공격 자세를 취했다.

쌍둥이 도마뱀은, 위험을 감지하고, 그 자리에 얼어붙었다. 구멍 속으로 재빨리 도망가야 할까? 아니면 그처럼 힘센 적들한테 걸리지 않기를 그저 바라고만 있어야 할까? 그런데 쌍둥이 도마뱀은 완전히 다른 행동을 했다.

멧돼지들이 뛰어오르며 사악하게 입을 탁탁거렸지만, 자그마한 도마뱀은 갑자기 자신의 진짜 모습으로 변신했다. 변신! 좀 전에 임시로 변했던 모습, 그러니까 자신이 의도했던 희생자 바질의 모습은 온데간데없이 사라졌다. 그 자리에 튼튼한 팔다리, 치명적인 입, 수백 개의 끔찍한 이빨이 달린 살인적인 큼지막한 짐승이 서 있었다. 몸이 점점 더 커지며, 그 녀석은 싸움으로 달려들었다. 멧돼지들이 땅에 닿기도 전에, 멧돼지의 목 하나가 이 끔찍한 입에 찢겨 나갔다.

살, 털, 피가 땅에 날렸다. 비명과 으르렁거림이 터져 나오자, 엄청난 메아리가 허공을 울려댔다. 10초도 되지 않아, 싸움은 끝났다. 녀석은 만족스럽게 웃으며, 희생자 셋의 포동통한 몸통을 갈기갈기 찢었다.

곧, 흡혈 멧돼지에게는 질긴 힘줄과 뼈 말고는 아무 것도 남지 않았다. 이제 검은 뱀의 모습으로 변해, 녀석은 부풀어 오른 몸을 덩굴 아래로 미끄러트렸다. 그곳에서 기나리며, 마침내 다음 경솔한 먹이가 나타날 때까지, 먹이를 소화할 것이다.

아일라와 바질은 자신들이 무엇을 놓쳤는지 전혀 알지 못한 채 동쪽으로 재빨리 날아갔다. 그 사이 싸움의 메아리도 희미해져 갔다. 이윽고, 마지막 소리도 사라졌다. 음산한 침묵이 영원한 밤의 영토에 내려앉았다.

27

더 깊은 어둠

위로 드러난 것은 아래에 감추어져 있는 것보다 흥미롭지 못하다.

바질은 어둠이 내린 섀도루트의 외곽 위를 날며, 자신이 그토록 갈망하던 뭔가를 찾아, 정말로 보고 싶은 뭔가를 찾아 하늘을 살펴보았다. 드디어, 짙은 구름 사이로 찾아냈다.

"빛이에요, 다시 빛이 보여요."

바질이 기쁘게 외쳤다.

바질은 첫 번째 빛줄기가 구름 사이로 스며들어, 구름의 가녀린 테두리를 비추고, 이윽고 안개 사이를 퍼져 나가는 모습을 지켜보았다. 동쪽으로 날아가는 동안, 주변의 구름이 환해졌다. 빛이 거룩한 초처럼 공기를 투과하며 하늘을 환하게 빛나게 했다.

윈드테이커의 뱃속에서 탈출한 지 아직 하루도 지나지 않았다. 하지만 너무나 많은 일이 일어났다. 그래서 일주일도 훨씬 더 지난 것처럼 느껴졌다. 바질은 고작 섀도루트의 영토를 목격했을 뿐이었다. 스톤, 머드, 에어루트의 영토만큼 기이하고, 아름답고, 위험했다. 그리고 신비한 마법을 맛보았다. 자신 안에서 여전히 느낄 수 있는 마법을……

내가 더 현명해졌다고 느껴지지는 않아. 하지만 내가 약간…… 커진 느낌은 들어.

바질은 생각했다.

구름 위로 별빛이 흘렀다. 바질은 아일라에게 말했다.

"앞으로 무슨 일이 일어나든…… 저는 이번 여행을 할 수 있어서 정말 기뻐요! 당신은 잘 알겠지만, 세상은 제가 생각했던 것보다 훨씬 더 커요."

"그래, 꼬마 방랑자, 그리고 너도 그렇단다."

"어쩌면 그럴지도 모르지요."

바질은 대답했다. 얼굴에 미소의 흔적이 묻어났다. 문득, 미소가 갑자기 사라졌다.

"하지만 리타 고르가 모든 걸 죄다 망칠 수 있어요! 우리는 이 세상을 많이 보았지만, 멀린의 흔적은 없었어요. 빨리 멀린을 찾아야 해요!"

아일라의 숨결이 바질의 얼굴에 차갑게 불어왔다.

"우리는 이제 나머지 영토로 가야 해. 워터루트와 우드루트. 하지만 지금 그곳에서 아주 멀리 와 있단다, 꼬미 빙랑자. 그곳에 가려면 나무 주변을 계속 날아가야 해. 그러려면 시간이 많이 걸려. 우리가 지나왔던 시간보다 시간이 더 많이 걸릴까 걱정스럽단다."

바질이 코를 찡그렸다.

"더 빠른 길은 없나요?"

아일라는 왼쪽으로 방향을 틀어, 안개의 소용돌이 탑 주변을 스쳐 나갔다.

"있지. 하지만 그러려면 다시 어둠 속으로 들어가야 해. 섀도루트의 어둠이 아니라, …… 더 깊은 어둠이란다."

"말도 안 돼요! 도대체 어떤 어둠을 말하는 건데요?"

"사후 세계의 가장자리에 있는 어둠이란다."

"정령들의 세상 말인가요? 하지만 그곳은 아주 멀리 있잖아요! 어떻게 그게 더 빠른 길이 될 수 있다는 말이에요?"

바질은 바람 누이의 쿠션 같은 공기 위에서 불안하게 몸을 뒤척였다.

"위대한 나무 주변을 따라 가는 대신, 너를 나무 아래로 데려가려는 거야. 뿌리 아래로. 그러면 우리는 세상들 사이를 가르고 있는 안개 사이로 가게 될 거야. 아주 깊고, 아주 어두운 안개 말이야."

바질은 깜짝 놀랐다.

"그곳이 얼마나 어둡든 신경 쓰지 않아요. 만약 그 길이 더 빠르다면, 그렇게 해요."

갑자기, 아일라가 별빛 구름을 가르며 아래로 돌진했다. 너무 빨라 바람이 사방에서 비명을 질러댔다. 마치 아일라가 빛과 달리기 시합을 하는 것 같았다. 바질은, 불어오는 바람에 귀를 머리에 착 달라 붙인 채, 자신이 먹잇감을 쫓는 커다란 새이고, 지금 하늘에서 곤두박질치는 중이라고 상상했다.

구름이 짙어지자 빛이 희미해졌다. 오른쪽으로, 기다란 산등성이의 시커먼 윤곽이 보였다. 너무 완벽하게 그림자가 드리워 있었다. 그래서 어슴푸레한 구름이 대조적으로 환하게 보일 정도였다. 저것이 섀도루트의 외곽일까?

빛이 재빨리 희미해졌다. 아래로 계속 내려가며, 드문드문 보이는 불빛이 희미하게 저 위 안개 파도 꼭대기를 비추었다. 이윽고, 일순간, 모든 것이 시커멓게 변했다. 어둠이 모든 것을 집어삼켜 버렸다.

우리가 다시 섀도루트로 돌아온 것일까? 아니면 이것이 정말로······ 사후 세계의 가장자리일까?

바질은 조바심이 났다.

방금 전에 경험했던 빛의 짧은 막간에 감사해하며, 바질은 주변에 남아 있는 빛줄기가 있나 살펴보았다. 하지만 없었다. 사방에 오직 어둠뿐이었다. 칠흑 같은 견고한 어둠 속에서, 바질은 속도와 방향을 판단할 수조차 없었다. 사실, 얼굴에 끊임없이 불어대는 바람과, 요란한 바람 소리를 통해 자신이 움직이고 있다는 사실을 알 수 있었다.

하지만 잠시 동안 어둠 속을 응시하고 나서, 바질은 뭔가 이상한 것을 알아차렸다.

저기는 완전히 어둡지 않은데.

바질은 그 사실을 깨닫고 깜짝 놀랐다. 더 유심히 살펴보며, 자신이 정말로 제대로 보고 있다는 걸 확인했다.

아니면 적어도, 똑같이 검은 건 아니야.

사실, 바질의 눈에 미세한 차이가 보이기 시작했다. 곳곳에서, 어둠이 웬일인지 보다 가볍고 옅게 보였다. 어떤 곳에서는 옅고 짙은 어둠이 층층을 이루고 있었다. 마치 강둑을 따라 쌓인 모래와 진흙처럼. 또 다른 곳에서는, 어두운 풍경이 훨씬 더 풍부하고 깊은 어둠의 혈관으로 잔물결을 일으켰다.

"사후 세계에 온 걸 환영해. 이제 우리는 위대한 나무의 뿌리 아래에 있어. 조심해야 해, 꼬마 친구······ 너는 유한한 생명 중 멀린만이 목격했던 것을 보게 될 거야."

아일라가 울부짖는 바람 소리 위로 들릴 만큼 크게 바질의 귀에 대고 말했다.

"멀린 말고는 아무도 없다고요? 제가 그런 특별한 대접을 받을 자격은 없어요. 하지만 그렇다고 해서 이걸 즐기는 일을 포기하지는 않을 거예요."

바질이 가느다란 꼬리를 흔들면서 기쁜 듯이 웃었다.

"좋아, 이제 잘 보도록 해."

아일라가 대답했다.

주변에 바람을 요란하게 일으키며, 둘은 새롭고, 미세하게 다양한 어둠 속으로 더 깊이 들어갔다. 곧, 바질의 눈에 층층이 쌓인 어둠뿐만 아니라, 그 층층이 쌓인 어둠 속의 모양까지 보였다. 몇몇은 거대한 성을 닮은 구름처럼 또렷했다. 몇몇은 시커먼 번갯불처럼 순식간에 지나갔다. 바질은 어둠 속에서 날아 나오는 공기 요정을 닮은 형상들을 보고는 깜짝 놀랐다. 그곳은 동굴의 입구일 수도 있었다. 그 형상들이 다 함께 방향을 틀더니, 다른 곳을 향해 곧장 날아갔다.

저 너머에서, 또 다른 놀라운 모습이 흘끗 보였다. 거꾸로 처박힌 거대한 나무처럼 보였다. 튼튼한 검은 뿌리가 저 위의 안개 속에 고정되어 있고, 비뚤어진 나뭇가지들이 저 아래로 뻗어 있었다. 바질이 분명하게 볼 수 있는 곳 훨씬 너머로. 나무 꼭대기는 저 아래 소용돌이치는 안개 속에 숨어 있었다. 하지만 이내 바질은 그 모양의 단서를 알아차렸다. 그림자의 그림자.

이윽고, 저 멀리서 뭔가가 보였다. 그 모습을 보고 바질은 숨죽였다. 풍경! 완전히 어두운 풍경. 굽이치는 언덕과 가느다란 수로, 시커먼 산등성이와 그늘진 골짜기.

놀랍게도, 이 풍경은 끊임없이 그 모습을 바꾸었다. 쉼 없이 돌아가며, 어두운 장관이 커졌다가 소멸하고 다시 나타났다. 언덕은 위로 소용돌이쳐 산봉우리가 되고, 계곡은 줄어들어 움푹 꺼진 구덩이가 되고, 일렁이는 윤곽이 무한한 평원으로 납작해졌다.

불현듯, 강력한 바람이 앞에서 불어대며, 아일라와 아일라의 승객 모두를 마구 흔들었다. 바람에 흐릿한 그림자가 실려 왔다. 어두운 형상들은 어두운 종마에 걸터앉았는데, 종마의 커다란 발굽이 흑요석처럼 빛났다. 종마의 위에 올라탄 자들은 아일라와 바질 위로 곧장 빠르게 달렸다. 바질은 뼛속까지 차가운 기운을 느꼈다.

"와요!"

폭풍의 흔들림이 부러진 날개를 비틀자, 바질이 고통에 소리쳤다.

누구인지 모르지만, 그림자에 올라탄 자들은 안개 속에 부풀어 오르는 구덩이 속으로 곧장 사라졌다. 하지만 이 폭풍 때문에 날개가 계속 아팠다.

"괜찮니, 꼬마 방랑자?"

"아니요, 안 괜찮아요. 이 날개가, 아, 훨씬 더…… 아파요."

"멀린이 널 치유해줄 거야, 그리고 우리가 곧 멀린을 찾아낼 거야."

아일라가 이어 경쾌하게 속삭이며 말했다.

"그랬으면 좋겠어."

바질은 상처 난 날개에 바람이 일지 않도록 자세를 바꾸며, 고통의 한숨을 쉬었다.

"저도…… 그랬으면 좋겠어요. 제 날개 이상을 위해서요."

어두운 안개 사이를 계속해서 날아가는 동안 새로운 시야, 풍경, 그리고 때로는 생명체들이 나타났다. 하지만 바질은 그들 중 많은 것을 알아차리지 못했다. 날개가 계속 욱신거렸다. 묵직한 망치가 어깨를 마구 때리기라도 하는 것 같았다.

갑자기, 아일라가 위를 향해 방향을 틀며 바질의 귀에 속삭였다.

"이제 준비해."

"준비하라고요? 뭘요?"

아일라가 대답하기도 전에, 안개가 마치 흠뻑 젖은 담요처럼 묵직하고 축축해졌다. 안개라기보다는 비처럼 짓누르며, 습기를 흠뻑 머금고 있었다. 바람 누이는 계속 날았지만, 이제는 훨씬 속도가 느렸다. 아일라는 신음을 토했다. 공기가 파도처럼 흐르는 것 같았다. 턱턱 소리가 났다. 아일라는 축축하고 두꺼운 벽을 통과해 날아가려 애를 썼다.

빛! 즉각, 주변이 환해졌다. 바질은 눈을 깜빡거리며, 사후 세계의 깊은 어둠에 완전히 익숙해진 눈이 재빨리 일상의 빛에 적응하기를 바랐다. 하지만 이제 바질이 볼 수 있는 거라고는 축축하고 희미한 광선뿐이었다.

둘은 물보라를 일으키며, 축축한 벽을 통과했다. 안개가 별빛을 받아 사방에서 빛났다. 앞에는 일렁이는 푸른 바다가 뻗어 있고, 끝없는 무지개가 가로지르고 있었다.

"이제 워터루트의 영토에 거의 다 왔어. 이곳에서 멀린을 찾을 수 있기를 바라자."

아일라가 힘겹게 숨 쉬며 말했다.

28

끝없이 흐르는

사람은 바다와 같다. 때로는 깊고, 때로는 얕다. 한순간 차분하다, 다음 순간 난폭하다. 게다가 항상 신비롭다.

바질은 아일라의 보이지 않는 팔에 실려, 바다의 수면 바로 위를 날았다. 거품이 이는 파도가 바질의 배를 핥고, 꼬리에 물을 튀겼다. 저 아래, 황금빛 비늘의 물고기 떼가 보였다. 물속에서 톡톡 튀는 비밀스러운 불꽃의 흔적도 보였다. 근처에, 등이 파도처럼 하얀 거북이 한 마리가 느릿느릿 헤엄치고 있었다.

공기를 들이키자 바질의 빈약한 가슴이 빵빵해졌다. 즉각, 이 풍요로운 냄새로 코가 간지러웠다. 그중 일부는 바질이 알아차릴 수 없었다. 하지만 다른 냄새들은 우드루트에서 어릴 적에 만났던 바닷새를 통해 익히 알고 있었다. 겨울마다 철새 수천 마리가 시끄럽게 모여들어 가장 높은 가문비나무에서부터 가장 낮은 오리나무 수풀의 나뭇가지를 가득 채웠기 때문이다.

자극적이지만 유혹적인 바다 소금 냄새가 났다. 해초가 파도 위에 떠다녔다. 해조류와 함께 나무가 둥둥 떠다녔다. 물고기, 물고기, 더 많은 물고기. 거기에 갈매기의 깃털. 그 냄새는 오랫동안 바질을 괴롭혔었다. 왜냐하면 갈매기는 관목과 강둑에…… 그리고 때로 바질에게 똥을 싸 댔으니까.

"여기가 워터루트야, 이제 도착했어."

바람 누이가 속삭였다. 숨결에서 이제 바다 향이 났다.

"저도 보여요. 정말 멋진 여행이었어요, 아일라. 저는 이번 여행을 절대 잊지 못할 거예요."

바질이 말했다.

"나도 잊지 못할 거야, 꼬마 방랑자. 이제 나는 다시 네 곁을 떠날 거야. 몸을 최대한 뻗어서 멀린을 찾아봐야 해! 그래도, 워터루트처럼 광활한 영토에서는 멀린을 찾기가 쉽지는 않을 거야."

공기를 한껏 머금은 아일라의 목소리가 바다의 폭풍처럼 불어왔다.

"저도 같이 가고 싶어요! 멀린을 찾도록 도와주고 싶어요."

바질은 부러진 날개를 살짝 움직여봤다. 고작 그렇게만 했는데도 온몸이 다 아팠다.

"제발요, 저도 데려가 주세요."

바질은 이빨을 뿌드득 갈며 말했다.

"아니. 혼자 가는 게 훨씬 빠를 거야! 나는 드넓은 거리를 살펴봐야만 해. 멀린은 '수정 온천'에서 '안개 분수'까지, 어디든 있을 수 있어. 남쪽, 무지개 바다에 있을 수도 있고. 그곳은 물이 액체 무지개처럼 반짝이는 곳이야. 아니면 저 멀리 북쪽, 물 용의 동굴에 있을지도 몰라."

"물 용이라고요? 여기에도 용이 있어요?"

공기 중에 습기가 많았는데도, 바질은 목이 바싹 말랐다.

"그래, 불을 내뿜지는 않지만, 무척 사납단다. 하지만 이곳에서 아주 먼 곳에 살고 있어, 꼬마 방랑자. 그러니까 넌 걱정 안 해도 돼."

아일라가 바질 곁을 휙 돌며, 공기로 감싸주어 불안감을 내비치는 바질을 안심시켜주었다.

"당신이 그렇게 말한다면……"

바질이 미덥지 않은 목소리로 말했다. 바질은 두 눈으로 일렁이는 파도를 훑으며 의심스러운 게 있나 확인했다.

"게다가, 꼬마 방랑자, 우리는 용말고도 걱정해야 할 게 더 있어."

"맞아요. 리타 고르요."

"그자는 지금 어디든 있을 수 있어."

아일라는 재빨리 오른쪽으로 방향을 틀며 물보라를 일으켰다.

"널 여기 내려놓을게."

바질이 뭐라 더 말하기도 전에, 아일라는 바질을 둥둥 떠다니는 울퉁불퉁한 나뭇조각 위에 부드럽게 내려놓았다.

바질은 둥둥 떠다니는 자그마한 나뭇조각을 후다닥 살펴보았다. 자기 몸보다 약간 더 컸을 뿐이지만, 안정적으로 보였다. 나무는 파도를 타며, 끊임없이 까딱거렸다. 마치 또 다른 물마루이기라도 한 것처럼…….

"좋아요, 하지만 빨리 돌아오세요."

바질이 동의했다.

"그럴게."

아일라가 약속하고는 갑작스러운 물보라를 일으키며 떠나갔다.

"행운을 빌어요!"

바질이 뒤에서 소리쳤다.

바질은 둥둥 떠다니는 나뭇조각 위에서 균형을 잡았다. 하지만 그 움직임 때문에 다친 날개를 건드리고 말았다. 새로운 고통의 물결이, 전보다 더 심하게, 어깨에서 터져 나왔다. 바질은 너무 아파 끙끙 앓는 소리를 냈다.

바질은 애써 관심을 돌리기 위해, 바다 공기를 크게 들이켰다. 소금기가 콧구멍을 더 강렬하게 찔렀다. 수면 위로 살짝 떠오른 뾰족한 은빛 지느러미, 그리고 해초 때문에 냄새가 무척 강했다. 이윽고, 넓적한 날개가 달린 파랑새 한 쌍이 스치듯 지나가며, 축축한 깃털과 물갈퀴의 냄새를 더해 주었다.

바로 그때 파도 두 개가 부딪쳐, 허공에 물보라를 일으켰다. 물방울이 뚝뚝 떨어지며 무지개처럼 반짝거렸다. 생동감 넘치는 보라색, 노란색, 초록색, 그리고 빨간색이 사방에서 어른거리며 비처럼 쏟아져 내렸다.

다그다와의 약속!

갑자기 떠올랐다.

빛나는 물방울이 모두 바다로 떨어져 내리기 전에, 바질은 혀를 길게 내밀어 물방울 하나를 꿀꺽 삼켰다. 비록 작았지만, 그 물방울은 이 영토의 진정한 정수라는 걸 바질은 알았다. 모든 생명을 떠받치는 마법의 액체…….

나는 물이다. 나는 모든 형태, 모든 모양, 모든 장소이다. 안개처럼 부드럽고 얼음처럼 단단하다. 시냇물처럼 가느다랗고 바다처럼 드넓다. 공기 중의 수증기처럼 높으며 심해처럼 깊다. 나는 끓어오르며 거품을 일으키고, 쏟아지면서 구르고, 끊임없이 흐른다.

바질의 마음속 목소리가 당당하게 선언했다. 저 멀리서 웅장한 폭포처럼 포효하며 부딪치는 목소리, 끊임없이 거품을 일으키며 철썩거리는 목소리.

철썩거리는 목소리는 잠시 멈추었다. 마치 끝없이 몰아치는 파도 소리에 귀를 기울이기라도 하는 것 같았다.

나는 웅장하다! 넓고 순수하고, 사납고 차분하고, 위협적이고 조용하다. 나는 거대한 고래의 집이고 물속 먼지처럼 자그마한 생명체의 집이다. 거품처럼 부드럽지만 소용돌이처럼 강력하다. 항상 변하며, 항상 흐른다. 왜냐하면 나는 바다이고, 폭풍이며, 강이고, 빙하이고, 구름이기 때문이다.

다시 한 번 목소리가 멈추더니, 마지막 말을 왈칵 쏟아냈다.

나는 물이다.

점차, 바질은 뭔가 기이한 것을 알아차렸다. 사방에서 끊임없이 파도가 쳤지만, 자신이 올라탄 자그마한 나무토막 근처는 이상하리만치 파도가 잠잠했다. 바질은 가까이 들여다보았다. 신비하게도, 주변의 물이 얌전했다. 마치 쉼 없이 일렁이는 바다 안의 자그마하고 조용한 또 하나의 바다이기라도 한 것처럼……. 곧, 바질이 앉아 있는 나무토막이 물의 수면에 딱 달라붙어 꼼짝하지 않았다.

갑작스러운 물보라와 함께 바질은 허공으로 솟아올랐다!

도대체 이건 어떤 파도지?

바질은 목을 길게 빼고 가장자리 너머로 살펴보며 물었다.

그런데 바질이 본 것은 파도가 아니었다. 빙하처럼 짙푸른 거대한 지느러미가 바질을 떠받치고 있었다. 그 지느러미가 재빨리 바다 위로 솟아올랐다. 지느러미는 물결처럼 움직이는 거대한 껍데기로 덮여 있었는데, 그것은 근육과 뼈의 바다처럼 잔물결을 일으켰다. 지느러미에서 강처럼 흐르는 물이 파도 위로 쏟아져 내렸다.

저건 꼬리야! 나는 꼬리 위에……

그 끔찍한 진실을 깨닫고는 바질의 마음이 얼어붙었다.

용의 꼬리.

거대한 꼬리가 파도 위로 천천히 솟아올라, 바질과 바질이 올라탄 나뭇조각을 싣고 갔다. 아연실색해, 바질은 자신이 앉아 있는 곳 바로 앞에, 지느러미 표면이 섬처럼 거대한 등으로 퍼지는 것을 지켜보았다. 다시 튼튼한 목으로 좁아지고, 그러더니 엄청나게 큰 머리로 솟았다. 용의 무시무시한 입에서 물이 쏟아져 내리며 거대한 푸른색 고드름처럼 생긴 수없이 많은 이빨이 반짝반짝 빛났다.

바질은 높이, 더 높이 솟아올랐다. 이 영토에서 절대 만나고 싶지 않은 생명체의 의도하지 않은 승객이 되었다. 그러고는 불현듯, 용의 꼬리가 획 기울어졌다. 나뭇조각이 튕겨 나가며 바질을 때렸다. 바질은 지느러미 아래로 미끄러졌다. 차가운 바다로 곤두박질치지 않으려 필사적으로 지느러미를 움켜잡았다. 바다에 빠지면 곧 익사하거나 잡아먹히게 될 것이다.

바질이 뭐든 붙잡으려 고군분투하는 동안, 부러진 날개가 고통의 비명을 질러댔다. 물이 쏟아져 내려, 눈이 소금물로 따끔거렸다. 하지만 바질은 자그마한 발톱을 용의 비늘에 필사적으로 꽂아댔다.

저기! 발톱 하나가 따개비를 붙들었다. 따개비가 탁 소리를 내며 터졌다. 숨가쁘게, 바질은 몇 초간 대롱대롱 매달렸다. 온 힘을 다해, 끔찍한 고통을 무시하려 애쓰며, 몸을 더 높이 흔들어 따개비에 달라붙었다. 바로 아래, 파도가 바질을 거품으로 흠뻑 적셨다.

바질은 비참하게 낑낑대며, 희망을 품으려 최선을 다해 노력했다.

내 날개는 쓸모없을지도 몰라…… 하지만 적어도 물 용한테는 날개

가 전혀 없잖아. 적어도 내 눈에는 말이야. 그러니 이 녀석은 갑자기 떠올라 나를 바다 속에 던져 넣지는 못할 거야. 이 녀석이 수면 위에 머무르는 동안…… 난 괜찮을 거야.

바질은 고개를 저었다. 기분이 나아지기는커녕 자신에게도 확신을 불러일으키지 못했다.

저 녀석이 바다 아래로 내려가면, 나는 폐에 물이 가득 차 죽게 될 거야. 그러니 결국…… 나는 절대 멀린에게 경고해주지 못할 거야. 아발론을 도울 수도 없을 거야. 내 삶에서 정말로 중요한 그 어떤 것도 하지 못할 거야.

바질은 억지로 다른 뭔가를 생각하려 했다.

아일라가 빨리 돌아오기를…… 기대할 수밖에.

바질은 용의 거대한 심홍색 눈동자를 언뜻 보았다.

뭔가를 찾고 있는 것 같군. 그게 뭐지?

조금 떨어진 곳에서, 또 다른 거대한 머리가 파도 밖으로 불쑥 나왔다. 그 표면에서 물이 뚝뚝 흘러내리며 모습이 드러났다. …….

두 번째 용!

머리에 지녕석인 뿔 수십 개가 달린 짐승이 미친 듯이 포효했다. 거대한 꼬리를 물에 내리치자, 엄청난 파도가 일었다. 첫 번째 용이 뒤돌아 포효로 대답했다. 그 소리가 너무 커서 마치 천둥이 바로 위에 내리치는 것 같았다.

바질은 따개비를 붙들고 가까스로 매달렸다.

제발, 아일라. 제발 빨리 와요.

갑자기, 바질 밑에 있던 용의 꼬리가 움직였다. 꼬리는 바다를 사납게 내리치지 않고, 몹시도 우아하게, 헤아릴 수 없는 무한한 힘으로 움직였다. 용 두 마리가 서로를 향해 달려들었다. 무장한 배 두 척이 곧장 충돌하는 것 같았다.

바질은 끊임없는 물보라에 흠뻑 젖은 채 따개비에 달라붙어 있었다. 하지만 거대한 꼬리가 마구 흔들리는 바람에, 바질의 손아귀에서 힘이 스르르 빠지고, 바질은 미끄러지기 시작했다······.

용 두 마리는 분노로 포효하며 서로를 공격했다. 바닷새들이 하늘에서 꽥꽥 깍깍 울어대며, 물고기 떼가 허둥지둥 달아났다. 더 빨리 세게 몸을 부딪치며, 이 거대한 경쟁자들은 점점 더 가까워져 갔다.

바질은 귀중한 그 횃대에서 미끄러졌다. 짭짤한 거품에 맞아가며, 단 세 개의 가느다란 발톱으로 매달렸다. 하나가 느슨해졌다. 그러다 또 하나가 느슨해졌다. 마지막 발톱의 마지막 끝으로, 바질은 여전히 붙잡고 있었다. 바로 그때 용 두 마리가 엄청난 물보라를 일으켰다.

용 두 마리의 거대한 입에서 묵직한 포효가 터져 나왔다. 콧구멍에서 파란 얼음이 나와, 무지막지하게 터지며 서로에게 부딪혔다. 몸, 얼음, 그리고 파도가 모두 한꺼번에 충돌했다.

바질은 떨어져 나갔다. 무기력하게, 물보라 사이로, 날아다니는 얼음 조각 사이로 빙그르르 돌며 떨어졌다. 바질은 요동치는 바다 수면에 첨벙 부딪쳤다.

차가운 물이 바질을 감싸, 입과 귀를 가득 채우고, 눈을 찌르고, 폐를 짓눌렀다. 숨을 쉬려 했지만, 그저 더 많은 바닷물만 마실 뿐이었다. 마지막으로, 목에서 콜록콜록 기침이 터져 나왔다.

그러고 나서 바질은 가라앉았다.

29

가장 깊은 숲

나는 마침내 결론을 내렸다. 마법을 구성하는 것은 첫째가 지혜이고, 둘째가 신비이다. 그렇다면 셋째는? 절대 알려주지 않을 것이다.

바질의 주둥이 끝이 파도 밑으로 가라앉았다. 바질은 사라졌다. 바다가 완전히 삼켜 버렸다. 하지만 그 어떤 바다 생명도 그 사실을 알아차리지 못했다. 재빨리 헤엄쳐가는 물고기도, 머리 위를 맴도는 갈매기도, 한창 싸워대는 용 두 마리도 분명 알아차리지 못했다. 오직 가녀린 거품 방울만이 바질이 깊이 빠진 곳을 표시힐 뿐이었다.

이제 끝났다······.

돌풍과도 같은 강력한 바람이 갑자기 바다에 불어왔다. 파도가 갈라지며 흠뻑 젖은 바질의 몸뚱이가 바다 밖으로 올라왔다. 맹렬한 바람과 파도에 깜짝 놀라, 용 두 마리는 잠깐 멈추어 또 다른 적이 싸움에 끼어든 것은 아닌지 살펴보았다.

아무도 없다는 걸 확인하고, 용은 다시 싸움을 시작했다. 시퍼런 얼음덩어리를 내뿜으며 거대한 꼬리를 마구 부딪쳤다. 한편, 바질의 자그마한 팔다리가 허공으로 보다 높이 솟아올랐다. 계피 향이 나는 따뜻한 산들바람이 바질을 위로 데려갔다. 그와 동시에, 매서운 바람이 바질의 가슴을 두드려 폐에서 억지로 물을 빼냈다.

하지만 바질의 눈은 여전히 감겨 있고, 고개는 앞으로 축 늘어져 있었다. 살아날 가망이 없어 보였다.

"깨어나, 꼬마 방랑자."

아일라가 바질의 가슴에 바람을 세게 불어넣었다.

바질은 기침을 하며 바닷물을 토해냈다. 눈을 뜨고 고개를 멍하니 흔들었다. 다시 기침을 하고, 또 했다. 그러고는 또 바닷물을 토해냈다.

마침내, 바질이 재빨리 숨을 들이켰다.

"아일라…… 당신이…… 제 목숨을 구해줬군요."

"네가 나를 구해줬던 것처럼."

아일라가 소용돌이를 불러일으켜 바질의 몸을 말려주며 속삭였다.

정신을 차린 바질이 다짜고짜 물었다.

"멀린은요? 멀린은 찾았나요?"

바람이 더 차갑게 불었다.

"아니! 어디에 있든, 이곳 물의 영토는 아니야. 이제 우리는 우드루트를 찾아봐야 해."

바질은 고개를 들고 귀를 흔들어 물을 털어냈다. 하지만 그렇게 흔들고 나서도, 귀가 머리에 축 매달렸다. 마치 물에 흠뻑 젖은 잎사귀 한 쌍처럼.

"만약 거기 없으면 어떻게 해요?"

"그러면, 찾을 때까지 계속 찾아봐야지."

"그러면…… 리타 고르가 이미 크리릭스를 찾아냈으면 어떻게 해요?

그리고 멀린을 공격했으면 어떻게 해요?"

바질은 다시 기침을 하다 움츠러들었다. 여전히 목을 타고 줄줄 흘러내리는 물 때문인지, 방금 머릿속에 떠오른 생각 때문인지 확신이 서지 않았다.

"그렇다면 우리는⋯⋯."

아일리가 주저했다. 뭐라 말할지 확신이 서지 않았기 때문이다. 아일라는 북쪽으로 돌아, 재빨리 날아갔다. 파도 위에 파문을 일으키며 길을 만들어냈다.

"서둘러야 해!"

재빨리 날아올라, 빛나는 물 위를 달렸다. 이윽고, 주변에 안개가 자욱해지며 흐려졌다. 위대한 나무의 뿌리 아래처럼 어둠이 짙지는 않았지만, 이 안개는 여전히 주변을 감싸고 있었다. 마치 안개의 장막처럼 휘날리고 일렁거리며, 별빛을 흐트러트리고 있었다. 장막 사이를 자세히 들여다보기가 힘들었다. 바질은 장막 이외에는 아무것도 볼 수 없었다.

마침내, 안개가 걷히기 시작했다.

"저기요! 우드루트가 보여요."

바질이 흥분해 소리쳤다.

바질은 실제로 색이 막연하게 퍼지는 조짐을 보았다. 그것만으로도 충분했다. 자신이 잘 알고 있는 색이었으니까. 무척이나 그리워하던 색이었다.

초록색. 숲의 색. 자신의 첫 번째 집의 색.

안개가 걷히며 이끼 낀 가문비나무의 짙은 초록색이 천천히 드러났다. 고사리가 흩뿌려진 조팝나무의 황금빛 초록. 빗물에 씻긴 산사나무, 단풍나무, 참나무의 빛나는 초록. 아일라가 위를 지나자 버드나무가 우아하게 흔들리고, 뻣뻣한 풀들이 고개를 숙여 이들을 맞았다. 사방에 새들이 지저귀고, 사슴이 어슬렁어슬렁 돌아다니고, 곤충들이 날아다녔다. 삼림 지대 요정들이 과일을 모으고, 오소리가 뿌리 밑에 구멍을 파고, 다람쥐가 나뭇가지 사이를 뛰어다녔다.

우드루트. 바질은 이곳의 이름을 떠올렸다. '깊은 숲'이라는 뜻의 '엘우리엔'. 바질은 고개를 끄덕였다. 왜냐하면 이 단어 말고 그 어떤 것도 이 땅을 묘사할 수 없었으니까. 이곳에는 온갖 나무들이 자란다. 나무들은 키가 하도 커서 구름을 가볍게 스친다. 나무들은 너무 투명해서 눈에 거의 보이지 않고, 하도 부드러워 쏟아져 내릴 듯 했다.

하지만 바질은 뭔가 다른 이유로 숲을 샅샅이 훑고 있었다.

멀린이 이곳에 있을지도 몰라!

바질은 간절히 바랐다.

"잘 들어봐."

아일라가 불쑥 말했다.

바질은 귀를 쫑긋 세웠다. 잎사귀와 솔잎과 줄기를 가로지르며 끊임없이 불어대는 바람 너머로, 다른 소리가 들렸다. 좀처럼 잊을 수 없는 노래. 그래서 바질은 숨을 멈추고, 긴장한 채 귀를 기울였다. 저 아래 숲 어딘가에 이 감동적이고, 압도적인 음악의 기원이 흘러나왔다. 하지만 무엇이 저런 음악을 만들어낼까?

"하모나(Harmona) 나무야, 요정들은 저 나무를 류트*와 리라(수금), 플루트와 경이로운 뿔(호른)로 만드는 법을 배우고 있어."

바람 누이가 말했다.

---

*기타 비슷한 현악기

대답 대신, 바질은 숨을 크게 들이쉬며 이 땅의 냄새를 음미했다. 기억을 제외하고는, 오랫동안 자신이 맡지 못했던 냄새. 잘 익은 자두, 톡 쏘는 후추 뿌리, 라콘 열매(larkon fruit)(이것의 산뜻한 향을 맡으면 왠지 별빛이 떠오른다.)의 향을 맡았다. 희귀한 소마라나무의 흔적을 발견했다. 그 나무의 나뭇가지는 각기 다른 열매가 맺힌다. 이윽고, 오랫동안 좋아했던 습지의 사슴 발자국에 핀 눅눅한 곰팡이 냄새의 흔적을 쫓았다.

바질은 다시 숨을 들이마시며, 더 많은 냄새를 빨아들였다. 전혀 예상하지 못한 것도 있었다. 아일라의 바람에 실려 온 자그마한 먼지가 이들이 지나가는 동안 계속 허공에 맴돌았다. 그래서 바질이 숨을 들이켰을 때, 이 영토의 마법의 흙을 마시게 되었다.

나는 나무다.

낭랑하게 울려 퍼지는 목소리가 말했다. 마치 누군가 기다란 나무 피리로 숨을 불어대는 듯했다. 이 영토의 나무 사이에서 오랫동안 살아온 바질에게, 이 소리는 마치 친구의 목소리처럼 친숙했다.

나는 순환이다. 나는 그 모든 것이다. 삶에서 죽음으로, 죽음에서 삶으로. 나는 짓이겨진 가문비나무 솔잎처럼 향기롭다. 비에 씻긴 단풍 잎사귀처럼 신선하다. 잘 익은 사과, 봄 홍수의 새울, 아직 태어나지 않은 새끼 사슴을 품고 있는 암사슴처럼 충만하다. 그리고 나는 깊다, 깊디깊다. 떨어진 나뭇가지의 기억처럼. 내 얼굴에 떨어져, 나로 녹아들고, 수없이 많은 새로운 씨앗의 자궁이 되어준다.

내 본질은 책이다. 그 이야기가 삶이고, 그 언어가 시간이다.

나무 피리의 길고도 원만한 멜로디가 희미해지며, 바질의 마음속에 울려 퍼졌다. 그러고는 마지막 문장으로 다시 되살아났다.

나는 나무다.

잠시, 바질은 그 울려 퍼지는 목소리에 귀 기울였다. 부러진 날개가 더 이상 아프지 않았다. 바질은 멀린을 찾아야 한다는 임무에 마음이 급하지도 않았다.

"이 영토는 네 집이야, 꼬마 방랑자. 너는 이곳으로 돌아가야 해, 우리 가……."

아일라의 부드러운 숨결이 바질의 귀를 쓰다듬으며, 귓속의 짧은 초록색 털을 가볍게 빗질해주었다.

아일라의 목소리가 희미해졌다. 바질은 주변 공기가 차갑게 떨리는 걸 느꼈다.

"멀린이 보여! 위험에 처했어. 정말 심각하게 위험해."

아일라가 갑작스레 소리쳤다.

귀를 찢는 비명이 하늘에 가득 찼다. 그 소리는 저 아래 숲 어딘가에서 흘러나왔다. 마치 칼날처럼 허공을 찔러댔다.

30

하나의 생명

한 번 죽음을 맛본 뒤 또 죽는 건 그렇게 나쁘지 않다. 그래도 가능하면 자주 죽지 않는 게 더 좋다.

아일라는 즉각 비명이 들려오는 곳으로 방향을 돌렸다. 너무 급작스럽게 방향을 바꾸는 바람에, 바질은 옆으로 구르며, 부러진 날개를 퍽 부딪치고 말았다. 어깻죽지부터 날개 끝까지 엄청난 고통이 일었다.

"멀린은 어디 있어요? 왜 저런 소리가 나는 거죠?"

바질은 거센 바람을 헤치고 소리쳤다.

바람 누이가 숲을 휩쓸고 지나가자 저 아래 나뭇가지들이 세찬 바람을 일으켰다. 하지만 아일라는 대답하지 않았다.

바로 그때 바질은 뭔가 이상한 것을 알아차렸다. 저 앞, 가문비나무와 소나무의 울창한 숲 어둑어둑한 산등성이 위로, 새 수백 마리가 날아올랐다. 매, 종다리, 갈매기, 참새, 기러기, 올빼미……, 날개 달린 동물들이 마치 깃털 달린 구름처럼 빼죽빼죽 허공으로 솟아올랐다. 깩깩 껙껙, 찍찍 후후, 새들이 진초록 숲 밖으로 날아올랐다.

아일라를 향해 곧장 날아오던 새들은 아일라의 바람이 일으키는 힘 때문에 사방으로 튕겨 나갔다. 깃털이 마구 날리고, 새들은 놀라 꺅꺅 꽉꽉 찍찍 사납게 울어댔다. 하지만 아일라는 전혀 속도를 줄이지 않고, 나무가 울창한 산등성이 쪽으로 바질을 이끌었다.

"아직도 멀린이 안 보여요. 아일라, 제게 말해줄 수 있어요? 어디 있는 지······."

바질이 말을 끊었다. 산등성이 위 나뭇가지 사이로, 날개 하나가 흘 끗 보였으니까. 거대하고 들쭉날쭉하고 시커먼 날개. 크리릭스! 잠시 뒤, 저 멀리 나뭇가지들이 날개를 완전히 덮어 버렸다. 괴물의 모습은 보이 지 않았지만, 기억 속 다그다의 말이 울려 퍼졌다.

크리릭스. 마법사가 마주할 수 있는 가장 치명적인 적.

"아일라, 정확히 뭐 때문에 크리릭스가 그렇게나 위험하다는 건가요? 저 날개 때문인가요?"

"아니, 날개보다 훨씬 더 위험한 건 크리릭스가 가진 독특한 힘 때문 이야."

아일라가 대답했다.

"분명히, 멀린이 마법의 힘으로 물리칠 수 있을······."

"그럴 수 없어! 마법은 아무런 소용이 없어, 이해하지 못하겠니? 크리 릭스는 마법을 먹고 살아. 다른 사람의 마법을 없애거나 빨아들이는 기 이한 능력이 있어. 사람들은 그걸 '금지된 비법'이라고 부르지."

아일라가 소리쳤다.

바질은 그 말을 듣고 깜짝 놀라, 아래쪽을 노려보았다. 바람 때문에 눈에서 눈물이 났지만, 산등성이에서 질주하는 황금 유니콘 한 쌍이 보 였다. 목숨을 부지하기 위해 전속력으로 달아나는 유니콘의 엉덩이에서 빛이 났다.

"그렇다면 멀린이 어떻게 싸울 수 있겠어요?"

"싸워야 한다면, 맨손으로. 하지만 마법을 사용해서는 안 돼! 멀린의 지팡이도 소용이 없어. 그 지팡이도 마법으로 만들었으니까."

"그렇다면 멀린은 오직 자신의 유한한 힘만 사용할 수 있다는 말인가요? 그것으로는 부족하잖아요!"

바질이 고개를 세차게 저었다.

"나도 알아, 마법사가 크리릭스한테 붙잡히면……."

아일라가 나무 꼭대기 위로 달리면서 끙 신음했다. 아일라가 사납게 소리쳤다.

"마법사는 죽게 돼. 그건……."

"리타 고르. 그 사악한 정령이 지금 저 아래 있다고 생각하세요, 크리릭스를 도와주고 있다고 생각해요?"

바질이 고함치며 물었다.

"우리는 알 수 없어."

바질은 자그마한 머리를 앞으로 쭉 뻗었다. 마치 그렇게 하면 아일라기 조금이라도 빨리 날 수 있을 것처럼.

"저기 도착하면 당신은 어떻게 할 생각이에요?"

"저 짐승을 교란시켜서, 멀린이 도망갈 수 있게 해줘야겠지. 그것 말고는, 난 아무 도움이 안 돼."

"도움이 안 된다고요? 하지만 멀린의 목숨이 위험에 처해 있는데요!"

바질이 깜짝 놀라 눈을 깜빡거렸다.

"사실이야, 꼬마 방랑자. 게다가, 나는 멀린을 구하기 위해 내 목숨을 내놓을 수도 없어! 왜냐하면 만약 내 바람의 일부가, 아주 자그마한 숨이라 할지라도, 크리릭스의 엄마에 닿으면, 내 마법은 모두 즉각 사라지고 말 테니까. 크리릭스는 내가 닿는 걸 고스란히 느낄 거야. 그리고 난 마법으로 태어났기에, 내 마법이 사라지면…… 나 또한 죽게 될 거야."

바질은 사납게 으르렁거렸다. 휘몰아치는 시끄러운 바람 소리 위로 그 목소리가 거의 들리지 않았다.

"그렇다면, 제가 멀린을 돕겠어요."

바질이 큰 소리로 말했다.

"네가? 어떻게?"

"저도 몰라요, 아일라. 제 몸은 마법이 아닌 살과 뼈로 이루어졌어요. 그러니 적어도 시도해볼 수는 있잖아요."

"아니, 꼬마 친구, 넌 할 수 없어! 너 또한 마법으로 만들어졌단다. 네 눈빛으로 나는 알 수 있어. 저 엄마를 살짝만 스쳐도 너는 모든 걸 잃게 될 거야. 네 마법…… 그리고 어쩌면 네 목숨도."

바질이 눈을 가늘게 떴다.

"저한테 어떤 마법이 있든, 그건 미세해요. 아주 작다고요. 그걸 잃는다고 해서 아발론에 조금도 해가 되지 않을 거예요. 하지만 멀린을 잃으면요? 그건 완전히 다른 문제라고요."

"어쩔 수 없어. 넌 멀린을 도울 수 없어."

바람 누이가 반박했다.

바질이 몸집보다 훨씬 더 큰 목소리로 대답했다.

"윈드테이커에서 탈출하는 것 또한 불가능했다고요."

아일라가 산등성이 쪽으로 달리며, 잠시 기다렸다 말했다.

"좋아, 하지만 이것은 미친 짓이야, 꼬마 방랑자."

"그건 바로 제 특기죠."

윈드테이커에 대한 기억으로 바질은 자신감이 높아졌다. 자그마한 팔다리에 힘을 주었다. 이윽고, 산등성이에 이르자 크리릭스의 거대하고 흉한 몸집이 눈에 들어왔다. 즉각, 바질의 자신감은 감쪽같이 사라져 버렸다.

거대한 박쥐처럼 생긴 크리릭스가 멀린 위에 우뚝 솟아 있었다. 불어 대는 바람에 마법사의 옷이 펄럭거렸지만, 마법사는 너무 작아 보였다. 크리릭스와 비교하면 한낱 난장이에 불과했다. 사악한 짐승은 굽은 거대한 날개를 쫙 펴고, 숲 바닥에 똑바로 서서, 늙은 백향목 아래 빽빽한 관목 지대 쪽으로 멀린을 밀어붙였다.

조금만 더 있으면, 멀린의 탈출로는 완전히 막혀 버릴 것이다. 멀린이 앞으로 나오면, 크리릭스의 끔찍한 품속으로 들어가는 꼴이 될 것이다. 뒤로 물러서면, 헤어날 수 없는 관목 속으로 들어간다. 그리고 만약 마법을 조금이라도 사용한다면, 크리릭스가 그 마법을 곧장 집어삼킬 것이다. 마법사의 지팡이는 고사리 밭에 쓸모없이 나뒹굴고 있었다.

크리릭스가 능글맞은 살인자처럼 노련하게 서서히 나아가며, 가죽 날개로 허공을 내리치면서, 피로 물든 입으로 으르렁거렸다. 그 입 안에는, 임니 세 개가 멀린을 향해 굽어 있었다. 칼처럼 날카로운 이빨 끝에서 침이 뚝뚝 떨어져, 치명적인 독처럼 빛났다.

꿈! 그래, 그건 사실이었어. 모두 사실이야. 멀린이 죽어가고 있어. ...... 지금 이곳에서.

즉각, 바질은 그 꿈을 떠올렸다. 날개, 죽음의 악취, 자신의 무기력함과 절망......

끔찍한 현실에 바질은 온몸이 굳고 가슴이 옥죄어왔다. 몸속의 피가 모조리 멈추어 서고 폐는 숨을 쉬지 않았다. 부러진 날개가 계속 욱신거리지 않았다면, 바질은 자신에게 몸이 있다는 사실조차 알아차리지 못했을 것이다.

기다려봐, 저 아픔은…….

바질은 깨달았다.

바질의 날개는 부러졌다. 바질은 자신의 몸, 자신의 생명이 있었다. 그리고 그 밖에 또 있었다. 자신의 생명을 어떻게 쓸 것인지에 대한 스스로의 선택…….

바질은 천천히 힘겹게 숨을 쉬었다. 그러는 사이 아일라는 주변을 빙빙 돌며, 바람으로 나뭇가지를 톡톡 때리면서 크리릭스의 시선을 끌려 노력했다. 하지만 그 괴물은 조금도 관심을 두지 않았다. 크리릭스는 계속해서 멀린에게 다가가, 시커먼 날개를 사납게 펄럭거렸다.

갑자기 바질은 뭔가를 깨달았다. 저 날개였다. 거대하고 끔찍한 날개. 자신이 꿈속에서 보았던 것은 자신의 날개가 아니었다! 그리고 만약 크리릭스의 날개가 치명적인 공격을 의미한다면…… 자신의 날개는, 비록 그것이 작고 또 다치긴 했지만, 뭔가 다른 것을 의미할 수 있었다. 완전히 다른 것을.

"아일라, 저를 가까이 데려다주세요!"

"정말, 꼬마 방랑자?"

"네. 지금 바로요."

바람 누이는 소용돌이를 한껏 일으키며, 바질을 아래로 데려다주었다. 그러자 멀린의 소맷자락이 펄럭거리고, 공격자의 날개 깃털이 돛처럼 부풀었다. 하지만 마법사나 크리릭스 모두 알아차리지 못하는 것 같았다. 그저 서로를 노려보며, 상대방의 허점을 찾으려 했다.

바질의 마음은 바람처럼 소용돌이치며, 무엇을 할지 결정하려고 노

304

력했다.

내가 어떻게 도울 수 있을까? 나는 날 수 없어, 난 저걸 멈출 수 없어. 나는 그저 하나의 미약한 존재에 불과해, 그저 하나의 생명…….

바질의 생각이 멈추었다. 마지막 문장에 사로잡혀, 바질은 다그다가 멀린의 결혼식에서 했던 말을 떠올렸다.

하나의 생명이, 아무리 작다 할지라도, 변화를 이끌어낼 수 있다.

늙은 백향목이 멀린의 머리 위에서 흔들리면서 크게 삐거덕거렸다. 그것에 대답하듯, 크리릭스가 다시 한번 귀를 찢는 비명을 질러댔다. 그 끔찍한 소음에 마법사는 한 발 뒤로 물러났다. 그 바람에 멀린의 등이 관목의 벽에 찔렸다. 가시가 멀린의 옷을 찢고, 나뭇가지가 머리카락을 스쳤다.

"이제 멀린이 꼼짝없이 갇혔어."

바람 누이가 처량하게 소리쳤다.

"절 내려줘요, 아일라."

"하지만, 꼬마 방랑……."

"지금 내려달라고요!"

바람 누이가 마지막으로 바람을 일으키며 바질을 내려놓았다. 갑자기 바질은 아래로 빙그르르 곤두박질쳤다. 바람이 불어와, 귀에 소리를 질러댔다. 하지만 그것은 아일라가 포근하게 안아주는 바람이 아니었다. 본능적으로, 바질은 날개를 쫙 펴서 속도를 줄이려 했다. 마침내 어깨에 날카로운 고통이 일었다.

바질은 자신이 어디로 떨어질지 감을 잡을 수 없었다. 저 아래 풍경들이 혼란스럽게 빙글빙글 돌았다. 피로 물든 입, 찢어진 옷, 뒤엉킨 관목, 침이 뚝뚝 떨어지는 날카로운 엄니…….

갑자기, 바질은 뭔가 단단한 것에 쿵 부딪쳤다. 백향목 나뭇가지였다! 등짝이 끔찍하게 아팠다. 그러자 숨이 한꺼번에 터져 나왔다. 부러진 날개가 와지끈 박살나는 소리가 들렸다. 온몸에 끔찍한 고통이 일었다. 말라비틀어진 고목의 날카롭고 메마른 솔잎이 허공에 나뒹굴며 바질의 비늘을 쿡쿡 찔러댔다.

바질은 백향목 나뭇가지에 부딪치며, 나무껍질, 잔가지, 솔잎, 솔방울을 차례차례 뭉개 버렸다. 아래로, 아래로, 아래로 추락했다. 또다시 부딪칠 때마다, 바질은 자그마한 다리를 마구 휘두르며, 꽉 잡으려 버둥거렸다. 날개가 미친 듯이 아팠지만 등을 곧추세우려 최선을 다했다. 하지만 바질은 나뭇가지에서 낮은 나뭇가지로 통통 튕기며, 고목 사이를 계속 떨어졌다. 솔잎이 폭포수처럼 우수수 떨어졌다.

마침내, 바질의 옆구리가 커다란 나뭇가지에 쿵 부딪쳤다. 바질은 남은 힘을 다 짜내, 다리로 꽉 잡고, 나뭇가지에 걸터앉으려 했다. 하지만 옆으로 미끄러지며, 잡았던 곳을 놓치고 말았다. 나뭇가지 너머로 미끄러지기 바로 직전, 바질은 꼬리를 획 감아, 반대편으로 체중을 실었다.

효과가 있었다. 바질은 큰 나뭇가지 꼭대기에 마침내 멈추었다. 지쳐서 숨을 헐떡거리고, 온몸이 지끈거렸다. 초록색 도마뱀은 하늘에서 떨어져 내리며 옆을 조심스럽게 살펴보았다.

눈앞에 펼쳐진 장면에 바질은 얼어붙고 싶었다. 아니, 만약 조금이라도 움직일 수 있다면, 옆으로 기어가 어디든 숨고 싶었다. 크리릭스가 바로 밑에 서 있었다! 나뭇가지 끝 바로 아래, 짐승이 입을 크게 벌리고, 무시무시한 엄니 세 개를 드러냈다. 눈이 없는 얼굴은 웃는 듯, 승리에 도취된 듯 보였다.

한편, 멀린은 나무 밑동의 관목에 등을 기대고 서 있었다. 멀린의 얼

306

굴에는 위대한 마법사에게 전혀 어울리지 않는 표정이 드러나 있었다. 마음이 찢어질 것 같은 두려움. 멀린의 검은색 긴 머리카락이 어깨에 쓸렸다. 빠져나갈 방법을 필사적으로 찾으며 돌아봤지만 아무런 방법이 없었다. 가시덤불 벽과 크리릭스의 넓은 날개와 굽은 발톱 사이에서, 멀린은 완전히 갇혀 버렸다.

순간, 어떤 생각이 바질의 머릿속에 떠올랐다. 목숨을 잃을 만큼 위험하기도 했다. 그 생각이 계속 맴돌았다.

나는 이 괴물을 이길 수 없어. 이 괴물에게 해를 끼치길 바랄 수도 없어. 그래도 멀린에게 시간을 벌어줄 수는 있어! 비록 나는 탈출할 수 없어도, 멀린은 탈출할 수 있을 거야.

바질은 이마를 찡그렸다.

바질은 아픈 어깨와 날개를 애써 무시한 채, 나뭇가지 끝을 향해 기어갔다. 미끌미끌하고 흰 나무껍질 위에서 발을 헛디디지 않으려 조심했지만, 뒷다리를 받치고 있던 잔가지가 갑자기 툭 부러지는 바람에 하마터면 미끄러질 뻔했다. 바질이 간신히 균형을 잡았을 때, 크리릭스가 또다시 끔찍한 비명을 질러댔다. 이번이 자신의 먹잇감이 마지막으로 듣게 될 울음이기를 바라는 것 같았다. 귀를 찌를 것 같은 비명에 백향목 나뭇가지가 흔들렸다. 바질은 떨어질 뻔했다. 비처럼 우수수 떨어지는 솔잎과 솔방울 한가운데에서, 가까스로 나뭇가지를 꼭 붙들고 있었다.

하지만 오래가지 못했다. 흔들림이 미처 잦아들기 전, 크리릭스가 입을 쫙 벌리는 게 보였다. 이제 자신의 생각을 실천할 순간이 왔다는 걸 바질은 알았다.

바질은 온 힘을 쥐어짜, 나뭇가지 위에서 몇 발 더 달려갔다. 그러고는, 한 치의 망설임도 없이, 허공으로 펄쩍 뛰어올라 괴물의 입 속으로 곧장 뛰어들었다.

바질은 괴물의 치명적인 엄니 두 개 사이로 떨어져 내렸다. 반짝이는 엄니 끝을 아슬아슬하게 비껴갔다. 바질은 잔가지처럼 가볍게, 피로 물든 혓바닥에 내려앉았다. 그러고 나서, 잔가지는 절대 할 수 없는 행동을 했다.

혓바닥을 깨물었다. 힘껏! 가느다란 입으로 부드러운 살을 꽉 물고, 온 힘을 다해 비틀었다. 하도 세게 깨무느라 작은 앞니 하나가 툭 부러지고 말았다.

크리럭스가 또 비명을 질러댔다. 그 소리가 동굴 같은 입 속에서 울려 퍼지며 바질의 귀를 먹먹하게 했다. 하지만 바질은 거의 알아차리지 못했다. 왜냐하면 계속 물고 있어야 한다는 하나의 목표에 초집중하고 있었으니까.

크리럭스는 몸부림치며 고개를 미친 듯이 흔들어댔다. 그러는 내내 계속 비명을 질러댔다. 게다가 혀를 계속 움직이는 바람에, 바질은 이빨 뿌리에 연신 부딪혔다. 곧 바질은 머리가 어질어질했다. 또한 크리럭스의 숨결에서 나는 강력한 악취 때문에 속이 매스꺼웠다. 마치 토사물이 꽁꽁 굳어버린 냄새 같았다.

하지만 바질은 여전히 깨물고 있었다. 마지막 힘까지 짜내어 깨물면서, 귀에 닿는 비명과 몸에 대한 공격을 버텨냈다. 어깨와 등이 엄청나게 아팠다. 냄새가 매스꺼웠다. 입이 터져 나갈 것만 같았다.

하지만 여전히 바질은 물고 있었다. 자신의 부러진 이빨에서 피가 쏟아져 나오는 것을 알아차리지 못했다. 또한 부러진 날개를 등에 계속 붙이고 있을 수 없다는 사실 또한 알아차리지 못했다. 날개는, 이제 그

저 부러진 뼈와 찢긴 살덩어리에 불과했는데, 짐승의 혀가 움직일 때마다 힘없이 이리저리 움직였다.

그럼에도 바질은 계속 매달렸다. 마치 독이 시냇물을 오염시키듯, 마음속에 어둠이 스며들었다. 바질은 자신이 어디에 있는지, 왜 이곳에 있는지 가물가물해졌다. 어둠이 머릿속을 질식시키자, 무엇 때문에 자신의 생명을 희생시키고 있는지조차 잊어버렸다.

마침내, 어둠이 바질을 완전히 집어삼켰다. 마구 부딪힌 몸이 마침내 긴장이 풀리고, 크리럭스의 입 안에 무기력하게 쿵 떨어졌다. 하지만 그때조차도, 뭔가를 단단히 움켜쥐고 있었다. 너무 꽉 붙어 있어서, 아발론의 그 어떤 힘도 그것을 움직일 수가 없었다.

바질의 입은 여전히 괴물의 혀 조각을 단단히 물고 있었다.

31

잃어버린 이빨

인식에 대한 재미있는 사실. 잃어버린 것보다 우리 눈앞에 있는 걸 보는 일이 훨씬 힘들 때가 있다.

웩…… 맛이 끔찍하네!

그 생각을 하며, 바질은 뱉어 버렸다. 입 밖으로 피 묻은 커다란 살코기 한 점이 튀어나왔다. 역겨운 냄새가 확 풍겼다. 부패한 살코기만큼이나 썩은 내가 마구 몰려왔다.

"웩! 정말 맛이 고약해……."

바질이 절규했다.

바질은 말을 멈추었다. 왜냐하면 적당한 말이 생각나지 않기도 했고, 이제 막 눈을 떴기 때문이기도 했다. 눈앞에 펼쳐진 장면을 보고 기억이 되살아났다. 또한 질문이 되살아났다.

바질은 여전히 우드루트의 숲속에 있었다. 이끼로 덮인 우뚝 솟은 나무들이 사방에서 자라고 있었다. 백향목과 가문비나무, 고사리의 풍부한 향이 공기를 달콤하게 했다. 여름 갈매기 떼가 머리 위로 날아가며 열정적으로 깩깩 울어댔다. 하지만 훨씬 더 경이로운 뭔가가 바질의 관심을 사로잡았다.

자신을 내려다보고 있는 것은 강렬하고, 맑은 눈의 남자였다. 검은 턱수염이 덥수룩하고, 검은 머리카락이 어깨까지 흘러내려왔다. 바질을 들고 있는 손바닥은 강하면서도 동시에 부드러웠다. 이 남자가 누군지 바질은 즉각 알아볼 수 있었다. 절대 잊을 수 없는 남자.

"멀린! 살아있군요."

"다 네 덕분이다, 꼬마 친구."

마법사가 손을 들어 이 자그마한 동물을 유심히 살펴보았다. 어찌나 유심히 들여다보는지, 매의 부리처럼 뾰족한 마법사의 코가 바질의 옆구리를 찌를 뻔했다.

"그래, 이제 확실히 알겠구나. 우린 전에 만난 적이 있어, 그렇지 않니? 그것도 두 번씩이나! 내 결혼식에서, 그리고 스톤루트의 절벽 꼭대기에서."

멀린이 스스럼없이 말했다.

"네…… 맞아요, 하지만 어떻게 살아나셨어요? 제 말은 그러니까, 크리릭스가……."

바질이 중얼거렸다.

"죽었어, 네 용감한 행동 덕분에."

마법사가 말을 마쳤다. 마법사는 손바닥에 놓인 자그마한 생명체에게 고맙다는 듯 미소 지었다.

"너한테 두 번이나 빚을 지게 되었구나. 내 아들이 잠자는 거인한테 짓눌려 죽을 뻔했는데 네가 구해준 적이 있지."

멀린의 짙은 눈동자에 기쁨이 가득 차 있었다.

"짐은 지금까지도 그 꿈에 무슨 일이 있었던 건지 무척 혼란스러워하고 있어."

그러더니 멀린의 얼굴이 다시 진지해졌다.

"그리고 이제 내 목숨을 구해주었고."

멀린은 애정 어린 눈빛으로 바질을 내려다보며 물었다.

"네 이름이 뭐니, 꼬마 친구?"

"먼저, 무슨 일이 있었는지 말해주세요! 크리릭스는, 혓바닥, 그리고 비명……."

멀린이 돌아서더니 손을 기울여, 바질에게 새로운 장면을 보여주었다. 바질은 숲 바닥에 누워 있는 형체를 본 순간, 깜짝 놀라 소리치며 허공으로 펄쩍 뛰어올라, 날개를 마구 펄럭거렸다. 자신이 아무런 고통 없이 날개를 움직이며 다시 날고 있다는 사실을 깨닫고 바질은 또다시 깜짝 놀랐다. 크리릭스의 생명 없는 몸뚱이. 무슨 일이 일어난 건지 이해하려 애쓰며, 바질은 가까스로 마법사의 손바닥에 다시 내려앉았다.

"제 날개는…… 언제? 그리고 크리릭스! 저건…… 모두…… 하지만……음, 어, 하지만 어떻게요?"

바질이 다급하게 물었다.

마법사는 턱수염을 기분 좋게 쓰다듬었다.

"한 번에 하나씩만 물으면 어떨까? 아니면 나도 그런 식으로 대답해야 하나?"

바질은 여전히 충격에 빠져, 죽은 크리릭스의 보기 흉한 모습을 가까스로 내려다보았다. 크리릭스는 쓰러진 늙은 백향목 아래 뭉개져 누워 있었다. 한때는 아주 강력한 위용을 자랑하던 이 짐승의 날개는 이제 일그러진 채 생명이 완전히 끊어졌다. 버려진 헝겊조각만큼이나 위험하지 않았다. 그리고 약간 벌어진 입에서 피가 흘러나와, 솔잎이 나뒹구는 땅바닥을 짙붉게 물들였다. 그 모습에 바질은 몸서리쳤다.

"음, 한 번에 하나씩 대답해야겠구나."

마법사가 생각에 잠겨 말했다.

멀린이 크리릭스의 굽은 날개 끝 너머로 걸어가며 설명했다.

"넌 정말이지 용감하게 크리릭스의 입 속으로 뛰어들었어! 그래서 아주 잠깐이지만 나는 녀석의 관심을 돌릴 수 있었단다. 그 덕분에 내가 덫에서 빠져나와 도움을 청할 수 있었지."

"바람에게."

공기를 한껏 머금은 목소리가 말했다.

"아일라! 여기 왔군요."

바질은 너무 기뻐 날개를 펄럭거리면서 소리쳤다.

"나는 절대 멀리 가지 않았어, 꼬마 방랑자. 너는 내가 생각했던 것보다 훨씬 더 용감해."

아일라는 마법사의 손에 앉아 있는 바질에게 가까이 다가오며, 따뜻한 공기로 주변을 에워쌌다. 이제 숲의 향기 위로 계피 향이 흘렀다.

"미쳤다는 말이겠지요."

바질이 대답했다. 바질은 눈에 보이지 않는 친구에게 방긋 웃으며, 잃어버린 앞니를 드러냈다. 그러고는 크리릭스의 시체를 향해 돌아섰다.

"그리고 이 나무는요?"

"우리가 그 나무를 밀어 넘어트렸어, 아일라와 내가."

멀린은 쓰러진 백향목으로 걸어갔다. 그러고는 벗겨진 나무껍질에 살며시 손을 올리고 나무둥치를 쓰다듬었다.

"이 나무가 비록 살날은 얼마 안 남았었지만, 그래도 우리는 허락해

달라고 했어. 이 명분을 위해 죽어 달라고. 나무는 동의했지. 우리는 이 나무의 희생을 정말 고맙게 생각해."

한순간, 바질은 죽은 백향목의 솔잎이 실제로 움직인다고, 그 어느 때보다 부드럽게 떨고 있다고 느꼈다. 그것은 바람 누이의 숨결 때문일 수도 있었다. …… 아니면 뭔가 다른 게 있는 건지도 몰랐다.

바질은 멀린을 올려다보며, 작고 앙상한 날개를 펼쳤다.

"그럼 이것들은요? 당신이 부러진 제 날개를 치유했나요?"

"부러지고, 찢어지고, 망가지고, 박살났었지."

마법사는 정정해주었다. 멀린은 자랑스럽게 고개를 끄덕였다.

"네 날개를 고치는 건 쉽지 않았어. 어때, 아직도 불편하니? 살갗이 너무 땅기지는 않고?"

바질은 날개를 꼼지락거렸다.

"새싹처럼 유연해요."

"잘됐구나."

마법사가 크리릭스의 시체를 향해 손을 흔들며 말을 이었다.

"솔직히 말해, 가장 힘든 부분은 너를 저 녀석의 입에서 끄집어내는 일이었단다. 크리릭스 때문에 어려웠던 건 아니야. 너 때문에 어려웠지."

멀린은 손을 돌려 바질의 얼굴을 바라보았다.

"의식을 완전히 잃었는데도, 네가 절대 놓지 않으려 했거든."

바질의 초록색 눈이 분홍색으로 살짝 물들었다.

"사실, 너를 뜯어낼 수밖에 없었어."

바질은 다시 몸서리쳤다.

"그렇다면, 내 입 속에 있던 그 고기 조각이……"

"크리릭스의 혀 조각이지."

314

멀린은 바질의 역겨워하는 표정을 바라보며, 옷 주머니 속에 손을 넣어 푸른 잎이 달린 잔가지를 꺼냈다.

"여기, 스위트워터 민트란다. 나는 입을 깨끗하게 하려고 이걸 항상 챙겨 다니지. 특별히⋯⋯,"

멀린은 잔가지를 바질에게 건네며 말했다. 그러고는 약간 부끄러운 듯 덧붙였다.

"내가 할리아를 만나기 전에."

멀린은 고개를 끄덕이며 말했다.

"어서, 씹어보렴. 크리릭스의 끔찍한 맛도 신선한 민트는 이겨내지 못할 거야."

바질은 잎사귀 하나를 조심스레 뜯어 먹었다. 이내, 마치 민트의 강물을 한 모금 마신 것처럼 입 안에 감미로움이 스르륵 퍼졌다. 바질은 기쁜 마음으로 또 한입 베어 열심히 씹어 먹었다.

"아주 좋아."

마법사가 말했다. 그러다 갑자기 고개를 떨구었다.

"하지만 네 앞니는 유감이구나."

바질은 씹다 말고, 혀 끝을 살살 움직여 입 앞의 틈을 느껴보았다.

"당신이 이걸 고쳐줄 수는 없나요?"

"안 돼. 그건 전문가가 필요해. 나는 뼈, 피부, 몸 안의 장기는 고칠 수 있단다. 하지만 이빨은 어쩌지 못해."

마법사가 대답했다.

멀린의 손 안에 있던 도마뱀이 멀린을 의아한 표정으로 바라보았다.

"사실이란다, 뼈라면 어떤 것이든 다 고칠 수 있어. 네 경우, 스물일곱 군데더군! 하지만 이빨은, 그건 다른 문제란다. 내가 예언하건대, 언젠가

315

이빨만 고칠 수 있는 특별한 치유자가 나타날 거야. 약속을 잡아야만 치료가 가능하지. 사람들은 그런 사람을 치과의사라고 부르게 될 거야."

멀린이 말을 이었다.

바질은 마법사의 정신이 살짝 걱정되어 고개를 저었다. 그러고 나서, 이빨 사이의 공간에 혓바닥을 밀어 넣고, 당당하게 말했다.

"사실, 저는 이 자그마한 틈이 오히려 좋아요.

바질은 살짝 웃으며 덧붙였다.

"어쨌든, 이 잃어버린 이빨은 기념품이잖아요."

"크리릭스와 싸워 이긴 영광의 기념품이지."

아일라가 숨결로 바질의 날개에 물결을 일으키며 동의했다.

"맞아요, 만약 훗날 다크틸새가 나를 다시 공격한다면, 나는 이 틈을 그 녀석에게 보여줄 거예요! 녀석이 제정신이라면, 걸음아 나 살려라 도망가겠지요."

바질이 낄낄거리며 말했다.

바람 누이가 명랑하게 바람을 불어댔다.

갑자기 바질의 표정이 달라졌다. 콧등의 주름살마다 우울함이 새겨 있었다.

"그건 그저 환상에 불과하다는 거, 저도 알아요. 저는 여전히 땅딸막하고 작은…… 다크틸새에게 유혹적인 먹잇감에 불과해요."

"아니, 너는 그 이상이란다."

멀린이 선언했다. 멀린의 짙은 눈동자가 빛났다.

멀린은 손에 있는 자그마한 생명체를 들어 올리며 말을 계속 이었다.

"사실, 이렇게 작은 생명체가 그처럼 대단한 일을 해낼 수 있다는 건 정말이지 신비로워. 하지만…… *내 결혼식에서 이 말 들었던 거 기억나*

니? 아주 자그마한 모래알 하나가 저울을 기울게 할 수 있는 것처럼, 한 사람의 의지의 무게가……."

"온 세상을 들어 올릴 수 있다."

바질이 말을 끝마쳤다. 그러고는 멀린을 향해 고개를 끄덕였다.

"똑똑하게 기억나요. 그리고 그건 사실일 거예요. 당신도 알겠지만, 저는 제가 이렇게 느낄 수 있으리라고는 결코 생각해본 적이 없어요. 하지만 어쩌면…… 저는 이게 딱 맞는 크기일지도 몰라요, 결국. 저한테는 말이에요."

바질이 크리릭스에게 날개를 흔들어 보이며, 덧붙였다.

"만약 제가 더 컸다면, 입 속으로 뛰어들 수 없었을 거예요."

"크리릭스를 상대로 승리를 거둘 수도 없었겠지."

아일라가 덧붙였다. 아일라의 산들바람이 바질의 얼굴에 부딪쳤다.

"그리고 나는 목숨을 부지할 수 없었을 거야."

멀린이 큰 소리로 말했다.

바질은 전에 한 번도 느껴보지 못한 만족감을 느끼며, 쓰러진 짐승을 보고는 생각에 잠겼다. 커다란 머리, 축 늘어진 주둥이, 쭈글쭈글한 검은 날개를 바라보았다. 갑자기, 바질은 놈의 발톱 털 근처가 기이하게 떨리는 것을 알아차렸다. 그곳의 공기가 떨리고, 일그러지며, 통통 뛰었다. 마치 상처처럼……

바질은 자세히 들여다보며, 어디에서 그 떨림이 시작되었는지 관심을 집중했다. 즉각, 바질의 시야가 명확해졌다. 바질은 즉각 제대로 볼 수 있었다. 그리고 그것이 끔찍한 두려움을 확인시켜 주었다.

32

새로운 위협

어떤 말은 다른 말보다 더 큰 무게가 있다. '학자티를 내는 얼간이'라
는 말처럼, 엄청난 의미와 은유를 지닌 말도 있다. 하지만 친구라는 말
보다 더 큰 무게를 지닌 말은 없다.

땡땡 부은 거머리 한 마리가 시뻘건 피를 뚝뚝 흘리며, 죽은 크리릭
스의 몸에서 기어 나왔다. 바질이 마지막으로 보았을 때보다 몸이 두
배나 커졌다. 하지만 만약 크리릭스의 피를 빨아먹는 게 거머리의 유일
한 목표였다면, 거머리는 지금보다 훨씬 더 컸을 거라고 바질은 생각했
다. 바질이 너무나 잘 알고 있는 것처럼, 거머리한테 최우선 목표는 괴
물과도 같은 짐승의 핏줄을 이용하는 것이었다. 그래서 크리릭스가 멀
린을 죽일 수 있도록, 자신의 사악한 힘을 보태는 것이었다.

하지만…… 그 목표는 사실상 실패했다.

즉각, 거머리는 솔잎, 잔가지, 그리고 숲 바닥의 수많은 파편 위로 허
둥지둥 달아나기 시작했다. 하지만 곧 방향을 돌려 바질과 시선을 마주
했다. 피에 흠뻑 젖은 이 동물은 원한이 잔뜩 서린 강렬한 눈빛으로 바

질을 노려보았다. 증오와 복수가 가득한 눈빛이었다. 거머리는 음흉한 마법으로 바질을 공격했다.

바질이 고통에 신음하며 옆으로 휘청거렸다. 마법사의 손에서 거의 떨어질 뻔했다. 바질은 버둥거리며 다른 이들에게 경고하려 했지만, 숨 막힐 것 같은 거친 외침만 터져 나왔다.

"왜 그러니, 꼬마 방랑자?"

아일라가 걱정스레 물었다. 아일라가 숲속에서 아주 빠른 속도로 빙 그르르 도는 바람에, 주변의 나무들이 갑작스러운 폭풍에 맞기라도 한 것처럼 마구 흔들리며 탁탁 소리를 냈다.

"말해봐, 무슨 일이니?"

멀린이 짙은 눈썹을 찡그리며 재촉했다.

"저기……"

바질이 마침내 침울하게 말했다. 바질은 숨을 거칠게 몰아쉬었다. 음흉한 마법이 사라지자, 날개를 가까스로 가리키며 말했다.

"거머리! 리타 고르."

"리타 고르라고?"

멀린이 소리쳤다. 바람 누이는 머리 위에서 흐느꼈다.

"그자가…… 여기 있어요. 전에도 그자를 본 적이 있어요. 다그다의 몸 위에서. 당신한테 경고해주려 했어요. …… 그런데 너무 늦었어요! 그자가…… 이곳에 왔어요. 다그다가 말했어요, …… 아발론을 정복하기 위해서 왔다고요. 그리고 우리의 세상을 이용하려 한다고요. …… 디딤돌로요. 다른 세상들을 정복하려고요, 이를테면 지구요."

바질이 사납게 외쳤다.

멀린은 그 말에 움찔했다. 그러더니, 산토끼처럼 재빨리, 바질이 가리킨 곳으로 뛰어갔다.

"저기요, 솔잎 안에요! 그 발톱 옆에요."

도마뱀이 헐떡이며 말했다.

마법사는 그곳에 뛰어들었다. 바질을 쓰러진 백향목 나뭇가지 위에 내려놓고, 손으로 솔잎을 뒤지기 시작했다. 멀린은 사후 세계에서 온 적을 맹렬하게 찾았다. 잔가지와 솔방울 사이를 샅샅이 뒤지고, 나무껍질을 그러모아 옆으로 던졌다. 한편, 아일라는 땅바닥을 날아다니며 고사리, 부러진 뿌리, 부드러운 이끼를 뒤집어 보았다. 숲 바닥을 마구 파헤쳤다.

하지만 거머리의 흔적은 어디에도 없었다. 마법사가 손을 허리에 차고, 숲속의 바람은 잦아들었다.

"가 버렸어."

마법사가 속삭였다.

멀린은 고개를 들고 침울한 표정으로 바질을 바라보았다. 바질은 왼쪽 날개를 들어 올리며 물었다.

"이제 어쩌지요?"

"이건 아발론에게 나쁜 징조야. 하지만 이제, 적어도, 우리는 경고를 받았어. 우리가 만반의 대비를 할 수 있는 기회야."

멀린이 턱수염을 잡아당기며 신중히 말했다. 그러고는 길게 한숨을 쉬었다.

"그 점에서 고맙구나."

"우리 모두 고마워."

아일라가 속삭였다.

마법사가 자리에서 일어나, 근처 고사리 밭으로 성큼성큼 걸어가 지팡이를 주워 들었다. 지팡이에 새겨진 룬 문자가 초록색으로 은은하게 빛났다. 바질의 눈과 흡사한 색이었다. 멀린이 울퉁불퉁한 지팡이 자루를 문지르며 선언했다.

"오늘부터 정신 바짝 차려야 해, 우리 모두."

멀린은 지팡이를 높이 들어 올리며, 쩌렁쩌렁한 목소리로 명령했다.

"모든 영토에 사는 생명체들 모두에게 이 말을 널리 알려라! 아발론은 엄청나게 커다란 위협에 직면했다. 리타 고르가 우리가 사는 이 세계에 침입했다."

사방에서 나무들이 흔들리고 바스락거리면서, 나뭇가지가 험악하게 마구 부딪쳤다. 동시에, 가문비나무의 가장 높은 나뭇가지에 앉아 있던, 커다란 뿔 달린 올빼미가 후트후트 울어대며 퍼드덕 날아갔다. 작은 새들 또한 짹짹거리며, 이 나무에서 저 나무로 날아다녔다. 다람쥐들이 나뭇가지에서 울어대고, 풀뱀 한 마리가 고사리 사이로 스르르 미끄러져 갔다. 그리고 주머니쥐 한 마리가 솔잎 사이로 뛰어가며 찍찍 울어댔다. 바질 옆 잔가지 위에 앉아 있던 오렌지색 딱정벌레 한 쌍이 날개를 펴고 허공으로 날아올랐다.

이 모든 굉경을 지켜보던 멀린이 지팡이를 내리고 바질을 똑바로 쳐다보았다. 이윽고 힘차게 선언했다.

"그리고 오늘부터, 아발론은 새로운 수호자를 갖게 되었다. 용감한 전사로, 몸의 크기와 상관없이, 놀라운 재능을 지니고 있다."

멀린은 자신의 생명을 구해준 날개 달린 작은 생명체에게 가까이 다가왔다.

"나는 아직도 네 이름을 몰라. 네가 지금까지 어떻게 살아왔는지도 모른단다. 하지만 내 온 마음을 다해, 나는 너를…… 친구로 삼겠다."

바람이 나뭇가지와 나무 꼭대기 사이로 멀린의 말을 실어 날랐다. 아발론의 일곱 영토 전역에, 메시지 두 개가 퍼져 나갔다. 사후 세계로부터 오래된 적이 침입했다. 새로운 수호자가 나타났다.

33

구할 가치가 있는 목숨

나는 꾸지람 듣는 걸 개의치 않는다. 단, 그것이 공개적일 때 또는 감정적일 때는 예외다.

"바질, 제 이름은 바질이에요."

작은 도마뱀은 딱딱거리는 목소리로 속삭였다. 바질은 쓰러진 백향목 나뭇가지 위에 앉아 가죽 날개를 퍼덕거리며 멀린을 향해 껑충 뛰어갔다.

"음, 정말 그게 네 이름인지 잘 모르겠구나."

마법사가 구불구불한 턱수염을 쓰다듬으며 말했다.

바질은 당혹스러워, 고개를 갸우뚱했다.

"그게 무슨 말이에요? 저는 제 이름은 알아요."

멀린은 솔잎 덮인 숲 바닥 위에 무릎을 굽혀 앉았다. 그러고는 얼굴을 바질과 똑바로 마주했다.

"그건 기다려봐야 알지. 먼저, 내게 이걸 말해줘. 내가 고마움의 표시로 무엇을 할 수 있을까? 오늘, 넌 내 목숨을 구하러 크리릭스의 입 속으로 뛰어 들었어! 분명, 내가 널 위해 할 수 있는 뭔가가 있을 거야."

즉각, 바질은 몸집을 크게 해달라고 부탁하고 싶은 유혹을 느꼈다. 더 긴 꼬리, 또는 더 큰 몸집. 사실은, 길이만 조금 길어져도 감지덕지할 판이었다. 하지만 바질은 그저 고개를 저었다.

"괜찮아요. 당신이 다시 무사한 걸 보는 것으로 충분해요."

"솔직히 말해보렴, 분명 네 마음속에 꽁꽁 숨겨둔 열망이 있을 거야." 멀린이 이마에 흘러내린 머리카락을 뒤로 밀며 재촉했다.

비늘로 덮인 바질의 꼬리가 흔들렸다.

"딱 하나, 부러진 잔가지보다 더 커지는 것. 당신이 더 긴 꼬리를 줄 수 있나요? 그러면 정말 멋질 것 같아요."

바질이 쾌활한 척, 무심한 듯 말했다.

멀린은 그저 한숨을 쉬었다.

"미안하구나, 그런 마법은 내 능력 밖이란다. 그건 너를 다른 생명체로 변신시킨다는 뜻이야."

멀린이 잠시 말을 멈추었다. 얼굴에 미안한 표정이 역력했다. 이윽고 속삭이듯, 덧붙였다.

"나도 그걸 생각해보지 않은 건 아니야. 모기를 독수리로 변신시키면 얼마나 즐거울까! 아니면, 그 반대의 경우도 그렇고. 아니면 어린아이를 물고기나 거위로 변신시키는 건 또 어떻고? 아, 그건 진정한 마법일 수 있지."

멀린은 턱수염을 잡아당겼다.

"하지만 말했듯이, 그런 건 내 능력 밖이란다. 언젠가 미래에, 나이 든 마법사로서, 나는 생명체의 종류를 바꾸는 방법을 알게 될지도 모르지. 하지만 지금은 아니야."

바질은 정말 아무 상관이 없다는 듯 어깨를 으쓱해 보였다.

"좋아요. 어쨌든, 그런 일은 요정들이 자기 아이들에게 들려주는 이야기 속에서나 일어나겠죠."

"지금 여기서는 아니고."

멀린이 동의했다.

바질은 고개를 끄덕였다. 그러고는 날개를 쭉 펴고, 그 길이를, 그 가벼움을 느꼈다. 날개를 다시 펼치니 기분이 좋았다. 이제 아일라의 도움 없이도 하늘 높이 다시 날 수 있었다. 분명, 바질은 더 큰 가슴이나 더 긴 꼬리를 갖게 되면 좋을 것이다. 하지만 그렇게 되면 이 날개는 자신의 무게를 들어 올리지 못할 수도 있다. 사실대로 말하면, 지금보다 더 나빠질 수도 있었다.

하지만…… 바질은 아주 잠깐 희망했다. 멀린이 자신을 조금만 더 크게 만들어줄 수 있었으면 하고. 음, 그러니까, 적어도 다크틸새에게 훨씬 더 두려운 존재로.

마법사가 갑자기 코를 긁적이며 생각에 잠겼다.

"자 내게 말해봐, 자신을 바질이라고 부르는 자여. 넌 어떤 생명체지? 내가 그동안 여행해 본 바로는, 너처럼 생긴 생명체는 본 적이 없는 것 같은데."

"훌륭한 마법사여, 그건 저 아이와 닮은 생명체가 아무도 없기 때문이야."

아일라가 멀린의 기다란 머리카락을 스쳐 지나며 말했다.

"아일라 말이 맞아요, 저는 독특해요."

바질이 동의했다. 하지만 그다지 기쁘게 들리지는 않았다. 둥그런 귀가 아래로 축 처졌다.

"하지만 어떤 종류지?"

마법사가 큰 소리로 말했다.

"저도 몰라요. 정말 몰라요."

바질이 느릿느릿 길게 한숨을 쉬었다.

"너도 그게 궁금할 텐데?"

멀린이 부드럽게 물었다.

"네, 이따금 궁금해요."

"그걸 생각할 때만, 하루에 네다섯 번 정도."

아일라가 바질의 이마에 바람을 불어대며 놀렸다.

바질은 백향목 나뭇가지 위에서 불편한 듯 몸을 꿈틀거렸다.

"어떻게 그렇게 잘 알아요, 아일라?"

"아, 나는 바람에 실려 오는 소리는 무엇이든 들으니까."

멀린은, 여전히 무릎을 구부린 채, 더 가까이 다가왔다. 그러고는 바질의 자그마한 초록색 꼬리 비늘을 살며시 쓰다듬었다.

"더 말해줄 수는 없니? 네가 어떤 종류인지 어떤 단서라도?"

"다그다가 저보고 용은 아니라고 했어요. '*너는 단순한 용은 아니다.*' 이게 다그다의 정확한 표현이에요."

그 말에, 멀린의 덥수룩한 눈썹이 올라갔다.

"그 밖에는?"

"음, 저는 크리릭스는 아니에요. 적어도…… 아니길 바라요."

바질은 늙은 백향목 아래 뻗어 있는 크리릭스의 시체를 내려다보았다. 입에서 나온 시커먼 피가 계속 땅으로 흘러내려, 근처 솔잎과 솔방울을 적셨다.

"너는 당연히 크리릭스가 아니야, 친구. 그 밖에는 또……? 혹시 어디서 태어났니?"

바질은 생각에 잠겨, 나뭇가지 위에서 몸을 꿈틀거렸다.

"알에서 부화했어요. 초록색 알이었죠. 여기 우드루트에서요."

"나도 알아, 나도 거기 있었거든."

바람 누이가 속삭였다.

"그래요! 기억나요, 아일라. 당신이 바로 거기 있었어요."

바질이 고개를 갑자기 기분 좋게 움직이며 말했다.

바람이 숲을 휩쓸며, 가문비나무와 백향목의 나뭇가지를 흔들고, 땅에서 나무껍질 조각을 들어 올렸다.

"그리고 나는 그곳에도 있었어. 네가 부화하기 전에, 네가 잃어버린 핀카이라의 마르지 않는 강 아래로 떠내려올 때, 매 한 마리가 너를 데리고 왔을 때, 네가 잊힌 땅 위에 떨어졌을 때."

"잊힌 땅! 네가 거기 있었니?"

멀린이 소리쳤다.

바질은 확신이 없어 고개를 갸우뚱했다.

"그랬지, 여전히 알 속에 있기는 했지만. 어떤 어린 마법사가 마법의 씨앗을 심을 때, 바로 그곳에 있었어. 경이로운 새로운 세상으로 사란 씨앗을."

아일라가 확인시켜주었다.

멀린이 생각에 잠겨 입술을 굳게 다물었다.

"어떻게 알았어, 착한 바람 누이, 이 특별한 알을 보살피는 것을?"

"다그다가 환영으로 내게 왔거든. 나보고 이 생명체를 지켜보라고 부탁했어. 그 이유는 말해주지 않았지. 이 친구가 정말로 어떤 생명체인지도 말해주지 않았어. 다만, 이 친구가 구할 가치가 있는 목숨이라는 것만 알려줬지."

아일라가 주변의 나뭇가지들을 흔들며 속삭였다.

"구할 가치가 있는 목숨."

멀린이 반복했다. 그러고는 결심한 듯 고개를 끄덕이며 일어섰다.

"이제 충분히 들었어. 내 의심을 확인할 정도로. 아주 오랫동안, 친구, 나는 네 능력에 대해, 그리고 네 눈 속의 그 초록색 빛에 대해 당황했단다. 마침내, 나는 네가 어떤 생명체인지 알게 되었어!"

바질의 심장이 뛰었다.

"당신이 안다고요? 저한테 말해줄 수 있어요?"

바질은 작은 날개를 초조하게 움직였다.

"그보다는, 내가 보여주도록 하지."

멀린이 선언했다.

멀린은 지팡이를 솔잎이 카펫처럼 깔린 바닥에 단단히 꽂고, 바질의 눈을 마주보았다.

"비록 너를 누군가로 변신시킬 수는 없지만, 네 원래의 모습으로 변신시킬 수는 있어."

멀린의 목소리가 굵어졌다.

"네가 동의한다면, 나는 네가 빨리 자라게 할 수 있단다. 네가 결국 지니게 될 모습을 너에게 줄 수 있어. 경고하는데, 친구, 아무것도 변하지 않을지도 몰라. 내가 틀릴 수도 있어. 너는 네 운명의 모습을 이미 지니고 있을지도 모르거든."

마법사의 눈이 빛났다.

"하지만 너는 작은 놀라움을 지닐 수도 있어."

바질은 숨을 크게 들이쉬며, 최선을 다해 차분히 있으려 했다. 자신

이 정말로 보이는 것 이상의 무엇이 될 수 있을까? 바질은 나뭇가지 위
에 자그마한 다리를 단단히 디디고, 선언했다.

"네, 기꺼이 동의할게요."

"좋아. 그렇다면, 나는 네게 네 마음만큼이나 위대한 몸을 주겠다."

34

위대한 마음

별빛처럼, 끝없이 몰아칠 것 같은 폭풍으로 한 사람의 영혼을 가릴 수는 있다. 하지만 결코 소멸시킬 수는 없다. 구름을 몰아내는 바람이면 족하다. 그러면 빛이 드러날 것이다.

멀린은 숲 한가운데 서서, 울퉁불퉁한 지팡이 자루에 두 손을 올렸다. 외로운 백향목 솔잎 하나가 천천히 땅으로 떨어지는 모습을 지켜보며 기다렸다. 솔잎이 빛 속에서 빙글빙글 돌며 떨어져 내렸다. 이윽고, 멀린은 하늘을 올려다보며 노래하기 시작했다.

태어나지 않은 힘,
존재할 힘,
우리에게 운명의 탄생을 허락해주소서.
이제 씨앗을 터트려,
아이를 맞이하라.
수수께끼를, 신비를 잉태하라,

비밀 아래,

시각 위에,

나타나는 빛의 영혼을 공경하라.

시작은 끝날 것이고,

새로운 끝이 시작하리라.

그 안에 존재하는 미래를 이제 자유롭게 하라.

멀린은 이 노래를 세 번 불렀다. 처음에는 아발론의 언어로, 그러고는 핀카이라의 언어로, 마지막으로는 정령들의 사후 세계 언어로 불렀다. 단어 하나하나를 말할 때마다, 저 위 하늘이 점점 어두워졌다. 두꺼운 먹구름이 몰려왔다. 공기 중에 전기가 윙윙 흐르며, 마법사의 나부끼는 머리카락이 위로 뻗었다. 하지만 번개는 머리 위로 내리치지 않았다. 전기의 파장이 계속 커져만 갔다.

주변의 백향목, 가문비나무, 전나무, 소나무가 흔들리기 시작했다. 나뭇가지가 떨리며, 더 많은 솔잎이 우수수 떨어졌다. 하지만 이것은 바람이 일으킨 움직임은 아니었다. 그 어떤 산들바람도 숲속을 흔들지 않았다. 아일라는 조금도 움직이지 않고 잠자코 있었다.

그러는 내내, 전기는 강해졌다. 자그마한 불꽃이 허공에 일며, 잠시 딱딱 소리를 내더니 이내 사라졌다. 나무껍질이 찍찍 소리를 내며 탁탁 튀었다. 송진이 터져 나왔다. 멀린의 발아래 땅이 흔들리기 시작했다. 처음에는 부드럽게, 그러고는 계속해서 힘을 키우더니, 마침내 땅이 웅성거렸다.

바질은 쓰러진 백향목 나뭇가지에 앉아, 허공에서, 흔들리는 나뭇가지에서, 그리고 흔들리는 땅에서 점점 커지는 에너지를 느꼈다. 전기가 불꽃을 일으키자, 바질 목의 느슨한 비늘이 어둑어둑해지는 하늘을 향해 천천히 떠올랐다.

바질은 몸 안에서 에너지가 커져가는 것을 강렬하게 느꼈다. 계속 따뜻해지는 뼈, 점점 희미해지는 눈이 아니라, 닿을 수 없는 영원 저 깊숙한 곳에서 느꼈다.

내 안에서 뭔가가 일어나고 있어. 하지만 그게 뭐지?

즉각, 엄청난 번갯불이 터져 나오며 하늘이 번쩍거렸다. 엄청난 천둥이 내리쳤다. 멀린이 비틀거리며 쓰러질 정도로 강력했다. 번개가 아래로 번쩍였지만, 주변의 높은 나무들을 내리치지는 않았다. 사실, 어떤 나무도 내리치지 않았다.

번갯불은 바질을 내리쳤다.

엄청난 불빛을 일으키며, 강력한 번갯불은 바질의 등을 때렸다. 울퉁불퉁한 날개 사이를. 어깨의 초록색 비늘이 찍찍 소리를 내며 불꽃을 일으켰다. 바질의 두 눈이 그 어느 때보다 더 밝게 빛났다.

동시에, 하늘이 열리며 숲을 밝게 비추었다. 묵직한 구름이 안개로 녹아들더니 이내 사라졌다. 나무도, 땅도 더 이상 떨리지 않았다. 공기는 다시 자유롭게 움직이며, 숲에 신선한 기운을 불어넣어주었다.

하지만 바질은 꼼짝하지 않았다. 마치 아무 일도 일어나지 않은 것처럼, 시커멓게 변한 나뭇가지 위에 그대로 앉아 있었다. 강렬한 눈빛을 제외하고, 하나도 변하지 않은 것처럼 보였다.

그러고 나서, 신기하게도, 목에서 비늘이 찢어져 숲 바닥의 솔잎 위로 툭툭 떨어져 내렸다. 머리 뒤의 비늘이 갑자기 커지며 떨어져 나갔다. 이번에는 땅딸막한 왼쪽 앞발 위의 비늘이 똑같이 떨어져 나갔다. 바질은 머리를 돌려 자기 몸에 무슨 일이 일어나고 있는지 살펴보았다.

얼굴에는 걱정이 아닌 기대가 차올랐다.

온몸의 비늘이 하나씩 하나씩, 점점 빠른 속도로 땅으로 떨어졌다. 그 자리에 생동감 넘치는 초록색 비늘이 마치 에메랄드처럼 반짝반짝 새로 빛났다. 놀랍게도, 비늘이 커지며 몸집도 커졌다.

바질의 머리가 가장 먼저 커졌다. 머리가 쑥쑥 자라고, 점점 더 커지고, 마침내 거대한 입이 마을 하나를 통째로 삼킬 정도까지 커졌다. 입 안에는 거대한 초록색 혀가 커졌다. 눈은 빛나는 별로 자라, 초록색으로 빛났다. 코 또한 자랐는데, 콧구멍이 마침내 거대한 검은 아치 길이 되었다. 찻잔 모양의 자그마한 귀는 엄청나게 뻗어나 마침내 성인 한 사람이 그 안에 발을 들여놓을 수 있을 정도로 커졌다.

입 안에는 이빨 수백 개가 자랐다. 한 줄로는 충분하지 않았다. 날카로운 이빨이 뾰족한 산봉우리처럼 솟구치며, 세 줄로 깊숙하게 자리 잡았다. 딱 한 곳만 이빨이 없었다. 입 앞, 크리릭스를 깨물며 부러져 나간 이빨이 있던 자리……

바질의 목, 등, 꼬리 또한 자랐는데, 너무 빨리 자라 커진 몸집이 나무를 부러트리고, 큰 바위들을 밀어내고, 크리릭스의 시체를 완전히 짓이겨 버렸다. 멀린은 바질의 거대한 가슴에 납작 깔리지 않으려 옆으로 얼른 몸을 피했다. 우뚝 솟은 가문비나무가 거대한 어깨에 뿌리째 뽑혀 바질의 등에 쓰러졌다. 바질은 거의 알아차리지도 못했다.

바질의 거대한 다리에는 튼튼한 근육이 새로 붙었다. 무시무시한 발톱이 다리에서 뻗어났다. 그러는 사이, 날개는, 더 이상 쪼글쪼글한 잎사귀처럼 작지 않았다. 커지면서 길이도 늘어났다. 너무 늘어나는 바람에 호수 하나를 덮고도 남을 정도였다.

꼬리가 길어지고, 길어지고, 또 길어졌다. 마침내, 꼬리가 주변 숲속으로 깊숙이 들어갔다. 꼬리 끝에 달린 혹 또한 어마어마하게 커졌다. 하늘을 나는 용을 내리쳐 떨어뜨릴 수 있을 정도였다.

바질은 이제 사실상, 용이 되었다. 아니, 적어도, 용을 빼닮은 존재가 되었다. 그동안 아발론에서 살았던 그 어떤 용보다 더 크고 강한 존재. 결혼식에서 자신을 거의 죽음에 이르게 했던, 인간이 모기를 보듯 자신을 하찮게 여기던 사나운 용 귀니아도 바질의 동굴과도 같은 입 안에 쏙 들어갈 정도였다.

"음, 음, 날 좀 보세요!"

바질이 천둥처럼 굵게 울리는 소리를 냈다. 그 소리에 나무들이 마구 흔들렸다.

멀린은 감탕나무 수풀 속으로 달려 나가며 짧게 말했다.

"이럴 수가!"

마법사는 지팡이를 꽉 잡고, 바질의 거대한 머리 주변을 천천히 걸으며, 이 거대한 짐승을 살펴보았다. 마침내, 초록색으로 빛나는 커다란 눈 밑에 멈추어, 눈동자를 뚫어져라 올려다보며 말했다.

"이제 너는 네가 그렇게 간절히 원하던 몸을 갖게 되었다."

"네 꿈에서처럼 커다란 몸."

아일라가 숲 주변을 돌면서 말했다.

"네 마음만큼이나 커다란 몸."

멀린이 그 말을 반복했다.

바질은 의기양양하게 꼬리를 흔들었다. 하지만 커다란 가문비나무 세 그루가 부러지며 쓰러지자 동작을 멈추었다. 화가 난 굴뚝새 한 무리가 푸드덕 날아올라, 자신의 집을 파괴한데 대해 멀린을 향해 비난을 퍼부었다. 뿌리가 뽑히며 자신들의 동굴이 갑자기 드러난 오소리 가족은 깜짝 놀라 비명을 지르며 달아났다. 그렇게 많은 해를 일으킨 걸 알고 바질은 대경실색했다.

내가 저렇게 했어. 내가 그랬다고! 내 꼬리로. 내 몸으로!

"정말 미안해."

바질은 굴뚝새에게 소곤거렸다. 목소리가 천둥 번개만큼이나 요란했다. 하지만 어쨌든 바질은 그렇게 크게 뉘우치는 것 같지는 않았다.

아일라가 바질의 커다란 초록색 머리 옆에서 바람을 불어, 바질의 귀 끝이 휘었다.

"다그다는, 그 모든 지혜에도 불구하고, 틀렸어. 다그다는 네가 용이 아니라고 말했어. 그런데 네 모습을 좀 봐. 그 모든 세상에서 내가 지금 껏 보았던 용 가운데 가장 경이로운 용이야."

바질은 만족스럽게 웃었지만, 꼬리는 움직이지 않았다. 뒤를 흘끗 바라보며 나무들이 쓰러지지 않는지 확인했다.

"아니야, 다그다는 완벽하게 옳았어."

멀린이 지팡이로 땅을 쿵쿵 두드리며 선언했다.

바질은 당혹스러워 커다란 코를 찡그렸다. 아일라는 하늘을 날다 말고 허공에 빙빙 맴돌며, 마법사의 설명을 기다렸다.

"다그다는 말했어, '너는 단순한 용은 아니다'라고. 맞는 말이야!"

멀린이 바질의 무시무시한 입 가까이 몸을 기대며, 조용한 목소리로 덧붙였다.

"그 문장에서 핵심적인 단어는 용이 아니라, 단순하다는 단어야."

멀린은 지팡이 자루를 꽉 움켜쥐어 올려 바질의 눈을 가렸다.

"저 초록색 빛, 그게 뭔지 너는 아니?"

"아니요."

335

대답이 나왔다. 그 목소리가 나무 사이에서 울려 퍼졌다.

"친구, 그건 엘라노(elano)야. 위대한 나무의 정수, 삶의 본질, 일곱 개의 신성한 요소들의 총합. 어디서든 가장 강력한 마법."

멀린은 잠시 말을 멈추고, 자기 말을 충분히 이해하도록 기다렸다.

"네가 부화한 그 순간부터, 너는 놀라울 정도의 엘라노가 있었어. 여기 내 지팡이처럼, 너는 언제나 그 마법의 빛으로 반짝반짝 빛났어."

멀린이 말하는 동안, 지팡이의 일곱 룬 문자가 환하게 빛을 발했다. 바질은 그 모든 것을 분명하게 볼 수 있었다. 마법사의 변신의 힘을 상징하는 나비, 보호를 상징하는 금이 간 돌. 이름을 상징하는 검. 살생을 상징하는 용의 꼬리. 시각을 상징하는 눈. 그리고 도약을 상징하는 원 안의 별. 멀린이 일곱 노래를 찾는 과정에서 이 모든 것을 얻었다는 걸 바질은 알고 있었다. 바질은 언젠가는 룬 문자의 의미에 대해서, 특히 용의 꼬리에 대해서 멀린에게 물어보기로 결심했다.

"그러니까, 너는 단순한 용이 아니야. 너는, 사실, 독특한 생명체이지. 엄청난 마법을 지닌 용. 너는 엘라노드래곤(elanodragon)이야."

마법사 멀린이 설명했다.

바질은 자신이 그런 이름을 지닐 자격이 있는지 확신이 서지 않아, 커다란 이마를 찌푸렸다.

"아, 그래서 네 몸이 자라는 데 그렇게 오랜 시간이 걸렸던 게로구나, 멀린의 도움이 없었다면 아마 더 오래 걸렸겠네. 마침내, 이제 너는 다 자랐어."

아일라가 바질의 거대한 목 주변을 날며 숨을 쉬었다.

멀린은 고개를 돌려, 바질의 코끝에서 기다란 목을 지나 거대한 날개 위로, 그리고 숲속으로 사라져 버린 꼬리를 훑어보았다. 그러고는 아일라의 말에 덧붙여 말했다.

"완전히 자랐지."

문득, 다시 한번 바질의 눈을 올려다보며, 잔소리를 했다.

"그리고 꼬리를 크게 해달라고 한 건 너였어!"

바질은 크게 웃었다. 굵직하고, 완벽하며, 유쾌한 소리였다. 마치 에어루트의 구름 사이에 걸린 거대한 하프 줄에서 나는 소리 같았다. 바질의 숨결은 어쩌나 힘이 센지 이끼, 솔방울, 그리고 몇몇 새 둥지는 물론이고 나뭇가지 수십 개를 툭 부러트릴 정도였다. 그러고 나서, 바질이 혀를 쓱 내밀었다. 멀린은 깜짝 놀라 뒤로 물러서다, 고사리 밭으로 퍽 쓰러지고 말았다.

멀린은 얼른 일어나 입에서 고사리를 뱉으며 투덜거렸다.

"연장자를 존중하는 마음은 어디 간 거야? 네가 산처럼 클지는 몰라도, 나는 너보다 적어도 스무 살은 더 먹었어."

"그리고 나는, 적어도 너희 둘보다 수천 년은 나이를 더 먹었지."

바람 누이가 가문비나무 가지 사이를 휙휙 소리 내어 지나가며 경쾌하게 말했다.

셋 모두 깔깔 웃음을 터트렸다. 바실의 웃음이 커지자, 더 많은 나뭇가지가 부러지며 솔잎과 솔방울을 사방에 흩뿌렸다. 아일라는 뽀글뽀글 거품을 일으키며 공기를 간질이는 것처럼 보였다. 멀린은 너무 즐거워 다시 한번 균형을 잃고 고사리 밭에 또 넘어질 뻔했다.

마법사는 균형을 잡으며, 덩치 큰 친구 가까이 다가갔다. 그러고는 지팡이로 커다란 관절의 빛나는 비늘을 살짝 두드렸다.

"음, 나는 이 비늘에 엘라노가 스며 있다고 믿어. 이 비늘은 불뿐만 아니라 어떤 공격도 막아낼 수 있을 거야."

멀린이 말했다. 그러고는 생동감 넘치는 울림을 들으며, 덧붙였다.

"좋아. 너는 스스로 불을 뿜는 능력을 지니지 못할 테니까."

바질은 깜짝 놀라 투덜거렸다. 마치 모욕을 당한 것처럼 귀를 비틀며, 숨을 크게 들이쉬었다. 눈을 찡그리며, 목구멍으로 굵은 소리를 냈다. 그러고는, 불을 내뿜는 용에게 어울리는 자긍심의 표정으로, 거대한 입을 벌리고 엄청난 힘으로 숨을 내쉬었다. 입 밖으로 공기, 침, 그리고 귀를 먹먹하게 하는 굉음이 쏟아져 나왔다.

하지만 불은 나오지 않았다.

멀린은 귀를 막고 있던 손을 내리며, 바질의 거대한 눈을 올려다보았다. 눈에 실망의 흔적이 역력했다.

"생각했던 대로야, 친구. 우드루트의 영토에서 부화한 용은 불을 내뿜을 수 없어."

멀린은 어깨를 으쓱해 보였다.

"다그다와 로리란다의 치밀한 계획의 일부야. 용 두 마리가 사소한 다툼을 할 때마다 숲에 불이 붙는 걸 막아야 하니까."

멀린은 바질을 올려다보며 말을 이었다.

"너는 모르겠지만, 워터루트의 용들도 불을 내뿜지 못해. 그들이 숨을 쉬면……."

"얼음이요, 저도 알아요. 푸른색 얼음. 싸움에서는 유용하지만, 불처럼 그렇게 강렬하지는 않지요."

바질이 산사태를 일으키는 것처럼 으르렁거렸다. 한숨을 쉬자, 나뭇가지가 또 부러졌다.

멀린은 거대한 관절 위에 손을 얹었다.

"불을 내뿜지 못하더라도, 거대한 몸집으로 그리고 위대한 마법이 그

걸 대신해줄 거야."

"그리고 그것보다 더 위대한 것, 그러니까 네 위대한 마음으로."

아일라가 바질의 귀 주위로 날면서 덧붙였다.

그러고는 가까이 다가와 속삭였다.

"너는 내가 아는 그 누구보다 용감해. 윈드테이커와 크리릭스를 물리친 유일한 존재야. 게다가 너는 네가 아주 작았을 때, 연약한 날개를 단 나비만큼이나 작았을 때, 그런 위업을 이루어냈어."

아일라가 스치고 지나가며 바질의 귀 끝을 따라 난 초록색-노란색 털을 쓰다듬어 주었다. 바질은 나지막한 울음소리를 내며 고마움을 드러냈다. 바질의 눈에는 더 이상 실망스러운 빛이 아닌, 감사의 빛이 담겨 있었다.

"자 이제, 네 이름에 대해서 말해보자."

멀린이 팔을 휙 움직이며 선언했다.

멀린은 바질에게서 몇 걸음 물러서 고개를 들고 거대한 얼굴을 자세히 살펴보았다.

"너는 더 이상 바질이라는 이름을 지녀서는 안 돼. 그건 작고 맛있는 허브, 또는 원기 왕성한 어린 선사에나 어울릴 만한 이름이야. 하지민 용한테는 어울리지 않아! 아발론의 유일한 엘라노드래곤한테는 더더욱 아니지."

마법사는 지팡이를 들어 올려 선언했다.

"지금부터, 네 이름은…… 바질가라드(Basilgarrad)야. 정말이지 딱 어울리는 이름이지! 정확히 발음하도록 해. 끝에 악센트가 있어. 가라드. 핀카이라의 옛 언어에서, 네 이름은 '위대한 마음의 바질'을 의미해."

아일라가 멀린의 머리 위, 나무 사이를 빙빙 돌며, 동감을 표하고 허락의 소리를 냈다.

위대한 마음, 위대한 마음, 위대한 마음.

바람은 이렇게 말하는 것 같았다. 바람에 헝클어진 나무 꼭대기가 동의한다는 듯 고개를 끄덕였다.

바질의 마음은 기쁨으로 어지러웠지만, 그 감정을 크게 드러내지 않았다. 그저 잃어버린 이빨의 틈을 드러낼 정도로 방긋 웃기만 했다.

35

새로운 모험

친구들이여, 용을 위해 건배하라! 여기 삶의 자그마한 축복이 있다. 전쟁, 전염병, 그리고 온갖 사악함……. 이런 것 때문에 우리는 계속 긴 장한다. 이런 것이 있기에 우리는 감사한 마음을 품는다.

멀린은 지팡이를 놓아두었다. 그러고는 가문비나무와 백향목의 송진 향이 가득한 숲속 공기를 한껏 마시며, 바질가라드의 거대한 초록색 눈을 응시했다. 멀린은 축하와 슬픔, 희망과 갈망이 섞여 담긴 목소리로 말했다.

"우리가 사는 이 세상은 정말이지 경이로운 곳이야. 엄청난 신비가 넘 치고 대단한 대비를 이루는 곳이지. 가장 신비롭게도, 이처럼 아름답고 풍부한 세상이 탐욕과 거만, 그리고 편협함의 본거지가 될 수 있는 게 사실이야. 풍부한 열매가 자라고, 시대를 초월한 시를 낳고, 지속적인 우정을 엮어내고, 우리의 꿈을 실현할 기회를 주는 세상이 어떻게 전쟁 의 공포와 종교적인 증오를 품을 수 있을까? 세상의 저울을 기울여 절 망이 가득한 곳에서 희망을 찾고, 살아 있는 생명체들이 모두 다 같이 조화롭게 살도록 도와주는 것이야말로 우리 시대의 가장 큰 도전이라네, 친구."

멀린은 잠시 말을 멈추고, 눈을 크게 떴다.

"그 계획이 무엇이든, 리타 고르는 그런 공포를 더 악화시킬 거야. 왜냐하면 공포가 커질수록, 그자의 힘이 세질 테니까. 하지만 공포가 줄어들면, 그자가 정복할 기회 또한 줄어들겠지."

멀린이 장엄하게 고개를 끄덕거렸다.

"그러니, 바질가라드, 너는 이 원정에 나랑 합류해주겠니? 아발론의 진정한 수호자가 되어줄래?"

초록색 용의 첫 번째 생각은,

'멀린이 정말 이런 걸 물어볼 필요가 있는 걸까?'였다.

하지만 한마디로 대답했다.

"그래요."

바질가라드가 으르렁거렸다. 천둥과도 같은 목소리가 숲에 울려 퍼지자 나무들이 마구 몸부림을 쳤다.

"아주 좋아."

주변이 잠잠해지고 나서, 멀린이 말했다.

"아주 멋져."

아일라가 나뭇가지들 사이를 살랑살랑 날아다니며 덧붙였다. 그러더니 멀린에게 물었다.

"멀린, 저 아이의 조상에 대해 알고 있는 게 있니?"

마법사는 머리 위, 흔들리는 나뭇가지 사이로 바라보더니, 다시 바질가라드를 향해 말했다.

"너는 유일한 엘라노드래곤이야. 그래서 너는 그동안 그 어떤 용과도 같지 않은 삶을 시작했던 거야."

멀린은 잠시 말을 멈추고, 자신의 말을 고쳐 말했다.

"그렇다고 해서 네게 친척이 전혀 없다는 뜻은 아니야."

바질가라드의 커다란 눈이 더 커졌다.

"네 알이 처음 핀카이라의 마르지 않는 강 위에서 나타났으니, 너는 그 매혹적인 섬에 살았던 가장 강력한 용의 직계 후손일 거라 짐작해도 돼. 그 용의 이름은 발디어그야. '불의 날개'라는 뜻이지."

나쁘지 않군. 전혀 나쁘지 않아.

그 용의 어린 후손은 생각했다. 이미 산등성이만큼이나 큰 바질가라드의 가슴이 더 크게 부풀어 올랐다.

"그건 말이야, 네가 발디어그의 유일한 후손, 귀니아와 친척이라는 뜻이지."

멀린이 말을 계속 이었다.

바질가라드의 가슴이 펑 터진 반죽처럼 찌그러졌다.

"그 성질 사나운 녀석이요? 그놈이 제 친척이라고요?"

바질가라드가 이의를 제기했다.

"네 남매야, 정확히 말하면."

멀린은 웃지 않으려 최선을 다했다. 하지만 그리 잘해내지는 못했다.

"아, 하지만 가장 멋진 건 귀니아의 예의 바른 아이들이지! 태어난 뒤로, 그 아이들은 스톤루트의 절반에만 불을 놓았으니까."

바람 누이가 장난스럽게 덧붙였다. 그러더니 가까이 다가와 바질가라드의 커다란 귀를 간지럽혔다.

"너는 이제 그 아이들의 지혜로운 삼촌이야. 그 아이들에게 제대로 교훈을 가르쳐줄 수 있어."

"매너부터 가르쳐줘야 하겠군요. 다시 만나게 되면 기쁘겠는걸요."

바질가라드가 선언했다. 바질가라드는 그 애송이 중 하나가 멀린과 할리아의 결혼식에서 자신을 공격한 걸 생각하며 눈을 가늘게 떴다.

"너는 기쁠지 몰라도, 그 아이들은 그렇게 느끼지 않을 거야."

아일라가 즐겁다는 듯 바람을 불어대며 말했다.

"네게 어떤 친척이 있든, 네 앞에 커다란 삶이 펼쳐져 있어. 위대한 마법을 지닌 생명체로서, 그건 정말이지 긴 삶이 될 거야."

멀린이 말했다.

멀린은 손가락으로 턱수염을 어루만지며, 턱수염을 꼭 묶었다.

"이봐, 너는 수천 년 이상을 살 수 있어!"

머리카락만큼이나 짙은 멀린의 눈이 새로운 생각으로 채워지며 부풀어 올랐다.

"너는 언젠가 내 후손들을 만나게 될 수도 있어. 내 마법의 후계자들을 말이야."

이 말을 하자마자, 멀린의 얼굴이 어두워졌다. 멀린이 나지막하게 말했다.

"내 아들은 거기에 포함되지 않을지도 몰라."

멀린이 등을 꼿꼿이 세우고, 바질가라드의 툭 튀어나온 주둥이가 가까이 걸어갔다. 줄줄이 이어진 튼튼한 이빨이 저 위에서 빛났다. 멀린은 지팡이 끝을 꽉 잡고, 닿을 수 있는 데까지 높이 뻗었다. 그래서 지팡이 끝이 용의 아랫입술에 닿았다. 멀린은 입술 위를 세 번 세게 두드렸다. 사람이라면 멍이 들 정도로 센 힘이었지만, 바질가라드는 거의 느끼지 못했다.

마법사들은 정말 유별나.

이런 일이 일어나는 동안 바질가라드는 생각했다.

"내 지팡이의 마법 덕분에, 이제 너와 나는 연결되었어. 아무리 멀리 떨어져 있더라도, 너는 언제든 생각으로 나를 부를 수 있어. 나도 똑같이 할 수 있고."

멀린이 지팡이를 내려 평소처럼 잡고 선언했다.

그러고는 장난스러운 웃음을 머금으며 덧붙였다.

"그러니 꼭 기억해. 이제 나는 네 생각을 들을 수 있다는 것을. …… 그러니까, 네가 나를 정말 유별나다고 생각한다는 것도 안다고."

용이 즉각 눈살을 찌푸렸다.

"걱정 마. 난 네 생각을 전부 다 들을 수는 없으니까. 나하고 특별히 관련된 생각만 들을 수 있어. 네가 우리를 위해 계획한 새로운 모험 같은 거 말이야. 나는 그런 게 많기를 바라!"

마법사가 덧붙였다.

그 순간, 숲속에 톡 쏘는 향이 떠다녔다. 썩은 살 냄새와 토사물 냄새가 뒤섞여 악취를 풍겼다. 즉각 그 냄새를 알아차린 마법사의 얼굴이 창백해졌다. 멀린은 휙 돌아보며, 한마디를 내뱉었다. 다시는 말하고 싶시 않은 난어를.

"크리릭스!"

멀린은 숲 바닥의 마른 솔잎 위에 발을 디딘 채, 또 다른 공격에 대비해 자세를 갖추었다. 이마에 땀방울이 송송 맺히더니, 관자놀이를 타고 주르륵 흘러내렸다. 얼굴에는 고통스러운 후회의 표정이 나타났다. 멀린은 혹시 모를 상황에 대비해 지팡이를 얼른 옆으로 던졌다. 혹시 마법을 쓰게 될지 몰라서.

뒤에서, 덜컹대는 굵은 소리가 불쑥 들려왔다. 멀린은 다시 뒤를 돌아

보고는, 크리릭스가 공격하는 소리가 아니라 용이 웃는 소리임을 즉각 깨달았다. 바질가라드가 커다란 머리를 들고 땅이 흔들릴 정도로 크게 웃는 사이, 그 덜컹대는 소리는 떠들어대는 커다란 굉음이 되었다. 바람 누이가 합류하자, 솔방울이 나무에서 떨어지고 나뭇가지가 흔들렸다. 곧, 숲 전체가 다 함께 웃는 것처럼 보였다. 단, 마법사만 제외하고.

멀린은 어깨 너머를 짜증스레 흘끗 바라보더니, 다시 바질가라드를 쳐다보았다. 멀린은 허공에 코를 대고 킁킁 냄새를 맡았다. 공기는 재빨리 숲의 신선한 향기로 되돌아와 있었다.

"너? 네가 냄새를 만들어냈니?"

멀린이 꾸짖듯 물었다.

"음, 네, 제가 심을 위해 만들어낸 냄새만큼 그렇게 매력적이지 않지만, 그때처럼 효과적이긴 하네요."

바질가라드가 기분 좋게 대답했다. 그러고는 마치 서서히 끓는 스튜 냄비처럼 조용히 웃었다.

"당신은 제 계획을 모두 들을 수 있을지는 몰라도, 제 장난을 모두 들을 수 있는 것 같지는 않네요."

마법사는 고개를 절레절레 저으며, 지팡이를 주우러 가시투성이 관목으로 밀고 들어갔다.

"이봐, 용한테도 유머 감각이 필요해?"

"우리 모두 유머 감각이 필요하지."

아일라가 숲에 계피 향을 풍길 정도로 아주 낮게 날면서 상기시켜 주었다.

"그런 것 같아, 하지만…… 정말로!"

멀린이 가시덤불 속에서 지팡이를 빼내려 낑낑거리며 투덜거렸다.

"당신은 주문을 외워요. 나는 냄새를 내뿜죠. 우린 서로 아주 공평한 것 같은데요."

바질가라드가 당당하게 말했다.

멀린의 찡그린 얼굴이 마침내 풀어졌다.

"내 생각에, 거구 친구, 우리의 모험은 이제 막 시작된 것 같은데."

커다란 용은 동의의 표시로 꼬리를 땅에 쿵 부딪쳤다. 이 쾌활한 동작으로 진동이 일어 주변 숲이 마구 떨렸다. 사슴이 뛰어오르고, 다람쥐가 허둥지둥 도망가고, 새들이 날아올랐다.

멀린은 지팡이를 찾아, 그걸 천천히 자기 손 안에서 돌렸다. 그러고는, 바질가라드의 거대한 눈을 올려다보며 조용히 말했다.

"우리가 만나게 되어 정말 기뻐. 이 운명의 날에 필연적으로 만나게 되어서 말이야."

멀린은 한숨을 쉬며 말을 이었다.

"그런데 이제, 나는 가야 해. 파이어루트에서 문제가 생기고 있어. 지하 동굴에서. 불꽃이 이는 보석. 그리고 분노에 찬 용."

바질가라드가 거대한 머리를 들어 올리며 쩌렁쩌렁 울리는 목소리로 물었다.

"타고 갈래요?"

멀린은 텁수룩한 눈썹을 치켜떴다.

"빠르니?"

"바람만큼 빠르지는 않아요. …… 하지만 최선을 다해볼게요."

마법사의 얼굴이 밝아졌다.

"그렇다면 타고 가고 싶어."

아발론의 유일한 엘라노드래곤이 고개를 기울이자, 그 귀는, 귀 자체

347

도 멀린보다 컸는데, 땅 위에서 아래로 펄럭이며 나무껍질과 솔잎을 흩날렸다. 마법사는 재빨리 올라탔다. 바질가라드가 고개를 똑바로 세우고 높이 날아오를 때, 멀린은 귀 끝을 단단히 움켜잡고 가까스로 버틸 수 있었다.

멀린은 용의 머리 꼭대기에 서서, 톡 튀어나온 거대한 귀를 꽉 잡았다. 이제 나무만큼이나 높은 곳에서, 멀린은 숲의 언덕을 가로질러, 풍요로움이 층층이 가득한 풍경을 살펴보았다. 저 멀리, 밝은 노란색 나비 떼가 별처럼 날개를 반짝거리며, 짙은 초록색 가문비나무 위에 앉아 있었다. 멀린이 고개를 끄덕이며 말했다.

"나는 이 경치를 즐기게 될 것 같은데."

"기다려. 헤어지기 전에 말해줄 게 있어."

아일라의 부드러운 목소리가 지나가며 숨결을 불어넣으며 말했다.

"우리랑 함께 가요, 아일라, 당신과 함께 있을 수 있어요! 함께 날 수 있어요. 아주 오랫동안 그렇게 했던 것처럼요."

용이 큰 소리로 말했다.

아일라는 바질가라드의 튼튼한 이마를 가로질러, 귀와 멀린의 옷을 간지럽혔다.

"아니, 친구, 우리는 이미 너무나도 놀라울 만큼 오랜 시간을 함께했어. 내가 그 어떤 존재와 함께 보낸 것보다 훨씬 오랫동안."

바람 누이가 말했다.

바람이 가까이 불어오며, 공기를 계피 향으로 채웠다.

"바람 누이는 날아야만 해. 잠을 자거나 깨어있는 걸 생각하지 말고. 왜냐하면 나는 별처럼 지켜보고, 바람처럼……."

"쉬지 않지요."

바질가라드가 마무리했다.

"그래. 우리는 이 세계의 일곱 영토를 모두 다 가봤어. 너는 그 모든 영토의 마법을 맛보았지. 사후 세계를 아주 가까이 가보기도 했고."

아일라가 바질가라드의 머리를 휩쓸며, 부드러운 귀, 빛나는 눈, 거대한 입, 그리고 잃어버린 이빨의 틈까지 따뜻하게 안아주었다.

"하지만 떠나기 전에, 이 말은 꼭 해주고 싶어. 네가 얼마나 멀리 날아가든, 네 곁에는 언제나 친구가 있다는 걸……"

웬일인지, 바질가라드는 이제 목이 엄청 컸는데도 아무 소리도 낼 수 없었다.

"나는 널 다시 못 볼지도 몰라. 하지만 잘 지내길 바랄게. 네 바람이 어디로 불든."

아일라가 말을 이었다.

아일라는 마지막으로 바질가라드 곁을 한 바퀴 돌았다.

"이 세상 모두가 너를 위대한 바질가라드로, 크리릭스의 도살자 그리고 아발론의 용맹스러운 수호자로 알게 될지라도, 내게 넌 언제나…… 꼬마 방랑자."

아일라가 소용돌이를 일으키며 떠나갔다. 잠시 동안, 바질가라드와 멀린 모두 꼼짝 않고 있었다. 산들바람이 불지 않는 하루처럼 가만히. 이윽고 초록색 용의 귀가 떨렸다. 눈으로는 저 멀리 지평선을 훑었다.

굵은 목소리로 바질가라드가 선언했다.

"좋아요. 이제 하늘을 날 시간이에요."

마시자

용으로서의 그 모든 시간 동안 나는 무엇을 배웠을까?
우리가 알지 못하고 보지 못하고 예상하지 못한 것, 그것이 우리를
죽인다.

아발론 45년

양은 돌투성이 산등성이 위로 한 발 더 내디디려 고군분투했다. 고개를 치켜들고 산비탈 몇 발작 위에 있는 시냇물을 살펴보았다. 최근까지 눈으로 덮여 있던 바위 사이에서 흘러나오는 시냇물이 매혹적으로 빛났다. 바위 아래에서 보글보글 소리가 들려왔다. 물이 물웅덩이로 떨어지며 튀었다.

양은 바싹 마른 입술을 핥았다. 하지만 혓바닥은, 입술과 마찬가지로, 모래로 가득 찬 계곡처럼 바싹 말라 있었다.

양은 물이 자신의 목숨을 구해주리라는 걸 알고 있었다. 물을 마시면 힘이 되살아날 거다. 그러면 다시 무리에 합류할 수 있으리라. 그리고 무엇보다도, 어린 새끼 양 세 마리를 다시 만날 수 있을 것이다.

양은 흐릿한 눈을 깜빡이며 구슬프게 울었다. 유쾌한 장난을 치며 까불어대는 새끼들을 마지막으로 본 뒤로 얼마나 많은 새벽과 별이 지는 걸 보았던가? 새끼들의 자그마한 털북숭이 귀를 핥거나 젖을 만족스럽게 먹이고 나서 옆으로 밀쳐낸 게 마지막으로 언제였던가?

너무 많은 날이 흘렀다.

마법의 땅 맬록 상류에 사는 다른 토착 산양들처럼, 이 양 또한 척박한 높은 산등성이에 사는데 익숙했다. 남쪽의 울창한 정글과 달리, 또는 북쪽의 위험한 습지와 달리, 이 땅은 포식자가 거의 없다. 오랜 세월 동안, 양은 사나운 정글 호랑이 한 마리도 보지 못했다. 늪지 유령은 딱 한 번 만났었다. 늪지 유령이 양 무리가 밤을 지내는 곳으로 몰래 들어와 어린 양 한 마리를 훔쳐 달아날 때, 그 으스스하고 시커먼 모습을 흘끗 보았었다.

양은 힘겹게 한 발을 또 내디뎠다. 온 힘을 다해 갈라진 발굽을 날카로운 바위 위로 들어 올렸다. 평생, 자신이 이렇게 약하게 느껴진 적은 한 번도 없었다. 또는 이렇게 목마른 적도 없었다.

전에 목마름을 몰랐던 건 아니다. 이 지역은 아주 건조하니까. 특히 눈이 모두 녹고 나면, 이 땅은 고원 지대 사막이 되었다. 물을 갈망하는 쩍쩍 금이 간 땅과 바스락거리는 초원의 땅. 하지만 지금 이 남다른 갈증은 지금껏 알던 것보다 훨씬 더 극심했다.

타는 목마름으로 힘이 빠져, 암양은 이주하는 무리와 보조를 맞출 수 없었다. 계속 뒤처지다 결국 낙오되었다. 동료들의 이동 경로를 너무나 잘 알고 있었기에, 어린 양들의 커다란 울음 너머로, 동료들에게 뒤쫓아가겠다고 알렸다. 샘물을 찾을 때까지. 힘을 회복하고 나면 이내 따라잡을 수 있을 것이다. 신선한 물만 마시면 그럴 수 있었다. …… 그런데 드디어, 지금 목표가 눈에 들어왔다.

하지만 양의 걸음은 점점 더 힘겨워졌다. 심장 또한 몸에 충분한 피를 채우는데 힘겨운 것 같았다. 눈은 더 이상 제대로 초점이 맞지 않았다. 하지만 여전히 저 앞에 빛나는 물웅덩이를 알아차릴 수는 있었다.

양은 낑낑대며 한 발 더 내디뎠다. 휘몰아치는 그림자 때문에 보이지는 않았지만, 물이 웅덩이로 떨어지는 소리는 들렸다. 암양은 입을 앙다물고, 흔들리는 발을 들어 올려…….

쓰러졌다. 즉각 숨을 거두었다. 심장, 뇌, 내장이 모두 기능을 멈추었다. 입과 목이 말랐지만, 암양은 목이 말라 죽은 게 아니었다.

피가 부족해 죽은 것이었다.

목 아래쪽에서 인간의 주먹만 한 회색 거머리 한 마리가 기어 나왔다. 거머리의 입 주위로 신선한 피가 뚝뚝 떨어져, 고통스러운 강처럼 옆으로 줄줄 흘렀다. 충혈된 눈에는 분노가 이글거렸다. 지난 몇 주 동안 암양의 피를 실컷 먹었기에, 배가 빵빵하게 부풀어 있었다. 몸을 가득 채우고도 남을 정도로 마셔서 몸이 빵빵해진 거머리는 돌투성이 땅에 떨어졌다. 거머리가 땅에 떨어지며 픽 소리가 났다. 소화시킬 먹이가 여전히 있었으니까.

거머리는 재빨리 소화시킬 것이다. 왜냐하면 이 거머리는, 다른 거머리와 달리, 자신의 몸을 유지하기 위해서 피를 마시지 않으니까. 아니, 다른 목적 때문에 피가 필요했다. 자신의 음흉한 마법을 강화시키기 위해서…….

불멸의 전사 리타 고르에게는 마법이 진정으로 중요했다.

거머리가 바위의 그림자 속으로 움직이자, 은회색이 검은색으로 바뀌었다. 흑단 또는 흑요석의 색처럼 풍부한 검은색이 아니라, 빛이 부재한 텅 빈 검은색이었다. 이제 양은 죽었는데 왜 굳이 변장할까? 거머리는 피를 빨아먹던 넓적한 입을 비틀며, 자신을 최종 목적지, 그러니까이 영토의 유령의 늪까지 데리고가지 못한 쓰러진 암양에게 조용히 욕을 퍼부었다.

거머리는 지난 8년 동안 여행했다. 한 발 한 발 또 멈추어 한 발, 이곳까지 왔다. 거머리는 그동안 비협조적인 수사슴과 굼뜬 크리릭스를 포함해서, 다양한 생명체의 몸을 타고 다녔다. 크리릭스와 함께 낙담스러운 몇 주를 보냈었다. 그 짐승의 동작을 이끌면서, 멀린이라는 서툰 마법사를 죽이기를 바라면서…….

수년 동안 너무 많은 문제를 일으켰던 그 저주받을 인간을 생각하자, 거머리는 화가 나 고함이 터져 나왔다. 멀린을 죽이려던 크리릭스를 죽인 무모한 초록색 도마뱀. 그 초록색 짐승은 크기가 작을 때에도 귀찮은 존재였다. 그때 그 도마뱀은 다_나다에게 거머리의 존재를 경고했었다. 이제 그 도마뱀은 용의 크기로 자라, 진짜 큰 위협이 되었다. 그 피를 곧장 심장에서 빨아먹으면 기분이 얼마나 좋을까!

거머리는 게걸스럽게 입맛을 다셨다. 어쩌면 언젠가 그런 엄청난 기쁨을 만끽할 날이 올 것이다. 하지만 지금 당장은 더 높은 우선순위가 있었다. 훨씬 더 높은 우선순위.

유령의 늪까지 여행하는 것. 일단 그 황폐한 곳에 이르면, 게걸스럽게 먹은 거머리는 더 위험한 존재가 될 것이다. 몸집이 커지고 힘도 세질 것이다. 왜냐하면 그때쯤이면 거머리는 이곳 아발론에서의 최우선적인 임무를 시작할 테니까. 피가 아니라 훨씬 더 역겨운 것을 빨아먹을 테니까.

훨씬 더 맛있는 것을.

그리고 훨씬 더 강력한 것을.

거머리는 그곳에서 최고로 강력한 음료를 찾고 싶었다. 수증기처럼 둥둥 떠다니는 공포, 증오, 그리고 죽음으로 만든 음료. 마침내, 거머리가 이 비참한 세상을, 그리고 다른 세상들을 하나씩 하나씩 정복할 수 있게 해 줄 음료.

-6권 끝-

바질을 소개하겠다……

아주 오래전, 멀린의 세상이 탄생할 때, 바질이라는 이름의 기이한 작은 생명체가 나타났다. 반은 도마뱀이고 반은 박쥐의 모습을 닮은 바질의 눈은 신비한 빛으로 반짝거렸다. 바질은 자신의 세상과 멀린이 위협에 처한 사실을 알고 영웅적인 여정을 시작했다. 그것이 아발론의 위대한 나무에서부터 정령의 영토 가장자리까지 바질을 이끌었다. 하지만 바질의 가장 용감한 여정은 내면의 깊은 두려움과 마주하는 것이다.
바질이 살아야 멀린을 구할 수 있다.
그리고 자신의 미래를 찾을 수 있다.

"이 시리즈를 좋아하는 독자라면, 바질(Basil)은 환영할 만한
새 친구가 될 것이다."

—VOYA

멀린6 아발론의 용

1판 1쇄 인쇄 2020년 7월 5일
1판 1쇄 발행 2020년 7월 15일

지은이 | 토머스 A. 배런
펴낸이 | 김영곤
펴낸곳 | (주)북이십일 아르테
오리진사업본부 본부장 | 신지원
미디어믹스팀 | 장현주 원보람 김가람
교정교열 | 쟁이랩_JANGYLAP
마케팅팀 | 황은혜 김경은
해외기획팀 | 장수연 이윤경
영업본부 이사 | 안형태
영업본부 본부장 | 한충희
문학영업팀 | 김한성 이광호
제작팀 | 이영민 권경민

출판등록 | 2000년 5월 6일 제406-2003-061호
주소 | (우 10881) 경기도 파주시 회동길 201(문발동)
대표전화 | 031-955-2100 **팩스** | 031-955-2151
이메일 | book21@book21.co.kr

(주)북이십일 경계를 허무는 콘텐츠 리더

아르테팝 채널에서 도서 정보와 다양한 영상자료, 이벤트를 만나세요!
페이스북 facebook.com/21artepop   트위터 twitter.com/21artepop
인스타그램 instagram.com/21artepop   홈페이지 artepop.book21.com

ISBN 978-89-509-8931-6 04840
책값은 뒤표지에 있습니다.